批评测绘与话语历险

蔡志诚 著

河北大学出版社
·保定·

PIPING CEHUI YU HUAYU LIXIAN

批评测绘与话语历险

出 版 人：耿金龙

责任编辑：张靖瑄

装帧设计：张彦琪

责任校对：穆光烜

责任印制：靳云飞

图书在版编目（CIP）数据

批评测绘与话语历险 / 蔡志诚著 . -- 保定 ：河北大学出版社，2019.4

ISBN 978-7-5666-1473-5

Ⅰ . ①批… Ⅱ . ①蔡… Ⅲ . ①中国文学－当代文学－文学评论 Ⅳ . ① I206.7

中国版本图书馆 CIP 数据核字 (2019) 第 072056 号

出版发行：河北大学出版社

地址：河北省保定市七一东路 2666 号　邮编：071000

电话：0312-5073033　0312-5073029

邮箱：hbdxcbs818@163.com　网址：www.hbdxcbs.com

经　　销：全国新华书店

印　　刷：保定市北方胶印有限公司

幅面尺寸：170 mm × 240 mm

印　　张：16.5

字　　数：266 千字

版　　次：2019 年 4 月第 1 版

印　　次：2019 年 4 月第 1 次印刷

书　　号：ISBN 978-7-5666-1473-5

定　　价：48.00 元

序　言

写作是语言的历险。词语栖居在文学河岸与理论森林里，播撒偶然延异的书写踪迹。词语是书写屏幕上的视觉化能指，叙事组合话语旅行的奇特景观，身体发动现在进行时的感觉追踪，开启审美与审智的双重视域。词语滑翔至文本内外的边界，语言的历险创造美学和精神的新空间。测绘文学与世界的纵横捭阖和多边互动，批评旅途将带来信使的福音和彼岸的祈祷。

文学改变个人观照世界的方式，理论凝聚思想与智慧的指南。书写在语言之途，精神跋涉世间的风尘，抵达的方向延伸道与路的远方。边缘的守望洞察漂移的坐标，零度凝视文本的愉悦，不在场的空缺增补多义的阐释，前现代、现代性与后现代的穿梭移动换位，视界改写文学与现实的复杂参数，理论重绘精神地图与思想场域。话语旅行凭借记忆和想象的重构，探测路标与航线，书写勘探存在的根源与处境。我看故我在，目击道存，词语屏幕上演话语表述的世界剧目。

时空加速运转的年代，外部世界与人的内心越来越像迷宫，语言历险又如何抵达存在的家园？个体的特殊性与集体、社会的普遍性之间的紧张与冲突持续而深入，个人与外部空间、变幻的全球化世界交织往返，汇聚成联结密切的关系网络。但是，概念与表征的转码，并不能召唤生命的存在体验，虚拟空间与现实映像错综交汇，形象的修辞复制仿真拟像的意指代码。我们置身其中的世界多元变换，主体与符号的象征交换引发多重立场的自我认同。认知测绘将重构主体想象世界的精确制图，寻求个人与世界的身份认同与精神定位，在一个变动迁徙的世界为个人导航。叙事的穿越是存在勘测者的地理投射，批评测绘即是对文学地貌与理论地图的叙事解读。

语言转向、身体转向与空间转向，接踵而至的转向标志理论谱系的转型，批评的维度与向度愈来愈立体魔幻。文学话语时常是新的语言潮汐的先锋，叙事的波澜掀开文化符号秩序的空隙与裂缝，改变语言与改变世界同步共振，审美的解放之维率领语言返回现实，在生活世界的改造中将自由与超越的精神植入现实。

文本是作品的能指织体，文本分析纵深地考察词语与句法背后的历史冲动与身体律动，书写也是身体的语言史，未来的考证将审智解析话语运作的隐秘踪迹。让身体通过丰富的“看”卷入事件的空间，时间的体验永远是“现在时”，身体流通着空间移动的感觉密码。文本解读是语言与身体的敞开，时间的空间化使过去、现在与未来同在，身体、空间与都市符号表征交互循环。此时此刻，绘制文本空间将使书写抵达身体的感官旅行，想象的编码将键入社会现实的可能性变革。

多年以后重返历史现场，面对二十世纪八九十年代至新世纪的现代性与后现代话语竞技场，边缘和中心，压抑与反叛，自由和规训，反讽与沉默，一系列二项对立的主题词蓬勃生长于悖论的丛林。“先锋就是自由”的超越精神，使先锋文学的叙事变革艰难地指向社会、历史的隐蔽成规，叙事话语重写了现代性与后现代的精神主体。话语历险是书写的穿越，穿越语言的牢笼与形式的迷津，文化意向的突围将重建新的自由开放创新的精神空间。书写既是记忆的见证，又是精神的重生。时间的年轮驶过批评旅途的话语印迹，未来的先在，抵达就是启程。追梦人的旅途，动词的身姿将不断刷新诗与思的地平线。

书写是为了告别的思想聚会。现在，这部著作即将远行，作者目送其走到读者眼前，接受检阅和批判。“目既往返，心亦吐纳”。在读者目光的诠释下，阅读又是一次新的思想历险。

华侨大学　蔡志诚

2019 年 1 月

目　录

第一辑：批评测绘：文学性与文化研究

批评旅途与话语实践
——二十世纪九十年代之后

一

历史的编年往往赋予线性时间以丰富的意涵。年代——时间的聚合，一个沉甸甸的字眼，它的重量不在于时间印迹的层层堆积，而在于事件与意义的播撒聚合。人们喜欢在历史之舟上铭刻种种符码，面对逝者如斯的时间长河，这些简单到极致的符码往往成为捕捞记忆与探测意义的存证。“八十年代”“九十年代”与“新世纪”，这三个时间符码标识着文化地形图上的不同地貌景观。在一篇二十世纪九十年代的重要文献中，一位文化学者以石破天惊的语句划出了历史变迁的重要轨迹：“1989 年，一个历史性的界标。将近一个世纪的社会主义实践告一段落。两个世界变成了一个世界：一个全球化的资本主义世界。”① 在这番自信测出历史航向的宣告中，时间符码又一次承载了历史修辞的丰富意涵。全球化的经济转型与文化想象，后现代性的移动迁徙掀起时代罅隙的文化涟漪，话语空间的多向变革催化思想潮汐的转换。全球化的资本市场构建消费社会的符号经济与文化逻辑，西方后工业社会的后现代性氛围与中国现代性的思想语境形成共时并置的复杂关联，现代性的曲折演进蕴涵后现代性的预支想象，文学批评与理论探索又如何在多元交织的话语空间中测绘现实与未来的变换？

---

① 汪晖：《当代中国的思想状况与现代性问题》，见《死火重温》，人民文学出版社，2000 年，第 42 页。

从二十世纪八十年代到九十年代，历史分水岭的两侧呈现出差异性的断裂，一系列二元对立的主题词浮雕式地刻绘出两个年代的文化思想概貌：思想启蒙与学术理性、精英文化与大众狂欢、激进主义与保守主义、现代性诉求与后现代挑战、主体性与文本性、审美自律与文化批评等等，这样的巨型语汇还可以继续开列下去。这些巨型语汇高悬天际耀眼如星，在这迷乱的文化思想星空中，它们成为对过往一切进行历史化的叙述符码，也成为人们对文化地图进行认知测绘的重要坐标。八十至九十年代的文学批评就是在这片迷乱的星空中展开的，现代性转型的历史总体性语境成为人们仰望星空时的天文历法。但这些试图命名年代的巨型语汇，在提精炼粹的抽象概括过程中往往带着与之俱来的“普遍主义”冲动。它们延续黑格尔对“绝对理念”的迷恋，试图在抽象命名中汇聚时代的风云变幻。美国批评家莫瑞·克里格一针见血地指出：“在物化我们的经验，并把它的时间性凝聚成自身的本体论空间这一自我欺骗的习惯中，词语本身就是主要的始作俑者。它的存在有利于理论，而不利于流动易变的经验。”① 这些巨型语汇将在线性时间中流动易变的具象经验凝聚成自身的本体论空间，以静态的命名遮蔽了动态的经验。显然，这种历史化的叙述策略无法吸附潜伏在历史地表之下五彩缤纷的现代性碎片，而这些经验的碎片也许是我们对这两个年代的真实体验。

考察九十年代之后的文学批评旅途，很难脱离这片巨型语汇高悬天际的文化星空，因为批评只是以其独特的话语光束折射出时代的文化思想变迁，它与这些语汇之间有着“家族相似”的亲和力。但一个问题接踵而至：我们是在上述巨型语汇的宏大叙事中描绘粗线条的文学路线图，还是直面纷纭的现象和流动的现代性经验重绘文化生态图呢？这两种不同的路径选择，标示着我们踏上批评旅途之后的不同视域与观照方式。前者是认知型的理论演绎，在大概念的笼罩下，一切经验现象井然有序；后者是实践型的现象还原，回到事物本身，存在的具象拒绝理论的抽象升华。如果沿着前一种路径，那我们在饱览一系列理论风景的同时，将盲视丰富多彩、参差多态的文化生态景观。后一种路径则开辟了另一种可能：直面现象，祛除理论符码的固态遮蔽，激活流动的现代性经验。这两种路径的选择，也许昭示着两种批评路向的人格范型：理论的观光者和经验的流浪者。理论的观光者手持一张上面标识巨型语汇的文学导航图，在语词丛林中探幽揽胜，他

① 莫瑞·克里格：《批评旅途》，李自修等译，中国社会科学出版社，1998年，第167页。

们走进一片片理论风景中进行认知测绘，描绘文学思潮的潮起潮落；经验的流浪者则是随风宛转行云流水般飘无定迹，在现象世界里直观体验，他们带着感性的体温身临其境进行原生态的田野调查，探明文学地貌的脉络律动。当然，这两者都只是批评路向的人格隐喻，在某种意义上，我们同时是理论的观光者与经验的流浪者。事实上，他们之间的区别远不如殊途同归的共识更重要：批评在路上。

批评——在路上——在时间向空间敞开的批评旅途上。尽管对九十年代之后文学批评的发展历程有种种大相径庭的评判，但并不妨碍我们得出这一基本共识。也许是世纪末梦魇的缠绕，九十年代的文化星空上盘旋缭绕着形形色色的“终结论”阴霾，意识形态的终结（丹尼尔·贝尔）、历史的终结（福山）、艺术的终结（阿瑟·丹托），乃至主体的终结、“人”的终结，一系列联翩而至的终结宣告以盛世危言的危机修辞，向世人描绘出一幅世纪末的悲观图景。在这幅前景黯淡的终结图景中，文学的终结不过是被推倒的多米诺骨牌的下一张，它的终结似乎指日可待。人们有足够的理由预测：与文学的终结唇亡齿寒的是批评的终结。但与这种银灰色的终结图景形成鲜明对比的是，那个刚刚逝去的年代提供了另一幅浓墨重彩的参照图景：就在不远的往昔，文学和批评曾展现过一幅辉煌灿烂的历史画卷。

今天，那些对文学还抱着不合时宜的信念的人们，在追忆缅怀八十年代的文学复兴时，常不约而同地认同这种论断：八十年代是批评的年代。八十年代的城堡上空飘扬着“思想解放”的彩色旗帜，禁锢人们多年的红色教条已失去政治紧箍咒的功效，在一片冰雪融化大地解冻的莽原中，文学与批评英气勃发携手共进，冲决一系列或明或暗的藩篱，开创出前所未有的广阔艺术空间。作家与批评家等文学知识分子，头顶济世救民的神圣光环，肩负启蒙主义的历史使命，为现代化进程的宏大叙事吹响嘹亮的号角，他们是那个时代当之无愧的“话语英雄”，以个人为本位的审美崛起，以天下为己任的启蒙理想壮怀逸兴而又沉郁昂扬。这时，在僵化理论的“铁屋子”中窒息了很久的文学批评，逐渐拔除头顶的政治紧箍咒，从四壁高墙的政治铁屋中腾挪到开满窗户视野开阔的文化四合院里。每一扇窗户都有络绎不绝的理论风景纷拥而至，不时就有振聋发聩的呐喊挟欧风美雨声声入耳。批评空间的开放，为一批又一批二十世纪西方批评理论的造访敞开了门扉：从西方马克思主义批评、新批评到精神分析批评、原型批评，从形式主义、结构主义到后结构主义、新历史主义，从现代主义到后现代主义。西方理论的舶来品带来一波未平一波又起的思想冲击波，文学批评思潮此起彼伏。批评家们争先恐后地操起半生不熟的西方批评话语，指点文学江山，挥斥艺术方遒，这是一个激情澎湃席卷理性审视的“批评年代”。批评的激情燃烧，点燃了一个又一个理论热点：人道主义、主体性、美学热与文化热、现代派与伪现代、方法论年、语言形式的探索实验等等。但在追新逐奇的批评浪潮前，也开始传来一些清醒理智的质询：批评的热点还能燃烧多久？

八十年代后期，在以经济建设为中心的现代化宏大叙事进程中，“文学失去轰动效应”的论调不断得到现实的印证，并成为一个普遍性的评判。它不只是文学知识分子精神失落的悲情挽歌，而是历史辩证法以看不见的上帝之手悄然重组了社会机制的运行法则的必然结果。随着文学失去轰动效应并日益边缘化，批评的激情燃烧也开始冷却降温，尤其是在一场众所周知的政治风波之后。进入九十年代，文学批评开始在历史的交汇点上寻找新的转型。批评与新时期文学携手共进的话语联盟，已逐渐被一种松散灵活、若即若离的关系所取代。这时，遭受大众和市场冷落的文学正期盼批评的雪中送炭，但“批评却抛下文学享清福去了”，“众多批评家纷纷撤出文学前沿，另谋出路，他们一度是缔造八十年代文学史的重要人物”。[①] 批评家们青睐的目光已不再专注地投向文学，而是旁逸斜出地撒向各个领域：有躲进书斋埋头整理国故梳理学术史的，有坚守审美自由与知识分子批判立场，有深居学院演练最新西方理论进行跨学科的文化批评的，也有黯淡了批评的刀光剑影意兴阑珊转投他业的。批评日渐疏远文学，走上了自己前途未卜的旅途。于是，对九十年代文学批评的指责扑面而来：批评的失语、批评的缺席，乃至批评的堕落、批评的危机。这些失望愤激的描述，显然为一度头顶光环的批评抹上了种种灰暗色调。那么，批评的缺席乃至堕落是危言耸听的危机修辞，还是批评终结之前的最后告示呢？

对这个问题的回应，是我们描述九十年代文学批评发展脉络时难以回避的。

事实上，用一种放宽的历史视域来进行理性审视，我们就会察现：九十年代的文学批评与八十年代正好形成历史的互文。一旦我们踏上九十年代的批评旅途，八十年代那个挺拔潇洒的历史背影并未远逝，它一直作为我们身后走不出的背景

---

① 南帆：《批评抛下文学享清福去了》，载《中华读书报——艺文空间》（北京），2003年12月3日。

而不断浮现。人们对九十年代批评的失望正是在历史的参照镜像中被放大的。倘若我们联系九十年代以来的种种“终结图景”，批评的危机修辞不过是“终结图景”的想象性投射。这种危机修辞既是试图埋葬过去清空历史的叛逆性解构，也是迎接新千年冀望未来的后现代性焦虑。但危机的另一面是转机，是凤凰涅槃的新生。伴随着“终结论”的危机修辞，各种“后……”“转向”的“新生叙事”也纷至沓来。“后”这一前缀语的流传在九十年代蔚为大观，所谓“后工业社会”“后现代主义”“后革命时代”“后人道主义”“后福特主义”“后启蒙时代”等等，正是对历史正统的解构终结才有“后……”时代的降临。那么，“终结”之“后”，路在何方？路就在方向盘的调控移挪之间，就在接踵而至的“转向”。遥想二十世纪六十年代，理察德·罗蒂以“语言的转向”为二十世纪的西方人文科学划定了新航线，那时候后现代主义正崭露头角，丹尼尔·贝尔也在宣告“意识形态的终结”。六十年代西方文化界的这一幕，在九十年代的中国又一次历史性的重演。“终结”——“后”——“转向”，一系列转向实际上表征着新的开始，新的旅途向你敞开：文化的转向，视觉的转向，身体的转向……于是，从危机叙事转换为新生叙事，正如太阳西落东升，一江春水潮起潮落，正如生命诞生死亡，王朝江山更替兴衰。

如是看来，“九十年代的文学批评面临危机”不过是一个伪命题，它只是“九十年代的文学批评迎来转机”的另一种表述。我更倾向于——批评在路上——这种时间向空间敞开的表述，它意味着批评的可能性还远未穷尽。“批评之旅路漫漫其修远兮，吾将上下而求索”，这应该成为值得批评家守望的为数不多的信念之一。

九十年代的批评在路上，那么，批评又将向何处去呢？

二

九十年代是转型的年代，不仅是现代化的历史总体性赋予市场经济与消费社会以合法化地位的社会结构转型，而且也是文化知识谱系的全面转型。经历八十年代思想启蒙洗礼的人们，终于迎来了“千呼万唤始出来，犹抱琵琶半遮面”的现代性。在中国近百年的现代化历程中，现代性一直是历史叙事的焦点，众多仁人志士、贤明睿哲都致力于探索现代性的可能，探索各种通向现代的进化路径，但只有在九十年代，以市场经济为内驱的现代性才从种种规划蓝图中走出来，成为日常中国的当下现实，成为人们无法拒斥难以回避的现实境遇。①

批评全面遭遇现代性，这是九十年代之后批评旅途的最重大挑战。

“现代”是一个具有无限魅力的巨型语汇，它悬览历史天际照亮人类高歌猛进的进化历程。过于乐观的人们显然只窥视到现代性新奇的一面，现代性物质文明的丰裕富庶吸引着众多跃跃欲试的急切目光。人们欢呼现代性的降临，把它看成一个新的“黄金时代”到来的前奏。但现代性的允诺往往篡改了它必须承担的代价，它对脚下埋伏的陷阱视而不见而一路奔向遥迢朦胧的乌托邦。那么，藏在神秘面纱背后的现代性到底是什么样的面孔呢?

九十年代初，大多数国人依循政治家、经济学家指划的视域，将千面佳人的现代性误读为普“富”众生的财富女神。人们普遍相信现代性女神会将市场经济的福音传至寻常百姓家。但已经“现代”很久并已迈向“后现代”的西方社会，显然对这位现代性女神有更清晰真切的认识。美国的文化学者卡林内斯库通过钩深致远的考察，刻绘出《现代性的五幅面孔》，他洞察到这位不时变换颜面的佳人，宛如一个具有复杂多面体的历史魔方：“现代性可以有许多面孔，也可以只有一副面孔，或者一副面孔都没有。”面对现代性的不确定性，面对现代性“使之新”的求新意志，卡氏睿智的目光直指现代性内部沸腾冲突的诸多关系；“在重构现代性历史的过程中，有趣的是探讨那些对立面之间无穷无尽的平行对应关系——新/旧，更新/革新，模仿/创造，连续/断裂，进化/革命，等等。它们出现，被推翻，又一再地出现……过去与现在互相阐明，这样一种意识对于理解历史现象是很关键的，特别是对于理解知识史上那些较大的趋势和对立的趋势。”②现代性丰富复杂的颜面，远远超出人们一厢情愿的想象。

随着九十年代市场经济的一路高歌，即使没有一双历史天使的慧眼，人们还是察觉到现代性的降临并非是普世福音，她更像从潘多拉宝盒中放飞出来的倩女幽魂——福音与魔咒总是此起彼伏，前景与陷阱往往形影相随。人们有理由记取

① 现代性问题虽不是自九十年代才浮出历史地表，在思想意识层面，现代性自晚清始就进入中国语境，但作为一种社会结构变迁的现代性，以市场经济为内驱的现代性要到九十年代才真正成为当代中国的社会现实境遇。可参见汪晖《韦伯与中国的现代性问题》等一系列有关现代性问题的论述，以及《现代中国思想的兴起》，三联书店 2004 年版。

② 马泰·卡林内斯库：《现代性的五幅面孔》（中译本序言），商务印书馆，2002 年，第 2、3 页。

吉登斯的现代性诊断：

现代性以前所未有的方式，把我们抛离了所有类型的社会秩序的轨道，从而形成了其生活形态。在外延和内涵两方面，现代性的变革比过往时代的绝大多数变迁特性都更加意义深远。在外延方面，它们确立了跨越全球的社会联系方式；在内涵方面，它们正在改变我们日常生活中最熟悉和最带个人色彩的领域。①

吉登斯的描述呈展出现代性的社会断裂面，面对社会转轨的剧烈变化，现代性的后果也许是悬挂在历史之树上的累累硕果与灼灼恶果。

九十年代之后，一幕幕现代性的社会景观不断刷新着当代中国的现实图景。市场经济一举取代计划经济，在现代化进程中被赋予合法化地位，以工具理性为主导的“经济人”改写了启蒙年代那个高扬主体性的大写的人；经济体制的转轨就像核扩散一样释放出巨大的能量，激活了社会文化结构内部种种复杂的因子，它们原先排列井然和谐有序，但一夜间翻天覆地的解构变形，使流动的现代性因子向社会的各个层面流溢浸渗。人们惊呼这是一个“乱花渐欲迷人眼”的转型年代，在九十年代历史显示器的巨型屏幕上，拼贴缀连着一系列重叠的现代性镜像：价值颠覆、道德滑坡、人文精神失落、国学复兴；全球化、本土化、自由主义、新左派；全民经商、贫富差距、“三农”问题、弱势群体；官员腐败、工人下岗、白领新兴、民工进城；消费社会、大众文化、网络时代、小资情调；性自由、艾滋病、力比多、欲望狂欢等等。面对这些扑面而来的现代性镜像，八十年代那些曾为现代化进程进行启蒙呐喊、为现代性的到来前瞻远眺做出种种乐观预言的精英知识分子，他们的现代性震惊显然超过理性预期的限度，社会转型的巨大裂变在他们思考的场域中投射下挥之不去的现实映像。这时，十九世纪中叶马克思在《共产党宣言》中对资产阶级现代性的批判又一次显示出其锐利无比的历史穿透力：

资产阶级除非使生产工具，从而使生产关系，从而使全部社会关系不断

① 安东尼·吉登斯：《现代性的后果》，田禾译，黄平校，译林出版社，2000年，第4页。

地革命化，否则就不能生存下去。反之，原封不动地保持旧的生产方式，却是过去一切工业阶级生存的首要条件。生产的不断变革，一切社会关系不停地动荡，永远的不安定和变动，这就是资产阶级时代不同于过去一切时代的地方。一切固定的古老的关系以及与之相适应的素被尊崇的观念和见解都被消除了，一切新形成的关系等不到固定下来就陈旧了。一切固定的东西都烟消云散了，一切神圣的东西都被亵渎了。人们终于不得不用冷静的眼光来看他们的生活地位和他们的相互关系。①

尽管马克思的现代性批判只是悬在资产阶级头顶的达摩克利斯之剑，但他所揭示的现代性幽灵至今仍盘旋在时代上空：一切固定的东西都烟消云散了，一切神圣的东西都被亵渎了。当马克思从社会经济视域对资产阶级现代性进行批判时，波德莱尔在《现代生活的画家》中为现代性界定了美学上的经典定义：现代性就是过渡、短暂、偶然，就是艺术的一半，另一半是永恒和不变。② 在波德莱尔的现代性美学中，永恒和不变还作为对立面为过渡、短暂、偶然提供审美的舞台布景，他为现代生活“画家”——实际上也是广义的艺术创作者——规定了现代性任务：在永恒的历史布景中捕捉“现在之过渡、偶然之新奇”。但在随后一个半世纪的历史进程中，短暂与永恒的辩证法已越来越成为一架倾斜的天秤，现代性“使之新”的求新意志为飞逝的、过渡的、偶然的事物签发了时空通行证。现代性体验日益被视作时间上飞逝、空间上暂存的追新逐奇，偶然与随机高奏凯歌，必然与规律只能浅斟低唱最后的挽歌。这样的文化图景并非想象的浮世绘：坚如磐石的总体性日渐分崩离析，根深叶茂的本体已是落叶飘零，放之四海的普遍性也在流离漂泊。于是，在现代性之矢划过的历史天幕中，后现代性在苍茫暮色里粉墨登场了，它激进的嚎叫响彻云霄：一切坚固的本体都被颠覆了，一切神圣的真理都被解构了。人们仰望历史星空时，不禁发出这样的慨叹：那飘逝的是永恒，留下的是琳琅满目的现代性碎片。

九十年代之后的文学批评，就是在这样的历史语境中探询新航线的，现代性与后现代镜像成为批评之旅的背景与框架。在文化谱系的全面转型过程中，批评

---

① 《马克思恩格斯选集》第1卷，人民出版社，1972年，第254页。

② 《波德莱尔美学论文选》，郭宏安译，人民文学出版社，1987年，第485页。

遭遇现代性与后现代性的严峻挑战。历史语境的深层语法已被现代性重写：市场法则与资本逻辑越来越成为主宰性的霸权话语，消费社会的享乐主义商业氛围将美感和快感俘获驯化为资本力比多的剩余价值，单向度的“经济人”压缩了多维的人性后成为现代面孔的标准像。那么，批评如何言说已成为现实境遇的现代性现象呢?

面对现代性这一不时变换颜面的历史多面体，人们的认识在洞见与盲视的张力之间徘徊彷徨。现代性焦虑成为九十年代的文化流行症候，一种无力叙说现实的“失语症”蔓延于人文艺术的各个领域。“失语”“失范”“缺失”“迷失”等失落修辞成为描述九十年代文化思想状况的高频语汇，价值失落、道德失范、文学失语、批评缺失、精神迷失等等，“失落”修辞几乎成了一个年代的精神隐喻。它喻示着对飘逝的永恒依依不舍的挽留，对破碎的本体完璧归赵的祈求，对虚幻的真理重整山河的守望。于是，在失落日月星辰的精神旷野上，现代性焦虑积郁成杜鹃啼血式的呐喊：人文圣殿已沦为文化废墟，失落的人文精神，何时魂兮归来?①

这一声旷野中的呼号，是回荡在九十年代的文化星空的悲怆交响曲。人们在致以崇高的敬意的同时，却又不得不从崇高的人文精神高地上下凡现代性炊烟袅袅的世俗人间。在人文精神这一意识形态崇高客体的自由落体下凡过程中，不少坚守信念的人们仍然保持着仰望人文星空的姿态，但这毕竟只是一个象征性的姿态，它忧郁而优雅地耸立在现代性的茫茫夜空中，却显露出寂寥无边的苍凉。事实上，透过呼告人文精神回归的救赎修辞，我们隐约可见“永恒回归”的轮回神话再次映照出普遍性的光芒，但在现代性断裂的文化地形图上，飘逝的永恒已无法允诺何时归来，轮回之路已望断天涯归无计。尽管人们可以叹惋：永远有多远，永恒有多久，轮回几时回?但人文回归已是一曲“古道西风瘦马，断肠人在天涯”的羁旅挽歌，现代性的断裂已将回归之桥拆解，人们只能踏着播撒一地的现代性碎片踯躅前行。

如果说“失落修辞”是现代性焦虑的外化表征，那么，“失语叙事”实际上是“话语瘫痪”的症候表象。旧的话语范型已随着历史语境的置换而趋于解体，那些锈迹斑斑的语汇覆盖着一层层的历史风尘，遮蔽着鲜活生动、流光溢彩的现代性

① 王晓明等：《旷野上的废墟》，见孟繁华主编《九十年代文存》，第27—41页。

与后现代体验。这时，文学与批评显然丧失了八十年代直面现实指点时代的从容，斑驳陆离的社会景观已远远超过文学聚焦镜的探照半径。面对现代性现象与后现代文化的万花筒，作家与批评家们手执的生花妙笔已失去往日挥洒自如的自信，那微微颤抖的手势映射出文学与批评已经面临的颓势。

对现代性焦虑的"失语症"的剖析，自然牵引出一个迫在眉睫的问题：如何在九十年代之后的社会文化转型中捕捉新奇的现代性，描绘现代性与后现代的话语光谱？

三

在美和诗意被资本放逐，存在与虚无翩翩共舞的年代，文学何为？批评何为？

九十年代以来，这样的追问从未停止过，人们一直问个不休。追问缘于对理论与经验、思维与存在之脱节的一种批判性质疑：文学与批评的种种外罩光晕已被后现代性的双刃剑不断祛魅还原，政治教化、道德伦理、历史使命、社会责任等华衣彩服一件件脱落在地，最后连审美救赎这道维系文学自律之梦的灵韵也随风飘逝，那么，文学与批评的后现代残余物又是什么呢？

语言—符号—话语，三位一体的文学之躯，这就是文学与批评在现代性资本时代的剩余价值。

经过多重解构后，文学与批评越来越被归结为语言问题。这一多重解构之后的剩余物，到底是铅华褪尽见本真的现象学还原，还是颠倒乾坤地已陷的毁灭性终结？问题的解答，必须回到波德莱尔的现代性辩证法与索绪尔的语言学视域——短暂、偶然、飞逝的能指与固定、必然、永恒的所指之间若即若离的暧昧关系。倘若我们承认语言指涉的偶然性——能指与所指只是任意、偶然的萍水相逢——拒绝视语言为再现的工具，那么表征指涉物及意义的所指确实是被随机飘浮的能指建构出来的。正如理查德·罗蒂在强调语言偶然性的一系列论断中指出的："真理是被（语汇）创造出来的，而不是被发现的"，"人类的自我是被语汇的使用所创造出来的，而不是被语汇适切或不适切地表现出来"，"所谓创造自己的心灵，就是创造自己的语言，不让自己心灵的范围被其他人所遗留下来的语言所局限"，"人和文化乃是语汇的道成肉身"。[①] 显然，罗蒂的论断是在祛魅真理的必

① 理查德·罗蒂：《偶然、反讽与团结》，徐文瑞译，商务印书馆，2003年，第3、16、43、115页。

然性，并为语言的偶然性正名，这位以“语言转向”命名西方人文新航线的哲学家更倾向于现代性随机偶然的那一端，而后现代性景观正是在偶然、差异的地平线上浮出历史地表的。当然，也有不少有识之士继续守望现代性普遍必然的另一侧，从固定的所指赋予漂浮的能指以意义出发，他们执着于真理、本质、存在、人文精神、历史理性、进化理想等超验所指，认为这些支撑人类文明的纲常法则正面临大厦将倾、梁柱摇摇欲坠的危机态势，他们的忧患意识常引吭高歌慷慨激昂的“文明忧思曲”，在危机修辞中为那飘逝的永恒招魂。对这两种现代性/后现代立场，任何过于简单的二元批判都失之粗率，那种试图“取精去粕”的调和折中也只是缘木求鱼的空想。也许，更准确的描述是将这对立的两面视作现代性/后现代性立场的互文，它们共同形构现代性这一复杂的历史多面体。

历经“语言转向”的思想洗礼后，众多人文学科都在通向语言之途中寻找新航线。话语（Discourse）逐渐成为人文学者心驰神往的语言新大陆，成为他们对文化地形图进行认知测绘的导航仪。

语言—符号—话语，它们之间的同一性都源自索绪尔的语言学“哥白尼革命”，从语言/言语、所指/能指的划时代划分中一路演化变迁而来。但在封闭和开放的不同期待视野中，符号与话语还是呈现出内在的差异性：结构主义视域中的“符号”让飘浮的能指在语言的牢笼中翩翩起舞，陶醉于自我指涉的琼楼玉宇；而后结构主义视野中的“话语”则从语言的铁笼中脱身而出，在社会文化变迁的历史脉络中播撒时间的种子，刻印权力的踪迹。

“话语”终止了对意义的追问，悬置了对本体的探测，而强调其生成实践过程及意识形态功能。在福柯那双“权力之眼”的谱系学考察下，话语不过是权力的紧箍咒——“哪里有话语，哪里就有权力的上帝之手。”权力与话语如影随形，真理不过是实施权力的媒介——影子的影子。福柯精辟地指出：“在我们这样的社会及其他社会中，有多样的权力关系渗透到社会的肌体中，构成社会肌体的特征，如果没有话语的生产、积累、流通和发挥功能的话，这些权力关系自身就不能建立起来和得到巩固。我们受真理生产的支配，如果不是通过对真理的生产，我们就不能实施权力。”① 因为权力深深扎根于社会关系之中，话语的权力之维就为我们敞开了一个广阔的批评空间：话语的生产成为权力斗争和矛盾的焦点，成为种

① 福柯：《权力的眼睛——福柯访谈录》，严锋译，上海人民出版社，1997年，第228页。

种复杂社会关系的交集，它处在与政治系统、经济系统和意识形态系统的多重关联之中。话语生产意义，建构真理，在流通中传播权力的影响，并以不证自明的“真理”和“常识”遮蔽意识形态的强大功能。巴赫金的“超语言学”则从话语的社会、历史之维出发，他洞察到在同一个语言共同体内部，人们虽然共享同一种语言，却属于不同的话语类型（又称“言语体裁”）。而话语类型是根据不同的社会地位、职位、年龄、阶层、阶级、地区来划分的，它们是不同的社会视野、意识形态和价值观投射在语言内部的表征，社会话语则是各种话语类型多重奏的杂语复调，它们之间通过互主体性的对话进行交流和协商。① 福柯和巴赫金从不同的维度将话语从语言的牢笼里解放出来，让话语的生产、积累、流通进入广阔的社会空间。由此观来，话语已不再局限于单纯的语言认知范畴，而是具有生成与建构意识形态的实践功能。

如果从话语生产的视域来重新考察批评的功能，我们就不难察现：文学批评也是一种生产性的话语实践，它在意义再生产过程中参与意识形态的生成与建构。诚如南帆在揭示文学批评与意义再生产的关系时指出的：“众多的话语类型组成了一个扇形的社会话语光谱，这是社会文化的意义配置方式……文学批评在这样的光谱之间占据了一个特定的地位……现代社会，话语生产的意义并不亚于物质生产。话语的生产意味着规定一个社会的主导词库，意味着让这些词语的意义成为社会的强大信念。在这个意义上，话语生产无疑是意识形态的重要组成部分。”②

九十年代之后的批评话语就是在现代性与后现代性的社会话语光谱中展开的。那么，文学批评在现代性话语格局中处于什么样的位置？批评的功能又发生了哪些变化？

如果说八十年代的文化城堡上空飘扬着思想的彩色旗帜，那么，九十年代的文化星空里则缭绕着话语的彩色星云。从思想启蒙到话语实践，不仅是文化谱系的转型，而且是叙述范式的转换。启蒙元叙事的超验所指被视作一种空洞的姿态，各种微型叙事的话语星云四处飘散：

> 叙述功能失去了自己的功能装置：伟大的英雄、伟大的冒险、伟大的航

---

① 巴赫金：《哲学美学》《文本、对话与人文》《周边集》，白春仁等译，河北教育出版社，1998 年。

② 南帆：《文学批评与意义再生产》，见《理论的紧张》，上海三联书店，2003 年，第 5、8 页。

> 程及伟大的目标。它分解为叙述性语言元素的云团，但其中也有指示性语言元素、规定性语言元素、描写性语言元素等，每个云团都带着自己独特的语用学化合价。我们大家都生活在许多语用学化合价的交叉路口。我们并不一定构成稳定的语言组合，而且我们构成的语用组合也并不一定具有可交流的性质。①

利奥塔对启示录式的启蒙叙事的解构，标示着文化谱系与知识生产范型的转向。在元叙事危机四伏，怀疑主义与反讽嬉戏盛行的年代里，人们头顶话语星云，脚踏一地的现代性碎片，行走在现代之后的后现代仿真拟像的符号时空里。

在九十年代那张历史色彩还鲜艳斑斓的文化地形图上，布满形形色色的话语景观——流动的现代性因子在社会结构转型的各个层面都留下表征的印迹。诸多话语都参与了现代性的话语实践，各个阶层、各种利益集团都试图在社会全面转型的进程中建构自我认同的现代性。这是一个话语角逐烽烟四起的年代，在现代性话语实践的竞技场上，人们聆听既得利益集团、新兴阶层、知识分子、弱势群体的话语四重奏时，不难辨别出前两者是激越铿锵甚至针锋相对的高音部，知识分子则属于时而理性时而黯然神伤的中、低音部，弱势群体私下高昂的不平之鸣在意识形态“消音器”的净滤下几乎成了“沉默的大多数”。与此同时，知识话语内部的分化也越来越泾渭分明。科学话语以理性的代言人自居，以改造自然征服自然为己任，经“科学技术是第一生产力”的授权加冕更是理直气壮，奋勇争先地奔走在知识话语前列；人文话语也不自甘落后，在“启示录式”的启蒙腔调已飘逝成历史的绝唱后，一曲人文精神的“燕赵悲歌”又回响在九十年代的易水河畔，但长河悲歌水自流，随着消费时代的物欲滚滚卷起千堆浪，那曲悲歌已被大众文化的“狂欢曲”湮没。

人文话语期望与科技话语比翼齐飞，甚至分庭抗礼，但这种期望仍遥遥无期。科技实用理性与市场资本逻辑遥相呼应，它们的默契唱和已成为现代性复调话语的强音符。事实上，人文社会学科内部的诸话语也是强音弱符杂语纷呈。经济话语“挟市场以令诸侯”，理性的精打细算、冷静的锱铢必较将寄存梦想的心灵数字化，效率优先、公平暂缓的经济理念使功利的算盘高踞公正的天秤之上，“物竞天

---

① 利奥塔：《后现代状态》，车槿山译，三联书店，1997 年，第 2 页。

择，适者生存”的丛林进化法则被市场经济的话语系统进一步合法化。法律话语在现代性转型期被寄予“立纲常治乱象”的厚望，在价值颠覆道德失范的年代里，人们纷纷把对公正、正义的最后期望交付法律，却忽视了一个基本事实：法律条文本身就是社会各阶层的诸多话语类型经过多重博弈后的强制性话语契约。毋庸置疑，在人文话语内部的角逐中，经济话语与法律话语成为人文话语共同体中的时代强音，文史哲话语只能在边缘地带发出微弱却不乏穿透力的喻世明言。

在九十年代的现代性话语多重奏中，文史哲话语虽只是处边缘之远的“盛世微音”，却具有和声般余音绕梁的效果。当咄咄逼人的强势话语为现代性新航线制定航程并吹响历史号角，试图在现代性话语实践中抢占权力制高点，夺取新意识形态的主导权时，文史哲话语在颂歌嘹亮的“进行曲”中发出别一种声音——对现代性的反思与批判。强势话语凭借主流文化的领导权，为以市场经济为内驱的现代化进程厘定线性的单数现代性，而文史哲等边缘话语则在反思与批判中探测复数现代性的可能——“现代化的陷阱”“现代性的迷思”“被压抑的现代性”“可选择的现代性”“现代性的谱系”等，甚至从现实视域中的熹微之光想象预期现代性尽头冉冉升起的后现代性。九十年代的后现代主义论争，以北美后现代登陆的差异化超越比较视域，为中国现代性转型提供别有选择的多元路径。它们的“盛世微音”虽不如居庙堂之高的主流强音那样普天播撒，但却不仅仅是忧时感世的喻世明言，而且是以尚未沦陷的知识分子立场发出的文化异见。

同是边缘沦落人的文史哲话语，它们之间的家族相似性远大于“比邻若天涯”的差异性，游移的边界使它们没有画地为牢的交融阻力。倘若我们缩小话语光谱的搜索半径，单以文学批评话语为例，它与哲学话语、历史话语等都有密切的亲缘关系。批评的理论化更是与哲学、历史学、心理学、人类学、社会学等人文社会学科结下不解之缘，批评整合了人文学科的诸多话语因子，它一系列纷纭复杂的名词术语、精制巧构的语汇概念，有很大一部分是来自其他人文学科的馈赠。批评创造性地改良了理论的批判武器后，就以人文话语“轻骑兵”的前锋姿态直面现代性现象的挑战。正如赛义德这位后殖民主义文化批评家在《世界·文本·批评家》中对批评功能的新阐释：“当代批评面对着的是哲学所抛弃的问题。语言及其独特和艰涩的存在问题是这种批评的核心，这种批评已经承担了生产思想的任务。这种思想，正如福柯所说的，‘在它运作的密度里，既是知识，也是对它所知晓的东西的一个修改，是对它所反思之物的存在模式的反思和转换'”。① 批评的功能显然已发生蜕变，从语义阐释与鉴赏评判转向生产性的话语实践，这种功能转换也许预示着批评还有一个可期待的未来。

从放宽的横向共时性视域来看，批评在九十年代的话语格局中已被边缘化。但作为一种生产性的话语实践，批评又具有无限的潜能——生产意义和思想，在实践与反思的双重探询中测绘文化的踪迹。

批评又如何在九十年代的现代性与后现代话语实践中发挥自己的潜能呢？

---

① 爱德华·赛义德：《福柯与德里达》，汪民安译，选自《世界·文本·批评家》，见汪民安、陈永国、马海良主编《后现代性的哲学话语》，浙江人民出版社，2000年，第415、416页。

批评的踪迹与现代性测绘
——文化研究的考察

一

在现代性的地平线上，文化研究的崛起为批评之旅开辟出新的广阔空间。

文化研究在二十世纪九十年代的异军突起，昭示着批评的文化转向。从“文学批评”到“文化研究”的术语转换，却是文学学术场域“换了人间”的沧桑巨变。它标示着文学版图的边界已发生裂变，一度貌似清晰明朗的界线变成变幻莫测的虚线。作为合法化权威指令的命名区分突然失去指涉对象，人们很难想象——在一幅边界游移延异、踪迹飘忽流散的版图上，如何行使区分和甄别的认知理性？这样的文化图景在当代批评视域中不再是异想天开：莎士比亚的《哈姆雷特》与芭比娃娃的广告一起光顾批评家的诊室；鲁迅的《呐喊》伴随着崔健《一无所有》的摇滚嚎叫让评论家聆听出微言大义；艾略特的《荒原》和波普艺术机械复制的明星肖像及千篇一律的罐头招贴并置搁放在批评家的解剖台上；朱自清的抒情散文与 MTV 音乐片一同经受评论者的视觉叙事分析。透过这幕拼贴并置的文化图景，不少敏锐的批评家察觉到某种隐蔽的变换——八十年代一度被视为政治性“铁笼”的意识形态和庸俗“铁链”的社会关系，在文化研究的召唤下又重返批评的视域，并受到超过审美感性的高规格礼遇。

人们自然会追忆起那个审美批评意气风发的年代。“主体性”登高一呼，现代派、纯文学、审美自律、形式探索、先锋实验等文艺探险团队云集响应，它们高举“将审美进行到底”的彩色旌旗，行色匆匆的奔走在通往审美乌托邦的自由之路上。自八十年代中期崛起的先锋文学实验，在前锐批评家的理论援引下，一度对语言与形式进行无边的探险，试图建构起审美自律与语言自洽的“虚构王国”。先锋文学的形式实验将文学性提纯到语言本体的高度，拒绝政治意识形态包举宇内的罩笼，拒绝社会人间烟火袅袅吹拂的熏染。文学似乎找到自律自治的独立领地，先锋作家与前锐批评家陶醉于“文学理想国”的仙境乐土之中。但这个精制细构、美轮美奂的“纸上乌托邦”，在九十年代后现代性冲击波的强力辐射下，已成为风吹雨打摇曳着孤灯残影的舞榭歌台。先锋文学这枚八十年代的艺术勋章，一面镌刻着先锋作家对叙事可能性的形式探索，另一面则凸现前锐批评家在语言意识上的觉醒。但当时先锋作家与前锐批评家对语言与叙事的认识，大都局限于结构主义的封闭牢笼中，他们从所指与能指的二分法中脱身而出，试图凭借漂浮的能指为流动的文学性搭建审美自律的平台，而语言的社会、历史之维与叙事的意识形态功能，尚未进驻他们的思考场域。

在九十年代的“后革命氛围”中，审美救赎的解放潜能已被消费社会的资本力比多消解。这是一个美学资本化的年代。美感沦落飘零在怀旧的斜阳巷陌里，消费快感则踩着都市节拍跳起轻快的狐步舞穿行在熙熙攘攘的欲望街市。与此同时，大众文化搭乘消费社会的“欲望号街车”轰轰烈烈地出场了，一场关于身体与快感的“欲望狂欢”如火如荼地上演着。这是一场高潮一直高亢而剧终不知所终的盛大演出——市场经济的资本现代性为它搭建起永不谢幕的舞台歌榭，并为它炮制和快感一样转瞬即逝、像欲望一般永无止境的演出剧目。这时，精英文化的贵族面孔被洋溢着消费快感的大众文化撕下神秘而高贵的面纱，在资本逻辑与消费享乐主义的策反下，大众文化挺起一度谦恭卑微的脊梁，雄赳赳气昂昂地站在文化审判庭上，指证精英文化的“傲慢与偏见”是一种压迫性歧视，是一种把持权力话语的文化霸权。于是，精英文化的贵族面孔被烙上“文化霸权”的红字，只好躲进远离市场尘嚣的象牙小楼去听一夜杏花春雨，冥想形而上的超功越利之道。

上述对八九十年代文化地形图的修辞学素描，让我们依稀察看出文化研究崛起的宏观轨迹与转换向度。

批评的文化转向，一直伴随着此起彼伏的争议与辩诘。人们不禁要发问：文学经典怎么会沦落风尘与文化快餐垂影相吊？阳春白雪的高雅文化怎么会走进世俗与油头粉面的通俗文化平起平坐？文学与非文学的界线是否从此就形同虚设，泛文学的时代已经悄悄到来了吗？“作者已死，经典不再”的文学是否从此就要向每一个时代的恶之花俗之草献媚？在确认符号和话语作为一种内在文本性度量衡尺度，并建构起“语言现实主义”的今天，文本是否就能消弭文学与文化之间的界限？无边无际的文化空框结构到底是一个吸纳日月精华与星辰光芒的文化星系，还是一座有容乃大什么都往里倒的巨型垃圾场？不证自明的“文化”是否温情脉脉地遮饰着隐蔽的成规，到底是谁的文化？文化又隐蔽着什么？

这一系列密集而有力度的问题，使批评文化转向的身影显得有几分沉重，尽管它跃跃欲试地叩响每一个新领域半掩的门扉。

二

文化研究的兴起，是高度语境化的产物。人们在寻找其历史参照坐标时，常追溯起文化研究的两个源头——二十世纪三四十年代的法兰克福学派的文化批判与五六十年代英国新左派兴起的与精英贵族文化相抗衡的文化研究。它们的兴起都是对所处时代的历史当下状况的诊断与回应。[①] 但文化研究的迅速扩展播撒，并发展成为八九十年代以来西方学术界最有活力且影响深远的学术思潮之一，则更多归功于批评在通向语言之途中的功能转换——作为话语实践与文本生产的生产性批评实践。而这一转换是批评在“语言转向”开辟的新航线中完成的。

当福柯和巴赫金对话语的社会、历史之维“拨开云雾见青天”的深刻揭示，指引批评家从“语言牢笼”向广阔的社会历史空间进行文化突围；当解构大师德里达对文本的语言踪迹“上穷碧落下黄泉”的延异播撒，启悟批评家从“形式迷津”的彷徨中转向文本内外无边界的“不在场”勘探：一个新视域开启了，人们发现语言的“新大陆”——话语与文本——其实就是文明和文化的“道成肉身”。文明的历程，文化的苦旅，其实就是人类在语言之途播撒的无限延异的踪迹，人类在书写文本的同时书写了文化乃至人本身。德里达的“泛文本主义”，常被后继的后现代主义者提炼为一句激进的战斗口号：文本之外无他物，甚至将整个“世界”指称作一个巨型“文本”、一套符号总汇、一本永远有待于解读的著作，但他的修正澄清往往被后继者有意无意地忽略：“当批评家们把我的工作看作是这样一个见解的时候，我总是感到非常惊讶：语言之外别无他物，我们被囚禁于语言之中；实际上，解构主义想要阐明的恰恰是相反的观点。对逻各斯中心主义的批判首先也是对于‘他者’和‘语言的他者’的探寻。”[②] 德里达拆解了文本的内外边

① 马丁·杰依：《法兰克福学派史》，广东人民出版社，1996年。

② 德里达：《解构与他者》《立场》，转引自理查德·沃林：《文化批评的观念》，商务印书馆，2000年，第294页。

界，任何文本都是对其他文本的吸收与转化，文本之间的“互文性”使边界更像一道可以自由来往的修辞性篱笆，而不是鸡犬之声相闻却不相往来的知识性壁垒。文本就像一团不断延异播撒的话语踪迹，没有“内在”和“外在”的传统区分。这样一来，文学文本与哲学文本、历史文本的区别就毫无意义，文学批评由此成为广义的文化批评。但德里达所澄清的对“语言的他者”的探寻，以及他一再宣称的立场“解构主义……不是中立的。它介入着”，① 并没有在他一系列晦涩多义的书写之物中得到相对明确的印证，从而为后现代主义者的激进误读——运用德里达所言的“缝隙”“增补”法——留下可乘之机。

德里达未竟的“他者探寻”及“介入”，实际上是由福柯的权力谱系学和知识考古学来完成的。德里达倾向于认为文本的意图和整体是不可见的，因为延异的踪迹飘忽不定，对文本隐蔽的话语规则及脉络层次，他持否定的不可知论，无法破晓也不必破晓偶然随机的话语踪迹的运行法则。而福柯则在德里达驻足止步之处继续追问：话语的踪迹即使飘忽不定，但这是谁的话语？谁的踪迹？德里达在认识论的尽头停止追问，福柯则从话语的生产实践视域向蛰伏在文本最深处的权力逼问。经过权力谱系学和知识考古学勘测，福柯发现文本是权力网络的一部分，权力的踪迹无处不在，知识的生产也是权力话语的文本再生产。赛义德精辟地指出：“权力的文本形式是对在文本和知识底部的权力的有意模糊。因此，批评的对抗权力就是将文本带回某种可见性。”② “权力的有意模糊”实际上就是意识形态的掩饰与遮蔽，它掩饰自身在再生产资本主义生产关系中的共谋作用，它遮蔽自身作为国家机器生成建构各种虚假“主体性”的强大功能。而文化研究的重要任务就是将意识形态掩饰和遮蔽的一切尽可能地展呈揭示出来，换言之：即在批评的话语实践中，通过探测原文本未显形的意识形态隐匿部分与未显现的权力关系网络进行文本再生产。

如果说福柯和德里达提供了文化研究开辟新路向的“理论导航系统”，那么阿尔都塞的意识形态理论与葛兰西的文化霸权理论则堪称文化研究的“理论灯塔”。在阿尔都塞看来，与其关注意识形态的真假虚实，不如直接审视其强大的建构功

---

① 德里达：《解构与他者》《立场》，转引自理查德·沃林：《文化批评的观念》商务印书馆，2000 年，第 289 页。

② 爱德华·赛义德：《福柯与德里达》，见汪民安、陈永国、马海良主编《后现代性的哲学话语》，浙江人民出版社，2000 年，第 416 页。

能：意识形态是“个人同他所存在于其中的现实环境的想象性关系的再现，”它建构和形塑了我们对现实的意识，并召唤个人成为主体。① 文化的意识形态之维，使话语建构与文本生产成为意识形态再生产的重要组成部分。但阿尔都塞过于强调意识形态的“结构整体性”，个人作为主体只是意识形态崇高客体投射下的结构性魅影，在坚固的整体性结构面前主体丧失了一切能动性。而葛兰西则以一种动态交互的视域重新评估意识形态的“文化霸权”之争，文化霸权其实就是意识形态领导权，在争夺领导权的过程中，统治阶级并非只是通过强制灌输与操纵支配来实现其阶级意志，而是以极富弹性的策略将对立阶级的利益及价值观吸附到自身的主导系统来维系的。这在资产阶级的文化意识形态中得到最集中的体现，它接纳包容了来自不同阶级领域的对抗性文化之后，成为一种修正调和式的文化意识形态的动态联合体。② 这样一来，意识形态中任何简单的二元对立都被其复杂多元的主导系统消解了，那种庸俗的经济决定论和阶级决定论也就失去了理论的锚地。阶级、种族、性别、大众文化等文化关键词，从原先局限于统治/被统治、压迫/反抗的二元对立教条中挣脱出来，进入文化实践的政治与意识形态视野，呈现出一幅差异和矛盾交织的文化图景。

简而言之，文化研究的理论基石是由三个方面的合力构筑的：德里达解构了文本边界，让文化研究踏上跨学科、跨文本的批评之旅；福柯的权力话语建构，使文化研究成为介入现实探询权力他者的生产性话语实践；阿尔都塞的意识形态理论和葛兰西的文化霸权理论，则为文化研究指明“矛头所向”的“用武之地”，并提供最有力的思想武器。

文化研究在奠定理论基石后，又涌现了一系列新的批评方法。福柯的“权力之眼”照亮了后殖民主义的文化抵抗之路，而德里达的“文本踪迹”则指明了新历史主义将历史叙事化的颠覆之途，当然其中也有交互重叠的理论镜像。巴赫金的“狂欢诗学”与罗兰·巴特的“大众文化神话学”解读，使一直处于启蒙下位的大众文化被盛情邀请回到文化研究的大本营。女性主义在福柯权力谱系学、拉康精神分析学等理论资源的援引下，也成为文化研究领域一支重要的生力军。文化研究虽没有固定明确的定义，但作为一种生产性的批评话语实践，我们还是可

---

① 阿尔都塞：《列宁与哲学》，转引自罗钢、刘象愚主编：《文化研究读本》，中国社会科学出版社，2000年，第12页。

② 安东尼奥·葛兰西：《狱中札记》，中国社会科学出版社，2000年。

以大致辨识它的运作平台："文化研究主要描述并介入'文本'和'话语'（即文化实践）在人类日常生活和社会构成之内产生、插入和运作的方式，以复制、抗争乃至改造现存的权力结构。"① 而现存的权力结构的投射镜像，就是意识形态的文化霸权。从这一意义上来看，文化研究又可视作是建构、修正乃至改造意识形态的话语实践与文本再生产。

通过上述对文化研究理论与方法的简笔白描，我们可以察现：批评的文化转向既是社会文化结构转型变迁的历史召唤，更是批评在通向语言之途中功能转换的内在要求。

三

经历二十世纪西方文化研究的理论旅行之后，我们重返中国语境时又面临着一系列新的问题：

文化研究的语境化取向与实践性品格使任何简单的"横向移植"都可能陷入异质相斥的"水土不服"之中，它显然需要在源自本土语境的"问题意识"的导引下进行"再语境化"。那么，如何在九十年代的现代性转型中进行西方文化研究理论与方法的"再语境化"呢？在资本主义现代性挟全球化浪潮而播撒天下，强力推进其普遍化的历史进程的今天，又如何建构源自中国本土经验的现代性话语？此外，在一种历史发展落差显著的差序格局中，不同的历史语境中的社会关系、文化形态及权力结构必然存在着差异性的不对称，在西方语境中长期处于支配性地位的意识形态文化霸权，也是西方文化研究实践试图修正与抵抗的权力结构，却可能在另一个发展中国家的历史语境中只是刚摆脱强势宰制的新兴力量。换而言之，西方语境中的现代性意识形态霸权，移置到另一个历史语境却只是处于初步发展状态的形成性力量，在新意识形态的话语角逐中它远未具备强势之力，遑论霸权之威？还有，西方文化研究语境中居于凸显位置的阶级、种族、性别三要素以及大众文化、身份政治、后殖民主义、后现代状态等热点问题，显然是西方文化研究根据特定社会文化条件下的历史当下状况而形成的研究焦点与热点，它们是否能跨语境移植到九十年代中国的现代性转型语境中？也许，西方的焦点一

---

① 劳伦斯·格罗斯伯格：《文化研究的流通》，见罗钢、刘象愚主编：《文化研究读本》，中国社会科学出版社，2000 年，第 69 页。

到中国语境就成为散点，西方“如火如荼”的热点一到中国语境却只是处于萌芽状态的“星星之火”，尽管“星星之火，可以燎原”，但在超前早熟的期待视域中，往往会陷入拔苗助长或吹火助燃的夸饰迷思里。以“阶级”这个文化研究的关键词为例，在西方语境中它一直是文化政治领域锃锃发亮的巨型语汇，也是文化研究与批判理论介入现实政治的必经之域，但在中国语境中却是一个历史锈迹与政治劣迹斑驳陆离并蒙上一层层文化尘垢的语汇，我们又如何在九十年代的现代性转型语境中擦亮它原有的批判光芒呢？再以后殖民理论为例，它的语境取向与问题意识更为明显，赛义德、斯皮瓦克、霍米·巴巴、德里克等卓有成就的后殖民批评理论家都是在感同身受的文化殖民体验中提炼理论晶体的，文化认同的身份焦虑始终是他们进行理论批评的出发点，① 而在半殖民、半封建的中国近现代语境中殖民主义与封建思想犬牙交错的复杂图景，又如何跨语境将后殖民理论“再语境化”呢？

这一系列引人深思的问题，显然需要在文化研究的批评实践中以新的视域新的观照来审视。

回到中国语境探寻文化研究兴起的原因，人们从九十年代以来社会经济文化结构的现代性转型中，可以找到各种充足理由律。但从话语实践与文本生产的视域进行审视，也许更能察现它的内在理路。当文化研究作为生产性的批评话语实践进行文本再生产时，它实际上已参与九十年代的现代性转型的话语建构过程，并在现代性意识形态话语的角逐中发出自己独特响亮的声音。九十年代的现代性社会转型，其实也是意识形态的新旧交替。旧的以计划经济为基础的意识形态，随着 1992 年南方谈话一举破除“姓社姓资”的二元对立僵化模式而宣告终结，新的以市场经济为内驱的现代性意识形态正在形成之中。作为意识形态话语实践与文本再生产的文化研究，自然在新旧意识形态交替转型期应运而生，它不仅是一种历史当下性的回应，而且也将在新意识形态的话语角逐中发挥自己不可替代的功能。

在九十年代文化思想界的重要论战中，都可以看到文化研究活跃的身影。从“人文精神大讨论”“激进主义与保守主义之争”“后现代性与现代性论争”“国学

① 巴特·穆尔-吉尔伯特等编撰：《后殖民批评》，北京大学出版社，2001。阿里夫·德里克：《跨国资本时代的后殖民批评》，北京大学出版社，2004。

复兴”“儒家资本主义”，到“现代性问题”“全球化与本土化”“民族主义”“市民社会与公共话语空间”“新左派与自由主义之争”等等，文化研究都做出敏锐迅捷的回应。北京“后现代/现代性”，上海“人文精神”与南京“新写实”一度成为九十年代的文学与思想话语策源地，《读书》与《天涯》以及坚持先锋探索意识的《收获》《上海文学》《花城》《钟山》的文学话语多声道争鸣与思想多元交响，彰显人文知识分子在市场经济潮流冲击下的精神守望。在九十年代的文学批评实践中，批评的文化转向不仅开创了新的批评空间，拓宽了批评的路径，丰富了批评的可能性，而且在跨学科的文化实践中重写文学批评的定义与内涵——批评不再只是一种认知过程，而是在话语实践中生产意义的工作，它不再寄生于既定的文本，而是要建构自己的对象并再生产文本。伴随文化转向后的功能转换，作为生产性批评实践的文化研究，正在批评领域扮演越来越重要的角色，发挥越来越重要的作用。

文化研究以一系列产生广泛影响的批评实绩，在九十年代的现代性与后现代话语竞技场上占有不容忽视的重要席位。择其要有：汪晖的现代性谱系探询及文化思想史书写，南帆对文本生产与意识形态的隐蔽成规的深刻揭示，王晓明对九十年代“新意识形态”的整体感知与理论素描，蔡翔的《日常生活的诗情消解》对文学审视与文化探测的掘进思考；陈思和倡导的“民间理念”及对民间文化形态的现代性重写，孟繁华对大众文化“众神狂欢”的解读及“无产者写作”的主张，戴锦华的影视文化传播及大众文化研究；李银河、张京媛对西方女性主义思想的引介阐扬，孟悦、徐坤等的女性主义批评实践；周宪的审美现代性研究、鲁枢元的文艺生态学批评主张、叶舒宪的文化人类学视野下的文学新探，吴义勤、谢有顺等新锐对九十年代小说的批评探索等等。文化研究的方法还渗透到文学史领域：洪子诚的《中国当代文学史》和《问题与方法》对文学的制度性品格做出钩深致远的考察，而陈思和主编的《中国当代文学史教程》则以多层面的历史叙事展现“共名”的意识形态集体记忆与“无名”的民间潜在写作。面对现代性话语的重构，后现代主义思潮也在全球化时代悄然进行理论的东方之旅，王宁、盛宁、王岳川等的理论引介及陈晓明、张颐武等的批评实践都产生广泛影响，在现代性转型的历史当下性语境中，后现代主义的现代之“后”展望虽能预期未来的丰富可能性，但在“后视域”的强烈聚光灯下，对现代性现象的审视有时也就难免某种程度的失真与偏误。上述文化研究的批评实绩，是在“中国问题意识”导引下，将源自西方的文化研究理论与方法“再语境化”的文化实践，事实上它们也是九十年代文学批评收获的较有分量的部分成果。

面对这张简要辑录文化研究实绩的批评清单，我们大致可梳理出文化研究的主要批评路向，并将其置于建构形塑九十年代新意识形态的现代性话语实践中进行价值评估。

一是文化思想批评，它穿越文本边界直面现代性的文化思想现象，对现代性进行正本清源的文化谱系考察，力图以多元差异的可选择的现代性回应市场经济驱导下的单一现代性，并坚守边缘正义的立场发出抵抗性异见。以汪晖为代表的现代性思想批评，既对资本主义现代性的全球化播撒进行批判并探寻“别样的现代性”予以积极回应，又对自由市场经济驱动下“权力不对称”所造成的结构性不平等进行深刻的揭示。这一抵抗性异见事实上激发了权力主导结构的强烈回应——对“新左派”指称不明的策略性命名——隐含着切除某种“价值回路”的政治修辞意涵。在一种粗简而武断的政治化修辞命名中，“新左派”和“自由主义”成为一场虚实交错但“权力不在场”的现代性路线之争。甘阳、汪晖、韩毓海、孟繁华、王彬彬、旷新年等的现代性思想批评实践，虽是被政治化修辞命名荟萃云集到“新左派”的符号性旗帜下，他们之间批评理路的差异性远超出命名符号的同一性，但他们的批评介入意识与边缘正义立场却展示了九十年代文学批评的犀利锋芒。自由主义阵营徐友渔、朱学勤、秦晖、汪丁丁等人以个体自由权利与市场化价值取向为思想批判的自由精神注入活力。“新左派”这一指涉不明的政治符号化修辞，从另一意义上来看，反而凸显出文化思想批评的抵抗性立场。事实上，在新意识形态的现代性话语角逐中，“新左派”是文学批评话语中具有批判力与影响力的话语实践，当然他们身后也伴随着“过于介入现实，已经远离文学”的诘疑微词。

二是文化意识形态批评，它与文化思想批评组成重叠的现代性批评镜像，它们之间的差异性与同一性比邻并置。文化思想批评凸显思想批判的旨趣，而文化意识形态批评则在文本再生产中探询权力结构的运作机制与话语踪迹。文化意识形态批评有不同的路径取向。王晓明以敏锐的洞察力从纷纭复杂的现代性社会镜像中，探测出九十年代正在形成的“新意识形态”，并提出文化研究的主要旨向：

“越是意识到这‘新意识形态’背后的种种政治和经济权力的多样运作，意识到它正在应和并塑造今天的群体欲望和公共想象，正在麻痹和延误社会对危机的警觉，文化研究就越要将其视作最重要的批判对象。”① 尽管“新意识形态论”只是对九十年代现代性转型历史语境的现象学“理论素描”，但它明确指出文化研究的着力点并初步建构起运作平台，事实上已为九十年代文化研究开辟了更为广阔的批评空间。南帆则从文本生产与意识形态之间的动态交互关系切入，在双重视域的审视下，揭示意识形态的隐蔽成规，测绘文本生产的权力话语踪迹。文本分析与意识形态批评的双重视域，为文学批评与文化研究找到交互接合的批评场域，它以文本叙事与话语修辞作为批评的发轫之处，然后在文本分析的过程中与社会历史以及意识形态遇和，这种批评路向显示出批评话语实践介入社会历史现实的最佳路径。正如南帆所强调的：“文本分析必须纵深地考察字、词、句背后隐蔽的历史冲动、权力网络或者詹姆逊所说的政治无意识。文本仅是一个很小的入口，然而，这个入口背后隐藏了一个巨大的空间。”② 这一“巨大的空间”实际上就是文化研究开启的广阔的社会历史空间。这一批评路向与詹姆逊的文化意识形态批评不谋而合，詹姆逊曾如此阐述他的批评路径：“我历来主张从政治社会、历史的角度阅读艺术作品，但我决不认为这是着手点。相反，人们应从审美开始，关注纯粹美学的、形式的问题，然后在这些分析的终点与政治相遇。”③ 事实上，在九十年代的批评实践中，南帆是批评家中将文学批评与文化研究交融整合得较成功的，从罗兰巴特、福柯、德里达到马尔库塞、杰姆逊等西方理论家凝聚融合到他的思考视域与文体意识，也是将西方文艺批评理论“再语境化”较为成功的范例，他的话语探险与文化意识形态批评实践，展示出批评话语在现代性与后现代话语光谱中的智性光芒。

三是后现代文化理论的批评，王宁、盛宁、王岳川的理论引介与批判阐释拓展后现代文化思想视域的前沿进路，王宁将后现代的普遍性递增到无穷大图解先锋小说与新写实等诸多文艺创作现象的后现代性因子，却忽略差异与特殊性的递减，缺乏批判的辨析。盛宁以人文困惑与反思对西方后现代主义文艺思潮的溯源

① 王晓明：《九十年代与“新意识形态”》，见孟繁华主编《九十年代文存》（下卷），中国社会科学出版社，2001年，第285页。

② 南帆：《文本生产与意识形态》，暨南大学出版社，2002年，第2页。

③ 詹明信：《晚期资本主义的文化逻辑》，三联书店，1997年。

与变异进行学术梳理与深刻批判，指出后现代话语所表达的只是一个“阐释”，而不是“事实”。王岳川描述后现代文艺思潮在世界文化意识领域掀起一场话语转型的旋风，对其消解神圣、颠覆主体，拆解终极与深度抵达无深度平面的语言游戏进行中肯的价值批判，并吁求在告别二十世纪之时进行价值选择与精神定位，走出平面模式，重建精神价值新维度。孙绍振的《“后现代”之后》划出后现代的弧与径，对后现代思潮以虚无取代实在的文化空心状况，蚕食现代精神价值与拆解终极之后的零散化、碎片化进行建设性批判，希望重建精神深度空间重聚人与世界的碎片，使人类灵魂找到栖息地。陈晓明以后现代话语多元组合与解构取向的批评实验进行先锋文学与后现代性阐释，在批评前沿探索跋涉意气风发，对当代批评话语的递嬗与更新亦有拓进功效。

四是大众文化批评，它是批评对消费社会到来后商业文化蔓延渗透到社会各个层面的积极回应，也是文化研究进行批评实践的主要领域。虽然不能把文化研究归结简化为大众文化批评，但在文化研究的批评版图中，大众文化显然占据着幅员辽阔的批评场域。从大众传媒、影视文化、流行音乐，到服饰玩具、购物商场、住宅家居，再到时尚品位、体育休闲、生活情调等等，就像文化本身宽广无边的外延一样不断延异。大众文化的复杂多变，使批评的视域也呈现出不同的焦距与景深。九十年代的大众文化批评大致可分为三种批评路向：第一种是接延法兰克福学派对“文化工业”的精英批判立场，批判商业文化的媚俗浅薄、机械复制、感官刺激，以否定的辩证法揭示大众文化在资本与权力的操纵下成为控制和压抑的意识形态工具；第二种是借镜英国“伯明翰学派”对大众文化的肯定与认同，将文化视作日常生活实践的感觉结构与生活方式，为处于启蒙下位的大众文化正名提位，肯认充满张力的大众文化具有自发的弹性抵抗力量；第三种则是搭上后现代主义理论快车的消费文化批评，它冲决了精英/大众、高雅/通俗的二元藩篱，批判二元区分的背后是权力在行使歧视性的文化隔绝策略，它以差异性的文化平等主义抗拒同一性的文化专制主义，并受惠于巴赫金的“狂欢理论”将消费快感视为对抗等级秩序与权力操控的能动性力量，快感与意义的生产、符号的象征交换成为其关注的重要场域。值得一提的是，陈思和阐扬的“民间理念”虽是重写文学史时探测出的被遮蔽的潜在场域，但对以都市文化为主导、以市民阶层为主体的大众文化批评却是一种参照性互补，因为“民间”既涵盖了市井大众，又包容了大众文化批评往往盲视的广袤的乡村世界。当然，“民间”概念要进入现代性语境成为流通性的关键语汇，还有不少的理论间隙有待增补，但它毕竟为流连忘返于都市风景的大众文化批评提供了另一个参照空间。此外，大众文化批评还在批评实践中提出日常生活的审美化、图像时代的视觉转向、后主体时代的身体转向等理论阐释，进一步丰富了九十年代文学批评的理论图景。如果我们从更宽广的现代性视域来看，大众文化批评在“新意识形态”的现代性话语角逐中，也为被主流文化排斥的边缘及亚文化群体获取文化身份证及通行证，为被遮蔽的弱势群体和“沉默”的阶层提供“在场”的历史书写与文化言说。

上述三种文化研究的批评路向，只是粗略的划分，它们之间变动不居的边界往往使划分的场域成为漂浮的板块。正如文化理论家霍尔明智的洞见：

> 在福柯的意义上说，文化研究是一种话语的建构，它并没有什么单一的起源，虽然当它最初以文化研究命名时，我们中的一些人持有某种立场。在我看来，文化研究从中产生的许多工作已经存在于别人的工作之中……文化研究拥有许多种话语，以及诸多不同的历史，它是由多种形构组成的系统；它包含了许多不同类型的工作，它永远是一个由变化不定的形构组成的系统。它有许多轨迹，许多人都曾经并正在通过不同的轨迹进入文化研究；它是由一系列不同的方法与理论立场建构的，所有这些立场都处于论争中。①

文化研究拒绝同一性的禁锢罩笼，反叛本质主义的等级森严，抵抗普遍主义的四海皆准，它没有固定不变的定义与界线清晰的场域。无论是历时还是共时，差异、偶然、多元始终是文化研究与时俱变的驱动力，但它的议程总是面对历史当下状况，面对社会生活的肌理和表象的变化，因此文化研究就具有实践性和开放性的品格。它虽没有同一性的立场和宣言，但却在批评实践中达成包容差异性的默契与某种心照不宣的使命，就如霍尔所阐扬的：“文化研究的使命，是使人们理解正在发生什么，提供思维方法、生存策略与反抗资源。”②

尽管人们对文化研究疏离文学文本，背叛审美救赎的启蒙允诺颇有微词，指

---

① S. 霍尔：《文化研究及其理论遗产》，参见格罗斯伯格等编：《文化研究》。
② S. 霍尔：《文化研究及其理论遗产》，参见格罗斯伯格等编：《文化研究》。

责其“大而无当”“文化媚俗”“将批评理论化或成为理论的注脚”“以西方话语图解中国现实”，但一个难以否认的事实是：当文学尚未找到现代性与后现代性的言说方式，或者说文学还需要一定的时空间离才能叙述流光溢彩的现代性与后现代体验时；当文学话语还不如扑面而来的现代性现象更具文化冲击力，而转瞬即逝的现代性碎片本身已成为一种符号性文本时，批评只能悄悄离别文学回应在当下现实中日益逼近的现代性境遇，这种回应势必穿越文学文本而直面社会转型及文化转向中的后现代性现象。因此，九十年代兴起的文化研究又可视作广义的后现代性现象学批评，它是批评在现代性焦虑的困境中进行文化突围的开疆辟土之举。

另一方面，当文学本体随着其他更为宏大坚固的本体的倾塌而分崩离析时，流动的文学性也渗溢到现代性的各个层面，每一片后现代性碎片上几乎都有文学性的残余物——作为修辞的叙事话语。文化批评悄悄离别文学文本，直面后现代性现象，透过对文学性残余物的症候式剖析，在短暂、偶然、飞逝的现代性碎片上探询文化的踪迹。事实上它并非人们想象中的远离“文学”，如果我们扫描一下现代性的社会话语光谱，就能够发现不同色彩的话语光束之间存在着“话语间性”——“它很可能延展到各个社会门类，而且一段横向话语的话语间性很可能旁及左邻右舍，既出现在文学生产之中，也出现在政治话语、新闻话语或哲学话语等话语之中。”① 换言之，当文学似乎消融在无穷无尽的话语中，流动的文学性却旁逸斜出地播撒到其他话语类型。文化研究者如果从其他话语类型的文学性碎片——修辞叙事切入，进行文化阐释、社会分析与意识形态批评，那么它实际上并没有远离文学，因为文学性修辞话语仍然是文化研究的起点和平台之一。文学性的流溢蔓延，不管是称之为“泛文学”，还是称之作“杂文学”，其实也并非今天才有的新图景。人们在追本溯源时往往会想起亚里士多德的《诗学》与《修辞学》，想起刘勰的《文心雕龙》，那个时代的文学更多被视作修辞叙事之学。而如今被文化研究远离的“文学”，不过是近两个多世纪来由种种话语建构出来的不证自明的“常识”。② 文化研究解构了文学的“常识”，冲决了认知的藩篱，祛除了隐蔽的成规，将文学从审美自律的狭隘场域中解放出来，让批评从语言之途上的形式迷津脱身而出，迈向更为广阔的社会历史文化空间。

---

① 佛克马等编：《问题与观点》，百花文艺出版社，2000年，第50页。
② 参见乔纳森·卡勒：《文学理论》，辽宁教育出版社，1998年。

文化研究的兴起，标示着批评之旅又踏上新的航程，这是正在行进中的未竟的航程。文化研究正与流动的文学性和变动的文本性携手走在充满不确定性的批评旅途上。

倘若人们追问起文艺理论的探索前景，追问起文学批评的未来图景，这样的回答依然有效：

批评在路上，理论在旅途！

流动的文学性

一

这样的知识图景一再重现——认知的步伐追赶不上事物的背影，理论的脚步丈量不出实践的踪迹，外延的乡愁理念挽留不住内涵的漂泊意志。

概念的抽象命名，只是为变动不居的世间万物构筑认识的驿站。风尘仆仆的事物只作短暂的勾留，在概念的驿站休养生息，但它一时静如处子的名词性容颜，往往让人忘却它动如脱兔又将启程的动词性身姿。概念是为了告别的理论聚会，它穿上符号性的华衣彩服却抖落不掉一身的行旅风尘。概念总是与定义联袂出场，但它们往往踩着理性的节拍翩翩起舞。定义假工具理性的权力之手——命名和分类——来安定活泼野性的意涵，在提精炼粹的“定义”过程中抑制驯化意涵的活性因子。于是，多义的意涵栖居于概念的结构性驿站之中，寄寓而不定居，逗留而不永驻，但“定义”又能定住多少流动的意涵呢?

定义源于对不确定性的认知焦虑，动荡不安的偶然总是惊涛拍岸卷起碎片无数，随物宛转的随机则一直如孤云野鹤来无影去无踪。定义通过命名与分类行使认知权力，命名赋予世界以秩序，分类赋予事物以结构。定义竭力维持秩序并拒绝甚至压制偶然性和随机性。概念和定义生产知识晶体——“常识”，固态的常识组成一个井然有序的理性世界，但流变中的自在之物却成为漂泊的他者。偶然随机的他者以液态的流动性穿越固态的结构秩序，只留下不证自明的常识独守概念的空巢。因此，确定性的定义始终追赶不上在不确定性中流动的意涵。

文学一旦走进这幅认知图景，它那多舛的命运是否能运行出别样的轨迹呢?

回首文学走过的漫漫历程，人们不难察现：文学的本体与变体一直与时俱变，文学的本质与现象不断新陈代谢。仰望文学星空，并没有一个永恒的本体普照大地，倒是无数的变体群星璀璨；远眺文学长河，也没有一种客观的本质中流砥柱，却是纷纭的现象川流不息。当我们探寻的目光在文学那悠长久远、模糊不清的历史起源地登录时，就会发现——它的发生学源头活水并非那么清澈纯净，至少有四股清浊交混的水流激荡起文学最初的涟漪："能事无形，以舞降神"的巫术仪式孕育了戏剧艺术的原始律动；宗教的神秘灵韵在清风徐徐中荡起文学精神家园的初兴水波；"杭育杭育"的劳动号歌激起文学与社会人生那一经摇漾就不断扩散的起伏波澜；自由自在的"游戏冲动"则让审美想象力吹皱文学源头的一池春水。文学源头的这四股涓涓细流一路穿山越岭，积水为溪汩汩成河，湍流为江，以滔滔的支流汇入波涛浩瀚的文学长河。在文学观念的历史变迁中，回荡着这一起源四重奏的遥远回响。人们从后世的各种文学流派的观点和主张中，都可以谛听到"各取所需"的起源天籁。

从词源学的考察来看，"文学"一词在中西语境中的最初含义是泛指一切文献文本材料，现代意义上的审美想象的"文学"则仅有两百多年的历史。据法国文学社会学家埃斯卡皮钩深致远的考证，拉丁语中"文学"（Litteratura）一词是古拉丁雄辩家昆提卢斯（公元 30—100 年）根据希腊文 γραμματιχη 一词模仿过来的，其词根是 Littera，Lettre。在十三世纪的古法语中由 Littra 产生了 Letre，从中又引申出派生词 Letreüre 或 Lettreüre。在英语中，文学（Literature）一词最早出现于十四世纪，它的含义类似我们今天的文献、学问之意。中国语境中的"文学"一词也有自己缘起和变迁历程，尽管"文"和"学"都曾出现在甲骨卜辞中，"文"字"象正立之人形，胸部有刻画之纹饰，故以纹身之纹为文"，而"学"作为会意字意指与宗教祭祀占卜有关的传授和仿效同时进行的活动，但"文"和"学"结合成"文学"一词则首见于《论语·先进》。皇侃《论语义疏》引范宁说，"文学，谓先王典文。"杨伯峻《论语译注》说："指古代文献，即孔子所传的《诗》《书》《易》等"，实泛指学术文化。作为孔门四学科之一的"文学"，"实际上概括了孔子文治教化之学的全部内容，或者可以说是儒家学术文化的总称"。至少在魏晋的文学自觉时代之前，文学一词泛指一切古代文献或学术文化的总称。可见，在中西古典文化语境中，泛文学的命名指称使文学概念长期存在着广义宽延的意涵，它更像一个有容乃大而又浑然一体的混沌型概念，总体上它仅仅意味着"文章"甚至"书本知识"之类的文化文献。而将现代"文学"从浩瀚无际的文化文献中提炼抽取出来，并对"文学"进行新的定义和分类显然是晚近的后来之事。那么，现代意义上狭义的文学观念又是如何产生和确立的呢？

二

西方学者对现代文学观念的谱系学勘察一直持续不断，从广义的泛文学到狭义的纯文学，文学概念的路径变迁标示着流动的文学性的历史踪迹。韦勒克在《比较文学的名称与实质》一文中精辟地指出，文学一词在十八世纪中叶经历了一个“民族化”和“审美化”的过程，现代文学观念正是在这一过程中逐渐被播撒开来的。① 伴随着文艺复兴的启蒙主义思想冲击波，以及资产阶级民族国家的兴起，被注入时代精神新意涵的“文学”开始在欧洲各国的历史舞台上频频亮相。在法国、英国、普鲁士（德国）、意大利等国共时性登场的新“文学”这一术语，已从广义的文化文献中脱身而出，而专指用这些国家的语言写成的、具有审美想象性的民族文学作品。乔纳森·卡勒则着重考察浪漫主义思潮对现代文学观念的催化作用，他指出是莱辛于1759年发表的《当代文学的通讯》中，“文学”一词才包含了现代意义的萌芽，而法国批评家史达尔夫人在《从文学与社会制度之间的关系论文学》（1800）中首先确立了文学作为“想象性写作”的观念。② 尽管史达尔夫人对文学的界定仍延续广义的泛文学观：“我所指的文学包括诗歌、雄辩术、历史与哲学”，但她已开始尝试内部的区分——“在文学这些部门当中，应该区别哪些是属于想象的，哪些是属于思维的”。③ 史达尔夫人的区分试图标举想象的力量，抑制并削弱理性思维对文学观念的统辖。但这不过是德国浪漫主义文艺思潮的法兰西回响，事实上，审美想象的现代“文学”观念的确立更多奠基于康德和席勒的美学思想。

当康德在《判断力批判》中以“审美无功利”的典律将审美从理性认知的禁锢中解放出来时，审美的“文学”就不再是实现其认识功能、教化伦理功能等载道理性的手段与工具，而是一个审美自律之光普照的独立王国。于是，混沌无边而又浑然一体的“泛文学”开始出现离散的倾向，审美的“文学”已具备从广义文献中分解独立出来的理论原动力。后继的席勒则高擎审美感性的浪漫主义旌旗——“艺术为自己立法”，以自由自律的审美感性作为人类精神的栖息地，建构

① 韦勒克：《比较文学的名称与实质》《比较文学研究资料》，北京师范大学出版社，1986年，第15—41页。

② 乔纳森·卡勒：《文学理论》，辽宁教育出版社，1998年，第22页。

③ 伍蠡甫，胡经之：《西方文艺理论名著选编》中卷，京大学出版社，1987年，第1页。

起审美乌托邦的艺术家园。席勒敏锐地预见到启蒙时代以来资本主义现代性的高歌猛进，已使工具理性的重轭成为悬在人们头顶随时都可能落下的枷锁，他猛烈抨击认知的工具理性对人的压抑和异化：近代的资本主义社会是“一种精巧的钟表机械”，将人囚缚于一片片孤零零的机械零件上，人的感性能力与理性功能被强行割裂开来，感性冲动与理性冲动的分裂鸿沟只能靠第三种冲动——审美的游戏冲动来调谐统一，游戏冲动“消除一切强迫，使人在物质和精神方面都恢复自由”。[①] 这样，席勒在康德美学润泽下掀起的“审美救赎主义”浪漫文学思潮，一方面接延审美的形式自律功能为现代文学观念独立于“泛文学”指称厘定疆域，另一方面又以精神救赎功能赋予现代文学类似宗教的意识形态价值，从而确立现代文学观念的内在属性——审美性，并由内在的审美光芒向外辐射出社会救赎的外罩神韵。

浪漫主义对文学的现代含义的确立确实功不可没，总的来说，席卷欧洲的浪漫主义狂飙创造出审美想象的文学共同体——自由民主的人性化乌托邦。它原本是反抗工业革命以来工具理性霸权化的叛逆性救赎，但在资产阶级民主革命进程中却被整合成新兴的资本主义意识形态。卡勒深刻地揭示出现代文学观念背后的意识形态建构功能：“在十九世纪的英国，文学呈现为一种极其重要的理念，一种被赋予若干功能的、特殊的书面语言。在大英帝国的殖民地中，文学被作为一种说教课程，负有教育殖民地人民敬仰英国之强大的使命，并且要使他们心怀感激地成为一个具有历史意义的、启迪文明的事业的参与者。在国内，文学反对由新兴资本主义经济滋生出来的自私和物欲主义，为中产阶级和贵族提供替代的价值观，并且使工人在他们实际已经降到从属地位的文化中也得到一点利益。文学对教育那些麻木不仁的人懂得感激，培养一种民族自豪感，在不同阶级之间制造一种伙伴兄弟的感觉能起到立竿见影的作用。最重要的是，它还起到了一种替代宗教的作用。”[②] 这时期的文学具有某种社会救赎功能而类似于宗教，因此，社会的、伦理的外在属性就附着于文学文本之上，与此同时，审美性、创造性、想象性、形象性、情感性等价值维度也依附于文学文本之内，逐渐成为衡量现代文学写作的标准，并与资本主义现代性携手并进演化成不证自明的普遍性常识。

---

① 转引自朱光潜：《西方美学史》下卷，人民文学出版社，1979 年，第 448 页。

② 福柯：《词与物——人文科学考古学》，上海三联书店，2001 年，第 276－325 页。

虽然我们称之为文学的文本古已有之，丰富多彩的文学现象总是先于文学的本质，但是把这些具有审美属性的文本从其他文献材料中析分剥离出来，成为一种貌似独立自主的“客体”，并赋予它某种神秘崇高的类宗教价值，则是现代社会思想建构与知识型构的产物。福柯在《词与物》中对“知识型构”探幽索微的考察，为我们展呈出现代文学观念背后的知识生产谱系。所谓“知识型构”，就是某一时期全社会共同的知识背景和认知条件，换言之即一个时代的共识或自成一体的“知识空间”。福柯认为自西方文艺复兴以来的“知识空间”里，占主导地位的规则是“相似性”，人们要认识一个事物总是要与其他事物类比；然后是十七十八世纪福柯所谓“古典时期”的表象性知识型构，但在随后的新的“知识型构”里，“相似性”原则被关注内在的“差异性”原则置换，对“特性”的个性分析演绎取代了对“类比”的共性综合归纳。① 正是在这一知识范型的时代嬗变更替中，现代文学观念作为历史性建构的产物开始浮出历史地表。在新知识范型的观照下，作为“客体”的文学从广义的文化文献中分离出来而成为研究的对象，而文学这一“客体”的特性也成为新的问题域受到不断的追问与探究。卡勒的论述为我们提供了有力的佐证：“十九世纪以前，文学研究还不是一项独立的社会活动；人们同时研究古代的诗人与哲学家、演说家——即各类作家，文学作品作为更广阔意义上的文化整体的组成部分而成为研究对象。因此，直到专门的文学研究建立后，文学区别于其他文字的特征问题才提出来了。”②

现代文学理论起源于古代的诗学和修辞学传统，这两个历史悠久的学科为文学理论哺育了一系列论题和概念——摹仿/表现、真实/虚构、主题、情节、文类、比喻、格律等等。但在新“知识型构”的历史语境中，这些论题与概念已逐渐失去阐释的功效，诗学主要描述阐释诗歌领域，面对日益崛起的小说、散文等文类它已黯淡了阐释的锋芒；古典修辞学崇尚实用，研究任何类型公开演讲的技巧，它也很难接榫审美想象性的现代“文学”。随着现代“文学”从广义文化文献中逐渐分离出来，新的知识型构标举差异性原则，文学文本与非文学著作的区别性特征就成为关注的焦点。十九世纪以来，西方学者对文学特性的探询一直绵延不绝，内生的审美性、想象性、形象性、情感性、表现性等等，以及历史上薪火相传的

① 乔纳森·卡勒：《文学性》《问题与观点》，百花文艺出版社，2000年，第28页。
② 乔纳森·卡勒：《文学理论》，辽宁教育出版社，1998年，第38页。

外启的再现性、社会性、伦理性、历史性、时代性等等，但每一种本质属性的提炼，最后都留下概括不尽的余数和周延不密的间隙。事实上，作为“客体”的文学并非一个稳定的实体，文学现象及其属性又极具流变性和多样性，文学的定义总是随着时代变迁而飘浮不定，文学的特性也就呈现出动态流变的不确定性。而且，当现代“文学”从广义的文化文献中分离出来时，它仍然留下一条剪不断理还乱的文化脐带，它与社会、政治、科学、教育等现实领域的曲折缠绕的关系，与历史、哲学、伦理等学术学问藕断丝连的联系，使它的独立自主更像是一种朦胧缥缈的“审美幻象”。

经历种种文学特性的探询后，文学的定义越来越丰富多元，但一个清晰稳定并放之四海而皆准的界定依然可望而不可即。对于内涵和外延一直处于剧烈变动之中的文学“客体”来说，任何试图一劳永逸地界定文学特性的形而上探询，最终都会落进“刻舟求剑”的认知陷阱里。尽管批评家界定文学含义的努力从未停止过，但流动的文学性仍然不能永驻于一个明确清晰的概念框架之内。

三

面对文学这一与其说是独立自主的“客体”，不如说是诸多关系性的经纬交织互动而成的复杂“多面体”，十九世纪以来的西方批评家试图用蒸馏法析分出文学的“特质”，并由此建构起文学的“本体”，但这种本质主义的形而上探询往往迷失在理念的演绎中。既然概念之剑始终追赶不上现象之舟，那么“直面现象，本质缓行”就不失为一种明智的认知策略。

祛除先验理念遮蔽，直面文学“客体”本身。俄国形式主义批评家在现象学方法论的启悟下，开启了文学研究的新视域。二十世纪二十年代，罗曼·雅柯布森这位结构主义语言学开创者，以一个貌似同义反复的经典定义重新界定了文学的含义：“文学研究的对象并非文学，而是‘文学性’，即那种使特定作品成为文学作品的东西”。[①] 这一定义显然放弃了试图一举锁定文学本质的形而上界定，尽管从逻辑推演上来看它近似循环论证，但在一种不断延异的反复修辞中，却策略性地包容了文学形式的多样性。照雅柯布森看来，如果文学批评仅仅关注文学作品的伦理内容和社会意义，那是舍本逐末只看到文学的外在光晕而盲视文学的本

① 转引自史忠义：《关于“文学性”定义的思考》，《中国比较文学》，2000 年，第 3 期。

来面目；如果文学批评仅仅关注“只可意会，难以言传”的审美趣味，那它只能驻足于玄学的云遮雾罩里而不能成为一门严谨的学科，他声称：“文学研究要成为一门科学，必须把方法作为它们唯一的‘人物’。然后，关键的问题在于运用和论证这一方法”。[①] 形式主义批评既拒绝形而上的理论承诺，又反叛主观能动的审美表征，而是以科学实证主义的态度直面文学“本身”——语言经纬编织成的结构性文本。这一研究视域的转向，预示着文学理论的重心由创作主体转向文本的形式与结构。

直面文学本“身”，从理论渊源上来看无疑是移挪现象学“直面事物本身”的文学版本。那么，何谓文学本“身”？如何回到文学本“身”？这是形式主义批评必须解答的两个重要问题。

形式主义由外向内的形式转向，实际上隐含着后康德美学的理论预设——审美自律的艺术作品作为一个独立自主的“客体”遵循“无目的的合目的性”形式典律。但形式主义不仅切除了文学与社会、政治、历史、伦理等种种外在的关系性纽带，还驱散了精神、心理等投射在文本之上并随文飘拂的审美灵韵，这样一来，铅华落尽的文学本“身”就还原为由语言形式排列组合而成的物质性躯体。一个封闭自足的文学“客体”就这样躺在语言形式的解剖台上，成为可供实证分析的客观对象。于是，回到文学本身就是回到文本内部的语言形式层面。既然文学的本质特征就是文学性，就是文学文本有别于其他文本的独特性，那么文学语言与其他语言相比所彰显出来的与众不同的形式特征，就成为形式主义批评家关注的重点。他们将文学性的探测收缩到文学内部，聚焦于作品语言层面的各种形式要素。艾肯鲍伊姆认为，把“诗的语言”和“实际语言”区分开来，是形式主义批评处理基本诗学问题的活的原则。雅柯布森则进一步指出，文学性的实现就在于对日常语言进行变形，强化，甚至歪曲，也就是说要“对普通语言实施有系统的破坏”。雅柯布森强调“形式化的言语”（Formed speech），什克洛夫斯基倡导日常语言的“陌生化”（Defatmillarisation），托马舍夫斯基注重“节奏的韵律”（Rhythmic impulse）。[②] 尽管没有有案可稽的历史存证表明稍后兴起的英美新批评直接受益于形式主义批评，但新批评殊途同归地致力于文学内部的文学性诗学勘

① 转引自史忠义：《关于“文学性”定义的思考》，《中国比较文学》，2000年，第3期。
② 参见《俄国形式主义文论选》，三联书店，1989。

探：布鲁克斯的“悖论”和“反讽”、阿兰·泰特的“张力”、兰色姆的“肌质”、沃伦的“语像”、瑞恰慈的“情感语言”、燕卜逊的“含混”等等诗学概念，实际上都是从语言和修辞的角度描述文学性的构成。① 这两个在二十世纪前半叶西方文坛影响深远的批评流派，对于文学语言前所未有的关注和精致细腻的分析，确有双峰并峙交相辉映之妙。形式主义与新批评都试图从文学本身的物质性构成中探寻出文学的本质特征，但它们对文学内部的文学性探测，现今回首起来也只是一段未竟的光荣与梦想之旅。

形式主义与新批评在还原文学本身，确立一个貌似封闭自足的文学“客体”方面抵制了形而上学的理念诱惑。它悬置了历时性的历史维度，将文学文本共时性置放于一个与社会历史绝缘、与审美判断无涉的文化真空式的语言实验室里进行冷静审视，试图凭借从事物内部寻找事物本质的形式探询，提炼出语言的炼金术与艺术形式的方程式，但当它以提炼出来的形式要素作为文学性的普遍表征时，却又陷入本质主义的泥淖里。每一种精心提炼出来的形式要素，在区分文学语言与非文学语言确实有相对的合理性，伊格尔顿曾通过比较如下两个句子简明扼要地阐释了文学性的形式原则：“你委身寂静的完美的处子”和“你知道铁路工人罢工了吗?”即使人们不知道第一句话出自英国诗人济慈的《希腊古瓮颂》，阅读直觉仍然可以告诉我们：前者是文学而后者不是。两者在语言形式上有着明显的差异性：第一句用语奇特，节奏起伏意义深邃；第二句却平白如水，旨在传达信息。形式主义批评家据此推断：一旦语言本身具备了某种具体可感的质地，或特别的审美形式效果，它就具有了文学性。但语言内部并非静态的元素周期表，而是动态交互的星云流变图。这些析分出来的文学性形式要素并不仅仅是文学语言独享的专利，它们照样出没于各种非文学文本之间。雅科布森后来也承认：“在有轨电车上，您可以听到许多玩笑话，它们与最微妙的抒情诗有着相同的结构；而闲暇时神侃的结构规律竟然与短篇小说的规律相同。”② 雅氏的坦承在某种意义上宣告了形式主义探索的失败。当形式主义批评以一种形式要素或一种结构形式来统一整个文学文本时，它往往简化甚至抑制了潜伏于文本之内各个层面的活性因子，在一种静态语言观的显微镜式审视下，他们所捕捉到的体现文学特殊性的形式要

① 参见赵毅衡主编：《新批评文集》，百花文艺出版社，2001 年。
② 乔纳森·卡勒：《文学性》《问题与观点》，百花文艺出版社，2000 年，第 29 页。

素更像是实验室内的理想配方，如果再还原到文本语境中它们只具有局部单层面的阐释功效。因为语言形式从来就不是中性、客观的，更不是静止、孤立的“客体”，它本身就是动态交互的历史建构的产物，静态孤立的语言形式要素自然捕捉不到在文本内外流动的文学性。

四

俄国形式主义批评者试图从语言形式角度捕捉文学的特殊性，甚至捕捉文学的本质，尽管他们的形式实验探索并不成功，但“文学性”这一术语却不断播撒流布开来，其生命力远远超过那些精心提炼的形式要素。作为流通性术语的“文学性”，与其说是对文学的定义，不如说是一种待解的问题意识——使某种作品成为文学文本的特性是什么？正如卡勒所言：“文学性的定义之所以重要，不在于作为鉴定是否属于文学的标准，而是作为理论导向与方法论导向的工具，利用这些工具，阐明文学最基本的风貌，并最终指导文学研究”。①

二十世纪西方文艺理论对这一问题的解答，大致可辨析出两条泾渭分明的思维路径：一种是信奉文学自律将文学性视作文学文本的“客观”性质；另一种则修复历史之维视文学性为历史惯例的产物。前者延续雅科布森的“文学性”的定义，从形式主义批评发源地莫斯科辗转至布拉格学派，再流播到法国巴黎形成声势浩大的结构主义思潮，并与英美新批评的文本细读遥相呼应，再加上现代主义、先锋派文艺、未来主义、新小说等文学流派的创作声援，标举文学自律、语言自治的文学性一时蔚为大观，成为主导性的文学风向标。后者经由巴赫金对形式主义批评的批判，以具有社会性、历史性的话语概念扬弃索绪尔符号自我指涉的语言观，再由六十年代后期的后结构主义思潮深化升华，福柯、德里达等解构了文学性的自律神话，文学文本的客观性遭到普遍质疑；随后兴起的后现代主义思潮高举反本质主义的解构旗帜，而西方马克思主义则从历史的另一翼擦亮了意识形态理论的批判锋芒，在这双重批判质询下，加速了文学与其他总体性事物的解体过程，文学性越来越被视为历史建构的意识形态产物。

结构主义对文学性的探询，是俄国形式主义的逻辑延伸与理论深化。它同样致力于文学内部的形式结构探测，但不再冀望提炼某种形式要素来统摄整个文本，

---

① 乔纳森·卡勒：《文学性》《问题与观点》，百花文艺出版社，2000年，第31页。

而是将文学性视作文本内部的一种关系性存在，一种潜隐蛰伏于文本深处的深层结构。结构主义聚焦于事物的“构造”和“关系”，它认为：“事物的真正本质不在于事物本身，而在于我们在各种事物之间的构造，然后又在它们之间感觉到的那种关系”。[①] 于是，追踪文学的深层结构，就成为结构主义捕捉文学性的首要任务，罗兰·巴特宣称：结构主义诗学和叙述学的重点“不是个别具体作品的分析，而是普遍的文学语言的规律。在结构主义看来，个别作品是类似语言学中的言语的东西，是一种更加宽泛的抽象结构的具体体现。结构主义诗学和叙述学的任务就是要探寻支配文学作品的这种内在结构或总法则”。[②] 由单一的形式要素推进到关系性的深层结构，结构主义对文学性的复杂多变无疑有更深刻的洞察。但与形式主义批评一样，结构主义将文学看作一个封闭自足的“客体”，在索绪尔语言学的导引下，能指与所指之间的符号自我指涉关系成为其悬置架空社会历史之维，消解意义提炼结构范式的理论依据。尽管结构主义力图揭示出精致的功能性深层结构作为文学性的普遍规律，却陷入一个自反性的悖论：它所揭呈的叙述结构范式适用于任何文体，不仅适用于诗歌的阐释和小说的分析，同样适用于广告乃至食谱的解读，新闻语言、司法语言、哲学语言等具有明显差异性的语言与文学语言分享同一性的结构范式。巴特、热奈特、格雷玛斯对叙述结构与功能的精辟揭示，既能用来解析巴尔扎克、普鲁斯特的文学巨著，也能在新闻通讯、体育竞技、摄影图片、建筑设计甚至司法判决书上找到批评的用武之地。换言之，当结构主义自以为搜探到深藏不露的文学性，确信叙述的结构范式就是普遍稳定的文学性时，却在另一方面动摇了文学的本体与文学概念的外延——既然文学和其他非文学文本都具有共同的深层结构范式，那么文学与非文学的界限就形同虚设，新闻报道或者司法判决书等在传统区分和常识判断中与文学文本具有天壤之别的文体难道也具有文学性？

热奈特曾将一则有关车祸报道的社会新闻按诗体的形式重新排列，原文本中的新闻语言在新文体形式中摇身一变突然具有含蓄深邃的“诗性”：

昨天，在7号国道上

---

① 霍克斯：《结构主义与符号学》，上海译文出版社，1987年，第8页。

② 转引自郑杭生：《现代西方哲学主要流派》，中国人民大学出版社，1988年，第336页。

一辆轿车

以每小时一百公里的速度冲向

一颗梧桐树

车上的四位乘客

全部丧生

卡勒曾对这一实用语言与文学语言的形式切换进行精彩的分析。① 我们仍然可以在卡勒分析的基础上进行再解读——在新的诗体形式的阐释空间里，描述性的新闻要素突然闪烁出文学性的诗意光芒：原来表示确指时间的“昨天”，显得模糊而悠远，恍如历史的“昨天”，具体地点“7 号国道”因“国道”的意指而深邃凝重起来，一个偶然性事件被赋予了必然性的历史沧桑感；“冲向”这一动词不仅使静态描述增添了动感，而且使轿车具有一种强烈的主观愿望，“一颗梧桐树”似乎摇曳着自然的落寞身影；细节描写和因果链条的省略留下令人想象联翩的空白，“轿车”与“梧桐”，技术与自然，速度与静止，工业文明与自然生态，偶然的车祸与必然的人祸，目的不明的“冲向”与戛然而止的“全部丧生”，一系列意指扩散化的二项对立形成“诗歌”的张力，一种悲剧的叙述语调甚至隐含着冷漠的反讽。尽管这番再解读具有明显的过度阐释的“意义通货膨胀”，但诗体形式作为引发读者按照诗歌惯例进行阅读的语境反射信号，不仅强化了文本之内各语言要素之间的意涵相关性，使之成为重新聚合意指的诗性语义丛，而且在文本之间由新闻报道到“诗歌”的文体切换中，也强化了各语言要素与文学传统之中的诗性符码和能动意指的遇合。这样，新闻语言中的具体化信息可以被普遍化，甚至脱离具体语境去追寻更深刻的永恒意义。现今，一个在结构主义叙述学技巧方面训练有素的阐释者，可以很容易地通过从非文学文本里发现的“客观”材料来确证这种文学性的跨语际再生产。

上述事例中文学性的跨语际流动，一方面印证了文体形式作为期待语境的召唤结构功能，另一方面也撼动了貌似稳定的文学本体和文学性。结构主义不再把文学性看作文学的内在品质，而是视作文学语言与其他语言之间的差别关系的一种功能。托多罗夫认为把文学当作客体分析有很大的困难，因为在文学内部，不

---

① 乔纳森·卡勒：《文学性》《问题与观点》，百花文艺出版社，2000 年，第 32 页。

同体裁之间的差异甚至比文学与非文学的差异还大，叙事类作品和诗歌作品的特征就很可能互不相关。为了将文学内部的结构探询与文学外部的功能把握结合起来，托多罗夫引进了“话语概念”——在一定的社会文化语境里被陈述的语言，即在具体生活场景中实际运用的语言。这样，“文学与非文学的对立让位于一种话语类型学”。[①] 通过这一置换，在索绪尔语言学中被摒弃的历时性，一度倾塌的社会历史之维开始得到修复。事实上，对形式主义与结构主义自我囚禁于“语言牢笼”的批判与救赎，对语言形式的社会历史之维的修复与激活，更多源自巴赫金的话语理论。

巴赫金对形式主义批评的理论预设——文学是一个封闭自足的系统进行深刻有力的批判，他强调文学的特殊意识形态性：“物理与化学的物体存在于人类社会之外，意识形态的一切创作只在人类社会之中和为它而成长”，“艺术之外的社会环境从外部作用于艺术的同时，在艺术内部也找到了间接的内在回声”。[②] 这一批判聚焦于话语对语言的创造性转化，话语与抽象的语言不同，它从来就不是中性和客观的，而是在一种“不间断的创作构造过程”中历史性生成的“人造物”。因此，在实际运用的话语实践中，“话语永远都充满着意识形态或生活的内容和意义”，甚至是权力染指的“染色体”——“符号是阶级斗争的舞台”。[③] 话语理论旅行到法国已是二十世纪六十年代，那是一个激进的革命年代，人们在历史记忆的音频里可以聆听到彼伏此起的复调二重奏：当结构主义的挽歌飘荡在埃菲尔铁塔上空，后结构主义的颠覆性解构正吹响嘹亮的号角。

福柯和德里达解构了文学性的神话，文学越来越被视作话语建构的历史产物，并不存在一个稳定不变的文学本体和凝固不动的文学性。福柯的谱系学考察表明，文学作为“特殊话语形式”是有史可查的历史衍生物：“在西方，文学自荷马与但丁以来就存在，但作为一种‘特殊话语形式’的文学与其他话语形式的分离确是十分晚近的事。十九世纪以来，文学与思想观念的话语渐行渐远，它与古典时期使之流传的所有其他价值（趣味、快感、自然、真实）分离开来，……仅仅成为一种语言的呈现，它除了突出自身之外并不遵循其他规律”。[④] 福柯并不关注“文

① 托多罗夫：《巴赫金、对话理论及其他》，蒋子华等译，百花文艺出版社，2001 年，第 19 页。
② 巴赫金：《巴赫金全集》第二卷，李辉凡等译，河北教育出版社，1998 年，第 80、416 页。
③ 巴赫金：《巴赫金全集》第二卷，李辉凡等译，河北教育出版社，1998 年，第 365 页。
④ 转引自周小仪：《文学性》，《外国文学》，2003 年，第 5 期。

学是什么”的文学性界定，而是致力于“文学”是如何建构生成的“知识考古学”勘查，他的探测指向更为复杂深邃的历史深处，不仅考察文学作为历史现象受到哪些社会因素的制约，而且要追本溯源探明那些隐藏在貌似“自然”的历史现象背后的权力关系结构。德里达则在《这种叫作文学的奇特体制》中精辟地指出：“文学性不是一种自然的本质，不是文本的内在属性，它是文本与某种意向关系发生联系后的产物。这种意向关系就是一些约定俗成的规则或社会制度中的规则；它们并未被明确意识到，但镶嵌于文本之中，或成其为一个组成部分或意向层面”，由此观来，文学性更多是在某种社会意识形态框架中凸现出来的思想建构，于是，自律的“本质”让位于他律的历史建构，“如果我们仍然使用本质这个词的话，那么可以说文学的本质是在读和写的历史过程中作为一套客观规则而产生的”。[①] 福柯、德里达的颠覆性解构，祛除了萦绕于文学本身的光环和迷思。人们从“在场”的文学客体之身探询文学本质时，往往忽视了“不在场”的历史幽灵和意识形态魅影，而“在场”的文学客体不过是表象浮现的冰山一角，“不在场”的历史与意识形态才是凸显文学客体的深层脉络。因此，与其说文学是一个独立自主的“客体”，不如说文学一直在历史与意识形态的牵引下不断“客体化”，当文学经典作为历史化的实体进入教育体制与文化生产机制时，文学的制度化和文学性的制度性品格，也就成为内蕴其中挥洒不掉又剔除不尽的文化基因。

当文学走出本质主义的迷思，进入一个多元交互的社会历史语境中反观自身时，文学的本“身”就不再是顾影自怜的自性之身，审美自律的文学镜花水月不过是历史与意识形态的一种装饰性风格，而本质主义者念兹在兹的文学性也不过是意识形态效果的价值生产。来自西方马克思主义批评阵营的巴里巴尔和马舍雷，在《论作为一种意识形态形式的文学》中深刻地指出：文学审美效果的所谓普遍性掩盖了文学概念中所固有的阶级矛盾，它所带来的正是以统治阶级为主导的意识形态再生产——文学从某种意义上是语言分化的结果，是阶级矛盾的产物，但是文学具有两面性，温情脉脉的审美面纱反过来又掩饰遮蔽了这一矛盾，一旦将文学的审美语言客体化、普遍化、民族化与制度化，它作为资产阶级和上流社会

---

① 转引自周小仪：《文学性》，《外国文学》，2003 年，第 5 期。

意识形态价值生产的种种表征就淡化乃至潜隐不见。① 换言之，文学性的审美装饰仅仅是意识形态“垂帘听政”的历史舞台布景，它在语言形式的意识形态镜像中想象性地解决了现实生存中的语言冲突和阶级矛盾。马舍雷甚至一举推翻文学性的问题预设：“我们必须放弃诸如此类的问题，因为‘什么是文学’的问题是一个虚假问题。为什么呢？因为这个问题已包含了回答。它暗示文学是某种东西，文学作为物而存在，作为一个拥有一定本质的永恒不变之物”。② 马舍雷的激进否定主义是对资产阶级意识形态伪饰性有的放矢的深度反击，它击穿了资产阶级挟文学性播撒天下以期永恒的意识形态神话。而伊格尔顿也当仁不让地予以迎头痛击：“我们迄今所揭示的，不仅在众说纷纭的意义上说文学并不存在，也不仅是它所赖于构成的价值判断可以历史地发生变化，而且是这种价值判断本身于社会意识有一种密切的关系，它们最终所指的不仅是个人的趣味，而且是某些社会集团借以对他人运用和保持权力的假设”。③ 西方马克思主义批评在历史的另一翼发起的批判性反击，与福柯和德里达的颠覆性解构殊途同归地瓦解了文学的本体和文学性的意识形态神话。这一双重质询凝聚成一个深刻的启示：对文学性的考察，必须还原到具体的历史语境中进行意识形态价值生产的谱系学深描测绘，没有一个抽象的、永恒的、客观的文学性，只有具体的、历史的、实践中的文学性。

历经多重解构之后，审美自律的现代“文学”不再是自然自发的内生现象，文学性也不再是一种自我指涉、自我决定的内在品质，而是社会关系之缠绕与意识形态之经纬复合而成的历史衍生物。因此，文学性问题被置放于历时与共时交织、社会意识形态与文本生产双向互动的“知识空间”中重新审视，而新视域观照下的“文学”则彰显出开放性和实践性的品格，为流动的文学性签署了跨语际的通行证——文学性褪下名词性的容颜，以动词性的身姿重新出发。

---

① Etienne Balibar and Pierre macherey,〈On Literature as an Ideological Form〉,in Robert Young,ed. Untying the Text(London:Rountledge and Kehan Paul),80-99.（中文译文见《当代马克思主义批评》，刘象愚、陈永国、马海良译，译文将题目译为《论作为一种观念形式的文学》，北京大学出版社，2002 年，第 39—62页。）。

② Etienne Balibar and Pierre macherey，〈On Literature as an Ideological Form〉，in Robert Young，ed. Untying the Text （London：Rountledge and Kehan Paul），80-99.（中文译文见《当代马克思主义批评》，刘象愚、陈永国、马海良译，译文将题目译为《论作为一种观念形式的文学》，北京大学出版社，2002 年，第 39—62 页。）。

③ 伊格尔顿：《当代西方文艺理论》，中国社会科学出版社，1998 年，第 34 页。

漂移的边界：从文学性到文本性

文学的本质主义神话终结之后，人们在历史终结的告示栏上不时看到有关“文学之死”的种种宣称——诗歌已飘逝成绝唱，小说也黔驴技穷，文学长河正进入漫长的枯水期。文学的终结似乎指日可待。但与此同时，历史辩证法又开启了它隐蔽的能动性法则，随着文学本体的分崩离析，各种文学性变体正以万花筒般的姿态在历史平台上持续不断地登录：历史书写不过是讲述历史故事的文学性叙事，哲学思辨也只是语言自我指涉的修辞演绎，政治、经济、法律文本里游荡着文学性的幽灵，人类学、社会学、精神分析的著作里闪烁着文学性的光芒，大众文化的狂欢身影也有文学性的魅影如影随形，消费社会中的商品化物体系的符号表征不时露出文学性的峥嵘，信息社会中的传播媒介更是每天都在上演由文学性的修辞策略导控的表象嬉戏……当文学“终结”的丧钟敲起时，文学性的幽灵却随后现代之风播撒到社会生活的各个领域。

福柯和德里达解构了文学性的神话，文学越来越被视作话语建构的历史产物，并不存在一个稳定不变的文学本体和凝固不动的文学性。照后现代主义反本质、去中心的多元相对论看来，雅科布森的经典定义——“文学性即那种使特定作品成为文学作品的东西”已定不住流动的文学意涵，文学要么是无须定义的混沌之物，要么就以“文本”（把文字固定下来的任何言语形式）作为它的替代性指称。后现代的后文学定义——文本似乎又回到中西起源语境中的“泛文学”指称，一个有容乃大而又宽广无边的混沌型概念。但一系列由此引申的追问紧随其后：如果文学和其他话语之间没有本体论上的边界，“文本之外无他物”，那么泯然无界的“文本”概念是否预示着一个泛文学的“大同”的时代已经到来？如果文学只是某种意识形态的话语建构，只是社会各个阶层各种群体的话语实践与修辞表演，那么文学理论难道还有必要自我想象并自我期许文学与众不同的独特属性吗？既然所有文本，从莎士比亚的戏剧到马克思的《资本论》，从十四行诗到食谱菜单，从《追忆逝水年华》《尤利西斯》到法国新小说《窥视者》、北美后现代小说《万有引力之虹》到法律判决书，都被证明可以用相同的叙述结构与修辞手法来阐释，那么文学理论的前缀限制语“文学”不就成了可切除的赘余之物？在这一系列追问的尽头，人们看到一幕不知是前景还是陷阱的后现代景观：流动的文学性与自我消解的文学理论一起漂流进了“文本”的长河与“理论”的大海：历史、哲学、政治、经济、法律、社会学、人类学、心理学以及话语分析、叙事修辞、文化或者媒介研究等等。

面对文学性的跨语际流动和文学理论的跨文本消解，不同的视域自然延伸出截然相反的现象学解读：本质主义者往往先文学之终结而发危机修辞，但各种悲观论调都只是数典不忘“本”并为飘逝的永恒招魂的无尽挽歌；反本质主义者则后本体之解体而抒生机礼赞，在形形色色的总体性文学讣告上签署名字后，为各种文学性新变体开创批评空间——乐观地预期流动的文学性正渗透播撒到各个领域，甚至能实现从边缘到“中心”的回流。

美国学者辛普森在《学术后现代与文学统治》中抵制“文学终结”论的激进悲观论调，他认为文学在后现代非但没有划上休止符，反而成就了统治性的霸权伟业：尽管文学一度被学院体制和学术界放逐到边缘，但这只是一种假象，事实上，文学完成了它的统治，它渗透在各个学科中并成为其潜在的支配性成分。[①]辛普森描绘的乐观图景多少有点乌托邦色彩，但他的事例实证又有一定的说服力，流动的文学性正回流人文社会科学领域并馈赠其叙事修辞的语言秘方，载入史册的历史叙事挪用了文学故事的讲述手法，而哲学、人类学和种种“主义”理论热衷于还原具体性和特殊性的现实语境，传统的非文学话语开始迷恋修辞，凡此种种皆显示了当今人文社会科学的文学化。辛普森的乐观想象并没有在批评界引起共鸣，人们无疑更认同“赋予文学以深刻的时代就要过去了”或已经过去了。但卡勒在《理论的文学性成分》一文中对辛普森的乐观想象予以积极回应，他重新梳理了西方二十世纪文论对文学性的种种探询后指出：正是理论将语言学模式与叙述结构技巧普遍应用于各学科的研究，使理论家们发现了无所不在的“文学性”——文学性不再被看作“文学”的专有属性而是各门人文社会科学和理论自身的属性。卡勒据此推断：“文学可能失去了其作为特殊研究对象的中心性，但文

---

① 大卫·辛普森：《学术后现代》，余虹等主编《问题》第1辑，中央编译出版社，2003年，第132－145页。

学模式已经获得胜利；在人文学术和人文社会科学中，所有的一切都是文学性的”。① 事实上，卡勒的论述偏重语言转向后叙述模式的胜出，却忽略了另外一个重要因素：结构主义和后结构主义理论的经典文本本身就具有文学性的活性因子。比如列维-斯特劳斯的《忧郁的热带》不仅是一部人类学著作，而且也是具有十八世纪游记文学特点的“小说”，当然“小说”的主题已置换成作者所要探讨的——人类社会的形式结构。巴特的理论文本可视作在“零度写作”中体验“文之悦”的“新小说”，拉康精神分析理论的书写风格则是一种“晦涩华丽的巴洛克”式，福柯的重要话题如癫狂、死、犯罪也都极具文学性色彩，德里达的解构主义理论演绎几乎沿袭了尼采的诗性启示录与乔伊斯的书写风格，这些理论大师跨越了理论与文学之间的界限，他们的理论文本从某种意义上看也是文学文本。当理论的文学性成分越来越成为滋养学术的新增长点时，流动的文学性已穿越传统的学科藩篱，今天的批评家进行文本症候式解读时，马克思的资本主义批判文本与波德莱尔、乔伊斯、卡夫卡与马尔克斯的经典文学分享同等礼遇，文学文本与非文学文本之间的界限越来越模糊难辨，即便有一道隐隐约约的边界，它也更像是可以自由来往的修辞性篱笆。

经历这一幕后现代性惊奇体验后，人们有理由继续追问：如果后现代的后文学就等同于几乎是无所不包、无所不容的“文本”，那么后现代的“文学性”又是什么呢？是否也存在着一种“文本性”来置换传统的文学性？

历经多重解构之后，审美自律的“纯文学”不再是自然自发的内生现象，文学性也不再是一种自我指涉、自我决定的内在品质，而是社会关系之缠绕与意识形态之经纬复合而成的历史衍生物。因此，文学性问题被置放于历时与共时交织、社会意识形态与文本生产双向互动的“知识空间”中重新审视，而新视域观照下的“文学”则彰显出开放性和实践性的品格，为流动的文学性签署了跨语际的通行证——文学性自由穿梭往来于不同文本之间。西方批评家在本质主义神话破碎后，基本放弃了对文学性的定义的追寻，他们更倾向于认同保罗·利科的“文本”定义：把文字固定下来的任何言语形式都叫作文本。但追根溯源起来，最早界定文本内涵的当属巴赫金，他在超语言学意义上使用“文本”一词，把文本释为

---

① 乔纳森·卡勒：《理论的文学性成分》，余虹等主编《问题》第1辑，中央编译出版社，2003年，第117—131页。

“任何的连贯的符号综合体”，并认为它是所有人文学科以及“整个人文思维和语文学思维的第一性实体”，以此区别于自然科学，因为自然科学的研究对象是自然界，而对于人文科学而言，“没有文本也就没有了研究和思维的对象”。巴赫金的文本概念与“话语”“表述”（相当于“叙述”）经常同义使用——“作为话语的文本即表述”。[①] 他延续对形式主义的批判反对物化的文本观，人的问题仍作为他思考场域的出发点，由人与人交往的互主体性（即主体间性）到话语与话语之间的复调对话关系再到文本与文本之间的互文性关系，他的超语言学并未将人逐出其思想视野。但经结构主义的“主体移心”和福柯对“人”的谱系学知识考古之后，巴赫金强调交流对话的语言学人本主义被结构主义和后结构主义创造性转换成物化互文的符号学“文”本主义。我们从“作品”到“文本”的命名置换中可以察现：“作”品一词中的创作主体已消逝在“文”的符号八卦阵里，由主体性的人创造“文”转换到“文”想象建构“人”的主体性，人文科学中的“人”与“文”开始了语言学转向后渐行渐远的分离。

这一分离到德里达那里几乎成了“人”“文”暌别的告天地书：1966 年 10 月，德里达在美国一次国际学术会议上做了长篇学术讲演《人文科学话语中的结构、符号与游戏》，它被公认为是从结构主义向后结构主义过渡的转捩点，事实上也是刮起后现代主义飓风的“台风眼”。德里达诡异奇崛的解构指向西方文化思想史上的各种中心主义——“人类中心主义”“逻各斯理性中心主义”“声音中心主义”等等，他以语言符号的差异性自由嬉戏反叛真理、意义、结构、本质等具有所谓人文价值的文化创造，强调是“文”的自由嬉戏才书写创造了作为观念的“人”和文化——“（语言）这一领域实际上是自由嬉戏的领域，也就是说，一个在由有限构成的封闭体中进行无限的置换替代的领域……由于中心或本源的消失，一切都变成了话语”。[②] 语言的自由嬉戏也就是符号差异性的无限置换，一个文本踪迹不断“延异”的过程，没有永恒的结构与确定的中心，一切都变成了自由嬉戏的话语。德里达的“自由嬉戏”看似一脉相承席勒的“审美游戏冲动”，但实际上更具激进的颠覆性冲击力，席勒的第三种冲动是试图弥合感性和理性的分裂，而德里达的“自由嬉戏”则解构了感性与理性的二元对立，将审美感性与工具理性的

---

① 巴赫金：《文本问题》《文本、对话与人文》，河北教育出版社，1998 年，第 301 页。
② 德里达：《人文科学话语中的结构、符号与游戏》，《上海文论》，1995 年，第 5 期。

区分擦抹消融在无尽延异的话语踪迹里。于是，一度坚如磐石的结构被消解了，不仅形而上的中心荡然无存，而且一切话语都是符号无限置换的差异性平等，一切都成了作为话语表述的文本。

文本取代文学成为新的学术流通语汇，罗兰·巴特 1973 年为《大百科全书》撰写的“文本论”词条中重申了克里斯特娃的定义：“我们将文本定义为一种跨越语言的手段，它重新分配了语言次序，从而把直接交流信息的言语和其他已有或现有的表述联系起来”。① 在这个基本上是语言学的定义中，“文本”概念虽然丧失了传统意义上的文学层面的丰富意涵，但在“语言次序的重新分配”即代码的转换过程中，已为引进社会和历史维度的变量提供了可能性。克里斯特娃在巴赫金复调对话语言学的基础上进一步提炼出“互文性”：

“横向轴（作者—读者）和纵向轴（文本—背景）重合后揭示这样一个事实：一个词（或一篇文本）是另一些词（或文本）的再现，我们从中可以读到另一个词（或另一篇文本）……任何一篇文本的写成都如同一副语录彩图的拼成，任何一篇文本都吸收转换了别的文本。互文性概念在互主体性概念的位置上安置了下来……这样，作为文本最小单位的词语的地位便显示出来：词语既是把结构模式与文化（历史）环境相联系的中介因素，也是使历时性变成共时性（变成文学结构）的调节因素。词语作为一个整体，在三个维度（主体—受话者—其他文本）中运作，它是由对话中的各种符义因素构成的整体，或者是由各种二重性因素构成的整体。”②

互文性为一度封闭单维的文本打开新的场域，词语（文本）作为一个三维的整体，语言的形式结构开始与社会历史之维遇合融汇在互文性的文本空间里，曾经泾渭分明的形式结构批评与社会历史批评寻找到最佳的契合层面。如果说巴赫金的互主体性对话理论是对形式主义批评的创造性超越，那么克里斯特娃的互文性文本理论则是对结构主义文论的批判性突围。对话理论和互文性理论都强调社会历史之维对文本的作用，但二者还是有明显的区别。对话理论关注的是“有人”的主体性的历史和社会，而互文性理论则致力于构筑一个“无人”的文本性的历史与社会，一个文本化了的文“本”主义的“历史社会”。当巴赫金从个体的主体

① 蒂费纳·萨莫瓦约：《互文性研究》，天津人民出版社，2003 年，第 2—3 页。
② 蒂费纳·萨莫瓦约：《互文性研究》，天津人民出版社，2003 年，第 4 页。

观走向主体间对话关系的主体观，克里斯特娃却通过强调文本自身的不以任何理性主体意志为转移的自由组合，彻底走出人学视野的主体性，进入了没有主体的文本世界，启蒙时期以来一路凯歌的人文精神也被“文—文”的互文符号化表征置换。当然，主体性的“人”消逝在文本的互文性踪迹里，并不意味着文本理论无视人的现实存在，实际上它解构人的主体性是为了确证有关“人”的知识观念本身也是一种历史性的话语建构，并试图在祛魅“人性”“人道”的理念光环的同时以崭新的话语照亮人的现实境遇。

另一方面，随着资产阶级工业革命以来“异化”的加速与普遍化，一个“非人”的物化现实与符号化世界越来越清晰地浮出历史地表。“人”在异化的物体系中与“物”一样成了功能性的符号，被镶嵌在一个巨型的物化文本世界里。在后现代的消费意识形态中，一切都按照符码的模式来再生产自己，现实正是符码复制的结果，这是比真实还要真实的社会。① 在符号操控一切的后现代社会中，原型遥不可及，起源和中心失去合法性地位而游离耗散为众多同质化的网状节点，每一个节点都可以和其他节点进行互文性链接，每一个符码都可以和其他符码进行象征交换。在鲍德里亚的符号政治经济批判视域中，符号性的“文”本主义已成为后现代“资”本主义的新变体。

正是由于后现代社会物化现实本身的符号化，文本性才成为流动的文学性的后现代新表征，而“互文性”的文本主义正以超级链接的编码方式成为符号信息社会的历史句法。依据麦克卢汉“媒介即信息”的经典定义，每一种媒介都把自己作为信息强加给了世界，而我们在符号社会所消费的，就是根据互文链接的编码法则切分、过滤、重新诠释了的世界实体。② 当我们生存的世界本身已沦为一个符号化的巨型文本时，文学文本也就与其他一切符号性事物“互文”链接在一起，正如鲍德里亚在《仿真》一书中的极富洞察力的预见：“因为（符号）虚饰成了现实的核心，所以艺术就无处不在，所以艺术死了。不仅仅是对艺术卓越超凡的批评已消逝，而且还因为现实本身已经完全为一种与自己的结构无法分离的审

---

① 仰海峰：《走向后马克思：从生产之镜到符号之镜——早期鲍德里亚思想的文本学解读》，中央编译出版社，2004 年，第 11－18 页。

② 鲍德里：《消费社会》，南京大学出版社，2001 年，第 133 页。

美所浸润，现实已经与它的影像混淆在一起了”。①

从流动的文学性到互文的文本性，文学似乎回归到泛文学的起源语境中，又似乎融化在无穷无尽的话语长河里。当文学性在历时与共时的流动中注入符号的汪洋大海时，文学是得到了永生还是化为一缕青烟？后现代氛围的符号时空与文本间性的漂移，文学的感觉与感性依然探测日常生活的精神波动，个人播撒偶然、差异与不确定的命运与历史踪迹，朝向未来的想象依然充沛勃发，流动的文学性穿越时空，不竭的挑战依然传递人与世界的梦想与思考。② 未来的先在曾是后现代性的时间摆渡方式，今天漂移的边界与文本间性的表述与叙事穿越，又将绘制文学性的哪一幅面容？

这样的疑问只能在时间交付的未来中寻找解答。

① Jean Baudrillard, Simulacra and Simulation, Tr. Sheila Faria Glaser, The Uniersity of Michigan Press, 1994, p151。

② 南帆：《不竭的挑战》，参见《后革命的转移》，北京大学出版社，2005年，第249—253页。

暧昧的现代性

如果说西方的现代性是内生型的，那么东方的现代性则是外启型的。这种二元对立的类型划分往往将复杂纷纭的现象提纯为简单直接的知识陈述，似乎以抽象凌驾于具象之上的“知识”可一劳永逸地为思考设定场城、限制和条件，成为不证自明的普遍性常识。固态的“常识”清晰地呈现在我们面前，世界因“常识”而井然有序，现实因“常识”而易于辨识，但内化为经验的“常识”为我们明目的同时也潜伏着白内障的荫翳，明亮的光与遮蔽的影一同升起。“常识”遮蔽了现象之本原，知识的脉流遮蔽了源头的清水，固态的现代性遮蔽了流动的现代性。

现代性这一西洋景如何随风潜入夜，挟欧风美雨进入东方异质文化圈？是润物细无声的改良还是暴风骤雨式地置换了传统文化景观？几乎被视为西方现代化进程同义语的现代性，到底是单数的西方独享的专利，抑或复数的现代性在不同的文化圈内都有自己的起源语境？文学现代性在现代民族国家的整体架构内常常表现出一种反体制的精英启蒙姿态，到底是主体性的抗衡力量，抑或它本身是民族国家建构的有机组成部分？对这一系列问题的解答，谱系学的溯源无疑是必要的。“为有源头活水来”，滔滔的江水和滚滚浊浪原不过是源头的一掬清水，原生态的源头“活水”才是知识，真理的栖息繁衍地。柄谷行人的《日本现代文学的起源》即从源头上颠覆现代性“常识”的正本清源之作。①

线性递进的时间之矢一往无前，人们与时间一起高歌猛进，但作为本源的起点往往被忘却。对起源的追寻，不仅要破除“常识”的路径依赖，更要探明失落在时间之外，今天又归于沉寂的印迹。换言之，即祛除层层叠叠的隐蔽成规和外在遮蔽，从而察现积淀在历史深处的“时间种子”。这种对存在的澄明和勘探，自尼采的“谱系学溯源”（道德），胡塞尔的“现象学还原”（认识），及至法国年鉴学派的“社会原生态和物质文化”描述（历史），乃至福柯的“知识考古学”（话语与权力），甚至德里达的解构主义（书写）以及詹姆逊八九十年代提出的“认知

---

① 柄谷行人：《日本现代文学的起源》，三联出版社，2003 年。

测绘”（文化及意识形态），皆是一脉相承的方法论演绎。柄谷行人虽未直接得益于上述方法论的启迪，但显然他以非凡的洞察力和敏锐的才智进行了一系列出色的理论施展，方法上的不谋而合使他的思考穿越狭长的日本列岛而获得世界性意义。

柄谷以精湛的解构主义分析得出一个质朴的结构主义结论，这是本书最突出的方法论特色。我们可以采用逆推的反证法来考察其论证过程。先来看结论，柄谷想要证实的是：现代文学本身就是一种制度化建构，现代文学是现代国家民族制度的一个有机组成部分。这一对文学制度性的反思，与阿尔都塞的结构马克思主义的要旨相似：文学的制度化结构不过是国家意识形态和国家意志的结构映射，它们相互补充与强化。当然，柄谷所谓“制度”，文学的制度性包括两个层面：一是外在的物质性制度，如经济、政治、法律、教育等构成的国家机器；另一个是内在化的制度，即人的意识思维中凝固不变的认识模式或范型。

前一层面，美国制度经济学大师诺斯的《经济史的结构与变迁》[①] 在柄谷之前也作了同样的探索。诺斯用二百多页的篇幅解答了制度经济史上的一个经典问题：到底是科学技术的进步推动了工业革命及现代化进程，还是制度的建构与优化催生了科学技术和工业化？在诺斯看来，并非是科学技术作为第一推动力，而是一系列制度博弈成为科技进步和经济发展原动力。有趣的是，柄谷也用二百多页的篇幅回答了一个文学史上的重要问题：是现代作家的形式探索及艺术表现（颇似科技）催生了现代文学，还是现代民族国家的制度性建构创造了“现代文学”？这一问题虽自文学史发问，却与诺斯从经济史质疑异曲同工。柄谷的考察显示：日本现代文学形成于十九世纪九十年代发生的“文言一致”运动，这正与明治国家体制——议会、法制、医疗、教育、征兵制度的确立同时期，而“文言一致”所创生出的全新的文体，认识范型的语言制度，实际上已经参与到现代民族国家体制的建构过程中。

之所以称之为质朴的结构主义结论，是因为这一结论在放宽的学科视域中并无多少新奇之处。阿尔都塞、诺斯在柄谷之前已做了同样的探索，与柄谷同时期的还有本尼迪克特·安德森的《想象的共同体》[②]。安德森通过对民族主义的谱系

---

① 诺斯：《经济史的结构与变迁》，上海人民出版社，1994 年。
② 安德森：《想象的共同体》，吴叡人译，时报文化出版公司，1999 年。

学和发生学的追溯，将民族国家这一政治实体祛蔽还原为“一个想象的政治共同体”——作为现代性想象的一个文化人造物。安德森对“民族主义”的知识考古，在一个更广泛的历史视域中揭示出现代民族国家的发生和创制，比柄谷对文学制度性的探寻更具有说服力，也更具震撼力。但柄谷对第二层面（即内在化制度）的解构主义剖析确实令人耳目一新，这也是本书的主要价值所在。柄谷的方法论来源，除了德里达和福柯的思想影响外，更多的还是来自解构大师保罗·德曼将语言作为“人存在的条件”来探索的启悟①。当然，柄谷坦言并未直接受惠于上述理论，他认为批评本身与理论不同，毋宁说“批评”乃是对理论与实践、思维与存在之脱节的一种批判意识。这种批判意识，使柄谷在运用解构策略时不仅关注语言的踪迹，而且还关注语言作为“人存在的条件”的历史情境。

柄谷的解构策略首先指向语言，在“文言一致”的过程中寻找促使现代文学成为不证自明的那种基础条件。文言一致运动与其命名的意义相反，并不只是使乖离的书面语与口语趋同，而是在废除汉字的基础上以西方声音中心主义为价值取向的文字改革，声音性的文字所具有的经济性、直接性和民主性成为“文言一致”最主要的驱动力。“文言一致”创立了某种表音主义的“文”，这个“文”对内在观念来说是一种透明的手段，它擦抹了传统意义上的文字和书面语，不仅创生出新的内在主体，同时也创生出客观对象，并由此产生自我表现及写实等“现代文学”装置。但这一“装置”是在“文言一致”的认识论式的颠倒中被确立的，也就是说，新创立的“文”本身也创立出一种西方现代性透视的认识范式，在这种认识范式观照下的“世界”反而被实体化了，把曾经是不存在的东西使之成为不证自明的，仿佛从前就有的普世性存在。这就是柄谷所谓的“颠倒”视域中的“风景”的发现。

柄谷通过考察小说《武藏野》中的风景描写突然出现的“内面的人”，发现与前现代文学不同的是：人之主体性开始取代客观自然成为风景描写（广义的文学表现）的核心。风景是通过某种“颠倒”即对外界不抱关怀的“内面（内在）的人”而发现的，所谓写实主义的客观描写并不客观，实际上的如绘画中透视采用导致人的视觉变革一样，不是固有的自然风景被人发现了，而是新创生的内在主体性使人们以全新的认识范式将个性觉醒的自我投影到客观“风景”中，由此看

① 保罗·德曼：《解构之图》，李自修译，中国社会科学出版社，1998年。

来，现代文学中的风景乃是由“文言一致”这一文学制度确立的认识范型而被创造出来的。“风景”不再是客观自然物，而是被发现的“主体性想象”。同样的，“内面”的出现和“自白”的诞生，也都是缘于“文言一致”所创生的现代性自我（主体）的确立。柄谷指出：“内面作为内面而存在即是倾听自己的声音这一可视性的确立”。这与德里达对西方声音中心主义的批判如出一辙，德里达认为：自柏拉图以来，文字作为单纯的声音之复写物而遭到贬低，对于意识而言的可视性，即“声音”的优越地位构成了西方形而上学的特征。正是这种对自我意识而言的声音可视性，使透明的语言创生出仿佛“真正的自我”存在似的幻影的种子，由此，建立在“内面”之上的“心理性的人”诞生了。

事实上，柄谷通过对明治时期基督教的传入与文学之关系的考察，发现自白（表现手法）这一文学制度起源于基督教的忏悔制度中。以自白方式出现在小说等文学样式中的主体性的人，如同基督教中的上帝和人的主体性是一个颠倒的关系一样，不是主体性的人要告白不洁的自我，而是自白这一表现手法的确立促成了主体性的人之诞生。书中还探讨了文学中作为隐喻而出现的疾病和儿童问题，并将之放置在明治时期医疗制度、教育制度的社会变革视野中探讨它们与文学之间的互动、互补关系。这里明显借鉴了福柯《临床医学的诞生》及布尔迪厄有关教育社会学的分析方法，① 但柄谷以细致扎实的文本分析打通文学与制度变迁之间的社会勾连，别出机杼而又合情入理。柄谷独特的批评方法还体现在对思维方式与小说结构力的探讨，透视法式的“深度”观念与小说叙事方式的关系。通过“现象学还原”的精彩分析，柄谷指出“深度”即为意识形态生产或行为建构的一种抽象范式，它是在小说叙事方式变革（物语—私小说）基础上产生的结构力对比上呈现出来的。柄谷的分析最终都指向文学的制度性品格，但他运用精湛的解构分析对文本的内外边界进行勘探，与杰姆逊的“认知测绘”法亦有相似之处：通过对局部的勘测，找出各部分的关系，然后绘出一张总的地图，从而使人们既有具体的感知又有总体的认识。詹姆逊从文本的美学分析出发，最终总是抵达“政治无意识”；而柄谷从文本的解构分析出发，最终总是通向文学的制度性品格。

柄谷的反思指向一个耐人寻味的事实：政治运动一旦破产就回归文学、回归内心，似乎可以在各种各样的共同的幻想中“自立”起来，自由主义姿态的激进

① 布尔迪厄：《再生产：一种教育系统理论的要点》，邢克超译，商务印书馆，2002年。

文化抗争寻求知识分子的思想突围，但话语变革的思想能量并未自动转化成经济与社会政治的结构转型。这与汪晖在《当代中国的思想状况与现代性问题》这一九十年代经典文献中提出的问题颇有相通之处。① 我觉得书中一句提纲挈领的话："可以说日本的现代化在某种意义上既是西洋化，也是一种中国化。由权力层所主导的现代化，使所有此前具有不同身份、不同伦理的人从属于国家与天皇，由此造就出了现代性的主体。而且，这是通过儒教理论实现的"。这句话可视作打开柄谷思想大门的一把重要的钥匙，暧昧的日本正是在中西碰撞对决中产生的暧昧的现代性，尽管其文学现代性的谱系带有制度性品格，但文学的制度性正是在权力层造就的现代性主体（西方）与通过儒教理论（本土）强化现代性想象的张力之中形成的。因此，日本暧昧的现代性之谱系就不是纯西方的外启型，而是兼具内生与外启的现代性双重建构。

美国批评理论家杰姆逊以一篇高蹈激扬的评论《重叠的现代镜像》为柄谷行人的批评探索开拓进路，指出它的意义在于为我们展示了一个巨大的日本现代化的实验室，我们可以用新颖的慢镜头方式，看清我们自己的现代化特点。二十世纪八十年代初，徐迟的《现代化与现代派》一度开启西方现代主义的开放新潮，西方现代派文艺与现代化的经济条件与物质状况的同步均衡发展，引发人们对实现现代化需要文艺现代派携手同进的美好期待。1982 年南美作家马尔克斯以魔幻现实主义的经典文本《百年孤独》获得诺贝尔文学奖，拉美文学爆炸在世界文学领域刮起一股强烈的旋风。中国文学前沿迅即接收这一世界文学潮汐的冲击波，并引发追赶西方文学新潮激情昂扬的探索与创新潮流。文艺理论家们思索这样冷峻深切的问题：如何在一个经济基础薄弱的农业国家实现文艺的现代化？为何第三世界发展中的拉美国家能创造出令西方发达国家与主流文化圈赞赏认同的文学奇迹？中国文学如何超越式地赶超西方现代主义以来的文艺新潮？

追新逐奇的开放创新引发文坛"各领风骚三五月"的创新浪潮。朦胧诗的诗歌革命，小说领域寻根小说、现代派与先锋小说交相辉映的"85 新潮"。1985 年杰姆逊在北大的课程讲座《后现代主义与文化理论》② 以录音演讲稿的形式出版，随后他发表的《现实主义、现代主义与后现代主义》在比较文学界前沿传播继而

① 汪晖：《当代中国的思想状况与现代性问题》，《天涯》杂志，1997 年，第 5 期。

② 杰姆逊：《后现代主义与文化理论》，北京大学出版社，2005 年。

影响到当代批评理论界，不少中青年学者沿着杰姆逊传授介绍的西方理论发展路径求学借镜，引发八十年代末至九十年代中期的后现代主义讨论。前现代、现代性与后现代性的历史社会文化分期，丹尼尔·贝尔的前工业化、工业化与后工业化的经济分期，成为探索历史文化变迁的大概念坐标，当代文学批评与理论的演绎与分析大都在这一问题与框架的坐标中展开。杰姆逊以其形式意识形态与叙事的逻辑分析，从现代主义的反叛颠覆，走向后现代的大众化商品复制与形式上的拼贴戏仿，实际上联系着资本主义从技术革命到社会文化再到表征方式的一系列深层转变。因此现实主义、现代主义与后现代主义的出现，不仅仅关系到艺术分期与形式演变的问题，而是向我们展示出晚期资本主义文化形态及其内部政治经济结构的危机。换而言之，后现代主义文化作为一种“症候”，为西方左派知识分子们的文化政治批判提供了新的可能性。丹尼尔·贝尔则在《资本主义文化矛盾》① 一书中，从后工业社会理论切入后现代文化研究，提出经济、政治、文化这三个领域之间发生的错位断裂才是危机的根源。在这个意义上，后现代主义文化被定义为一种反文化，是现代主义极端扩张而导致的一种文化霸权局面，进而导致信仰危机，虚无主义与相对主义的幽灵盘旋在后现代的个人主义迷宫，新宗教的回归引发精神的皈依与灵魂的救赎。但是，大概念的坐标与大叙事的衍生蔓延，无疑也会引发乌托邦的总体性迷恋与大概念迷信，试图用宏大叙事与几个大概念命名时代显然盲视历史与现实的参差多态。② 幅员辽阔的中国版图，前现代的乡村青山绿树田野，现代的工业工厂、城市的摩天大楼，与后现代的时尚街区、迪士尼乐园交错并置共存在一个重叠的文化空间里。中国问题与后现代的摆幅激发复杂而艰难的演绎和思考：谁的现代性？没有现代，何来后现代？后现代之后，人类在偶然、瞬间与平面化复制拼贴的现在进行时迷途中又将走向何处？这样的质疑普遍而又深入，反思现代性不仅是后现代迷津的回撤，而且回放的慢镜头有助于我们擦拭后视镜的明亮度，让我们回首过去历程时看清未来的趋势。

今天，后现代已经将热情与自身的肯定托付给科学与技术，后现代性成为全球化跨国资本市场化殖民的消费意识形态与文化逻辑。当下的历史只有平面，没有深度，只有游戏与快感的娱乐，没有悲天悯人与自由精神独立价值。日常沉溺

---

① 丹尼尔·贝尔：《资本主义文化矛盾》，赵一凡等译，江苏人民出版社，2007 年。

② 南帆：《大概念迷信》，《天津社会科学》，1997 年第 5 期。

在电视、广告、新闻与移动通讯等媒介中的人们，感受人类时空压缩与加速化，电子文化景观的共时性播撒，越来越没有时间去回忆与思索。现在进行时的移动身体密植各种瞬间的感觉符码，空间化成为当代人们体验与思考的视界。重返现代性的起源与发展，暧昧的日本将为我们展示现代化的慢镜头，让我们勘测现代性的可选择路径，把过去的经验纳入此在，刻绘生命与历史的印迹，迈向未来的现代化旅程将有期待的远景。

第二辑：批评维度与理论谱系

叙事转型与精神书写
——余华论

二十世纪八十年代中后期悄然崛起的先锋小说，对“五四”以来的传统现实主义美学典范进行创造性的颠覆，它在形式探索及叙事变革方面拓展了当代文学的新领域，改写了当代小说的一系列基本命题和小说本身的定义，形成后新时期文学一道炫目亮丽的审美冲击波。在先锋作家阵营里，余华是最能体现先锋小说先锋地位的一位作家。即使在九十年代先锋文学浪潮步入日益沉寂的消退期时，余华仍以“永远的先锋”的探索姿态进行新的突破。在群星黯淡的后先锋时代，文坛的星空不再灿烂。但余华的脱颖而出，却在沉沉夜幕中划出一道存在之光，他以其超越想象的心灵探险，为陷入困境的先锋文学寻找到一条较为成功的突围之路。从早期注重形式探索，凭借形式发现让想象力重获自由，以强劲的想象重构心灵的真实，创造出一幅充满暴力和死亡的“世界之夜”的心灵图景，到转型期形式探索与心灵探险的双重掘进，余华在超越想象的心灵书写中告别“虚伪的形式”，在“存在之光”的指引下不断深入开拓人类自身的精神领域，展示人的可能性的生存境遇。这种深深地植根于个体的生命体验和生存感悟的诗与思，使余华的创作达到对人的生命和存在高度关怀的新境界。从而为九十年代中国文坛奉献了《在细雨中呼喊》《活着》《许三观卖血记》三部不可多得的优秀作品。

重新关注余华，不仅是对日渐远逝的先锋文学的一种缅怀，事实上更是对在语言（形式）牢笼中挣扎，在市场经济大潮中失语的先锋文学的一种期待。这个曾被批评家寄予厚望的文学流派，十年前海外华人学者赵毅衡就信心满怀地为之戴上无冕的桂冠：“它是中国小说史上第一个先锋派，很可能成为中国现代文学中成绩最大的派别。”① 但每一个在文学史上青史留名的文学流派，都会以一、二位领衔的大师级人物发散出深远的历史辐射力，彰显出经典的艺术示范性。法国新小说派起自罗伯·格里耶和娜塔丽·萨略特的写作历险，最终却由克洛德·西蒙获得世界性声誉；拉美魔幻现实主义小说经博尔赫斯、胡安·鲁尔福、富恩斯特和略萨等人的历史接力，最终却在加西亚·马尔克斯的《百年孤独》身上赢得无限荣光。但迄今为止，中国当代先锋文学的集大成者，大师级的领军人物却“千呼万唤不出来”。在批评家焦虑的期待视野中，先锋小说家已成为远逝的诸神。但经过近十年的大浪淘沙，余华的小说逐渐从历史的地表凸现出来，在时间的检验和岁月的淘洗下焕发出越来越璀璨的光芒。也许，期待余华并非是遥远的地平线上的错觉幻视，一种可能将愈来愈逼真地抵达现实。

一、余华的世界：一个审美多面体

余华的小说世界是中国当代先锋文学的一个审美多面体。其多元丰富的文学景观和独特鲜明的艺术个性，一直闪烁着神秘瑰丽的审美光芒。这一审美多面体的艺术造型颇像中国古代传统文化的经典图式——阴阳相生的太极图，它呈现出一组组双项对立的阴阳两极：一极是反抗日常经验的“虚伪的形式”，一极是抵达内心真实的真诚叙述；一极是西方卡夫卡式直面深渊的绝望审判，一极是东方川端康成式温情脉脉的人间关怀；一极是颠覆人道主义启蒙话语的现代性精神，一极是意义消解削平深度模式的后现代叙事；一极是“世界之夜”的心灵冥想，暴力冲动和“死亡环舞”升燃起欲望的人间烟火，一极是“存在之光”的温情拯救，诗性救赎穿越“人性之恶和人世之厄”的重重遮蔽。这一系列的阴阳两极既对立又统一，它的对立是两极的相互对峙，它的统一是两极的双向统一。这就使余华的小说世界充满极富弹性的文本张力，也提供了极为广阔的多向度批评阐释空间。

维特根斯坦曾说过：“宇宙没有什么秘密，艺术则有一些神秘”。② 面对余华小说世界这一神秘的审美多面体，批评家们试图在各种文艺美学和文化哲学理论的观照下进行多元解读，但往往拘于双项对立的一极，或只囿于阴阳两极双项的

① 赵毅衡：《非语义化的凯旋——细读余华》，载《当代作家评论》，1991 年，第 2 期。

② 潘知常：《诗与思的对话》，上海三联书店，1997 年，第 17 页。

对立冲突，切割小说文本取出论证所需的话语碎片，进行主观先验的由果推因式论证，忽视了文本内在的双项统一，不过是拆散七层宝塔后捡拾残片断瓦搭建的话语蜃楼。对余华小说的批评解读大致可分为三类：一是侧重创作主体的精神心理分析，从“苦难意识”“暴力梦魇”到“清醒的说梦者”再到“苦难的温情与温情地受难”，[⑤]这种主题批评揭示了作家的心灵图景，但未能深入文体内部分析其审美流变，常常溢出文本作形而上的精神建构，看似触摸到作家的心灵门扉，实则并未打开过作家的艺术创造之门，不过是批评主体精神投射到文本后的自我反光。二是侧重分析叙述话语和叙述技巧的形式批评，虽然引进大量西方结构主义和后现代主义术语，诸如“语言自洽”“能指游走”“削平深度”“主体物化”“复调对话体”“意义空缺”“叙述移位”等，这类先锋小说批评话语将语言（形式）作为小说的本体，偏向“怎么写”的技术分析，[①] 由于先锋小说原本就是借鉴西方现代小说的新潮实验文本，先锋作家们与持西方批评话语的新锐中青年批评家显然有同质同构的亲和力，因此，这类批评较能深入文本内部细读剖析，但在形式批评的知性话语中往往忽视先锋作家的艺术个性差异，忽视了余华小说这一审美多面体的独特性。三是文化研究和历史批评，将余华小说置于现代性与后现代性的语境中做文化阐释，赵毅衡、唐小兵等海外华人学者等在关于中国当代文学现代与后现代的可能性思考中，常常视余华为中心角色，多从后现代叙述中的现代性焦虑角度进行阐述；[②] 陈晓明、戴锦华等国内批评家则从弗·詹杰姆逊（詹明信）和保尔·德曼有关“第三世界文学是民族寓言的形式”的论断出发，在余华的小说中读解出“历史寓言”，与丹麦学者魏安娜所做的阐释“（余华小说）是作为一种个我在当代中国文化中的困境以及表现在文本现实中的问题的现代多相寓言”[③]遥相呼应。这三类研究只看到余华小说审美多面体的双项对立，却看不到文本张力的双向统一。本文试图通过“随文宛转，与心沉潜”的审美解读和存在勘探，解开余华小说的神秘面纱，对这一极富艺术魅力的审美多面体作整体性考察，追溯余华小说创作的精神苦旅，梳理出先锋文学脉动的审美流向，并力求探寻当代

---

① 可参阅下列论文及论著，李吉力《试论文学形式的本体意味——文学语言学初探》，(《上海文学》1987 年第 3 期)，陈晓明《冒险的迁徙：后新潮小说的叙事转换》(《艺术广角》1990 年第 3 期)。

② 唐小兵：《残余的现代主义：当代中国小说的自我叙述》，《现代中国文学》第 7 卷，1993 年春季 1 号，第 7—32 页。

③ 魏安娜《一种中国现实：阅读余华》，吕芳译，《文学评论》，1996 年，第 6 期。

先锋小说流变的新向度。

余华是先锋小说家中最具审美及文化冲击力的一位。解读余华，不仅成为批评家乐于接受的挑战，也成为九十年代文学批评界持续不断的热点之一。批评家李劼早在1988年就为刚在先锋浪潮中崛起的余华做出石破天惊的评价：“在新潮小说创作中，甚至在整个中国文学中，余华是一个最有代表性的鲁迅精神继承者和发扬者。”这一超标高的褒奖，将崭露头角的余华镶嵌在文学史闪闪发光的链环上，但在当年的文学界听来不啻是尼采式的天外之音。今天再重新回味这一番惊人之语，余华已经以其不同凡响的创作实力抹消了人们的惊讶和疑惑。《活着》和《许三观卖血》无论从哪个角度衡量，都将在中国当代文学史上铭刻难以磨灭的历史印记。尽管1995年以后的余华在小说创作苦旅上度过太长的休整蓄势期，对其写作历险的停滞不前评论界亦时有微词，一封封善意而恳切的“文学诊断书”不时登上文学刊物，但余华的作品却在这一段“创作冬眠期”内飞入寻常百姓家，甚至漂洋过海赢得一定的世界声誉。最近几年，余华越来越得到不同层次读者的认同，其作品成为国内书市纯文学类图书的一大卖点，他创作的大量随笔也深受知识分子喜爱。从一位边缘的实验先锋到跻身当代文学主流的重要作家，余华的价值在读者发自内心地接受认同中不断增值，正如一位批评家所分析的：“这其中原因很多，但我看最重要的，是因为这是一个长时间‘选择’的结果，它包含了历史的‘水落石出’，以及‘现象’与历史之间复杂的互为映现的关系，它负载了我们时代关于文学的诸多‘元问题’，事实上人们谈论余华已不仅仅是在谈论他本身，而更是在思考他的启示和意义”。①

余华的作品已先后翻译成英、法、德、意、西、荷、日、韩八种译文，在国际文坛引起一阵冲击波。1998年，《活着》获意大利格林扎纳·卡佛文学奖，这个奖是1982年设立的，每年都评选出三部意大利国内小说和三部国外小说，分为国内文学奖和国际文学奖。它先由评委会评出六部小说，然后由意大利各地和巴黎、纽约、布鲁塞尔、莫斯科等城市的十七所中学推选出来的中学生评委投票，《活着》以压倒性优势评为第一名。在这之前，诺贝尔文学奖得主萨拉马戈和君特·格拉斯都获过卡佛文学奖，还有略萨、多丽斯·莱辛、富恩斯特等世界级作家也得过该奖。余华的《活着》和《许三观卖血记》在西方评论界眼里是“以地

① 张清华：《文学的减法——余华论》，《南方文坛》，2002年，第4期。

区性个人经验反映人类普遍生存意义的寓言”甚至认为这样“非常中国”的作品同他们生存经验最为接近。余华的小说征服了肤色不同、年龄各异但跳动着同样的人性脉搏的读者。这种“创作紧缩”与“接受膨胀”之间强烈反差启示我们：一个征服读者心灵的作家必定是在心灵探险之路上永远跋涉的灵魂挑战者。因此，解读余华小说世界这一审美多面体，首先必须追溯余华心灵探险的创作苦旅。只有从这一个角度出发，沿着作家心灵探险的审美创造路径去观照文本，才能真正发现余华的诗与思，才能从双项对立冲突的阐释迷雾中解脱出来，以双项统一的整体性观照这一审美多面体，做出令人信服的审美解答。

二、心灵与形式的敞开

在批评家的抽象命名阐释中，先锋小说往往被共性的集光束聚焦为“形式实验”的概括性指称，共名的话语实际上遮蔽了先锋作家的异彩纷呈的艺术个性。如果说通往先锋小说的入口处大都悬挂着醒目的招幌：“叙事圈套”或“语言迷宫”,[①] 那么我们一旦踏上通往余华小说世界的文本之路，就会发现其入口处迎风飘扬的是一幅血染的条幅：心灵探险。相比于马原、格非、苏童、孙甘露、北村等先锋小说家，余华更为关注的是自身的内心生活及人类的精神世界。当马原不无炫耀地展示“叙事圈套”的机智狡黠，格非踽踽独行于“语言迷宫”的交叉小径，苏童苦心孤诣地用语词意象营造“纸上的风景”，孙甘露在能指与所指的断裂地带跳起优雅的语言华尔兹，北村在消解意义深度的语言大逃亡中眺望神灵，余华则出人意料地一再宣称自己始终为内心的需要而写作。

“一位真正的作家永远只为内心写作，只有内心才会真实地告诉他，他的自私，他的高尚是多么突出。内心让他真实地了解自己，一旦了解了自己也就了解了世界”，这种寻找心灵的永恒的结构，寻找赖以体验世界的方式的内在需要，正是余华在小说创作的精神苦旅中漫漫求索的原动力。“很多年前我就明白了这个原则，可是要捍卫这个原则必须付出艰辛的劳动和长时期的痛苦，因为内心并非时时刻刻都是敞开的，它更多的时候是封闭的，于是只有写作，不停地写作才能使内心敞开，才能使自己置身于发现之中，就像日出的光芒照亮了黑暗，灵感这时

① 吴亮：《马原的叙事圈套》，《当代作家评论》，1987 年，第 3 期。

候才会突然来到。”① 在这番发自内心的真诚告白中，我们可以发现：“写作，使内心敞开，”这正是余华小说创作的精神发生学。也许余华的内心深处积淀了太多太丰富的人生记忆和感性经验，但在社会文明、传统习俗、伦理道德等理性压抑的层峦叠嶂中，内心的真实图景和感性的自由冲动都被遮蔽压制在文明理性的“五指山”下，因此，需要通过写作，不停地写作来唤醒生命深处的“本我”，来敞开内心深处幽暗曲折的潜意识世界。

作为一位中国当代作家，余华实际上是由外国文学哺育成长的。真正对余华创作产生影响第一位外国作家是日本的川端康成。1980 年的一个冬夜，在浙江宁波涌江畔的一座破旧公寓里，余华读到了川端康成的《伊豆舞女》。这次不期而遇的阅读向余华打开通往文学世界的心灵之门，川端死去的心脏在余华的胸腔里骤然跳动起来，作品里蕴藏的那种深远的悲伤和甜美的哀愁让余华度过了他文学创作上的“初夜”。一年以后余华正式开始创作，对川端的忠贞不渝也一直持续到 1986 年春天。那段时间余华成了一位疯狂的“川端迷”，他阅读了川端所有译为汉语的作品，并且都是购买两份，一份珍藏起来，另一份放在枕边阅读。川端的作品笼罩了余华最初三年多的写作，并由此爱屋及乌排斥了几乎所有别的作家，只接受普鲁斯特和曼斯菲尔德等少数几个多愁善感的作家。“现在回想起来，当初对川端的迷恋来自我写作之初对作家目光的发现。无数事实拥出经验，在作家目光之前摇晃，这意味着某种形式即将诞生，”川端启发了余华发现世界的目光，还教会了余华对文学细节的刻画，“川端康成最迷恋我的地方是他那种细部的描述，……他的描写是有距离的，你觉得他是用一种目光去注视，而不是用手去抚摩，”② “川端是一个非常细腻的作家，就像是练书法先练正楷一样，那五六年时间我打下一个坚实的写作基础，就是对细部的关注。现在不管我小说的节奏有多快，我都忘不了细部。”

在川端康成的影响下，刚刚走上文坛的余华，和当时许多作家一样，在努力抒写温情和优雅以及淡淡的感伤。余华的第一个短篇《第一宿舍》，以笔名“花石”发表在 1983 年第一期的《西湖》上，这篇作品，虽然没有脱离记叙好人好事的窠臼，但川端的颓废美却在小说中若隐若现。刊登在《海盐文艺》上的《疯孩

① 余华，王尧：文学访谈《一个人记忆决定了他的写作方向》，《当代作家评论》，2002 年，第 4 期。
② 余华：《川端康成和卡夫卡》，《余华作品集》第 2 卷，第 295—296 页。

子》(1984年在《北京文学》第1期发表时题目改为《星星》),更加体现了川端式的心绪:一个名叫星星的孩子迷恋小提琴,但因为得不到父母的关爱和理解,成了大自然中用两根枯枝当小提琴的疯孩子,最后战胜重重障碍而走上成功之路。余华在随后的创作感想中宣告了自己当时的追求和理想:“生活如晴朗的天空,又平静如水,一点点恩怨,一点点甜蜜。一点点忧愁,一点点波浪,倒是有的。于是只有写这一点点时,我才觉得顺手,觉得亲切。”① 余华带着柔美,清新和感伤融入八十年代前期文坛那条在平凡生活中寻找诗意和温情的创作主流里,但他刚出道的小说犹如一滴水珠,投入到河流中无声无息,并没有引起多少注意。

米兰·昆德拉曾给小说下过一个著名的定义:(小说)是对被遗忘了的存在的探询。从余华的先锋精神前史的现象学描述中,我们可以发现:作家童年时代心灵源头的记忆积淀往往被种种外在因素遮蔽起来,再加上创作早期对经典文本的膜拜,这种被遗忘了的存在经常如沉睡的火山埋藏在心灵深处。可是,一旦有外界的灵光指迷启悟,照亮这一无意识深处的心灵活火山,其蓬勃充沛的创作活力将由此被激发,进入不可遏制的创作勃发期。但仅仅有童年刻骨铭心的体验是不够的,与余华同时代又有相近童年经历的作家有很多,为何只有余华创作出“暴力和死亡共舞,苦难与温情相伴”的小说世界呢?事实上,作家心灵深处被“遗忘”或被抑制的童年体验要转换生成为创作文本,首先必须找到创造性转换的审美中介——探询存在并使心灵图景得以呈现的形式。

1986年是余华小说创作的蜕变期,是他从一位普通作者转变成先锋作家的重要转捩点。川端康成虽然教会了余华写作的基本方法,但他那种东方式的细腻温情显然只能给一切事物披上忧郁朦胧的审美面纱,这固然是具有东方审美韵味的淡雅脱俗之美,却无助于余华去直面内心深处沸腾不已的记忆熔浆,那可是由血腥的暴力和冷酷的死亡组成的生命之初的“原始经验”。这时候,在川端康成指引下走上感伤抒情之路的余华,已经面临着写作生涯中的第一个困境:“迷恋川端康成几年以后,我开始走投无路了,都不知道该写些什么?感觉自己没写多少作品,就已经江郎才尽了。”更具体地说,也就是“想象力和情绪力日益枯竭的问题”,后来余华对此有更清醒的认识:“任何一个作家教会了你写作的同时也会葬送你的前程,你越迷恋他,你自己的道路就没有了。我试图走上川端康成的道路,但他

① 余华:《我的一点点》,《北京文学》,1985年,第5期。

的道路在他去世后就封死了。我走的是一条虚幻的川端之路，不是自己的道路。”

在余华即将沦为文学迷信的殉葬品时，来自西方的卡夫卡向笼罩在川端康成的阴影中的余华展示了另一块文学新大陆：“在我想象力和情绪力日益枯竭的时候，卡夫卡解放了我。使我三年多时间建立起来的一套写作法则在一夜之间成了一堆破烂。不久之后我注意到了一种虚伪的形式。这种形式使我的想象力重新获得自由，犹如田野上的风一样自由自在。”① 这次偶然而又必然的相遇，使余华找到了探询被遗忘了的存在的形式，尽管为表示对现实经验和现状世界的反叛，他加上了一个令人不解的限制语——虚伪的，但“虚伪的形式”的背后实际上是“真诚的叙述”。

所谓“虚伪”，是针对传统现实主义“患病”的真实观而言。传统的现实主义把追求绝对客观真实当作创作的理想境界，巴尔扎克称：“（作家）他心中应有一面难以明言的把事物集中的镜子，变化无常的宇宙就在这面镜子上反映出来”。到自然主义小说代表人左拉那里，真实被提到至高无上的地位：“想象不再是小说家最高的品格了……今天，小说家最高的品格就是真实感”。别林斯基将真实看作是现实主义创作的重要原则：对现实的忠实，它不再造生活，而是把生活复制，再现，像凸面玻璃一样，在一种观点之下把生活的复杂多变的现象反映出来。这种凝固僵化的现实主义理论教条一直在我国八十年代中期以前的文学理论界占据主流地位，它把文学的真实性归结为用形象、典型再现生活的景象，只承认文学与现实生活之间的真实性关系，忽视了文学还要表现精神、心理、情感等方面的真实。这一模式使人沦陷在缺失想象的环境里，只对实际事务负责，越来越远离精神的本质。正如余华所说的：“我个人认为二十世纪文学的成就主要在于文学的想象力重获自由。十九世纪文学经过辉煌的长途跋涉以后，却把文学想象力送上医院的病床。”西方现代主义文学已经对这种机械复制式的“真实观”进行强有力的反击：在卡夫卡眼里，现实是变异荒诞的；在象征派眼里，现实是神秘的，只能通过象征物加以表现；在法国新小说派眼里，人的生活完全是物化的现实；在拉美魔幻现实主义眼里，现实亦真亦幻是一片神奇而又魔幻的世界。

卡夫卡引发了余华对于现实的真实性、人的生存境遇和精神状况的反思。他以“精神真实”来抗拒“生活的真实”。余华这样阐述他的真实观：“我觉得所有

① 余华：《虚伪的作品》，载《余华作品集》第2卷，第280—290页。

的创作，都是在努力地更加接近真实。我的这个真实，不是生活里的那种真实。我觉得生活实际上是不真实的，生活是一种真假参半，鱼目混珠的事物。”余华想通过个人的精神真实来消解镜子式的生活真实，“我觉得真实是对个人而言的，对于任何一个个体来说，真实存在的只是他的精神”。实际上，“生活的真实”是一种科学主义追求绝对客观的“迷思”，是一种幻觉的“真实”，因为“生活对于任何一个人都无法客观，生活只有脱离我们的意志独立存在时，它的真实才切实可信”。从这个意义来说，陈晓明认为：“人们强调真实的重要性，也就是在强调现实的权威性”，① 更有一语中的的穿透力。那么，余华为什么如此强调“精神真实”的重要性呢？

余华放弃对现实的模拟，而转向对精神世界的营造，但这一转向的实现还需要想象力的解放。只有想象，才能使内心敞开。想象力的解放，也就是心灵的解放。因为童年体验储存在作家潜意识里的是模糊、片断的记忆碎片，作家很难直接再现这一混沌初开的景象，必须通过强劲的想象力加以重构，更具体地说，就是通过梦境般无边无际的想象力在记忆的废墟上构建起真实的精神世界。波德莱尔称“想象为一切功能中的皇后”。意大利现代小说大师卡尔维诺认为：“想象力是一种电子机器，它能考虑到一切可能的组合，或者，直截了当地说，那些最有意思，最令人愉快或最引人入胜的组合”。② 想象力的这种超强组合功能有助于作家将童年经验的记忆碎片重新加以组合，怪不得余华喜欢引用蒙田的一句名言：强劲的想象产生强劲的事实。借助想象的超强组合功能，余华的形式探索进入了叙事话语层面。从文学创作来看，想象这种超强组合功能的实现最终只能凭借叙述语言来完成，只有通过语言才能将记忆碎片转化生成文本形式。但这种语言又有别于日常语言，它是一种陌生化、不确定的叙述语言。

余华敏锐地捕捉到这两种语言的本质差别：“日常语言是消解了个性的大众化语言，一个句式可以唤起所有不同的人的相同理解。那是一种确定了的语言，这种语言向我们提供一个无数次被重复的世界，它强行规定了事物的轮廓和形态……所谓不确定的语言，并不是面对世界的无可奈何，也不是不知所措之后的含糊其辞。事实上它是为了寻求最为真实可信的表达。”对余华来说，日常语言是

① 陈晓明：《从写实到仿真》，《当代作家评论》，1998 年，第 4 期。
② 卡尔维诺：《未来千年文学备忘录》，辽宁教育出版社，1997 年，第 57 页。

现实真实的权力话语表达，而不确定语言则是精神真实的可信表达。“因为这世界并非一目了然，面对事物的纷繁复杂，语言感到无力时做出终极判断。为了表达的真实，语言只能冲破常识，寻求一种能够同时呈现多种可能，同时呈现几个层面，并且在语法上能够并置、错位、颠倒、不受语法固有序列束缚的表达方式。”因为余华要表现的是一个朦胧混沌、冷峻魔幻的童年经验世界，如果用确定性的日常语言显然无法抵达这一“陌生化”的世界，只有寻找一种新的叙述语言，一种与童年经验世界同质同构的表达方式，才能达到“精神真实”的效果。所以，余华所寻求的只能是“能够同时呈现多种可能，同时呈现多个层面”的不确定叙述语言，这种新语言相对于那个混沌魔幻的经验世界反而是客观真实的，这种叙述方式反而是真诚的叙述。我们不难察现，正是这种共时性呈现多种可能、多个层面的叙述语言使余华的小说世界恍如一个审美多面体，蕴含着多元双项对立的阴阳两极，成为一个充满张力的文本世界。

余华的这一形式发现，不仅使他摆脱了创作上的第一个困境，而且使他走在先锋文学浪潮掀起的形式革命的前列，真正完成了从普通作者到先锋小说家的转型，这也是余华小说精神苦旅中第一次质的飞跃。但余华的形式发现的意义常常被人们低估，当人们以“真、善、美”的标准参照系统来观照其陌生化的小说文本时，往往在困窘而又困惑的接受瓶颈中陷入迷惘，或称之为技术迷恋的语言游戏，或称之为形式主义的叙述自娱，或称之消解意义的自足文本。事实上，文学形式的发现不单是作家在叙述技巧上的自我更新，也不仅是语言魔术师出神入出化的智慧花招，而应该是作家赋予生命体验的崭新感觉的审美观照方式，是心灵发现的形式外化，最终它也引导着读者更新了观照世界的方式。维特根斯坦精辟地指出：“想象一种语言就意味着想象一种生活形式”。① 戈尔曼在《新小说与现实》一文中更明确地宣称：“人的现实本质是生机勃勃的，是随着历史变化的……这种艺术不接受一个社会，便找出一种新的表现形式来拒绝这社会，这些形式不同于它所拒绝的那个社会创造的并且素来从中认识自己的那些形式”。② 艺术形式的特殊性正在这里，它通过还原人类的生存本态，还原人类的本质经验，使人们恢复一种被集体遗忘的目光来观照世界，使被分割的客观现实又暂时复原为整体

① 维特根斯坦：《哲学研究》，李步楼译，商务印书馆，1996年，第12页。

② 戈尔曼：《新小说与现实》，《外国文艺》，1987年，第1期，第88—89页。

的本来面目。苏珊·朗格把这样的形式称为生命的形式，因为它最大限度地体现了与人类本质经验的同构，可以说，形式发现的过程，也就是小说努力达到还原人类真实生活的过程，正如余华所宣称的是为了更努力地接近精神真实，借助叙事话语的变革进行生命形式的精神书写。

三、诗与思交融的精神书写

对存在之光的呼唤，在余华九十年代初创作的长篇小说《在细雨中呼喊》开始出现。这部由童年记忆展开的生命叙述，不再遁向历史深处的心灵“原始森林”，而是在叙述中不断寻找通往生存现实的精神路径。“就这样，我和一个家庭再次相遇，和他们的所见所闻再次相遇，也和他们的欢乐痛苦再次相遇。我感到自己正在逐渐地加入他们的生活，有时候我幸运地听到了他们内心的声音，他们的叹息喊叫，他们的哭泣之声和他们的微笑。”这是余华 1998 年在该书中文版自序中的一段话，虽说谈的是七年前的创作，但这番表白却印证了余华精神书写的转向。和一个家庭相遇，即小说中的孙家三代人，这是一个在生存苦难中挣扎和沉沦的家庭。和一个现实生活中的家庭相遇，和他们的所见所闻和欢乐痛苦相遇，这说明余华已经转向人的现实生存境遇进行心灵探询。

小说依旧采用余华擅长的童年视角，通过“我”——一个叫“孙光林”的孩子那双迷蒙而澄澈的眼睛，目睹这个苦难弥漫但却闪烁着忽明忽灭的温情之光的世界。温情之光尽管微弱，但它的存在却成了绝望心灵中的一线希望。小说的“我”往返在南门、孙荡和“我”祖父的青年时代这三个生存空间里，时间以记忆的逻辑的形式对现实进行重组，并且以时光的速度来回闪现。第一个生存空间“南门”是父亲孙广才大施淫威的黑暗世界。孙光平、孙光林、孙光明三兄弟在各自的黑暗人生道路寻找希望之光，孙光平以向父亲靠齐然后挑战的方式长大成人，他最终在继承父亲对待祖父的暴虐中让孙广才胆战心惊；而孙光林，作为故事叙述的出发和回归者，他经历和体验了所有的苦难，但内心始终保持着对温情之光的期待；孙光明在寻找光明的黑暗之旅中第一个走向死亡，这个家庭中最小的成员最先离开了人间，当他最后一次挣扎着露出水面时，他睁大了眼睛直视耀眼的太阳，这个名叫“光明”的孩子，只有到另一个人间寻找希望之光。第二个生存空间是“孙荡”，由于在南门“我”受到过多的冷眼、排挤和虐待，“我”开始怀念起在“孙荡”那段被人领养的时光，养父王立强曾给“我”轻微而短暂的慈爱，这成了“我”贫乏心灵中不断升起的温情记忆之光。第三个生存空间是祖父的青年时代，那些在乡间相传的陈年旧事记载着祖父的光辉形象，“我”在充满期待的回忆梦想中重温祖父的英雄梦，企盼从中找到战胜黑暗和苦难的力量，但这种企盼在眼下祖父面对父亲的猥琐和懦弱中化为泡影。

这三个生存空间在时间记忆的重组中交叉融合，代表着不同的生命向度。第一个生存空间是灰暗的现实，“我”与现实格格不入，是一个被现实世界冷落的孩子；第二个生存空间是童年短暂的温情记忆，这点燃了“我”通向未来的希望之光；第三个生存空间是更遥远的记忆深处，祖父的英雄梦还发散出微弱光芒。这三个生存空间和历史时间融合在一个具体的整体中，构成《在细雨中呼喊》的生命时空体形式。这种时空体有别于前述的心灵冥想式想象时空体，人物开始在各自的生存时空里遭遇现实，开始发出自己对存在的呼唤。余华后来也发现叙述中人物开始发出自己的声音，他还谈到这一发现对自己创作转向的重要影响：

> “很多人都问我，你八十年代的作品和九十年代的差别很大，为什么会变过来？评论界几年前也有很多议论，我也听到了。但对我来说的话是对待人物态度的转变。”
>
> “八十年代，我在写作那些‘先锋派’的作品时，我是一个暴君似的叙述者，那时候我认为小说中的人物不应该有自己的声音，他们都是叙述中的符号，都是我的奴隶，他们的命运掌握在我的手里。因此，那时的描写都没有具体的时间和空间描述，因为这些人物并没有特定的生活环境。可是到 1990 年，我在写作自己的第一部长篇小说《在细雨中呼喊》时，我发现我笔下的人物开始反抗我的叙述压迫了，他们强烈地要求发出自己的声音，我屈服了，然后我的文学世界出现了转变，我成为一个民主的叙述者。我此后的写作就是不断去聆听人物自己的声音：我不再去安排叙述中的人物，而是去理解。理解福贵或者许三观的一言一行，让他们走自己的人生道路。而不是我指定的人生道路。这时候，我才发现自己写下一个活生生的中国人。”①

---

① 余华，叶立文：《叙述的力量——余华访谈录》，《小说评论》，2002 年，第 4 期。

从余华对小说人物的态度变化中，我们可发现：余华已经从童年体验的心灵冥想图景中解脱出来，转向对人的存在和命运的深切关注。这是余华的第二次“精神日出”，《活着》和《许三观卖血记》就是日出后照亮新的精神书写的世界。法国批评家吉尔·德勒兹在《文学生命》一文中这样阐述：“写作绝不是给某个经验素材强加一种（表达）形式。文学其实是无形式的，未完成的。……写作是个变异（Devenir）的事情，总是未完成，总是在进行中，而且超出一切存活的，经验素材之外，这是一个过程，即是说一个穿越存活，穿越经验的生命过渡”。① 余华八十年代中期凭借形式发现让精神源头的童年体验敞开，固然不是强加给经验素材的形式，但凭借强劲的想象构建的“世界之夜”形式意味很强，也没有达到对童年经验素材的超越。九十年代创作的《活着》和《许三观卖血记》正如德勒兹所言，则是一个穿越存活，穿越经验的生命过渡。尽管《活着》还带有些童年记忆的影子，余华曾谈道：“我童年到处是五保户，到处是孤寡老人，因为经历了战争，经历了饥荒……只有一个人的，没有亲人的很多”，但这引起他对生命的思考：为什么经历了这么多苦难，人还顽强地活着？

> “这部作品的题目叫《活着》，作为一个词语，（活着）在我们中国的语言里充满了力，它的力量不是来自喊叫，也不是来自于进攻，而是忍受，去忍受生命赋予我们的责任，去忍受现实给予我们的幸福和苦难，无聊和平庸。作为一部作品，《活着》讲述了一个人和他命运之间的友情，这是最为感人的友情，因为他们相互感激，同时也互相仇恨；他们也无法抛弃对方。同时谁也没有理由抱怨对方。他们活着时一起走在尘土飞扬的道路上，死去时又一起化作雨水和泥土。……我相信，《活着》还讲述了眼泪的宽广和丰富；讲述了绝望的不存在；讲述了人是为了活着本身而活着，而不是为了活着之外的任何事物活着。当然，《活着》讲述的远不止这些。”②

这是余华对“活着”的思考，他在对生命的思考中达到穿越经验的生命过渡。同样是童年经验的素材，“暴力和死亡”的心灵冥想是在形式发现后催生的，而

① 吉尔·德勒兹：《文学生命》，于硕译，《重写现代性——当代西方学术话语》，杨雁斌、薛晓源编选，社会科学文献出版社，2001年，第142页。

② 余华：《活着》韩文版前言，《余华选集》，人民文学出版社，2001年，第446页。

《活着》则首先是对经验素材的超越，这时形式问题已不是第一位的，对“活着”的思考，穿越经验的生命过渡才是第一位的。《活着》的形式意味被淡化了，但从更高层次上来说，又是一种“生命的形式”。《活着》超越了心灵冥想式的主观想象，作者开始潜入他人的内心进行心灵探险，并由此找到与主人公福贵的心灵同质同构的生命形式。小说讲述了“我”，一位来自城市的文化青年到乡村采风时对乡间土地和生命意义的新认识，主人公福贵向“我”叙述了他一生如何在苦难中“活着”。小说真正的叙述者并不是“我”，“我”只是一位耐心的倾听者，叙述者是主人公福贵——一位与一头老牛相依为伴的“世纪老人”。

福贵的一生经历了中国人几十年来所遭遇的苦难，命运的大起大落让他从乡间富贵的地主少爷沦为底层一贫如洗的草根农民。他的一生是减法的人生，身外之物不断递减，在人生赌局中他越输越惨，输掉了田产输掉了地主的身份输掉了别人伺候舒服自在的主子生活，而无边的苦难却接踵而至，家人眷属一个个相继死去，最后只剩福贵一人。减法的人生减到只剩下生命本身，只剩下活着本身。但福贵的一生又是加法的人生，伴随着身外之物的加速递减，在苦难递增的同时内心之悟也在递增：他不再为身外之物活着，只为活着本身而活着。福贵在苦难中浸泡，也在苦难中净化自己的灵魂。在苦难到来之前，他是一个作威作福到泯灭人性的地主少爷，吃喝嫖赌几乎成为他“活着”杂乱无章的生命四重咒，父亲和妻子的规劝倒像是对他变本加厉的嘉勉一样，他就在这四重咒中为自己套上命运的紧箍咒。福贵在与龙二的豪赌中输掉了三代人苦心经营的所有田产，但经此大劫大难，他反而脱胎换骨了。他过起勤快的自食其力生活，下田劳动耕作，忙里忙外持家，一心一意承担起家庭职责，担当起命运加在自己身上的苦难，和家人过起平凡而充实的真正生活。尽管家人一个个相继死去，福贵在大悲大难中仍坚强乐观地“活着”，在与命运的朝夕相处中他超脱了苦难。

这种苦难人生的生存辩证法，不单是中国式的“福兮祸之所伏，祸兮福之所倚”的人生得失，也不仅是西方式的由“原罪”到“赎罪”的灵魂净化，它更像一部人类生存的哲学启示录。福贵的一生身外之物不断递减，但精神的力量却不断递增。这是对现代人类生活的一种反讽。“现代人征服了空间，征服了大地。征服了疾病征服了愚昧，但是所有这些伟大的胜利，都只不过是在精神的熔炉中化为一滴泪水。”[1] 乔伊斯这番警世之言告诫我们：现代人在征服和占有身外之物上，像是一头狂奔在物欲世界中的文明野兽。与此同时，内心的精神力量却不断递减萎缩，这种追逐外物而任由精神家园荒芜败落的生活方式，与福贵的放弃身外之物而获得内心安宁祥和的“活着”形成了强烈反差。汤因比这位历史家从人类的历史演变中得出：人类的使命不是谋求在物质上掌握世界，而是在精神上掌握自身。福贵式的“活着”，实际上是精神上的永远“活着”。在这个充满生命哲学的“生存寓言”里，福贵这位道家式的中国农民以自己承受人生苦难的方式，向现代人指证了另一种生存可能性。《活着》这部中国版的西西弗斯神话，显示了东方的生存智慧，西西弗斯推着山上接连不断滚下的巨石上路，福贵则推着命运之巅接踵而至的苦难行进，但当西西弗斯做可歌可泣的悲剧抗争时，福贵则是微笑着平和地推着苦难的巨石，一步一步地走完人生之路。也许西西弗斯具有悲剧的震撼力，但福贵的选择更有一种面对悲剧命运的从容，超越悲剧命运的喜剧智慧。

这就不仅是小说而是生命哲学了，余华已经将小说哲学化了。米兰·昆德拉说过：“小说有着非同寻常的整合的力量，诗和哲学都不能整合小说，而小说却能够把诗和哲学整合为一体而不失去它自身的任何特性。”[2]《活着》就是诗与思的交融整合，它本身是“生命的形式”——对“活着”的生命的展示。在类似“纯诗”的生命形式中，余华以绚烂到极致的平淡返璞归真，又以深刻到极致的哲学意蕴进行思的提纯，将福贵的一生经历提纯为“活着”本身。这种诗与思的交融又贯穿到对“他人之我”的心灵探险中，主人公福贵的叙述完全在自己的生命时空体里展开，作者的叙述已经淡化了，只保留一个生命倾听者最低限度的作用。巴赫金关于陀思妥耶夫斯基小说诗学问题的阐析，对我们理解余华的诗与思不无裨益：“不是确立‘他人之我’为客体，而是当作另一主体——这就是陀思妥耶夫斯基观察世界的原则。确立他人之‘我’（即自在之你）的存在……只有这样他们才能克服自己伦理上的唯我主义，才能克服自己孤僻的唯心主义的意识，才能把别人由影子变成真正的现实。”[3] 余华的小说转向就是将笔下人物由影子变成真正现实，从“我之他人”到“他人之我”，前者是自我的心灵冥想，他人是想象中的

① 乔伊斯：《文艺复兴运动文学的普遍意义》，《外国文学报道》，1985年，第6期。
② 米兰·昆德拉：《小说的艺术》，上海三联书店，1992年。
③ 巴赫金：《陀思妥夫斯基诗学问题》，《诗学与访谈》，河北教育出版社，1998年，第10页。

客体；后者是生存境遇的敞开，他人是现实中的主体。通过这一转向，余华以高尚的写作超越了“虚伪的作品”：“我一直是以敌对的态度看待现实。但随着时间的推移，我内心的愤怒逐渐平息，我开始意识到一位真正的作家所寻找的是真理，是一种排斥道德判断的真理，作家的使命不是发泄，不是控诉或揭露，他应该向人们展示高尚，这里所说的高尚不是那种单纯的美好，而是对一切事物理解之后的超然，对善与恶一视同仁，用同情的眼光看待世界”，余华的自白表明他的精神书写已经完全向现实敞开，在寻找真理的过程中展示高尚，用超然和同情的眼光看待世界，世界就不再是阴阳两极的分裂对峙，人性善恶就是人的整体性精神表征。这样一来，“他人之我”就成为真正的主体，让“他人之我”到自己的生命时空体里去寻找真理和展示高尚。这种超越想象的心灵探险，这种穿越经验的生命过渡使余华的小说进入诗与思交融的精神书写新境界。

《许三观卖血记》就是这一新境界的代表性作品。这部小说诗与思的高度结合，集中体现在小说文本的三维提纯简化中。首先，小说将生命形式提纯简化为人物之间的对话，完全以对话来展开叙述。表面上剔除了一切形式因素，叙述话语已简化到纯得不能再纯的白话，但在这种“无形式的形式”“无技巧的技巧”中却找到了生命最本真的形式：人的一生是在对话中度过的，人与人的对话实际上占据了生命经验中最重要的部分。叙述者已完全让位于作品主人公，好像是主人公许三观在经历在言说，作者似乎只是一位录音师，将主人公一生的“声音”录下来，然后原声原味地播给读者听。正如余华在中文版《自序》中所说的：“在这里，作者有时会无所事事。因为他从一开始就发现虚构的人物同样有自己的声音，他认为应当尊重这些声音，让它们自己去风中寻找答案。于是，作者不再是一位叙述上的侵略者，而是一位聆听者，一位耐心、仔细、善解人意和感同身受的聆听者。他努力这样去做，在叙述的时候，他努力取消作者的身份，他觉得自己应该是一位读者。事实上也是如此，当这本书完成后，他知道的并不比别人多。”[①] 小说中的对话具有多重功能。在这部以“对话”为主体的小说中，对话不仅是一般意义上人物对白，它还起着结构作品、叙述经历、推动情节、描绘场景、刻画心理等诸多作用。比如许玉兰生一乐、二乐、三乐的第三章，一千来字都是许玉兰在产台上的叫喊咒骂与助产医生的简短提示。不仅将许玉兰生孩子的复杂心理

① 余华：《许三观卖血记》南海出版社，1998 年，第 1 页，中文版自序。

在对话中揭示出来，而且推动叙述的进程，在许玉兰的叫喊咒骂中三个年龄相距达五年的孩子相继出生，只用一千字的对话简化到极点，但其包含的意蕴却是多层次的。又比如第十八章，通过五段“许三观对许玉兰说”的单声道诉说，以“说”的方式让 1958 年人民公社，大跃进，大炼钢铁，办食堂等历史事件在日常话语中展现出来，其跳跃性的时间跨度让叙述推进速度一下子快起来，又交代了历史的变迁。这种对话体的简约叙述表面上形式单一缺少变化，但余华以其非凡的语言才华在简单朴素的对话中，寄寓了丰富的内涵，读者阅读起来反而在对话之间的空白地带发现别一种幽默趣味。比如第三章结尾，许玉兰揪住许三观的耳朵问他，生孩子的时候许三观是不是在外面大笑，许三观说自己只是嘿嘿地笑，“啊呀”，许玉兰叫着，“所以你让三个儿子叫一乐、二乐、三乐，我在产房里疼了一次，二次，三次，你在外面乐了一次，二次，三次，是不是?”这种日常对话的幽默充满浓郁纯正的生活趣味，它是普通中国人身上喜剧智慧的闪光。类似的幽默对白，像“大珠小珠落玉盘”一样撒落在小说的各个章节之间，串起一挂闪烁着中国人日常生活诗意光泽的珍珠，也让叙述话语有一种天籁般的内在韵律感。

其次，将主人公许三观的生活经验提纯为简化为卖血的一生。十二次卖血以重复的方式叙述，但每次都有变化，变化和重复融为一体。实际上这种提纯的重复具有普遍性的人生经验，因为人的一生也是在不断地重复和短暂的变化中度过的。许三观第一次卖血并非为生活所迫，而是碰巧与卖血专业户阿方和根龙相遇，才跟着一起进了医院，看到同伴视卖血如出汗，他觉得身上的血也“痒”起来了，并由此开始卖血生涯。许三观卖血过后才考虑卖血钱的实际用途，他产生了一个并不崇高的想法——“娶女人”。卖血让许三观在人生的每个重要关头都顺利渡过难关。十二次卖血都有不同的目的，比如为缓解儿子许一乐在乡下的艰难处境而卖血，为款待儿子二乐所在村的生产队队长卖血，更具悲剧色彩的是儿子许一乐得了肝炎，不送上海医院治疗就有生命危险，许三观一路卖着血去上海。他一路喝着冰凉的河水，不顾年迈体弱，一次又一次地卖血，但余华并没有让这种悲壮色彩占据整个场面，而是安排了一些重复的叙述来淡化、消解悲剧主题。比如第三次卖血是许三观与林芬芳偷情后，为了报答她而去医院卖血。然后买了一大堆肉骨头、黄豆、绿豆去林芬芳家探望，却反被林芬芳的男人抓住把柄泄露了隐情。小说以卖血为叙述的主线，将许三观苦难和欢乐的一生展示给读者。这里的

“血”，本身具有多重象征意义。血汗钱，人一生的劳动所得卖的是血汗体力；血气方刚，热血沸腾，血亦可指激情，人的一生也是激情不断消竭的过程；卖血也可以视做是以生命的透支来维持生存，重复卖血亦可看作是人生的自我重复……在这种提纯简化中，许三观卖血的内涵实际上被丰富地拓展开来。

第三，是对小说语言的提纯简化。由于小说的叙述话语以日常对话为主体，许三观的主人公语言就只能是日常生活口语。余华以妇孺皆知的大白话作为叙述话语，这是中国现代白话小说诞生以来最白话的一篇经典，它以汉语口语丰富和完善了当代小说话语，是一次母语回归的本土化突破。与八十年代先锋小说那种追求不确定的多元含义的欧化语言相比，《许三观卖血记》的叙事话语更接近汉语的本质。西方语言是以逻各斯为中心的理性语言，西方文学叙述话语往往通过感性化的多元含义抗拒理性的压制，而汉语本质上是一种诗性（心性）语言，它在貌似纯净平淡的确定性中已内蕴着“意在言外”的丰富可能性。用西方叙事话语展现中国人的生活，有一个语言创造性转化的问题，《许三观卖血记》在这方面提供了富有启示作用的经验，它是汉语口语转换生成小说话语的一次重大突破。比起赵树理、孙犁等乡土文学作家，余华的白话叙述更为纯净，几乎不带一丝文人气，是一种纯净到透明的民间口语，它使《许三观卖血记》更像一部原汁原味的中国小说。从文学传承上来看，它也是对古代话本小说的继承和超越。它的叙事语调颇似说书人的话本，但这种日常白话又细致传神地传达出中国人特有的语言韵味和生命感受，再加上文本内部借鉴的西方现代小说结构技巧几乎是不着痕迹的融化在口语化叙述里，《许三观卖血记》的叙述语言就呈现出纯汉语的精致，这是中国当代小说在语言本土化的探索上取得的最大突破。在重复和变化的节奏把握中，余华还借鉴了音乐中的“和声”，让这种简单纯净到极致的口语有了活泼可爱的跳跃，正是这种跳跃的节奏和内在韵律使小说语言达到了“叙述的和声”的音乐效果。在某种意义上，这篇小说是一首纯诗，一首民歌，就像余华自己说的，是“对长度的迷恋，一条河流，一条雨后的彩虹，一个绵延不绝的回忆，一首有始无终的民歌，一个人的一生”。

经过对小说文本的三维提纯简化，许三观的日常生活体验不仅带有中国特色的生存经验的印记，而且是“以地区性的个人经验，反映人类普遍生存意义的寓言”。许三观卖血的一生，无疑是鲜血淋漓苦迹斑斑的。作为一名城镇普通工人，他身上还保留着浓郁的泥土气息，他把生命的血液当作肥沃的土地一样：土地生生不息，血液也流转不止直到生命停息。卖血是许三观在自己的身上种田，尽管他是一名缫丝厂工人，但他还是利用这种开垦身体的方式度过人生中的诸多难关。许三观面对人生的苦难，以身体失血的方式来为自己的精神充血，他人如其名地践履着自己朴素的人生观：三观者，乐观、达观、慈悲观也。正同为乐观笑对苦难人生，他连自己的儿子都取名为一乐、二乐、三乐；正因为达观面对人世之厄，他戴着绿帽子将许一乐扶养成人，为治好一乐的肝炎，一路风尘仆仆卖血去上海；正因为慈悲观超度世间罪恶，当一乐的亲生父亲何小勇患重病即将撒手人世，他还是叫一乐去为生父叫魂希望他起死回生。这种深深扎根于民间日常生活的生存智慧，是人性中最源远流长最有生命力的心灵力量，也是存在之光抵达世界之夜的最质朴最闪亮的映现。比起《活着》中的福贵，许三观经历的大苦大难是少了些，但他那种面对苦难乐观、达观、慈悲观的日常生存经验，显然与普通人生存体验更为接近。从人物形象塑造来看，福贵还带有作者的观念阐释意图，为了突出福贵为了活着本身而活着，余华让福贵的家人眷属八人死去七人，作者的介入多少冲淡了人物形象自身的真实生存体验。但许三观原生态的个体生存经验，确实是主人公在个人生命时空里展开的日常生活画卷，它不是作者的工笔细绘，而是主人公自身的生命白描。正是在这种平淡至极的生命白描里，余华写下了一个活生生的中国人的生存经验。这种本真透明的生存经验也就有了可沟通的接受美学底蕴。有论者指出："余华通过对历史的'简化'，而使'中国人民的经验'世界化了。……成为映现中国人历史诗学的一个生动文本"。余华不是着眼于历史的"社会性"构成，而是让"个人"从群众和集体回家，以许三观的个人叙事消解历史的宏大叙事，将他还原到"个体"生存境遇，还原到"人"本身的生命时空，还原到"人"最质朴的生命经验。经过三维提纯简化和多重还原后，小说文本呈现出诗与思交融的完美结合，这是绚烂之极的简约，这是简约之极的绚烂，它在小说美学上达到诗性审美与思性审智的最佳整合。《许三观卖血记》在平淡如水的日常生活叙述中，反而达到了"写实的辉煌"，这也是余华小说转向后对人的生存境遇展现得最丰富生动的一个诗性文本。

余华的世界是一个审美多面体，正发出越来越璀璨的光芒。这是一个奇异而高尚的心灵世界，"世界之夜"和"存在之光"阴阳正负两面组成一个健全而完整的精神天地。余华的世界令人着迷，他在超越形式的精神书写中所展现的精神风景正吸引越来越多的读者。当余华小说创作进入诗与思交融的新境界后，他又面临着精神书写的另一个挑战：如何在诗与思高度提纯的返璞归真中寻找小说创作的新增长点？从文学创作来看，这确实是一项高难度的挑战。余华过早地返璞归真，由绚烂之极回归平淡之至，高度提纯的生命白描已经将《许三观卖血记》提升到一种难以逾越的艺术至境。这一艺术至境是外表素朴与内蕴深远的完美结合，它已经把小说的叙述语言与形式结构以及生命意蕴都发挥到逼近极致的水准，可供余华腾挪飞跃的创造性空间已经很小。也就是说"熟"透了的余华怎样才能避免瓜熟蒂落？简约平淡之极的余华怎样才能别开生面创造新境？对于一个不愿重复自己创作经验的作家来说，向后撤退进行叙事复制是不能容忍的，只有不断的探索不竭的挑战与创新才能保持自己的创作活力。

2006 年余华的长篇小说《兄弟》问世后，一度引发批评话语多义歧乱的集散阐释，夸张怪诞与奇幻写实的叙事话语，似乎杂糅拼贴了马尔克斯《霍乱时期的爱情》的魔幻反讽与周星驰《大话西游》的无厘头大话风格，主体裂变的兄弟形象折射"文革"年代与改革开放年代的精神冲突症候与价值迷惘危机，余华的思想审视虽已有穿透迷雾探寻林中路的旷野巡视，但小说细节与叙述细部的粗犷粗糙，引起批评家对小说与现实、虚构与真实、想象与经验的激烈辩驳。先锋作家的文化边缘与艺术前驱位置，通常要承受内心冲突与社会文化危机的精神负荷，他们应凝聚起强大的个性与勇气，美与艺术的创造者不仅能赋予冲突与混乱以审美形式，而且能犀利地洞穿层叠的迷雾与障碍。先锋作家应有睥睨庸众的精神高度，语言历险的同时蕴涵智慧、思想深度、视野与气魄的精神量级。批评家对余华的批判寄寓着艺术标高的期许，也是对中国作家走向世界参与全球化时代美学竞争与文化角逐的期许。这一期许在 2012 年莫言获得诺贝尔文学奖之后终于落地生根，莫言的艺术创造坚定了中国作家走向世界的信心与勇气，也是对八十年代文学创新潮流的追认与肯定。余华无疑接收了中国作家走向世界的美学挑战，2013 年他创作《第七天》这部长篇新作，《创世纪》圣经叙事浓缩在"第七天"的叙事时间再编码之中，先锋小说语言创世的欢愉转换为悲悯的人间情怀，第一人称的叙事者"我"即主人公杨飞的亡灵叙述，荒诞与黑色幽默的场景，社会新闻的拼贴组合，生死两重天的叙事穿越，余华的叙事话语又有了艺术变异的探索。

余华向南美魔幻现实主义大师胡安·鲁尔福的《佩德罗·帕拉莫》的幽灵叙事致敬的同时，马尔克斯、博尔赫斯等作家的作家在艺术探险的精神巡礼上再次领受中国作家的招魂，他也以自己的叙事探索参与世界文学的美学竞争，对于一位在叙事历险与精神书写双重跋涉的先锋作家来说，新的艺术标高将测试审美挑战的难度与限度。

作家精神书写的量级，标刻着艺术家个性与世界之间的相互发现、相互投射与相互搏斗，作家不仅卷入语言搏斗的叙事历险，而且书写自由的襟怀、宽容的气度与高拔的精神境界。余华在新世纪的文学访谈中，曾谈到叙事转型后的创作追求："我只是一个作家，我的兴趣和责任要求自己写出真正的人，确切地说是真正的中国人。……一个人的内心的力量就是所有人积聚起来的力量，内心就像笼罩我们的天空一样无边无际，它属于我们所有的人。这就是为什么我认为只要写出一个真正的人，就是写出最广阔的人群。"① 我们可以将余华的这一创作宣言，看作是他精神书写的又一个起点，我们期待着余华写出更多的"真正的中国人"，为世界文坛创造出更丰富完整更有艺术感染力的"中国形象"，在全球化的文化语境中创造出更具有民族特色和民族精神的"中国经验"。

① 余华，叶立文：《叙述的力量——余华访谈录》，《小说评论》，2002年，第4期。

解码“底层”：想象、象征与实在界

一

在二十世纪九十年代现代性转型的历史视野中，底层一度是失落的地平线，它隐蔽而又缄默地蛰伏于现代性裂谷的另一侧。即使没有一双历史天使的慧眼，也无须明眸善察的现实眼光，底层的存在依然是斑驳陆离的现代性视屏上触目惊心的景观——背井离乡风尘仆仆的农民工、默默栖居在摩天大楼阴影下的城市棚户区、从工厂车间沦落到街头巷尾谋生的下岗工人，还有静默在广袤的乡土上的茅屋、秋风和前现代的炊烟。这样的社会景观并非定格在历史旧画册上的老照片，相反，它是当下现实的社会纵深和底色本真，但缄默的底层一直被有意无意地悬置成时代的“他者”，在突飞猛进的现代化进程中它要么被视作已掀翻而过（实际上正在经历）的历史旧（新）画页，要么作为现代性的历史代价以枯枝败叶映衬历史“恶之花”的合法性。“关注底层，直面生存”，这样的呼声不过印证现实存在对理论虚无的反抗和吁求。全球化的新一轮资本主义宏大叙事无暇俯察底层的微观生存，与市场化进程携手共进的现代性规划也漠视底层的现实诉求，而标举“反本质”“去中心”的后现代差异政治也只是隔岸观火的解构游戏，在全球化、现代性、后现代性等盛行一时的理论坐标中，底层显然是一个被遗忘的角落，一个失去理论锚地的漂浮能指。

关注底层的现实吁求不时地挑战着理论的虚无和傲慢，但在知识社会学的视域中搜索“底层”，人们的失望还是超过理性预期的限度。底层的身影并没有在经济学的市场想象中浮现，自由主义的市场竞争法则更青睐强势赢家——企业家、老板、经理、白领等等，而经济理性和资本逻辑则将庞大的底层数字化为国民经济总产值中一个有待脱贫的弱指标，尽管它在经济统计学中以表征贫富差距的基尼系数向社会公众昭示财富分配的聚散离合和公正尺度的倾斜游移，偶尔露峥嵘，但自诩科学客观的基尼系数在种种大相径庭的争议性解读中已失去其应有的批判性警诫效果，被数字化的底层只是一堆冰冷抽象的经济指标，它不能还原具体真实的底层现象学。社会学的出场无疑是必要的矫正，在一批社会学家眼里，基尼系数是社会公正和社会稳定的历史警戒线，它深刻地预示着强弱分野的阶级分化和转型社会的结构性紧张①，阶级复活和阶层分化使底层以社会实体的真实面容浮现在现代性的地平线上。但这一庞杂的社会实体涵盖了从前现代的乡村到现代的城市的各种弱势群体——农村贫困人口、进城打工支撑起全球化“世界工厂”的农村剩余劳动力、城市贫民、下岗工人、残疾人甚至艾滋病患者，他们之间参差多态的内部差异性，很难在“底层”的同一性命名中加以映现，共体的底层显然汇聚了无数的个体的生活经验和具体的生存境遇，社会学的阶层分化再细化也难以触摸底层的生存肌理。而且，从阶级到阶层的公共语境转换中，细化的阶层不过是社会等级的空间再生产，无根的历史与消解的阶级意识使分化的阶层逐渐丧失自身的历史能动性。

数字化的底层和阶层化的底层，它一方面以科学理性之名行使符号暴力，“底层”“弱势群体”“边缘群体”“沉默群体”“被排斥群体”等修辞命名的发布流播，不过是历史轮回般重陷黑格尔式“主奴结构”的窠臼，一种抽空了阶级意识与革命能量的阶层命名实际上只是现存社会权力结构的机械复制，它的精致与麻木往往如影随形；另一方面，随着底层问题在公共领域中不断浮现，关注底层关心弱势群体的人文关怀呼声愈来愈响，温情脉脉的人文关怀行使着意识形态的缝合功能，在现代性转型时代“分享艰难”“痛并快乐着”的精神自渎术消解了底层苦难叙事的反抗能量，现代性这一支配性能指将“底层”形塑为前现代的孑遗物和现代性的他者，对底层他者的人文关怀成为现代性“怀柔远人”的意识形态神话。如果说现代性从某种意义上是资本主义历史转义的修辞变体，那么阶层化的“底层”其实也是以工人、农民为主要叙述对象的无产阶级的现代性转义，但这一转义是在抽空未被资本驯化的阶级意识之后的合法化求证，“阶级退场，底层出场”实际上有效地缝合了现代性转型的社会创伤和对抗性分裂。在现代性能指秩序重绘的社会结构图谱中：底层、中产阶级（小资、工薪阶层、市民阶层）、高收入阶层（企业家、管理阶层、精英阶层）排列有序，但阶级的边界在分化重组中已由红线淡化为虚线，各种交叉重叠的分层挤压了两极对立的阶级空间。韦伯式的阶

① 李强：《“丁字型”社会结构与“结构紧张”》，《社会学研究》，2005年，第2期。

层理论已悄然置换了马克思的阶级学说，现代性的合理化求证填补弥合了无产阶级/资产阶级的对抗性裂缝，而现代性意识形态的崇高客体就在能指秩序修补过的社会对抗裂口处耸立起来，占据了原先由阶级意识建构的革命意识形态的神圣/禁止的位置。

经济学以数字化的底层、社会学以阶层化的底层进行现代性的合法化求证时，文学则从历史的另一翼切入底层言说，底层的生存境况和存在际遇在文学的感性的洞察中得以呈现，另一种被遮蔽也是被压抑的现代性开始破土而出，“底层”似乎发出了别一种的现代性“呐喊”。近年来，一批作家不约而同地将目光投向底层民众的生存挣扎，从反映“三农问题”的乡村苦难叙事，到描绘城市棚户区的贫民原生态，从下岗工人的生存焦虑到“国企改制”引发的转轨阵痛，底层叙事成为当下文学贴近社会现实重新焕发批判力量的一大热点，“底层写作”“底层文学”等命名也随即进入批评与理论的阐释视域。1998 年，上海评论家蔡翔在散文集《神圣回忆》中以“底层”为题书写上海苏州河两岸的工人新村与棚户区，法国梧桐、幽静宅院与咖啡馆掩映着另一侧他者目光注视下不在场的底层生存实在，叙事话语凸现在场的底层场景生存体验与思想关怀。① 美国小说家卡弗在俄勒冈州以冷峻肋骨淬炼叙述句法与文体，美国失业工人底层民众的生存体温以契诃夫与海明威融合的智性文体进行再叙事，卡佛小说被评论家命名为肮脏现实主义或后现代极简主义，但作为题材的底层并不能成为艺术标高的测绘仪。与此同时，莫言在苏州大学的文学讲座上提出“作为老百姓”的写作，② 作家从八十年代高扬激昂的启蒙主体转换至九十年代末民间立场与人间情怀的平民视域。叙事主体的转换不仅是知识分子与民间的话语转换，主体与认同开启观照体察现实的新视域。不难发现，底层叙事的悄然兴起，并非只是题材意义上的新拓展，它一方面标志着文学视线的下移，从九十年代“个人化写作”风靡所至的小资情调、中产阶级想象到上世纪末的“纯文学反思”，再到底层民众疾苦的深描细绘，当代文学的叙事调焦逐渐切近社会现实的深层命脉；另一方面也预示着文学重新修复了一度倾圮的社会历史维度，在介入现实中积聚精神力量，“底层”在某种意义上成为转型时代一种隐喻性的深度现实。知识界、文学界与大众媒体相继聚焦于底层问题，

① 蔡翔：《底层》，参见《神圣回忆》，东方出版中心，1998 年。

② 莫言：《作为老百姓的写作》，参见《中国当代作家面面观》，春风文艺出版社，2003 年，第 5—6 页。

“底层”这一术语，颇像一块魔法磁铁吸附了转型时代的诸多社会问题和种种矛盾冲突，它和“弱势群体”“边缘群体”“沉默的大多数”等家族相似语汇组成现代性坐标轴上负面之维，这一意义上，“底层”承载了现代性转型的社会代价和精神创伤，它击中了时代现实的交感神经。

底层问题一旦进入现代性话语谱系，它显然必须在多元维面上展开：首先，作为一个葛兰西意义上的具有反叛和革命能量的西方马克思主义术语，以工人和农民为主要叙述对象的“底层”曾被赋予革命性的阶级意识，它在左翼文艺发展史以及文化批判理论上都留下革命的烙印；其次，作为一个韦伯式寻求现代性合理化规划的社会分层理论术语，阶层化的“底层”只是现代性转型的必然代价，只是一种印证了历史理性的结构性存在，它以现代性他者的面孔出现；最后，作为一种人道主义悲悯情怀的“底层”意识，又与社会公正、平等正义等现代性伦理诉求紧密相关。现实主义文学对底层小人物的关怀目光悠长而绵厚，一大批生动质朴、粗犷野性的人物形象以鲜明的性格特征获取个性与共性的形象认证，阶层的身份认同显然不如人人生而平等的人道主义思想伦理更深入人心。现代主义的精英主义的个人美学神情桀骜孤独怪异，从陀思妥耶夫斯基的《地下室手记》到卡夫卡的《变形记》，以及乔伊斯《尤利西斯》都柏林街头的芸芸众生，底层普通人物的内心悸动无意识的细水微澜，通过语言实验得到淋漓尽致的显现。后现代主义摒弃了“深度”而快乐平淡甚至无聊地滑行在生活的表面，法国新小说的欣快的现在进行时显示现代人神经压力的检测量级，美国黑色幽默小说在普通人荒诞与生存的悖论中测试笑声里的恐惧与顿悟，卡弗的后现代极简主义小说叙述目光，聚焦于美国底层百姓失业无告、婚变心碎、贫病自弃的贫贱人生，用人情味的身边琐事写尽底层生存的辛酸落寞与惶恐，奇崛冰冷的笔调传递出冷冰冰年代的历史体温。文学视域中的底层经验积淀丰富深厚的审美感知，犹待作家与人文知识分子深入开掘。大众文化中的周星驰电影以无厘头的喜剧美学重绘香港中下层小人物的生存心理曲线。重新关注“底层”，知识话语不仅提交审美备忘录，底层经验的表述将在诸多话语坐标的关系网络寻求深度解析与思想突围。

这样，在现代性结构图谱中凸现出来的底层问题就面临着一系列悖论式的追问：底层是一个汇聚众多弱势个体并客观存在的社会实体，还是现代性意识形态建构出来的阶层想象？如果底层是超于弱势个人之上的社会实体，那么它是具有阶层认同的社会主体，还是在现代性能指象征秩序召唤下的分裂主体？缺乏自我表述能力的底层，又如何在他者化的言说中抵达实在界的存在本真？这些问题最终聚合为一个意味深长的逼问：底层书写是谁的底层，我们又如何书写底层？

二

存在的底层真实而坚实，尽管命名各异，但它在人类历史演进的各种社会形态中却是一种普遍性的存在。作为社会自然形态的底层是一道无声的川流，它默默地潜行于历史长河波澜壮阔的水面之下，但缄默的底层一旦以集体行动逻辑发声，往往又能引发惊涛拍岸的历史巨变。因此，底层既是沉默的历史客体，又是具有历史能动性的社会实体，它在各种社会历史力量的形塑下具有多幅面孔。底层曾在源远流长的离黍之悲式的歌吟中，以民生疾苦的苦难叙事获取诗性正义的伦理力量，贫苦善良、勤劳勇敢成为底层想象深入人心的道德面孔；底层也因无缘文化教化而沦为无知蒙昧之邦，它一直处于启蒙下位成为有待外部救赎之光照亮的黑暗地带；底层还曾在士人知识分子远离尘嚣的乌托邦冥想中，成为“不知有汉，无论魏晋”屏蔽统治阶级权力宰制的世外桃源；底层还被视作一种潜在的革命性力量，在马克思阶级理论的武装下，以无产阶级历史主体的革命面孔登上历史舞台。但具有多幅历史面孔的底层，在资本现代性的规训下逐渐缩减成单向度的弱势“经济人”——现代性转型轨道上的落伍者或被淘汰者。底层的现代性他者面孔不过是晚近的产物，但在资本现代性自命不凡地宣称“历史”（其实是阶级斗争的历史）终结之后，它俨然成了底层的唯一面孔。从潜在的“革命者”到弱势的“经济人”，底层的历史能动性已在符号性阉割中退化成另一种“被压抑的现代性”。

底层的多幅面孔要么是被他者化的底层想象，要么是被寓言化的文化象征客体。底层的革命面孔虽然一度拥有属于自己的历史主体性，但当革命意识形态被祛魅成一种激进主义的破坏性力量，在以经济建设为中心的现代性市场经济法则中它已丧失合法性。这时，底层又如何在多幅面孔中确证自己的实在界面庞呢？

谁的底层？这一发自历史深处的逼问虽然深刻犀利，却多少隐含着底层书写的艰难和无奈——底层的实在界面庞依然朦胧模糊。底层多幅面孔的背后是分裂、短缺的主体，“底层历史是碎片化的、不连续的、不完整的，底层意识的内部是分裂的，它是由来自支配和从属阶级双方经验的元素建构起来的”。[①] 如果底层意识是“主/奴结构”双重建构的产物，那么“底层发声”就是一个悲剧性的西西弗斯神话。因为，底层一旦以现有的并不透明的“语言”发声（这实际上是别无选择的选择），就必然进入符号象征秩序的意识形态询唤之中：底层叙述的话语主体并非自在自明的，当它凭借“语言”由一种自然状态被允许进入社会文化的象征秩序时，其领受的准入许可证——“语言”本身就是由主人能指（统治阶级）赋予意义的具有意识形态性的文化表征。这样，它一方面在主人能指的询唤下获取一虚设的话语“主体”位置，正如科耶夫对“主奴结构”的精辟分析：“主人的‘确定性’不是纯然主观的或‘直接的’，而是被另一个——奴隶的承认所客观化和中介化了”，[②] 被准入的话语主体反而将主人能指厘定的话语法规客观化和中介化；另一方面，底层叙述的话语主体在遭遇主人能指的象征秩序时，必遭其审查、驯化、分裂和倒空，这一过程就是拉康所称的“符号性阉割”——意指社会象征秩序对不为己所容的主体欲望的压抑和摒弃，主体只有被符号性阉割，才能被具有以“父亲的名义”和“法”的性质的象征秩序认可，并作为“短缺能指”进入象征秩序的主人能指网络中，所以底层主体的生成过程，是一个不断分裂自己、不断异化的悲惨过程。那么，底层叙述如何才能抵达实在界的现实本真呢？

在拉康看来，实在界乃“现实之物，或是被这样感觉到的东西——是完全不被符号化的东西”。[③] 但另一个追问紧随其后：完全不被符号化的底层实在界又如何在叙述中呈现出来呢？在拉康的结构主义精神分析理论中，共有三个主体存在：自我、话语主体和无意识话语发出者，它们相应地存在于三种不同的阶段——想象界、象征界与实在界。想象界是镜像阶段的“自我”，但这一“自我”是虚构的反射镜像，它只是一种想象性的“自我认同”；而象征秩序则制造了一个符号性的话语主体，但同时也压抑了另一个欲望的无意识主体。所谓“符号性阉割”的短缺能指，实际上就是主体社会化的过程，但阉割总是不完全的，总有一些创伤性的残余——“创伤即实在界”。这些残余作为“象征债务”，因为象征秩序的驯化是不完全的，“象征最终永远失败，它永远也不能成功地完全‘覆盖’真实，永远

① 查特吉：《关注底层》，《读书》，2001年，第1期。

② 科耶夫：《黑格尔著作导论》，汪民安译，载《生产》（第1辑），广西大学出版社，2004年，第421页。

③ 方汉文：《后现代主义文化心理：拉康的理论》，《国外社会科学》，1998年，第6期。

包括一部分未处理的，尚未实现的象征债务”。[①] 这些未完成的“象征债务”组成了真正的创伤性内核——原质。实在界和原质是符号化的产物和剩余，原质不能符号化，但它却随同主体一并进入能指秩序中。能指秩序并非一个完整的封闭体，它也有裂缝和缺口，这些裂缝和缺口是由进入其中的实在界和原质开辟的，也是它们呼吸和显露自己的空间：譬如口误、梦呓和病体语言等。作为创伤性的实在界、原质，从人之个体来说，一方面它是主体驯化后的剩余，另一方面它又是一种作用和在场，它没有被符号化，但仍给能指象征秩序留下缺口和缝隙，从而导致了能指秩序的不一致性。而从作为人之整体的社会来说，实在界就是“社会对抗或社会创伤”。社会对抗是未被象征秩序驯化的部分，是被社会压抑的无意识欲望，但它仍是社会现实的构成部分，是永远在场的“实在界”。从社会总体的角度看，所谓能指象征秩序实际上就是社会现实的语言文化表征，而能指秩序的不一致性其实就是社会对抗和矛盾引发的非整合性的符码表征。拉康的“主体三界”理论为我们展呈了底层书写的隐秘结构和视域景深，但仍然有一个待解的问题：既然底层的实在界就处于社会对抗和社会矛盾的创伤性缺口和裂缝中，那为何底层书写又总是难以抵达实在界呢？

鲁迅的《狂人日记》从某种意义上讲，是一部关于底层书写的元叙事寓言。虽然话语主体“狂人”的身份是知识分子，但当“狂人”拒绝进入社会象征秩序而直接闯入创伤性的实在界时，他实际上已经摒弃了知识分子的启蒙代言角色，从虚设的话语主体（象征秩序中一个会说话的“尸位”而已）转换成底层实在界的欲望无意识主体，这时的“狂人”呓语事实上是挣脱“主奴结构”这一象征秩序牢笼后真正的“底层发声”。作为底层无意识话语的发出者，“狂人”所发出的“写满仁义道德的历史不过是吃人的历史”的实在界之声，尽管它真实而深刻地揭示出人类社会的创伤性内核，但由于它未经象征秩序审查驯化而直接以无意识话语发声，反而形成一个悲剧性的悖论：狂人的“底层真声”只能以分裂主体病体语言的方式存在，才能获取准入许可证重返社会象征秩序。换言之，底层实在界发出的真声，在社会象征秩序的语言文化表征里却被视作假语误言的病体话语。这实际上就是底层书写的悖论式困境，实在界的抵达不仅以主体的精神分裂为代价，而且被社会象征秩序诬判成病体幻象，因此对底层本真的澄明还必须把被颠

---

① 斯拉沃热·齐泽克：《意识形态的崇高客体》，季广茂译，中央编译出版社，2002年，第27页。

倒的病体幻象再颠倒过来——它是社会实在界的征兆而非病体幻象，那么，造成这一乾坤颠倒的错置幻象的又是什么呢?

三

意识形态幻象的出现，使底层实在界的创伤被遮蔽于崇高客体之下，它不仅掩盖了真实的社会对抗，而且还为我们建构了一种现实的社会存在。齐泽克在拉康理论的基础上对幻象的功能进行深刻的剖析，“现在已经清楚了，在意识形态中，我们可以适当使用幻象这一概念：这里同样‘没有阶级关系’，社会总是被对抗性的裂口所穿越，而对抗性的分裂是无法整合成符号秩序的。社会意识形态幻象的赌注是要构建一个有关真正存在的社会景观，构建一个没有被对抗性的分裂所割裂的社会，构建一个其各部分的关系呈现有机性、互补性的社会。”① 换言之，意识形态的功能并不在于为我们提供逃避现实的出口，而在于为我们提供了社会现实本身，这样的“社会现实”填补了能指秩序的空缺，隐藏遮蔽其不一致性，赋予社会以整合同一的意义和景象，从而供我们逃避某些难以忍受、真实的创伤性内核。譬如在“狂人”的底层真声——“仁义道德（文明）是吃人的历史”里，“仁义道德”是意识形态建构出来的“社会现实”，而“吃人的历史”则是创伤性的社会内核，人们无疑都会欣欣然于前者的文明幻象，却无法忍受后者的野蛮真相。

当幻象成为真实的“现实存在”，而实在界的创伤被倒置为“病体幻象”，意识形态本身就不仅仅是马克思意义上的“虚假意识”，它更是一种“社会存在”，而我们就生活在意识形态幻象创设的一种浑然一体的社会存在环境之中。底层书写之所以难以抵达实在界的本真，就因为意识形态幻象已经构筑了底层的“社会现实”。这个意义上，九十年代中后期以来日益凸现的底层问题，其实是现代性意识形态建构出来的“社会存在”，正如吉登斯对现代性的症候诊断：“现代性以前所未有的方式，把我们抛离了所有类型的社会秩序的轨道，从而形成了其生活形态。在外延和内涵两方面，现代性的变革比过往时代的绝大多数变迁特性都更加意义深远。在外延方面，它们确立了跨越全球的社会联系方式；在内涵方面，它

① 斯拉沃热·齐泽克:《意识形态的崇高客体》，季广茂译，中央编译出版社，2002 年，第 176 页。

们正在改变我们日常生活中最熟悉和最带个人色彩的领域。”① 现代性把我们抛离了所有类型的社会秩序的轨道之后，重新铺设了一条以经济理性和资本逻辑为支配性能指秩序的新轨道，而在这场现代性的马拉松越野赛中，每跑一段都会有个别社会群体掉队，被甩到现代性社会结构之外，成为被命名钉上“红字”的“底层”或“弱势群体”，随着现代性赛程的进展日趋白热化，被抛至“底层”的队伍也越来越庞大，在社会学家的精密统计下当代中国的“底层”人口竟高达64.7％。②这一比例之高显然超过现代性转型之前的其他社会形态，现代性建构出来的庞大“底层”对许多人来讲，已不是启蒙叙事俯察临视的“他者”，而是内卷其中感同身受的“自我”了。但当人们在想象性的“阶层认同”中确认（也包含误认）自己的“底层”身份时，他们又只能在现代性意识形态制造的“成功”神话中汲取能动性力量——希冀在现代性马拉松赛程中后来居上——从而摆脱“底层”标识，而现代性实在界的社会对抗和社会创伤却被遮蔽不见。当下的底层书写，往往在现代性意识形态崇高客体的巨大阴影下进行苦难叙事，但在阴影中揭示“黑暗”，黑暗不过是阴影的影子，底层实在界依然处于隐匿状态，缄默的底层依然发不出真声。只有穿透意识形态幻象，撕下崇高客体的神圣面纱，底层书写才有可能深描测绘出实在界的隐秘和创伤。

对于意识形态的崇高客体来说，使其崇高神圣起来的并非它的本质，而是因为其所处的结构位置：它占据了原质的位置，填补、修饰了社会对抗的伤口。齐泽克精辟地指出：“将崇高授予客体的，是它所处的结构位置，是这样的事实——它占据了快感的神圣/禁止的位置，而不是它固有的质素”。③ 以资本现代性为例，资本的原有质素——货币——只是作为一般等价物出现，但货币一旦确立，它真正发挥作用的就不在于其物质组成，而在于商品流通中所起的结构性作用和某种符号权威为其指定的结构性位置，货币占据了欲望无意识的实在界位置形成金钱拜物教，货币的总体化抽象——资本——成为支配性能指，它进一步占据了欲望快感的神圣/禁止的位置之后，资本这一支配性能指发挥出越来越强大的集聚功能，将自由、市场、民主等漂浮的能指链接缝合成一个统一的意义结构网络，资

---

① 安东尼·吉登斯：《现代性的后果》，田禾译，译林出版社，2000年，第4页。

② 斯拉沃热·齐泽克：《意识形态的崇高客体》，季广茂译，中央编译出版社，2002年，第266页。

③ 李强：《“丁字型”社会结构与“结构紧张”》，《社会学研究》，2005年，第2期。

本支配性能指通过自我指涉和同义反复的执行性操作成为意义不断增殖的极端饱和点："它向所有其他概念'赋予意义'，并因此集聚成（意识形态的）意义领域"，最终资本获得了某种崇高性：好像资本（货币）不是由物资的材料组成，而是由崇高的、不可毁灭的质素组成的，它能够超越生死轮回，甚至能厘定线性时间的历史进程，资本与历史进化论进行意识形态缝合后，资本现代性的意识形态崇高客体就巍然耸立在人类社会的现代化历史进程中，成为不证自明的普世性存在。但仅仅对现代性意识形态幻象进行批判性"祛蔽"还是不够的，即使我们在认识上能祛蔽矫正扭曲变形的意识形态景象，却无法置身于现代性建构的"社会现实"之外，更严峻的是人们在意识形态崇高客体下被犬儒化——"他们对自己的所作所为一清二楚，但他们坦然为之"。

面对这样的犬儒理性，传统的意识形态批判已失去功效，人们也许很清楚幻象的虚假性，知道现代性意识形态普适性下面掩藏着特殊的利益，承认意识形态面具与实在界现实之间的距离，但他们依然坚持戴上面具与之同谋共舞，拒不与之断绝关系。现代性意识形态编织出一个实存的社会结构网络，它捕获了不同阶层的人们，在这一想象性但又已现实化的社会生存空间里，"底层"其实就是资本逻辑以"历史狡计"精心构筑的现代性主奴结构陷阱，沦落其中的人们叹息着、不满着甚至愤怒着，又生活着、欲望着甚至追求着，只要还有坐井观"天"的一线希望，还有从底层跻身中层甚至上层的一线生机，这样的"主奴结构"陷阱就很难被打破。正如科耶夫对"主奴辩证法"的历史性剖析所揭示的："如果人仅仅是生成性的，如果人的空间存在是时间存在，如果被显露的人性现实只是普遍历史，那么这个历史就应该是主奴互动关系的现实；历史'辩证法'就是主奴辩证法"。[①] 现代性的马拉松赛程以资本逻辑复制了这一"主奴结构"，它按照资本的多寡，不管是财富资本、文化资本还是身份权力资本，在"成功（主）/失败（奴）"的结构陷阱里生成建构出庞大的"底层"。现代性意识形态不仅为人们制造一种同一整合的社会景象，而且还为人们提供一个幻象客体，一个能让主体去追求和维持的欲望客体，但这一欲望客体不是主体自发产生的，而是大他者——意识形态的社会象征秩序为我们提供的。"欲望是他者的欲望，"是意识形态制造、

① 科耶夫：《黑格尔著作导论》，汪民安译，载《生产》（第1辑），广西大学出版社，2004年，第417页。

控制以致对主体压抑和异化的欲望，但这种欲望客体却成为主体弥补自己短缺的补救措施。主体需要一个幻象客体来掩盖其短缺，并找到一种同一感进行想象性认同，也就需要一个意识形态幻象客体来证明自己是一个“自由自主”的主体。而这一“自由自主”的主体，反过来将资本现代性的市场经济想象性认同为一种“解放”的力量，认同为财富、自由、公正的“实现保证”，而实在界的社会对抗和社会创伤却被遮蔽在资本现代性的崇高客体之下。但意识形态的崇高客体，实际上正是主体目击它自身的不可能性的欲望凝视，它是欲望望眼欲穿却不可能实现的奢望，是底层实在界“被压抑的现代性”。

解码现代性转型语境中的“底层”，也许它有多幅面孔，它既是转型时代的阶层想象，又是社会象征秩序精心建构的“主奴结构”陷阱，更是实在界“被压抑的现代性”。也许它只有一副实在界的面庞，社会对抗和社会创伤使真实的底层依然缄默，缄默的底层何时才能真正发声呢？这是历史深处悠长而渺远的一声喟叹。

后革命时期的美感政治

刘小新：南帆老师的《后革命转移》在2005年8月由北京大学出版社出版，书中以王蒙、张贤亮、北村、韩少功、《受活》《白鹿原》等一批作家、作品为个案，考察了一个世纪以来革命话语之中的文学。在一种纵横捭阖的文化视域里，从阶级的范畴到市场、现代性、全球化，钩深致远地描绘出文学从启蒙话语、革命话语到新启蒙话语、后革命话语的演变线索。这本新著在文学研究方法论上有明显的突破，既有精细入微的作家、作品的文本分析，又有颇具穿透力的理论演绎，并与文学史的脉络梳理融为一体。我想先请南帆老师谈谈写作这本书的具体思路与方法论上的创新之处。

南帆：《后革命转移》这本书的写作，来自当初的一种深刻感受——革命话语的转折。八九十年代以来，持续了大半个世纪的革命话语出现了深刻的转折，这无疑是一个撼动历史的重大事件。"革命是历史的火车头""在革命的星空下""革命是自由和进步的象征"，诸如此类的经典叙述一度深入人心激扬热血，革命话语在意识形态的召唤下成为权威化论断。但历史的火车头在转型时代开始掉转方向盘，经济的历史驱动力正在得到愈来愈普遍的认可。转型、转轨、转向，这些术语的广泛流通说明历史航向已发生巨大变化。革命激情被一种温和渐进的改革理念所改造，经济改革成为推动现代化进程的强大驱动力。现在，这个转折日益清晰，并且显示出多方面的后果。文学始终是社会躯体之中的文化神经。对于这个重大事件，文学显示出一系列意味深长的回应。当然，首先是犀利的洞察——文学充分地意识到历史的撼动，而且很快成为这种转折的组成部分。文学凝聚了这个转折所制造的多种复杂经验：惊讶、激动、感伤、依恋、忏悔、痛苦、犹豫，如此等等。如同许多历史时期显示的那样，宏大叙事的转换不仅触动了社会记忆的根系，同时还带来全面的文化紧张。革命话语不再是解释一切的前提，意识形态脉络骤然显示出分歧甚至矛盾的一面。历史驶入一个开阔地带，坐标的重新设定成为一个不可回避的问题。这个意义上，文学的活跃既源于某种内在的冲动，但转型时期的文学又广泛地开启了种种历史的维度。

历史进入另一套叙事的标志是，革命不再是唯一的主题。一些故事逐渐成为传统，另一些关键词浮现出地平线，例如现代性、全球化、后现代性等等。新的方向正在开启，文化研究的兴起打破了约定俗成的文学边界。然而，令人惊讶的是，文学又一次从“现代性”“全球化”“后现代性”这些关键词背后读出了压迫、反抗与全面解放的吁求，另一轮的历史紧张正在形成。文化研究对这一历史张力做出了有力的回应，当然，它的背后伴随着大众媒体的崛起。市场经济、消费社会重绘出一副新的文化版图，资本、消费与文化越来越紧密地联系在一起，报纸、杂志、电视与互联网等新技术媒介成为新的文化主导力量，经济理性与审美感性的内在冲突不断产生新的裂变，传统意义上的审美救赎也被吸附在这一庞大的网络之中。随着市场经济作为现代性合法化进程的确立，资本显示出强大的规训功能，审美无功利的康德式自律神话在经济理性的冲击下，被祛魅成他律的审美意识形态——资本与权力规训下的审美他者。在新一轮的历史紧张中，阶级的重新出场显然是一个颇有意味的历史事件。

阶级是革命话语的核心范畴。阶级是冲突之源，大规模的对抗，血与火的洗礼，一个阶级推翻另一个阶级的暴烈行动组成了重重叠叠的历史景象。在转型年代，人们普遍以为这一切已经过去，阶级作为历史语汇代表着一段不堪回首的民族记忆。发展正在成为巨大的共识，发展才是硬道理征服了纷纭的舆论，经济以及市场代表了新的现代性追求。现代性在幅员辽阔的中国登陆，在时间与地域上都有程度不同的梯度和落差，我在 1992 年出版的《文学的冲突》中曾将之描述为：前现代、现代、后现代共时交织的文化图景。革命话语在前现代到现代的转型中曾是历史的内驱力，而阶级话语则担负着理论武器的重大作用，但在由革命政治到经济改革的历史转型过程中，革命的现代性已作为一种激进主义的现代化陷阱被辨伪，取而代之的是市场经济的现代性规划。在这一现代性转型过程中，阶级的历史背影并没有迅速消逝，市场扩张的同时，阶级的幽灵又开始游荡。人们失望地发现，市场并没有像新自由主义所声称的——借助看不见的上帝之手——如愿地解除等级与压迫，相反，另一批权力关系迅速形成，并由于市场的扩张而遍布全球，进而在各个领域盘根错节。即使阶级斗争这个革命范畴已经过时，但阶级的幽灵仍徘徊在贫富差距日益悬殊的阶层落差之中，与此同时，另一些利益单元也接踵而至，而且交织在一起——例如民族、性别。很难说现今的冲突不会那么激烈，但可以肯定的是，现今的冲突更为复杂了。这个意义上，“后革命”的命名就有其现实的依据，它从历史的另一翼刻绘出现代性被遗忘的另一副面孔。

后革命的转移在社会、经济、文化的各个层面都产生广泛的影响，尽管现代性规划是一种逻格斯至上的工具理性，但交错复杂的现代性体验还是在感性经验领域留下它悠长而深远的身影。在革命话语转折的时代背景中，文学在感觉经验领域打开了问题的另一些方面，试图评估精神力量和审美能量究竟还有多少意义，这既是历史的全面检索，也是知识分子内心依据的全面检索。王蒙、张贤亮、北村、韩少功，或者《受活》《白鹿原》，这些作家和作品分别是一些富有内涵的个案。考察这些个案可以看到，革命话语的转折如何引起知识分子与大众关系的改变，这种改变如何开拓了丰富的探索空间。当然，这一切无不诉诸独特的文本，尤为有趣的是，某些文本的特征甚至暴露了作家不愿承认的内心转移，这个时候，人们终于看到了文本与历史之间隐秘而又密切联系的踪迹。文学拥有某些擅长处理的领域，例如想象、感觉、无意识、符号和形式等等，但文学不可能回避这些冲突——人们无法将文本想象为一个密封的美学冷藏箱。权力和力比多的种种较量陆续地抵达文学，发展出一系列前所未有的故事，承担种种新型的历史主题，这是文学介入当下历史叙事的重要标志。文化研究打破了文学的边界，对现代性现象进行广泛而深入的考察，但我更愿意到文学领域寻找感性经验的变迁，现代性的感觉经验是文化研究中较薄弱的一个环节，我一直认为这是一个丰富的文化矿藏，也是审美批评与理论演绎相结合的重要接榫点。我倾向于这样的研究路径——“文本分析必须纵深地考察字、词、句背后隐蔽的历史冲动、权力网络或者詹姆逊所说的政治无意识。文本仅是一个很小的入口，然而，这个入口背后隐藏了一个巨大的空间。”这一“巨大的空间”实际上就是文化研究开启的广阔的社会历史空间。它以文本叙事与话语修辞作为批评的发轫之处，然后在文本分析的过程中与社会历史以及意识形态遇和，这种研究路径显示出批评话语介入社会历史现实的一种可能性。

蔡志诚：南帆老师对后革命转移的深刻剖析很有启发意义，“后革命”是一个具有时代张力和现象学穿透力的命名。“后”视域作为一种理论范式，在九十年代的全球化理论旅行中登陆中国学术界，“后”概念的跨学科繁殖极为迅速，在哲学、政治学、历史、文学、社会学甚至经济学领域扩展播撒开来，“后现代主义”“后结构主义”“后马克思主义”“后人道主义”“后殖民主义”等一大批理论语汇，众星拱月般汇聚在“后现代”周围。但在众多的“后”声喧哗中，“后革命”并不响亮，事实上也不多见。在二十世纪九十年代初，李泽厚、刘再复将“革命”视作中国“二十世纪一个最痛苦最沉重的包袱”，所以他们呼吁“告别革命”。“告别革命”的宣称，实际上也是“后革命”的一种表述，它在政治文化领域逐渐凝聚成一种理性共识。这一共识是通过对“五四”以来的激进主义思潮的反思达成的，革命与暴力被视为非理性的激进主义行动，而理性的渐进式改革赋予市场经济转轨以合法化的现代性意识形态。当然，告别革命并非作别西天的云彩，尤其是在后革命时期的文化领域，革命的宏大叙事作为意识形态的结构性力量已被新的力量所取代，但是革命的文化基因依然活跃在后革命的文化氛围里。历史的诡计又一次上演，政治经济上的“告别革命”，在文化领域却悖论式地出现革命文化的“复兴”——“毛泽东热”“红太阳热”“红色经典热”等等，这一文化景观往往被归结为现代性时代的文化怀旧热，但在我看来，它既是一种挽歌式的文化怀旧，更是初涉市场经济的中国人对资本现代性内在对抗的无意识反应。怀旧只是意识层面的文化表征，而潜伏于资本现代性内部冲突的革命基因才是无意识深处的真正诱因。

如何看待“后革命”现象呢？我觉得这里有三种视角，一是以哈贝马斯为代表的批判理论，认为资本主义已进入后现代时期，国家与社会、经济基础、上层建筑融为一体，异化已失去了早期资本主义的非人性苦难形式，人类解放的主题不再是通过无产阶级的革命解放去实现，因为资本主义的发展变化已使原先的革命阶级失去革命的动力和要求。“任何革命理论都失去了它鼓动的对象，今天即使还存在着批判的头脑，也没有它的心脏了。”革命的批判武器失去锐利的锋芒，在后革命时期，批判的武器已难以转化为武器的批判，因此，理论上对当代资本主义的批判和声讨，不大可能像十九世纪末到二十世纪初那样转化为推翻资本主义的革命运动。当然，回到中国语境，就显得更为复杂，因为中国的后革命转移是以认同市场经济作为历史转型动力的，这里就形成一个悖论，西方批判理论的矛头所向——资本主义的市场经济——在中国却成为后革命转移的现代性规划，而早先革命时代对资本主义的批判已被扬弃，这是在两个不同平台上展开的，一个是在斗争的舞台上以革命的批判策略颠覆资本主义，一个是在后革命的市场经济语境中展开对现实的批判。

第二种视角是福柯的权力话语和身体政治，他反对哈贝马斯那种把启蒙思想、理性主义与社会进步等同的现代性规划，认为后革命时代是知识型的权力控制和规训，权力随着知识蔓延与渗透到社会生活的各个领域。一旦存在着权力，就存在着抗争的可能。相对于革命时期激烈的暴力对抗，后革命时期的“革命”形态以种种微观政治的隐形对抗依然存在。福柯摒弃了统治和被统治的二元对立结构，认为建立在这一结构上马克思阶级斗争理论是现代主义的产物，不适合后现代主义时代。福柯的权力规训学说对后革命时期的感性领域进行深度测描，他提出的多元微观的身体政治，包括话语政治和生命政治两个部分，话语政治相当于民主政治，要求重视被主流话语压抑的声音；而生命政治则相当于完善自我，要求把审美当作政治目标。我个人更倾向于福柯这一视角，它对后革命时期美感政治的解读更有穿透力。

第三种视角是美国学者阿里夫·德里克的后革命全球化视角，他在《后革命氛围》一书中正式用后革命概念来论述当代问题。他认为，在当今全球化时代，二十世纪很流行的现代主义、三个世界、社会主义革命等概念与理论已经过时，不能确切表述当代世界的现实状况。这是因为原先反资本主义的力量已经与资本主义妥协，原殖民地国家独立后也加入全球化行列，历史进入后革命时期——把现在的形势描绘为后革命要比后殖民更确切，因为历史现象的后殖民性的直接反应是革命，而当今后殖民主义则回避革命，更倾向于适应资本主义的世界体系。如果说哈贝马斯是从社会解放、人类解放的角度去理解革命的远去，后革命的来临，那么德里克则更多从二十世纪世界革命和民族解放的角度来看问题，在全球化文化地缘政治视域中审视后革命。当然，后革命还与“历史终结”的宏观判断联系在一起，福山在《历史终结及最后之人》认为苏联及东欧国家社会主义制度的失败，标志着革命时期的终结，进入了后历史的自由民主的全球化新时期，意识形态和理论也脱离了针锋相对的对抗状态，进入自由民主普天播撒的后革命时期。但福山所宣扬的新自由主义实际上尚有待现实验证，这一过于乐观的论调在全球化时代的各种冲突面前仍然飘摇不定。

上述三种视角在解读中国的后革命现象时都存在着语境转换问题，南帆老师在《后革命的转移》中的剖析是后革命理论再语境化的成功范例。它创造性地转化融合了这三种视角，对后革命现象进行全方位的深层解读，尤其是对后革命的现代性美感经验做了极为敏锐的剖析，在方法论上有许多可借鉴之处。

南帆：后革命时期并非人们相信的那样风平浪静，暴力革命作为极端的社会演变方式被时代所摒弃，但在后革命氛围里依然存留着大量的革命文化基因。感觉领域的身体政治往往容易被忽视，当人们将目光密集地投向市场经济的工具理性时，却忽略了一个显而易见的事实——工具理性貌似主导支配的地位，但在日常生活中感觉经验占的比重实际上更大，工具理性的获利能力有时远不如感觉领域的生命质感那么绵长而深厚，幸福感与利益并不成正比。感觉的训练，感官的体验，除了生理意义上自然形成的感觉反应外，很大程度上来自文化的训练，而文学或者美学在这里充当极为重要的角色。

日常生活的感觉训练往往是历史文化的积淀累积而成。比如面对乌黑锃亮的枪口，古人就没有我们今天这种毛骨悚然的感觉，但现代人面对枪口就可做出本能的反应。我还发现生活中一些奇特现象，比如现在的孩子一到肯德基、麦当劳就胃口打开，几乎形成条件反射，这实际上是西方商业文化训练出来的感觉经验。这些感觉经验蕴藏着丰富的文化密码，是文化研究有待开掘的一个重要领域。这种感觉训练在很大程度上又可归结到福柯意义上的身体的规训，身体的规训也正是感觉的训练。当然，从另一个方面来看，感觉领域作为不可化约的具象经验，也蕴涵着巨大的不可知的能量。这种能量，马尔库塞曾经依据弗洛伊德的无意识学说，称之为“无意识的能量”或“爱欲的能量”。他探讨了这一内部的无意识能量与革命、造反之间的关系，跟冲垮资本主义文化中的中产阶级趣味之间的关系。感觉领域至少存在着两股对立冲突的力量：一个是规训或者称规范，将丰富具象的感觉纳入某种文化密码里，然后通过意识形态的一系列运作和操控，将所有的感觉经验全部驯化；另一方面，感觉领域里那些不可化约的部分，又存在着巨大的能量，马尔库塞曾说过“每个人的内心都存在着一座小小的活火山”。这个火山如果整体性爆发的话，将造成不可估量的影响。而这个不可化约的领域并非理性所能控制的，在理性至尊的年代里人们往往将这一无意识领域视作低俗的、本能的领域，事实上并非如此。进入这一感觉经验领域的，主要是文学与艺术，文学在影响着人们的日常感觉经验，文学也是一种规训。当然，好的文学也在产生一种新的感觉经验，破除那种意识形态规范的铁笼，并释放出象征意义上的无意识能量。感觉领域并非自然自在，事实上它在人类文化历史的演变过程中充满着种种不同的规训。

在后革命时期的现代性感觉领域中，大众文化媒介承担着文化规训感觉的重要功能。现今，一个不大爱看电视和上网的中老年人，他与年轻人感觉经验的落差有时远远超过年龄上的代沟，有时只相隔一代的两个人之间的感觉经验的差异可能被拉长到一个世纪。前段时间轰动一时的湖南卫视《超级女声》栏目，以及近期中央台的《梦想中国》，这两档文化娱乐节目充分展示出年轻一代的新感觉经验，这一代人已经被一种新潮的审美趣味所训练出来，当然，这里包含来自西方、韩日以及中国本土等多种文化趣味的融合和再生。意识形态对感觉的规训往往以隐形的方式进行，大众文化媒介与意识形态的操控常常形成共谋，这种隐形方式比起那些生硬的教条、空泛的口号来得更为有效，也更为隐蔽。在某种意义上，文学和艺术也属于这一范畴，也承担着规训感觉经验的意识形态功能，伊格尔顿曾称之为“审美意识形态”。尽管今天文学在大众文化消费社会中日益被边缘化，但在后革命时期的文化结构空间里，文学仍然有其不可忽视的重要功能。它一方面承担着规训感觉的意识形态功能，另一方面又肩负着解放感觉、创造新感性的解构性功能。这正是文学在今天依然挺立的真正价值所在。

蔡志诚：南帆老师刚才对后革命时期的感觉经验和文化规训做了精彩的演绎，这让我想起马尔库塞对“新感性”与人性的审美解放的理论阐述。马尔库塞对西方当代资本主义社会无产阶级日益丧失革命动力持怒其不争的批判态度，他主张重塑革命主体的精神之维，倡导在意识领域内进行改造人的意识结构的观念革命。弗洛伊德的压抑本能学说，被他重构为社会批判的基石——人的解放在于生命的爱欲本能的升华。这样一来，阶级斗争的社会动员式政治革命就转化为个人本位的审美之维的革命，并以“新感性”作为后革命时期的革命目标。马尔库塞这样阐释“新感性”：表现着生命本能对攻击性和罪恶的超升，它将在社会的范围内，孕育出充满生命的需求，以消除不公正和苦难；它将构织“生活标准”向更高水平的进化。这种“新感性”不是马克思提到的“一切属人的感觉和属性的完全解放”的思想沿袭，而更多的是对弗洛伊德学说和席勒的“游戏冲动”的改造和融合。“新感性”包容了否定和超越现实的新生力量，它的最终目标乃是要确立与理性秩序相反的感性秩序。在马尔库塞看来，艺术以其审美形式使艺术本身成为一个超越具体阶级、历史并同现实状况相对抗的自律的领域，他强调艺术自律所具有的否定性，因此在单向度的社会中，只有批判理论才具有启引未来的可能性。而当暴力革命和政治实践消退之后，作为批判主体的，已不是阶级主体，也不是个人主体，而是对抗着技术理性的审美“新感性”。这个意义上，在后革命单向度的意识形态的语境中，真正的艺术召唤的是社会中匿名的主体，而审美之维的革命也只能在感觉经验领域释放解放的潜能，马尔库塞构想的审美的终极解决也只能以乌托邦的形态延存在对未来的展望中。

在现代性转型时代，我们的感觉经验也正在更新换代，文学艺术如果能捕捉到这一嬗变历程中的新感性，将会在被日益边缘化的文化结构中赢得它应有的位置。但在一个现代科学不断祛魅灵性异感的世界里，文学艺术创造新感性的能力正面临技术理性的挑战。而且，每一种破蛹而出的新感性往往面临着被意识形态规训的悲剧性命运，消费社会的文化资本能迅速将具有解放能量的新感性收编整合为大众文化的流行元素，这是一个规训感觉和解放感觉并行不悖的年代，也是一个创造感觉和挥霍感觉此起彼伏的年代。后革命时期的新感性是否具有马尔库塞寄予厚望的革命能量？对这一问题我并不抱乐观态度，在强大的文化资本逻辑面前，审美之维的革命能量最终也许转化为资本利比多的剩余价值，后革命时期的美感政治更多只能是在福柯意义上的微观政治层面释放解放的潜能。

刘小新：“超级女声”以及围绕“超级女声”的话语生产是一个有趣的文化现象。从文化产业的层面看，“超级女声”的运作无疑是十分成功的。但我不同意一些文化研究者把它视为一种审美民主主义运动的看法。因为其背后还是资本逻辑、媒体的商业运作在起作用，是资本逻辑最终规训了“新感性”。我认同小蔡的看法，马尔库塞对“新感性”的革命性的确估计过高。马尔库塞没有看到后革命时代感觉结构的全球化和消费化问题，而这一问题在今天表现得已经十分突出了。在后革命时期，值得注意的一个倾向是感觉领域的同质化和异质性元素的消失，这与“革命”时代感觉领域的一体化其实并没有太大的差异。各种力量对感性领域的规训从古到今都在发生。在柏拉图那里，是理性对感性的驾驭、统治，是哲学对诗的压迫，是男性对女性的贬低；孔子则以“哀乐中节”原则对感性领域实行中庸化的规训。鲍姆家登所谓的“美学”实质上是规训感性的“感性学”，他说美就是感性认识的完善。在后革命时期，从表面上看，感性领域获得了极大的解放，新感性的革命能量似乎得到了充分的释放，但它却没有摆脱市场意识形态与资本逻辑的规训与控制。跨过资本大规模进入流行文化生产，其对感性领域的规训影响可谓无远弗届。台湾地区青少年的哈日症状就是一个典型的例子。日本偶像剧、卡通、漫画、动漫、音乐、服饰、杂志、玩具乃至食物等等都成为哈日族疯狂着迷的对象，全面进入他们的日常生活。台北的西门町甚至成为“哈日之城”。日本的流行文化无疑对“台湾”青少年的感性生活产生了巨大的规训影响，“日本感性”的长驱直入改变了他们的感知世界方式和感觉结构，形成特殊的恋物心理结构，甚至连食物结构和胃口都产生了变化，进而影响了人们的文化认同。这些年轻的“哈日族”犹如迷失的羔羊，沉溺于资本家/殖民者/跨国媒体这三位一体强权所建构的娱乐世界中，完全受控于殖民主义文化想象与消费主义价值而不自知。

我十分认同南帆在《后革命的转移》一书中所做的分析：“市场已经把资本结构的烙印遍布每一个家庭的客厅、厨房和卫生间——包括那些敌视市场的理论家演说时端在手里的饮料。的确，大众文化包含了杂烩式的节目单：一些不可控制的快感掠过日常生活，并且对于种种体制提出了多方位的挑战；但是，另一些快感已经被资本结构牢牢地攫住，恭顺地成为销售与消费之间的润滑剂。通常的意义上，后者的分量远远超出了前者。”的确，大众文化的政治即是日常生活的政治，资本尤其是实力雄厚的跨国资本与各种权力合作，通过符号的生产与传播，占有、控制与垄断来控制整个世界。而这种控制恰恰是以符号拜物教对感性领域的规训来完成的，某种意义上说，“符号的角逐”即是感觉领域的角逐。因此，现今的文化现实远要比所谓“日常生活的审美化”或“文学性的扩散”以及“文学性的消解”——在经典文学理论论述场域中这些命题无疑是十分重要的——复杂得多。这种复杂的文化现实显然是纯文学研究所无法全面深入触及的，于是以社会文本为研究对象的越界的文化研究就应运而生了。如果说我们生活在以符号为基础并且通过符号实施控制的社会结构之中，那么文学理论就必须做出重大调整以应对新的现实和新问题，从而重新获得阐释与批判现实的能力。但我们在“文化研究”是否具有学术的合法性，“文学性”还是不是文学理论与批评的根本依据等等问题上，浪费了太多的精力。真正削弱文学理论阐释能力的不是文化研究，而是那种维护文学理论学科纯洁性的专业主义的画地为牢。

南帆：后革命时期的文化场域是一个话语竞争与符号角逐异常激烈的领域，文化研究的兴起某种意义上也是这种激烈程度的反应。文化研究的考察以问题为中心，无论是现代性、后现代性、性别理论还是后殖民时代的文化霸权，这些问题无不分散在教育、历史、大众传媒、艺术、文学等诸多方面。文化研究试图全面地打开视野，将问题置于多重脉络之间给予考察。但由此引申出两个富有争议性的问题：一是众多学科的理论话语粉墨登场，而感觉领域的审美感性要么退居次席，要么付之阙如，以致不时传来质疑的声音，文化研究是否已经变成一种学院内部的话语游戏：二是文化研究的“越界问题”，跨学科的语际旅行，文本内外无边界，如何守住是否应该守住文学研究的边界，这是一个愈来愈迫切的问题。

很多人对文化研究的上述问题忧心忡忡，认为文化研究抛弃了文学，我对此并不抱过于悲观的态度。事实上，文化研究重申了这种观念：文学不是某一个浪漫心灵的产物，也不是单纯的语言化合物。心灵、语言、意识形态，它们不仅形成复杂的回环关系，而且共同左右文学的生产与阅读。当“什么是文学”仍然悬而未决时，文学或者文学性并非不证自明的，文学性定义形成之后，一方面维持这种定义的纯粹本质冲动就会逐渐加强，另一方面破除这种定义的解构主义能量也蓄势待发，那么，我们又如何判断文化研究是否远离“文学”呢?

当然，我现在更关注的是文化研究如何介入感觉经验领域，而非观念、思想史领域的概念术语。人们有时以为可以绕过感觉领域而直接抵达观念领域，文化研究不能仅是传达或灌输一种观念，而忽略这些观念如何通过各种途径影响到感觉领域的细微变化，或者相反的，感觉领域的变化又如何触发观念的变迁，这一双向互动的过程恰恰是当前文化研究的薄弱环节。这正是我感兴趣的内容：文本生产与历史文化、意识形态之间关系，符号学与精神分析学之间的交叉地带，这是文学的内部，也是文学的外部。历史文化、意识形态形成的特定的叙事、修辞，这些特定的叙事、修辞对于感觉乃至无意识的控制——这显然是主体建构的一个有机部分；另一方面，这些环节也可能倒过来：由于文本的中介，感觉或者无意识打入历史文化记忆，甚至改变意识形态的结构。这一意义上，文化研究必须更多的介入到感觉经验领域。

感觉、美感、美学这三个概念实际上代表着规训程度的逐级强化，从感觉领域中升华出来的美感，经过种种复杂细致的运作，美学——一种后继而来的理论知识——终于将美感驯化为意识形态体系中的主动因素。美感本身就包含着批判功能，这在法兰克福学派的文化批判理论曾占据显要位置，文学艺术具有否定性的超越功能。而伊格尔顿对美学的诞生与资本主义意识形态之间的关系做出了别致的解释，在他看来，美学话语可以解读为“专制主义统治内在的意识形态困境的预兆。为了自身的统治，这种统治需要考虑‘感性的’生活，因为不了解这一点，什么统治也不可能是安稳的”。不论美感与意识形态之间的关系进入哪一种模式，人们必须承认美感政治正是意识形态与感觉领域之间的压抑和反抗关系。这一意义上，后革命时期的美感政治是审美意识形态的重要表征。

刘小新：的确，文化研究在中国的兴起不应视为西方理论的又一次愉快的旅行，而应视为人文学界重新有效地介入当代文化论述场域愿望的一种表达，是应对和阐释变化了的当代文化现实的一种方式。在八十年代，文学书写和批评论述乃至美学论争承担了这种介入式的阐释工作。从存在主义式自我的确立到五四的个性主义回归，从人道主义论战到感性解放，文学、文学批评和美学深远地卷入了中国当代社会文化形态的解构与重构之中，为九十年代市场意识形态的形成准备了人学基础与文化动力。九十年代以后，文学继续沿着感性解放的方向行进，在个人化的欲望书写和美学形式呈现方面获得了前所未有的发展，而这种发展却隐蔽地融入主流的市场意识形态之中，文学不再对当前的社会文化现实构成一种批判性的阐释；曾经承担着文化政治功能的文学批评演变成为一种学术生产，被纳入学院专业主义的体制之中，逐渐丧失了文化论述的功能；美学则蜕变为大众文化的修辞技艺而彻底衰落了。文化研究的出场，一方面是应对市场社会语境下批量生产的大众文化，另一方面也是对批评与美学衰颓的回应。人们在批判的文化研究那里找到了重新介入当代现实的可能——文化研究替代文学批评重新承担了文化政治论述的功能。

但当前的文化研究也出现了一些需要警惕的倾向：如文化研究的商品化，文化研究中庸俗社会学的回潮，文化研究也可能被纳入学院的话语生产体制之中……文化研究如何摆脱从“向内转”到“向外转”再到“向内转”如此反复循环的“钟摆规律”？如何强化而非削弱其文化政治功能？如何摆脱庸俗社会学的纠缠？如何对变化了的当代现实构成一种真正有效的批判性阐释？这需要重建文化研究在“文本分析”与“社会批评”之间的中介，重建形式诗学与意识形态批评的中介。这个中介或许就是南帆所重视的社会的“感觉结构”或“感性领域”。“现代性”或者“后现代性”关涉的都是人们心性结构的转型和形塑，而人的感觉又是人们心性结构中最为活跃的领域。正是在这个意义上，无论是文学、文学批评，还是美学与文化研究，在社会话语的生产领域中仍然占有十分重要的位置，因为它们仍然承担着再现、叙述与阐释感觉结构和感性领域的功能，而这是观念史研究以及过度专业主义化的文学研究所难以完成或忽略的任务。回到“美学”概念创始人鲍姆家登那里，甚至在更远的柏拉图那里或更近的弗洛伊德以及詹姆逊那里，感性领域早已在文学批评和美学研究中占据了举足轻重的位置。而今天那种过度技术化、专业化以及观念化的文学研究却把这一至关重要的领域放弃了。这里，我们不是说技术化、专业化以及观念化的文学研究就不重要，就没有意义，而是说文学批评完全蜕变为学术化的文学研究之后，作为文化论述并直接介入当下现实的批评也就退场了，文学批评与日常生活的关系断裂了。而以“感觉结构”为批判中介的文化研究的兴起是对批评功能的又一次激活。

蔡志诚：南帆老师提出的后革命时期的美感政治，对文化研究在方法论上寻求新的可能性指出了切实可行的路径。当前的文化研究往往在观念层面的理论演绎中演化成意识形态批判，而观念背后的感觉经验、无意识领域的对抗冲突却被悬置起来，只见结构性的骨骼不见有血有肉的肌理，在意识形态洞见与感觉经验盲视之间徘徊，这样的文化研究流于空泛而失去应有的敏锐犀利的批判锋芒。

当文学本体随着其他更为宏大坚固的本体的倾塌而分崩离析时，流动的文学性也渗溢到现代性的各个层面，每一片现代性碎片上几乎都有文学性的残余物——作为修辞的叙事话语。文化研究者如果从其他话语类型的文学性碎片——修辞叙事切入，进行文化阐释、社会分析与意识形态批评，那么它实际上并没有远离文学，因为文学性修辞话语仍然是文化研究的起点和平台之一。

文化研究拒绝同一性的禁锢罩笼，反叛本质主义的等级森严，抗抵普遍主义的四海皆准，它没有固定不变的定义与界线清晰的场域。无论是历时还是共时，差异、偶然、多元始终是文化研究与时俱变的驱动力，但它的议程总是面对历史当下状况，面对社会生活的肌理和表象的变化，因此文化研究就具有实践性和开放性的品格。它虽没有同一性的立场和宣言，但却在批评实践中达成包容差异性的默契与某种心照不宣的使命，就如霍尔所阐扬的："文化研究的使命，是使人们理解正在发生什么，提供思维方法、生存策略与反抗资源。"

空间转向与权力的地理

时间的绵延丰饶播撒历史曲折变迁的踪迹，存在与时间的诗与思传递个人、命运与历史的多向交响。现代主义对时间的深度开掘，开始了文学向内转的进程，乔伊斯的《尤利西斯》与普鲁斯特的《追忆似水年华》重写了个人时间与意识的神话，老式的现代主义对历史的感觉是一种对时间性或者说对往昔的一种怅然若失、痛苦回忆的感觉，它建构了一种异化与焦虑的深度心理模式。然而，“沉湎于历史”的知识传统往往扼杀了人们对社会生活空间性的批判敏感性，历史决定论的历时线性规划掩盖了空间的批判维度。在二十世纪文化思想的震荡转型中，随着福柯等思想家对“空间时代”崛起的前瞻性观察，从二十世纪中后期开始，当代西方学术中出现了一种广泛的“空间化”趋势，对漠视空间的古老传统展开了极大的挑战。空间的理论研究突破线性的历史时间束缚，以令人瞩目的方式成为当代学术思想界备受关注的热点领域，人们将其称之为“空间转向”。

空间转向发端于二十世纪七八十年代，列斐伏尔和米歇尔·福柯对空间在西方现代性规划中所起的作用进行重新审视。列斐伏尔在 1974 年的法文版著作《空间的生产》一书中，力图纠正传统的社会政治理论对空间的简单、错误看法。他认为，空间不仅仅是社会关系演变的静止的“容器”或“平台”，相反，当今的许多社会空间往往充满矛盾性地相互重叠、彼此渗透。空间既是在历史发展中生产出来的，又随历史的演变而重新结构和转化。在列斐伏尔看来：“如果不曾生产一个合适的空间，那么‘改变生活方式’‘改变社会’等都是空话。”因此，“为了改变生活……我们必须首先改造空间”。① 空间的重组是战后资本主义发展以及全球化进程中的一个核心问题，面对资本主义无孔不入的大规模空间生产与重组，列斐伏尔将空间的政治经济学批判，视为其日常生活批判的进一步深化。社会空间与自然场所的鲜明差异表现在它们并不是简单的并置：它们更可能是互相介入、互相结合、互相叠加——有时甚至互相抵触与冲撞。空间不是被动的容纳各种社

① Henri Lefebve, The Production of Space, Blackwell, 1991, p. 190.

会关系，社会空间系由社会生产，同时也生产社会关系。对空间的征服和整合，已经成为消费主义赖以维持的主要手段。因为空间带有消费主义的特征，所以空间把消费主义关系（如个人主义、商品化等）投射到全部的日常生活之中。与此同时，消费主义也开启了生产“全球化空间”的可能性，于是，对于差异性的压制成为日常生活的社会基础。社会空间之“生产性”催生出一种新的社会生产模式，它就是知识与行为，列斐伏尔还谈到了表达空间时的“符号性”问题。“各种表达空间的方式都包含着一切符号和含义、代码和知识，它们使得这些物质实践能被谈论和理解，无论是按照日常的常识，还是通过处理空间实践的学术上的学科（工程学、建筑学、地理学、统筹学、社会生态学一类学科）有时候神秘的专业术语。”而且，“表达各种空间是内心的创造（代码、符号、‘空间话语’、乌托邦计划、想象的景色，甚至物质构造，如象征性空间、特别建造的环境、绘画、博物馆及类似的东西），它们为空间实践想象出了各种新的意义或者可能性。”①列斐伏尔对于社会空间的“生产性”以及表达空间的“符号性”的理论洞见，为空间转向提供了丰富的理论资源。

另一位法国著名思想家福柯于 1976 年发表了题为《空间、知识与权力》的访谈，宣告了当今时代进入空间的纪元，他确信：“我们时代的焦虑与空间有着根本的关系，比之时间的关系更甚。”福柯更为关注的是空间与权力运作之间的关系，倾力于对历史建构的空间场所进行知识考古学的探查，以揭示空间、知识与权力之间的内在关联。空间成为当代人文社会科学反思的基本向度，“存在与空间”取代了“存在与时间”的传统命题。福柯在《不同的空间》一文中指出：“当今的时代也许是一个空间的时代。我们都处在一个同时性的时代，一个并列的时代，一个远近的时代，一个共存的时代，一个撒播的时代。”引发今天争论的某些意识形态冲突，“就呈现在时间的忠实传人与空间的强悍居住者之间”。② 福柯对当代空间理论的贡献源于他对权力的独特思考。福柯认为，权力在传统社会主要通过国家机器的惩戒来实现对人的统治，而在现代社会则主要通过意识形态等的规训来实行对人的控制与监视，由此，空间也就是一种通过权力建构的人为空间，是权力机构控制民众的一种方式。“我们的社会不是一个公开场面的社会，而是一个监

---

① 戴维·哈维：《后现代的状况——对文化变迁之缘起的探究》，阎嘉译，商务印书馆，2003 年，第 276 页。

② 福柯，哈贝马斯等著：《激进的美学锋芒》，周宪译，中国人民大学出版社，2003 年，第 19 页。

视社会”，福柯从权力出发，把空间看作是一种权力秩序的场所，清理了君主专制时期到当代社会，空间作为一种惩罚场所到规训场所的演变，而“圆形监狱”是当代社会新型权力机制模式最完美的空间形象。在福柯看来，我们正处于一个同时性和并置性的时代；现代世界的典型空间是“异位”，这不是中世纪等级体系的“整体空间”，也不是伽利略的“安置空间”，在这种“异位”空间中，“我们生命、时代与历史的融蚀均在其中发生，这个紧抓着我们的空间，本身也是异质的。”①福柯的理论使以历史精神为纬度的现代性批判叙事出现了富有特色的空间转向，西方当代的空间理论与西方现代性批判理论实现了结合。对当代社会的批判与反思，空间成为不可或缺的纬度，空间不仅被构想为政治、冲突与斗争的“场所”，而且也是争夺的对象。当代语境下的空间不再是一个静止不变的“容器”，而是一个无限开放的、充满了矛盾的过程，是各种力量构成对抗的场所。

历史决定论的强势话语形成思维的定势与方法的盲区，传统的文学研究始终存在着注重时间维度而轻视空间维度的倾向，时间的丰饶与空间的湮没成为反差强烈的景观。人们更多地关注文学的历史叙事与历时书写，故事情节、性格发展、戏剧冲突、历史事件等历时性因素建构起文学艺术的史诗意识，空间的符号表征与再生产往往被忽视不见。尽管时空关系并不是截然二分的，但空间似乎仅仅是时间性事件情节的表演舞台，一个等待事件发生和来临的场所，一个聊无生机且有待意义充填的空洞容器。文学批评的空间转向源于大规模现代都市空间生产所带来的新型空间感觉经验，是对这些新型空间经验的理论反思与总结。现代都市社会的建立和现代工业城市的崛起，从根本上改变了传统的时空结构，时间被光怪陆离的都市景观所分解，时间被多重并置的视觉感官所淹没，时间被空间化，空间化的时间因此丧失了连续性、整体性和统一性。空间转向颠覆了传统文学理论中时间性的权威垄断地位，将空间性提升到高于时间性的地位，为文学艺术研究开启了更为广阔的理论视域。布朗肖在《文学空间》中，以马拉美、卡夫卡、里尔克、陀思妥耶夫斯基等现代主义文学作品为文本分析对象，对现代主义文学的空间性进行了生存哲学意蕴的分析。布朗肖将文学空间理解为一种生存体验的深度空间。在他看来，文学空间并不是一种外在的景观或场景，也不是见证时间

① 米歇尔·福柯：《不同空间的正文与上下文》，载包亚明主编《后现代性与地理学的政治》，上海教育出版社，2001年，第21页。

在场的固化场所，文学空间的生成源自作家对于生存的内在体验。因此，文学空间是一种内在的、深度的、孤寂的、空无的体验空间。“写作，就是投身到时间不在场的诱惑中去。无疑，我们在此正在接近孤独的本质。”① 布朗肖的文学空间分析始终坚持从生存论视域出发，将文学空间理解为人类生存的体验方式，将空间性与生存性、体验性紧密地联系为一体，揭示出空间所具有的内在生存意蕴，体现出一种空间生存论或空间存在论的理论旨趣。“哪里有空间，哪里就有存在（列斐伏尔）。”布朗肖关于文学空间的生存性思考，无疑更为切近现象学和存在论的精神实质，同时也更加切近文学空间的内在本质。巴什拉则以诗的空间创造为文本分析，揭示出诗意空间的生存本体论意义。在《空间诗学》中，他对居室、壁橱、箱子、角落、鸟巢、贝壳等微型空间进行了精神心理和生存意蕴的分析，因为，这些微型空间中潜藏着生命的无意识和存在的秘密。巴什拉认为空间乃存在之友。“房屋是我们在世的一角”；“房屋对于思维是最伟大的一体化力量之一”；“房屋是躯体，是心灵”；“房屋是人的第一个世界，从房屋开始，人立即成为一种价值”，所以，“若不写出房屋的历史就无法写人的无意识史”。② 巴什拉将存在与时间的诗意栖居转向存在与空间的诗学解读，此在的日常生存空间是一种充盈着意象、想象、梦想、幻想的空间，凝神冥想于这宁静致远的空间中，摆脱纷乱琐碎的事件堆积的时间束缚，从时间历史之维中逃逸出来，进入虚静的诗意空间。虚静的诗意空间因此具有了超越世俗空间的向度，指向更广袤无垠的宇宙空间。这样，从日常生存空间到诗意的想象空间，再到虚静的宇宙空间，巴什拉的空间诗学开辟了对空间原型的现象学分析道路，从微观到宏观重构了文学的空间想象，为文学的空间转向提供生存本体论的现代性体验。

伴随着文化思想界空间转向的理论潮汐，空间与空间性越来越密集地进入文学研究和文化研究的视野。当代学者菲利普·韦格纳在《空间批评：批评的地理、空间、场所与文本性》一文中提出：“对空间生产的这种新的关注，已经从诸多角度进入了文学研究。列斐伏尔、福柯和其他思想家所提出的概念上的重新定位，也断言要以很多不同的方式改变文学和文化分析。”③ 因此，一种独具特色的新批

① 莫里斯·布朗肖：《文学空间》，顾嘉琛译，商务印书馆，2003 年，第 12 页。

② 安德列·巴利诺：《巴什拉传》，顾嘉琛、杜小真译，东方出版中心，2000 年，第 358－359、407 页。

③ 阎嘉主编：《文学理论精粹读本》，中国人民大学出版社，2006 年，第 135 页。

评形态——空间批评成为文学理论和文化研究的前沿热点。美国学者大卫·哈维在《时空之间——关于地理学想象的反思》一文中，认为美学理论、社会理论与地理学有着内在的关联。“美学理论紧抓的一个核心主题：在一个快速流动和变迁的世界里，空间构造物如何被创造和利用作为人类记忆和社会价值的固定标记。关于不同形式生产出来的空间，如何抑制或促进了社会变迁的过程，我们可以从美学理论学到很多。有趣的是，现在地理学家的努力从文学理论家那面获得的支持，比从社会理论家那里来得多……我认为这里蕴涵了将美学和社会理论的观点融汇一起的重要意义”。正如哈维所说的那样，地理学可以从美学和文艺理论中获得更多的思想资源，反之亦然，美学和文艺理论同样也可以从地理学或空间理论中获得更多的思想资源，以拓展艺术的空间性思考。随后，菲利普·韦格纳进一步提出全球化空间重组是文学理论空间转向的直接动因，对全球化的历史空间维度的关注，促使人们更多地关注文学和其他文化文本是如何表现空间的，这种关注将改变人们对文学史和当代文化实践的思考方式。“所有这些理论化都强调，有必要在绘制任何全球空间的地图时超越经典的高雅与低俗的对立，超越中心与边缘的空间对立，代之以创造一种新的多点透视观，以考察文学和文化活动、交流和流通。只有以这种方式，我们才可能获得对于我们今天寓居其中的全球空间的复杂性和原创性更加丰富的理解。”① 空间理论的文化研究以现代性社会组织和制度安排为考察重点，分析空间生产的现代性特征，揭示权力政治空间、民族国家空间、制度监管空间、市民公共空间、科学技术空间所构成的错综复杂的内在关联，从而描述出现代性的谱系征象，标识出现代性空间生产的社会存在意义。空间不是社会的反映，而是社会的表达。流动的空间重组了时间，知识和权力嵌入空间生产的结构之中，文化研究视域中的空间呈现出丰富的差异性景观。

美国著名的后现代人文地理学家爱德华·苏贾把西方学术知识的“空间转向”区分为三条相互交织的途径：“后历史决定论”“后福特主义”和“后现代主义”。“后历史决定论”的途径植根于对社会存在的本质和概念化进行一种根本性的重新阐述，这实质上是一场本体论方面的斗争，企求重新平衡历史、地理和社会三者之间可以阐释的交互作用。这条途径从本体论的角度挑战“历史决定论”，寻求空间—时间—存在在本体论上的三位一体。“后福特主义”这条途径直接附丽于物质

① 阎嘉主编：《文学理论精粹读本》，中国人民大学出版社，2006 年，第 147 页。

世界的政治经济学，依附于资本主义的‘第四次现代化’，这是战后持续性经济繁荣所产生的最新一轮具有深远影响的社会—空间重构活动。“后福特主义”的空间化途径，实质上是对西方当代社会现实进行政治经济学的空间分析。“后现代主义”的途径则是“寓于文化和意识形态的重新变革，对现代性的经验性意义进行不断更新的界定空间和时间的一种全新的后现代文化的崛起。”① 这条途径的空间化主要是对西方当代文化—意识形态领域的空间化。在作了这三种区分后，苏贾指出：作为一种理论话语和划时代的概念，后现代主义相应于后历史决定论和后福特主义。这三条途径的共同参与一起建构起了西方当代新型的空间理论，同时，前两种空间化一定意义上又构成第三种空间化的思想语境和现实语境，第三种空间化则是前两种空间化的文化症候或意识形态反映。苏贾认为，后现代地理学视角使“现代性的体验获得了一面感觉的大网，这一大网反映了人类存在最基本和最具建构能力的三个方面的诸种意义：空间、时间和存在。……因而，人类生存的空间秩序产生于空间的（社会）生产，各种人文地理的结构既反映又构建了世界中的存在。”② 晚期资本主义全球扩张模式的变化衍生了不同于以往的跨国性空间结构，这种空间结构既是后现代文化存在的现实依据，也是后现代文化模式自身的一种空间属性。权力的地理重新规划了空间生产，对空间的关注由此同样深入到对权力、阶级、性别、身份等符号表征的关注。空间转向使历史性、序列性的流动变成了地理性、共存性的存在，权力的地理再生产社会关系网络，空间、知识与权力的三位一体最终与后现代主义文化理论一起拓展新的批判场域。

---

① 爱德华·W·苏贾：《后现代地理学》，王文斌译，北京：商务印书馆，2004年，第38－39、62页。

② 爱德华·W·苏贾：《后现代地理学》，王文斌译，北京：商务印书馆，2004年，第63、96页。

南洋想象：地缘美学与主体间性的介入

一

在世界华文文学的全球化版图中，马华文学曾被视作一个边陲他者的区域性候补形象。以“怀柔远人”的文化地理想象与地缘政治而论，大陆学者的关注视域首先投向毗邻的台港澳文学，中经菲华文学这一流转驿站，当悠长的文化视线光临狭长的马六甲海峡时，那股文化长波与南太平洋热带海浪的交融却激荡出别样的人文波澜。九十年代中期以来的马华文学研究，既有新马本土的杨松年、黄锦树、王润华、许文荣等激发内爆的热带风潮，又有李欧梵、王德威等旅美华裔学者的启悟指津，而大陆刘登翰、黄万华、周宁、刘小新等学者亦发力助推，其中刘小新的系列研究在马华文坛获得较为广泛的认同，其远在大陆的天涯之思往往能激发在地文学的比邻之兴，引起遥远的回响。在内爆外启的多重变奏中，这一人文波澜在世华文学的辽阔海域中竟掀起一阵区域性热浪，马华文学也由此从世华文学的灰色地带一跃而成区域性亮点之一。

文化空间的位移往往带来学术视域的悄然变换，而变换的视域通常是开启新的研究空间的前奏。马华本土的黄锦树以旅台求学并定居的空间位移获得反观马华文学的批判反思视域，上下求索地探询起《马华文学与中国性》[①] 的源流之变；而来自文化原乡的朱崇科则负笈新马，在跨度极大的地缘位移中获得重绘马华文学地图的交融视域，钩深致远地测绘出《本土性纠葛》[②] 的曲折轨迹。正是文化位址的变换，使他们凭借新视域的洞见穿越盲视的畛域。这是一种颇有意味的现象，在文化空间的位移变换中他们都扬弃了自身习以俗成的固化视域，而以焕然一新的视域照亮隐蔽缄默的文学地脉。这种“空间位移—视域转换”现象具有启发性的现实意义，大陆学者的海外华文文学研究，由于深受资料匮乏与信息不对

---

① 黄锦树：《马华文学与中国性》，远流出版社，1998 年。

② 朱崇科：《本土性纠葛》，唐山出版社，2004 年。

称的囿限，尤其是缺乏在场的文化现场感，以致长期在单一固化的文化长焦视域中观照在地文学的地缘想象，其探索的可能性与局囿性限度同样明显。在一种习焉不察的文化视域里诗意地栖居，固然可以宁静致远地凝视文化灵光普照之下的边缘他者，而且似乎将呈现于文化观照视域之中的研究对象客体化，但“不识他者真面目，只缘身在主体中”，主体的理性审视实际上更多是将其自性投射附着于他者身上，不是加魅似的罩上光圈灵韵就是偏执于遗漏具体丰富之象后的本质同构式抽象，于是，他者在主体的建构之中亦被遮蔽于主体之光的普照之下。

事实上，无远弗届的长焦凝视也是一种固化的目光政治，在大一统的“中国中心”的文化范式观照视域里，海外华文文学只是中国现当代文学的美学播撒与文化延伸。一种本质主义的固化视域尽管能有效地强化文化意识形态的刚性认同，但与之俱来的盲视和不见亦如影随形：华人在地文学的参差多态，及其在移居国多元文化杂糅交融语境中的生存状态，往往是固化的长焦视域观照不到的幽暗地带，而在这一幽暗地带潜滋暗长的本土性要么被视作离心的叛逆，要么被悬置蹈虚为漂浮的能指。

如果将海外华文文学置放于全球化视野中来考察，那么它“既是一个历史性的流动不拘的文化现象，又是遍布全球形态多元的美学存在形式”，① 唯其流动不拘，唯其多元参差，它更需要一种多元互动的开放视域来审视。因此，在一种宁静致远的长焦视域的横向扫描之外，还需要另一种动态的近焦视域的纵向深描。横向扫描往往以中国性为聚焦，由近及远将华文文学视作中国现当代文学的播撒延伸，揭示华文文学与中国性宏大叙事之间的绵延互动，原乡与他乡之间的薪传延续，原形与变形之间的历史关联；而纵向深描则以本土性为诉求，由表及里将华文文学内置于移居国的历史文化脉络中，进而探询华文文学与在地国族想象之间交织绵密的文化肌理，地缘政治与文化想象的错综缠绕，社会经济变迁与文化认同的多重变奏。前一种视域以文化本质主义与审美批评为旨归，后一种视域则以多元文化的差异政治为理论援引并确立跨学科文化研究的价值取向，这两种视域的转换，标志着华文文学研究的转型和突破。但事实上它们也并非二元对立式的泾渭分明，因为中国性与本土性之间千丝万缕的历史文化关联，预示着一种整

---

① 刘登翰，朱立立：《华文文学研究的理论突围——华人学的知识视野与华文文学研究》，《福建论坛》，2002 年，第 5 期。

合开放性的交融视域将更具合理性和学理性。

二

朱崇科的马华华文文学研究，正是在这两种互补互动的交融视域中展开的。文化现场的在场体验，无疑使他敏锐地察现被遮蔽在幽暗地带的本土性潜流。他凭借在场近焦视域的纵向深描，梳理测绘出贯穿马华文学史书写的主线——本土性的纠葛，他将本土性界定为：本土特质、本土视角、本土精神与意识，具体到马华文学，则是指马来西亚华人的立场、精神、视角与意识；并在三个层面的架构上展开：（1）本土色彩：本土自然风情与人文景观的再现；（2）本土话语：马华历史情境中对中文的再造与发展，也是马华文化凝结的载体；（3）本土视维：文学书写中本土精神或意识的自然又显著的流露。[①] 而所谓“纠葛”，则是指本土性与其他维度——文学性、中国性、马来性——的错综缠绕或有机融合，朱崇科对马华文学史的重新编码，试图将其置放于多元文化的差异性网络中重绘文学史的经纬，他拈出本土性的主线作为纵向之经，但绵延起伏的中国性作为横向之纬并没有被轻率解构掉，而是化作历史参照性的背景不断浮现，这一参照背景尽管在纵向深描中被策略性悬置或淡化了，但实际上它一直作为不在场的在者——以一种并未远逝而且也走不出的广角式背景——成为本土性的历史互文。因此，朱崇科的交融视域也许可看作本土性与中国性之间的互文视角，纵向之经与横向之纬共同形塑马华文学史的国族想象。但在确立本土性/中国性为主线/虚线的文学史重新编码中，文学性与马来性这两个被明显抑制和虚化的维度又将以何种颜面呈现呢？

朱崇科的策略性叙事预构是在话语转义和本土性的层面转换中完成的，文学性维度被移挪置换为具有本土色彩和运用本土话语建构的“南洋想象”，它以一种地缘政治美学的存在方式回应并增益中国性叙事的美学范式；而马来性维度则被置放于第三世界文学的后殖民文化抵抗视野中加以审视，它与中国性实际上面临着相同的文化境遇，在西方现代性文化霸权的宰制中它们都有彰显本土性的现实诉求，经过这一策略性的转换，马来性与中国性又汇聚到本土性的历史当下的交集之中。尽管朱崇科的马华文学史叙事预构在宏大的理论视野中错落有致地展开，

---

① 朱崇科：《本土性纠葛》，唐山出版社，2004年，第17—19页。

但文学性与马来性这两个维度的诠释演绎还是稍显粗略空泛，他显然更着力于本土性/中国性的梳理辨析，而文学性与马来性维度的叙事预构，则更多是使其理论架构谨严有序的一种逻辑性增补。这样一来，他的编码重写就显得“本土性”建构有余，而文化多维的“纠葛”则阐发不足。事实上，我更倾向于以马华文学现代性话语实践的聚合式视角，在本土性、中国性、文学性、马来性的文化四重奏中重绘马华文学的现代性谱系。因为，本土性与其他维度的“纠葛”只有置放于现代性转型的历史光谱中，才能得到更为贴近现实语境的展示和诠释，而“纠葛”二字的错综复杂，也只有在四个维度的交错互动中才能澄明并厘清。

南洋想象作为马华文学本土性的文学性表征，它不仅在文本修辞层面积淀了丰富的美学意涵和叙事特性，而且也是全球化视野中华文文学的一种颇具特色的地缘美学。事实上，从一种放宽的开放性视域来看：“华文文学是海外华人移民生存经验和精神体验的感性化表现，是形塑族性记忆的重要文化想象场所，也是书写移民文化适应和文化新变的一种美学形式。”① 在这一视域观照下的“南洋想象”，实际上杂糅了本土性、文学性与中国性的修辞叙事要素和美学特质，它应作为测绘马华文学本土性的一个重要切入点和横断面进行批评剖析。但朱崇科显然并未将其作为行文重点，他为了凸显本土性的主线贯穿，只是粗略地勾勒出历史线性的变迁轨迹：南洋色彩—马来亚地方文学—马华文艺的独特性，而且他将“南洋”视作中国性“怀柔远人”的文化地理表征，认为它的命名映射出“中国中心”观照下的边缘定位。在本土性这一超级能指的自我指涉中，朱崇科的阐述虽然也有一定的逻辑自洽性，但我更倾向于将“南洋想象”视作一种地缘美学的文化表征，它凝聚了东南亚华人华侨的集体文化记忆，并建构起他们的国族想象和文化认同，“南洋”的地缘命名只是一种约定俗成的区域性指称，与“中国中心”并无实质上的指涉关系，正如“东洋”的命名只是对一衣带水的邻邦的指称，岂能在中心/边缘的二元架构中进行虚幻的霸权预设？因此，在扬弃“南洋”与“中国中心”之穿凿附会的指涉后，“南洋想象”可视作本土性历史转义的文学性表征。

对“南洋想象”这一颇有意味的地缘美学形式，朱崇科只做了概要式的理论

① 刘登翰，朱立立：《华文文学研究的理论突围——华人学的知识视野与华文文学研究》，《福建论坛》，2002年，第5期。

素描，而文本修辞与想象叙事方面的精细剖析却付之阙如。殊不知，本土性之纠葛如果只从文学史书写方面梳理测绘，而没有文本修辞层面的精致解读，那么纵使理论架构宏大谨严，也势必会留下唯见筋骨铮铮不见血肉之躯的缺憾。当然，指出这一缺憾并未减损朱崇科探寻本土性之旅的学术锐气和价值，在某种意义上它反而预示了华文文学研究的新向度——从地缘政治美学的视角来观照华文文学的区域文学研究，地缘想象与国族想象之间历史互文，地缘想象与中国性叙事之间差异美学等等，都是华文文学区域研究方面有待开掘的新场域。这方面，黎湘萍的《文学台湾——台湾知识者的文学叙事与理论想象》① 可作为借镜的参照，它不仅对“台湾想象”进行跨学科的深描测绘，而且在理论演绎和文本叙事分析方面的有机结合，明显提升了华文文学研究的学术水准。

如何回应区域华文文学蓬勃而起的本土性诉求，这是华文文学研究必须面对的历史当下性的现实议题。近年来大陆华文学界对“华文文学”命名和属性的一系列论争，实际上都是对这一现实议题或侧面迂回或正面介入的理论回应，无论是“语种的华文文学”“文化的华文文学”，还是“族性的华文文学”，抑或是“个人化的华文文学”，种种命名诠释其实都源自中国性（或中华性）/本土性之间的悖论与张力。② 尽管论争还在持续之中，尚有待华文文学未来发展态势的事实验证，但它们无疑在学科反思中丰富拓展了华文文学的认知维度和研究空间，与此同时，人们对本质主义的固化视域也有了自觉的反省和寻求突破的驱动力。在这一意义上，朱崇科对马华文学本土性的跨国界文化现场勘探，就有其寻求突破的锐气和正面回应本土性挑战的价值。事实上，探询华文在地文学的本土性是充满艰辛和风险的批评之旅，尤其是对大陆学者而言，如何在错综复杂的多元文化谱系中和交错互动的结构性要素之间进行梳理测绘，进而发出自己真诚而理性的声音与在地文学的本土性诉求展开学理性对话，这确实是一项颇具挑战性的文化政治议题。

本土性在后殖民批评理论的援引下日益凸现出来，它试图在冲决主体/他者、中心/边缘、压抑/反抗等一系列二元对立的认知藩篱后，重构自在自为的现代主体性。但在颠覆、挪用的理论移植过程中，当它自以为走出他者镜像并建构起自

---

① 黎湘萍：《文学台湾——台湾知识者的文学叙事与理论想象》，人民文学出版社，2003 年。

② 刘登翰，刘小新：《关于华文文学几个基础性概念的学术清理》，《文学评论》，2004 年，第 4 期。

身的主体性时，往往在文化抵抗的旌旗呐喊中将自身加魅成另一个“崇高”的主体，从反本质主义出发的批判之旅最终又重返本质主义的窠臼之中。萨伊德在他为《东方学》撰写的长篇后记中重申，他不接受任何形式的本质主义，他对东方学的批判不是出于对伊斯兰文化“本质”的辩护，而是完全由于他在东方学中发现了一种本质主义立场，这种立场“既暗示着存在一个经久不变的东方本质，也暗示着存在一个尽管与其相对立但却同样经久不变的西方本质，后者从远处，并且可以说，从高处观察着东方。这一位置上的错误掩盖了历史变化。”[①] 萨伊德所揭示的“从远处和高处”观照并建构他者镜像的本质主义固化视域，正是其后殖民批判的发轫之处，但他的睿智洞见也指向后殖民理论普泛化后的本土性迷思。

朱崇科显然对这一迷思抱有历史的警觉，他在扬弃本质主义固化视域的“中原心态”的同时，以主体间性的交融视域探询本土性的多重纠葛，他认为本土性的追求犹如双刃之剑，一方面有助于将华文在地文学从他者化的境遇中解脱出来建构起促化自身发展的主体性，另一方面又在误读的挪用移植中陷入本土性迷思的自我囿限中——“肆意预支本土性、作为偏狭的抵抗工具、过分和唯一迷恋”。本土性在承担反抗文化霸权的文化政治使命时，往往被赋予诗性正义的纯洁取向，但当文化抵抗被合法化乃至被圣化后，另一种他者主体化后的本质主义固化视域已然形成，它的纯洁取向只能在自我封闭的本土性坚持中汲取反抗能量，最终沦为偏狭的抵抗工具。诚如刘小新、朱立立所言：“如果把阶级、族群、性别、资本以及国际政治等等所构成的权力结构考虑在内，‘本土’将是一个充满张力和歧义的结构性、历史性概念。‘本土性’本身就是斗争的场所，一个开放的场域，所谓‘本土’早已被各种力量爆破了，不可能像想象中的那么纯洁”。[②] 另外，华文在地文学的本土性文化抵抗还存在结构层面错置的指向谬误，中国性（华文文学）/本土性（区域华文文学）并不构成对立对抗的两极，因为在中国性的多维层面内它也有自身反抗西方现代性霸权的本土性问题，它们实际上是文化结构里不同层级的两个范畴，在全球化时代的多元文化博弈中，不同区域华文文学的本土性经验本身就在增益和形构总体性华文文学的中国性之本土现代性体验，而未竟的中国现代性在本土性层面的现代主体建构过程中，还有待大陆与各区域华文文学的

① 萨伊德：《东方学》，三联书店，1999 年，第 429 页。

② 刘小新，朱立立：《海外华文文学的后殖民批评实践——以马来西亚为中心的初步观察与思考》，《文艺理论研究》，2005 年，第 1 期。

本土性经验在交流融合和对话协商中共同达成。因此，在本土性这一现实议题上，中国性的本土性经验与区域华文文学的本土性诉求，实质上构成互补互动的交互主体性关系，而非粗简化的二元对抗式本土性迷思，这正是朱崇科虽已运用但并未进行理论深化的交融视域的真谛所在。

三

主体间性的介入，视域融合的协同共现，为走出本土性迷思提供了新的可能性和观照向度。主体间性又称交互主体性，它不仅仅是人与人交往实践的理性表征，而且也是民族文化之间交流融合的文化伦理逻辑。主体间性将他者主体化，在主体交互的视域融合中探询他我——另一个主体化的他者。胡塞尔的现象学为主体间性铺设了“移入”和“共现”的实践路径，所谓“移入”乃是“在他者中生活，同经历，同体验，同思维，同欢乐，化入他者的存在，并因而奋进他者的生命奋进之中”。而“共现”则是指：在我当前的观照中将过去、背景、他我等一切不在场的东西一同呈现于意识——就其与他者之关系而言，所以“移入亦可称之为共现”，在此“自我与他我总是和必然地在其起源上就被成对地给出”。①在主体间性的交融视域中，华文文学书写是海外华人“移入”异邦文化场域对自身生存境遇和生命体验的主体性书写，当然具有“随地宛转”的本土性，但它又是一种“共现”母体文化与在地文化多元交融的“文化想象共同体”，也就具有“与心徘徊”的内在中国性。如果只是将中国性视作一种固化的文化传统，那它在海外华人的日常生活体验中确实具有文化象征符码系统的表演性、仪式化成分，但倘若将中国性放置于多元开放、不断发展的动态视域中，那它实际上是一个兼具能动性与包容性的“文化想象共同体”，华人在地文学的主体性书写和本土性经验其实也在丰富和增益着中国性“文化想象”多维层面的具体意涵，在视域融合的协同共现中共同形构绵延互动的“文化想象”。要言之，中国性是海外华人“想象共同体”的核心，它是一个不断延异的能指，也是一个共同的所指，它内部的差异性、特殊性是不能不正视的，但差异性的地缘本土想象与中国性“文化想象”之间的动态互补关系远超过其固态对立关系，即使存在差异性的歧见，只要交互主体的双方处在不断的再发展和再协商之中，那么“中国性”就永远是处在双向

---

① 胡塞尔：《纯粹现象学通论》，商务印书馆，1995年，第21页。

而不是单向的流程之中，而在主体间性的对话协商过程中，中国性“文化想象”与地缘本土想象自然会寻找到协同性的“历史文化交集”。

海德格尔在胡塞尔的基础上进一步揭示出主体间性的存在之基：“世界向来已经总是我和他人共同分有的世界。此在的世界是共同世界。‘在之中’就是与他人共同存在。他人的在世界之内的自在存在就是共同此在。”因此，“此在本质上是共在”。[①] 由此观来，“此在”的本土性本质上也是与中国性对话协商的“共在”，反之亦然。交互主体之间通过分享经验，使得相互间的理解成为可能，并且因此而构成相互间的交流融合，达到一定的意义的共享。意义具有主体间性，在主体间传递，并以此将众多主体联结起来，形成一个有意义的世界。意义不是在主体自身内部形成的，而是在主体和主体间形成的，这一意义的世界其实就是我们念兹在兹的“文化想象共同体”。在一个真正的而不是虚假的共同体里，共体主体性的实现依赖于个体主体性的发挥，但又不是个体主体性的简单集合；个体主体性应当综合于共体主体性，而又不消解于其中。在这里，个体保持相对的独立性，包括在对共同体状况整体把握的基础上加以反思和批判，对于共同主体和共同主体性的发展是必要的。因此，旨在凸现华文在地文学主体性的本土性诉求并非悖反式疏离，作为共体主体性的中国性“文化想象”实有赖于各区域华文文学主体性的交融协同，而各种地缘本土想象也势必会对共体主体性的建构生成回馈其具有差异性的主体经验。显然，主体间性理论的引入，将有利于华文文学研究冲决一系自我囿限的二元对立藩篱，在理论突围中开创新的批评空间。

主体间性理论经伽达默尔的视域融合阐释学、哈贝马斯的交往实践理性和理查德·罗蒂的多元文化差异性的协同政治等理论阐扬后，已逐渐成为后现代差异性多元文化交融共处的文化政治逻辑。引入主体间性的交融视域，不仅有助于大陆华文学界扬弃本质主义的固化视域，而且有利于区域华文文学走出本土性的迷思。当然，这一议题尚处于理论预构阶段，其具体深入的诠释和论证还有待进一步探询，但主体间性的交融视域毕竟为我们回应区域华文文学的本土性诉求提供了新向度，事实上，朱崇科的马华文学本土性研究已对这一挑战性的议题进行有力的回应，地缘美学与主体间性的介入将为区域华文文学研究开创出新的文化空间。

---

① 海德格尔：《存在与时间》，三联书店，1987年，第146—152页。

最后但并非不重要的一点是，朱崇科不被规训的热带激情也许是其跨国界本土性批评之旅的文化馈赠，但当他在新一轮的文化位移中重返故土时，那份与“南洋想象”的本土性深层文化心理相契合的内在激情，是否还会激扬起华文文学研究的人文波澜呢？这样的期待视野将在另一种个人本位的主体间性视域中不断浮现。

空间重构与后现代都市表征

一

理论之后的十字路口，美学的复归绘制新的议程与路线。当代美学的转型划出差异性的踪迹，从形而上的审美本质主义到审美泛化播撒的后现代解构美学，日常生活的视域开启美学关系主义的文化光谱，在社会、历史与文化多重关联的审视之中，空间的兴起成为审美测绘的焦点。福柯对空间转向做出精辟的论断："当今时代也许是一个空间的时代。我们存在于这样的时刻：世界正经历着像是由点线连接编织而成的网络版生活，而非什么随着时间而发展的伟大生活。也许我们可以说，引发今天争论的某些意识形态冲突，就呈现在时间的忠实传人和空间的强悍居住者之间。"[①] 告别现代主义的时间深度美学，空间的审美之维预示着后现代转折的到来，丹尼尔·贝尔指出，空间结构的变迁已成为二十世纪中叶以来后现代主义文化中的主要美学问题。

空间转向伴随着城市化时代的降临，后工业化的都市景观不断刷新人们的认知地平线。迷宫、地图、旅行与身体、时尚、消费，城市作为空间生产的巨型文本，不断叩访文化批评的理论实验室。罗兰·巴特机警的描述道：城市是一幅染色体图，文本连绵不绝。[②] 空间美学在后现代镁光的投射下，城市的文本化与文本的城市化延异符号与景观的再生产，重构城市文化的地志学成为都市研究的核心议题。列斐伏尔对空间的生产与运行机制的分析，开创了分析空间与不同城市形态的可能性，他主张通过三个维度检测社会的空间特征。第一个维度他称为社会中的"空间实践"，空间实践是指在特定社会的空间中实践活动发生的方式，地点、场所的流变与移动的身体无时不刻在参与空间关系的实践。第二个维度是特定社会的"空间的表征"，它指的是特定社会描述或构想空间的方式，最能说明空

---

① 米歇尔·福柯：《不同空间的正文与上下文》，载包亚明主编《后现代性与地理学的政治》，上海教育出版社，2001年，第21页。

② 罗兰·巴特：《符号帝国》，商务印书馆，1999年，第32页。

间这个特征的事物是地图，地图不仅描绘了空间的元素，而且重构了交通的网络。第三个维度是“表征的空间”，指的是特定社会空间内具有象征意义或文化意义的建筑，表征的空间包括艺术与建筑，象征着空间对符号更高层次和更有创意的使用。在列斐伏尔的描述中，城市空间为人们再生产出资本主义的社会关系与权力结构，“为了改变生活，我们必须首先改变空间。”① 杰姆逊的理论图景深化了空间的变革，他强调后现代就是空间化的文化。后现代的空间转换出现新的介质，在跨国资本主义的充盈空间中，场所的位移仅是极为脆弱的表征，它们被更为强大的抽象空间（如通信网络）所淹没，体验的真实性被虚拟的超现实仿真改写。为了对后现代的空间景观加以解码，杰姆逊着重从建筑领域这一“特殊的美学语言”着手，从自己的文本策略出发，他重写了建筑与城市的空间语法：“建筑空间的词语或者至少是其名词，乃由跟着空间动词和副词——如走廊、过道和楼梯等——连接和连缀起来的一间间房间，这些动词和副词反过来也被绘画和种种装饰所修饰……与此同时，这些句子——如果一个建筑确实能够被称作句子的话——被读者所阅读，这些读者的身体充满了各个变位以及主语的位置，各个单元所构成的巨大文本适用于城市语法（或是世界体系内更为宏大的地理语法）。”② 杰姆逊的精湛分析剖开空间美学的内核，身体、空间与后现代的链接重构了城市文化地图，身体成为城市的隐喻与转码，它的时间性坐标已转换为空间性的，在浓缩的句法之后，历史被地理替代了，故事被地图替代了，记忆被场景替代了，表征的空间为观察自身提供了语言与意象。

当代文化研究的崛起为都市空间的跨学科考察敞开视野，都市研究的新一代学者爱德华·索亚提出“第三空间”理论。索亚通过对列斐伏尔的空间性三维辩证法的析解，创造性的组合和拓展出第三空间，它的基础是聚焦于“真实”物质世界的第一空间视野，和根据空间性的“想象”表征来阐释此一现实的第二空间视野，越过真实与想象的二元对立的内外边界，探索差异造就的边缘与开放的空间。第三空间把都市生活的空间看成既是真实的又是想象化的，既是事实又是镜像化的，既是结构化个体的位置，又是集体的经验与行动逻辑，由此激发人们用多元差异的方式思考空间的意味，思考地点、方位、景观、环境与家园、城市、

---

① Lefebvre, H. 1991: The Production Of Space, p.190.

② 杰姆逊：《快感：文化与政治》，中国社会科学出版社，1998 年，第 118 页。

地域、领土以及地理想象等相关概念。索亚在《第三空间：去往洛杉矶和其他真实与想象的地方的旅程》这一都市研究经典文本中，重构了城市文化的异形地志学。索亚回溯考察福柯的创新概念“异形地志学”（Heterotopology）和“异托邦”（Heterotopia），福柯所说的另类空间或异托邦，是指与一般的日常社会活动空间不同的特殊空间，如禁地、墓园、军营、监狱、博物馆等等。这些异托邦因为与日常空间之间的差异、对立或映射关系而形成了整个社会空间的非同质性——除了日常生活实践所确定和显现的社会空间之外，那些似乎不属于生活空间的镜像、记忆、禁忌以及种种偏离日常生活的行为环境其实与日常生活空间并存，在统一的空间实践中嵌入了异质的存在即所谓“异托邦”。福柯将它们描述为“我们生活其中的空间，它使我们脱离自身，我们的生活、我们的时间、我们的历史，都在其中遭受腐蚀。”[①] 福柯用空间、知识、权力的三维辩证法填充了这些异类领域，透过这一独特的话语三角形进行空间的社会批判。索亚重描勾画城市空间的地理性历史，他用后现代主义来解释共居在城市中的人类的过去、现在，以及当下所呈现的社会模式，通过三种不同的空间化形式推进城市地理的重构。

一是后历史主义，在本体论的斗争重新界定空间；二是后福特主义，这是一种越来越灵活的、无组织的资本主义积累；三是后现代主义，这是一种伴随性的文化与意识形态的重组，它改变着我们体验社会存在的方式。索亚从这些原则出发，分析了当代城市和地区的重构及空间化。在城市层面上，他考察了北美的四种城市原型（商业、竞争型工业、垄断集团与国控福特主义），进而探寻出第五种形式，即以洛杉矶为原型的后现代城市。索亚以一种知识考古的人类学美学的方式，引领读者对洛杉矶这个具有异托邦特征的“后现代城市”进行旋风般的叙事旅行。从城边的堡垒（大都市边缘的一片气势雄伟的军事基地）到环绕市中心市政中心的监狱状监视中心，后现代的洛杉矶就像“一个面积巨大的主题公园，一个由迪士尼乐园组成的生活空间”，同时也是最有魅力、最能揭示二十世纪后期世界城市特点的都市：“在世界上的其他地方，城市发展的经历和变化正如同是对连成一片的洛杉矶的复制”。[②] 索亚将洛杉矶当作一个症候性的生活空间，一个流动的窗口，城市之镜投射出万花筒般的审美蜃楼，都市空间的重构与社会的多彩马

---

① 包亚明主编：《后大都市与文化研究》，上海教育出版社，2005 年，第 41 页。

② 爱德华·索亚：《后大都市：城市和区域的批判性研究》，上海教育出版社，2006 年，第 183、437 页。

赛克镶嵌在熠熠闪光的水晶魔方里。

二

都市空间的生产重新形构了都市景观与日常生活，建筑美学与城市规划设计不仅重绘了城市地图，而且重构了城市空间的文化政治。詹克斯在《后现代建筑语言》中进行空间美学的再编码，他倡导与技术化、工具理性的现代建筑风格断裂，颠覆包豪斯和柯布西耶“居住机器”的城市构想，基于折中主义风格和通俗价值取向的新的包容开放型建筑风格，他将后现代建筑的特征归纳为从历史主义到折中主义、从直接复古到变形复古、新乡土风格、文脉主义（个性化＋都市化）、隐喻和玄想、后现代迷宫等。詹克斯用双重译码（Double code）来指称后现代，认为后现代风格是杂糅的：“一座后现代主义建筑至少同时在两个层次上表达自己：一层是对其他建筑师以及一小批对特定建筑艺术语言很关心的人；另一层是对广大公众、当地居民，它们对舒适的传统房屋形式以及某种生活方式等问题很有兴趣……最有特色的后现代主义建筑显示标志明显的两元性，意识清醒的精神分裂症。”① 建筑美学转换成一种语言的叙事代码，它是用来形容那些意识到建筑艺术是一种语言的设计人，而并非泛指不设计方盒子的设计者。双重译码是名流/大众和新/老这两层含义的简称，这些对立面的组成赋予空间解构美学一种多元混血的后现代建筑语言。詹克斯论证说，后现代建筑的根源在于两次很有意义的技术转移之中。首先，当代通讯已经使“平常的空间边界”瓦解了，在以场所、功能和社会利益为基础的城市与社会中，造成了一种新的国际主义和强烈的内部分化。这种内部分化，建基于交通和通信技术的语境的新技术，已经有能力以一种高度区分的方式处理跨越空间的社会交流。建筑与城市设计因此有了新的和更广泛的机会使空间形式更为多样化和异质化，分散的、非中心化的和非集中化的城市形式在技术上比之过去具有更多的可行性。其次，各种新技术新媒介，逐渐解决了将大批生产与大量复制结合起来的需求，允许灵活地大批生产表现各种风格的“几乎是个性化的产品”。建筑设计师和城市设计师的操作语境因此改变，他们从战后初期存在着的现代理性的压制中解放出来，通过探索分化了的趣味与审美偏好的各个领域，重新突出了资本积累的一个强有力方面：皮埃尔·布迪厄所

① 查尔斯·詹克斯：《后现代建筑语言》，中国建筑工业出版社，1986年，第4页。

说的“象征性资本”的生产与消费。象征性资本概念可以帮助我们理解城市移民、社区创建、都市景观恢复和文化遗产复原等现象，也帮助我们把现在对修饰、装饰和时尚的迷恋理解为如此众多的社会差别的代码与象征物。建筑多义性的结果产生了一种审美张力，建筑必须体现双重译码：一种是像口语一样通俗的传统编码，它缓慢变化，充满陈词滥调，植根于家庭生活之中；另一种是植根于迅速变化的社会的现代编码，以新技术、新材料和新功能、新意识为特征。

空间美学的再编码，引领人们对城市的文化地理进行认知测绘，城市成为一幅各种符码交织流布的文化地图。林奇将环境认知心理学引进城市设计，把人的活动和感受与城市的物质空间载体构建联系起来研究，认为一个好的城市应该具有一个可让人理解的结构及意象，而且这种结构意象并非设计师强加的，而是从那些使用者的感知中获得的。在《城市意象》一书中，林奇将城市景观归纳为道路（Path）、边缘（Edge）、地域（District）、节点（Node）和标志（Landmark）五大组成因素。林奇认为市民就是通过这五大景观因素去辨认城市形态特征的。城市设计不应再是建筑师或城市设计师的主观创作，而应是在探索城市自然、文化特色和历史条件基础上形成的创造性成果——每座城市都要有自己的个性特点。在分析这五大因素时，他又引入空间、结构、连续性、可见性、渗透性、主导性等设计特性与之相结合，从而创造出一套崭新的城市设计理论和方法。罗西则将城市看作建筑文本，将物质片段和人的认识组合起来构建认识中的城市或意象中的城市。受荣格的集体无意识思想和弗洛伊德将不同历史时期建筑物并置思想的影响，罗西将城市分为实体和意象两个层面：实体的城市是短暂的、变化的、偶然的，依赖于意象城市，即“类似性城市”；意象城市则由场所感、街区、类型构成，是一种心理存在，是“集体记忆”（Collective）的场所。城市的实体——主要是城市建筑——可能发生变化，但意象是长久存在的、超越时空的，具有无时间性和永恒性。而人的心理结构创造了建筑艺术，同时也创造了人类的社会心理结构——“城市是人类生活的剧场”，它不只是意象，而是现实，包含了各种记忆的潜能。

城市作为意象与记忆的来源，它通过符号象征资本进行文化与经济的再生产循环，从而改变城市空间的微观政治。钱伯斯在《流行文化：大都市经验》中精辟地指出：“城市是一系列双重的存在：它有官方与隐藏的文化，它是个真实的地方同时又是个想象的场所。它拥有街道、住宅、公共建筑、交通系统、公园和商店组成的复杂网络，同时也是态度、习俗、期望以及内在于作为城市主体的我们心中希望的综合体。我们发现，都市‘现实’不是单一而是多重的，城市之中总有另一个城市存在”。[①] 消费主义文化的兴起，给城市的象征经济，即它生产象征与空间的文化资本提供了动力。城市的宣传者越来越多地通过提升城市作为餐饮、先锋的表演与建筑设计的文化中心的形象，来吸引投资与旅游者的金钱。象征经济将房地产和服装名牌一样进行符号消费，地点身份标示等级差异与提供愉悦满足，移动互联网时代的到来，娱乐与消费的城市地图卷入象征与空间的再生产。城市文化促成了一种能指差异的物符、意符与指符共时交错的循环链，从街头发展起来的的流行元素在大众传媒中播撒，尤其是时装业、城市音乐杂志与广告中循环，它们脱离了原先的社会背景而成为“酷”的形象。在宣传名牌香水或牛仔裤的广告牌上，它们被再循环到了大街上，成为一种快感的诱惑与挑逗，引起青年的模仿跟风甚至身体的暴力表演。沙朗·佐金为此提出“谁的文化、谁的城市”的问题，她认为城市文化已成为空间再生产的重要媒介，想象城市并在超现实的仿真世界漫游，城市的“迪士尼化”再现了虚拟现实的表征空间，全球化与消费主义构建起娱乐共和国的星座城市。

三

城市空间的差异性是都市个性化的源泉，重构城市文化需要以后现代解构美学的多元差异、边缘流动性抗拒中心主义与本质主义的辖制。科林·罗和科特在《拼贴城市》中重塑了差异性平等的空间伦理，他们批判现代主义为实现乌托邦式的理想而将城市变得整齐划一、理性而又充满秩序，以一种洁癖式的美学观念不加区分地破坏城市固有的文脉。这样一来，城市虽然可能实现物质空间上的人人平等，但却造成了空间尺度的冷漠化、原有文化的缺失以及构造趋同等诸多后遗症。城市空间是由诸多因素共同制约下而形成的，是一种历史合力的产物。城市设计者毫无疑问地对城市影响巨大，可是城市并非城市设计者个人的城市，它是在人与人的相互影响与碰撞中得以创生的，任何人对城市的认识或影响都是片断

---

① 爱德华·索亚：《后大都市：城市和区域的批判性研究》，上海教育出版社，2006 年，第 183、437 页。

的和局部的，而城市的整体正是以局部拼凑的方式形成的。因此，他们十分重视城市各个部分的差异性，提出“拼贴城市”的主张：一个均质的城市只会变得索然无味，矛盾和冲突才是构成城市的现实基础。从审美差异性的角度出发，城市可以是将各种异质风格组织在内的一种松散结构，城市不应以均质的面貌而必然以拼贴的方式出现，以此形成一种“片断的统一”。①

空间的均质化产生认同的危机，身体、自我与城市的感知体验擦抹了真实与想象的边界。躯体正变得像城市，自我感知和认同愈来愈维系在电脑屏幕和视频监视器的地形图上，它们给了我们接触他人和认知自己的语言与意象的机会。在新的信息时代里，对城市的想象被网罗在虚拟现实、人工智能、网络浏览器、数字化交流和虚拟社区里，城市空间的坚硬物质性似乎被蒸发了，与此同时，整个世界被卷入每个城市的符号地带中。在这种细节语义的扩张里，随着焦点的缺失与焦距的模糊，城市已不再有一个明确坚实的“外部”。曼纽尔·卡斯特尔将其称为“流动的空间”，他认同鲍德里亚的《符号政治经济学批判》中的观点，所有的传播形式都立足于符号的生产与消费，“现实”与符号表征之间并没有真正的区别，拟像和仿真形塑的超现实比真实还真实。卡斯特尔进而提出“真实虚拟”(Real virtuality）的概念，他深刻地指出：“当电子传媒的批评者指责这一新的符号环境没有表征‘真实’时，他们指的其实是一种荒谬的、‘未经编码’的真实经验的原始概念，它从来就没有存在过。所有真实都是通过符号而得以传播”。② 都市想象被电子文化重构了，数码空间具有更多的物质性表现，这可称为日常生活的超现实性。在这种仿真的爆炸中，城市生活日渐疲乏，仿佛一场网络空间的电子游戏，更加模糊地在真实与想象世界之间游走。当身体日渐类似于城市时，城市空间也日渐类似全球地理，压缩着整个世界的文化与国际紧张局势。时空压缩加速了符号资本的跨国流动，都市文化转变成能够在一个肤浅的空间里生产任何意象的巨大全息图。大卫·哈维在《希望的空间》中以归来的马克思的姿态，对不平衡的地理发展进行否定批判，空间正义作为“辩证乌托邦”的希冀力量，重新唤起城市人对公正、平等与尊严的人性诉求。③ 当身体作为资本积累的策略辗

① 科林·罗和弗瑞德·科特：《拼贴城市》，中国建筑工业出版社，2003 年，第 65 页。

② 卡斯特尔：《网络社会的兴起》，转引自爱德华·索亚：《后大都市：城市和区域的批判性研究》，上海教育出版社，2006 年，第 450 页。

③ 大卫·哈维：《希望的空间》，南京大学出版社，2006 年，第 52、96 页。

转于城市的纵横时空中，身体政治学的资本批判与城市空间的再生产的政治批判交汇融合，哈维敏锐地捕捉到资本空间化的路径："资本以由它自己的想象所创造的物理地貌形式来表达自己，它创造这种地貌为使用价值，以加快资本积累"，都市空间的表征危机扩大贫富差距的不平等裂痕，哈维的双重批判叠映出后现代之后伦理政治的希望辉光。

新世纪以来，伴随着城市化时代的来临，中国当代的城市空间正进行前所未有的变革重组，大规模的造城运动催生了大量"人造城市"。据统计中国有六百多个城市提出建设"国际化大都市"的宏伟蓝图，都市研究一跃而成为当代文化研究的热点。千篇一律的造城景观，片面追求奢华时尚的现代化都市盛景，权力与资本的联姻加速了空间的同质化积累：摩天大楼高挂幕墙玻璃，宽阔的街道，巨型购物广场，酒吧咖啡馆步行街，豪华的酒店写字楼，再加上华丽的歌剧院、大型的博物馆公园等文化景观，城市的空间性存在被淋漓尽致地延异勘探。但繁华琳琅的城市镜像，遮蔽了多少空间生产的非正义矛盾冲突，沦陷多少差异性的边缘景观，抹消了多少诗性记忆与文化印记。毁城与造城的大拆大建，背后是现代主义理性规划的"居住机器"的宏大叙事，最触目神伤的现象是将城市过去的传统生活印记、贫民生活空间和郊区的乡村风貌拆解掉，改造成豪华的商业空间、公共设施、高档楼盘以及农家乐度假村等资本消费积累的城市经济空间。城市空间的重组过于粗暴简化，文化积淀的古宅民居，下层民众的贫民生活区，城中村的参差多态，郊区的前工业化田园风景，被连根拔起摧毁殆尽，但无根的城市又如何重构城市文化空间？城市空间应是一个多元共生差异性主导的文化生态圈，个性化与异质性的景观符号生产，在象征经济的循环与城市形象的符号角逐中应该有更高的审美价值追求。重温后现代的差异美学，哈维对空间正义的乌托邦救赎希望，将对中国当代的城市空间变革与城市文化的重构提供未来的可能性。

第三辑：文本分析与解读叙事

身体、历史与记忆的侦探

追忆亡灵，冥想幽魅，在传统小说里往往带着抒情的感伤与悲悯的哀悼。此情可待，当时惘然，追忆是为了寻找失去的时间，让逝去的生灵在人们的记忆中复活。在生死睽别的时间裂谷两侧，追忆的风带来如烟往事，回首已是“盈盈泪水间，脉脉皆情语”。从鲁迅的《伤逝》到新时期张洁的《爱是不能忘记的》，追忆与感伤，缅怀与寄托，忏悔与自省，种种情愫的萦怀悱恻使追忆体小说更接近于一种抒情文类。

新时期文学就是以一场历史追忆的宏大叙事为发端的，“伤痕文学”与“反思文学”将追忆的目光投向文化浩劫之后的历史荒野，历史创伤在追忆与反思的现实主义叙事过程中不仅以悲剧净化的伤悼方式得以缓解，而且提供了有效的意识形态缝合方式。伤痕小说与反思小说大都预设一个“今是昨非，抚今追昔”的历史追忆视角，追昔的“伤痕”和昨非的“反思”都是为了历史疗伤的“抚今”，这是隐藏在现实主义叙事框架里的历史因果逻辑，它所再现和反映的“真实”更像是历史因果逻辑的一种衍生物，一种经由意识形态询唤的历史“表象”。另外，在小说的叙述语言方面，相当一批的伤痕小说与反思小说仍然沿袭工农兵文艺那种社论化腔调和社会化的通行语汇，这也许是由于被压抑太久的表述欲望过于强烈而忽视了语言上的锤炼，但是，在一个同质同构的话语系统里所进行的“伤痕揭露”与“反思批判”，自然难以抵达历史的深层脉络。

1986年，当格非的处女作《追忆乌攸先生》问世的时候，“伤痕文学”与“反思文学”已被“寻根文学”、现代派文学掀起的文学新潮抛在历史身后，但它作为新时期文学的发端一直被圣化成八十年代文学的起源神话。《追忆乌攸先生》的出现，可看作是对“伤痕小说”与“反思小说”的一次历史性梳理，它以历史寓言的方式进行历史提纯，将如泣如诉的“伤痕”与未经批判的“反思”引向历史深处的存在质询和与思想拷问。小说从题材上看也是对“文革”的历史追忆，但无论是叙述形式，还是主题意蕴的挖掘，却显示出与“伤痕小说”“反思小说”的现实主义叙事迥然不同的“异质性”。首先是追忆的视角不再依附于宏大叙事的意识形态广角镜，也不再是融入主体性精神的情感化历史凭吊，一位冷峻客观的叙述者出现了，他没有先验的价值预设，也没有过多的情感介入，他只是陈述他看到的一切，一种视觉化的历史呈现在当下的视域里，“历史”之身在看的凝视中被看“穿”了，历史的身体化与身体的历史性成为小说叙事的聚焦。其次，小说的叙事时间不再是伤痕、反思小说中的过去时历史回溯，与之相反，它立足于“当下”的现实境遇，试图捕捉历史记忆投射于“现在”的光和影：

> 当两个穿着白色警服的中年男子和另一个穿着裙子的少女来到这个村子里时，人们才不情愿地想起乌攸先生。那个遥远的事情像姑娘的贞操被丢弃一样容易使人激动。既然人们的记忆通过这三个外乡人的介入而被唤醒，这个村子里的长辈会对任何一个企图再一次感受痛苦往事趣味的年轻人不断地重复说：
>
> 时间叫人忘记一切。

小说是以一个冷峻的刑侦场面开始的：两个穿着白色警服的中年男子和另一个穿着裙子的少女（便衣女警）突然来到村子里，他们带着令乡下人感到新奇又恐惧的手铐和测谎器，挨家挨户地打听多年前已被处死的乌攸先生生前的情况。值得注意的是叙述者冷峻客观的语态中隐含着反讽的语调，“不情愿地想起”，有关乌攸先生的事情已经“遥远”，并且“像姑娘的贞操被丢弃一样容易使人激动”，这句反讽意味很浓的隐喻要与下文法医解剖杏子尸体的身体凝视结合起来，才能真正看“穿”历史。村子里的长辈对年轻人的告诫：时间叫人忘记一切，带有寓言的意味，这里的“一切”一词是个有待填补的语义空间，从这段文字来看，它似乎是指“欲望”——时间叫人忘记“杏”（性）——人们不情愿想起乌攸先生但乐意为“杏子”被丢弃的贞操而激动，随着叙事的推进它又演变成“记忆”和“历史”。这是一段含混多义又耐人寻味的文字，“不情愿”“激动”“唤醒”“痛苦”这几个表示情感色彩的词语由于前后自我否定而消解了伤痕“感伤”，它被抽空了情感所指，“不情愿”又“激动”，“唤醒”又“痛苦”，欲望化的历史就这样转换成压抑的辩证法，长辈的“父法”以时间（历史）的名义发布遗忘的训诫，但年轻人还是为他者的痛苦往事感受身体/历史的“欲望”迷魅。

警察的调查使小说文本披上侦探小说的形式外衣，村里人对往事的回忆成为一桩个人历史疑案的证据。但小说标题已以醒目的悖论告知历史真相的侦察乃徒劳之举：既为乌攸（有），何来追忆？这不禁让人想起卡夫卡《审判》的开篇，两个警察在一天清晨突然降临约瑟夫·K平静的日常生活，形影不离地追踪K的个人生活，原本无罪的K就此陷入旷日持久的“审判”梦魇之中。侦探小说是传统通俗小说的重要文类，但卡夫卡对侦探小说的改写带有严肃的存在主义哲学意味，他摒弃了设置悬念以制造扣人心弦的情节效果的传统技巧，将其创造性转换为对荒诞现实的存在“侦探”。卡夫卡的形式改写启发了一连串的后继实验，作为传统题材文类的侦探小说在西方现代作家的持续改写下，逐渐演变成为作为叙述形式的存在勘探，通俗小说的媚俗外衣也被裁剪成纯文学的精制羽裳。作为叙述形式的“探访结构”，不仅提供了目击实录的叙述现场感，还提供了一种移动的叙述视角。罗伯·格里耶的《窥视者》与马尔克斯的《一件事先张扬的凶杀案》都采用了“目击者提供证据体”的侦探小说形式，前者以客观冷静近乎摄像机式的现场目击视角进行“物化叙述”，后者则以移动的叙述视角对众多目击者的记忆证词进行人性的存在侦探。

《追忆乌攸先生》在形式上的创新确实别具一格，追忆体与侦探小说两种形式巧妙地融合为一体，但格非展开的却是对历史迷魅的记忆侦探。表层的“案情”与深层的追踪目标之间的距离，叙述者冷峻机智的反讽，使历史追忆具有布莱希特意义上的“间离”效果（Alienation effect），① 叙述形式营造出来的这种“间离”效果，一方面能够有效地摒弃伤痕、反思小说过于贴近历史事件而引发的情感性反应，另一方面又使历史迷魅在叙述间距中成为凝视的对象，“历史”成为目

① Alienation effect 间离效果。参见布莱希特：《论叙事剧》，刘小枫译，引自伍蠡甫、胡经之主编《西方文艺理论名著选编》（下卷）北京大学出版社，1987年，第317—319页。

击者“看”的对象，小说由此呈现出一幅寓言化的历史图景。《追忆乌攸先生》的叙述结构更像马尔克斯的《一件事先张扬的凶杀案》，虽然叙述者“我”是第一人称叙事，与后者的第三人称移动视角有别，但小说中的“我”不断转述村里人对乌攸先生的回忆，第一人称叙述者“我”在叙事进程中实际上已悄然转换成众多第三人称叙述者的集合性变体，由个体的追忆变成集体的追忆。更重要的是“目击者提供证据体”的叙述形式，使逐渐淡漠的历史记忆具有“可视性”，叙述者“我”、守林老人、弟弟老 K、小脚女人等人依次提交了作为目击者的记忆证词，乌攸先生在集体追忆中逐渐恢复他一度被忘却多年的模糊形象。警察的调查取证，捡拾起被村人们抛置在历史荒野上的记忆碎片，它们拼凑出历史亡灵的依稀印象：

> 乌攸先生爱装饰，爱干净，用磨得锋利的三角刀刮胡子，洗碗的时候总爱在腰间裹上一块黑油布。
>
> 乌攸先生是爱书的。当村里的头领突然下命令把乌攸先生屋里的书全部搬到外面烧毁时，那些书整整烧了五个多小时。村里几乎所有的人都在看着火焰把一缕缕纸灰往烟突里送，火光将他们照得血红。只有杏子一个人哭了。
>
> 起先村里的孩子生了一种叫“湿风”的病……乌攸先生在村里竭力宣传说一种草药能治这种病。但是村中无人相信……乌攸先生便举了一个例子说：公牛很少得病就是因为它们常吃草。村里的人就决计让乌攸先生试一试。吃草疗法的灵验使乌攸先生的祀堂一夜之间成为医院。

历史的照相术成了记忆的拼贴术，日常生活细节、爱书却被焚书示众的场面、草药治病的善举，拼贴出村里人对乌攸先生的一致印象竟然是“像个女人”。这位“像个女人”的文化人，却赢得了村里最迷人的姑娘杏子的仰慕，当村里人渐渐开始喜欢杏子，开始崇拜起乌攸先生来，并默认他俩的关系的时候，村里的“头领”感受到了某种动摇其权威地位的力量正在潜滋暗长。头领之所以成为头领不是他懂得森林防火或阴阳八卦，而是他具有一身强健的肌肉和宽阔的前额，“他是一只漂亮的狮子”，村里的女人都这么说。头领向乌攸先生和杏子发出了威严的最后通牒：我要杀死你们两个人。在一个清风明月的夜晚，小脚女人目睹了“杏”在回家的路上被头领强奸致死，但村里人却突然传言乌攸先生杀死了杏子，由于乌攸先生本人供认不讳，村里人对这件事谁都不怀疑。小脚女人在乌攸先生行刑的那天决定揭露事情的真相，但她一路飞跑也赶不上“历史”更为残酷疯狂的脚步。

这些追忆的碎片拼凑出一幅逐渐清晰的历史图景，这是一幅寓言化的历史图景，“文革”记忆经过历史提纯被浓缩成一种隐喻性的象征结构：乌攸先生、杏子与“头领”显然并非只是村里人追忆和冥想的具体人物对象，他们更像一组符号性的文化象征。乌攸先生作为文化代言人的象征，他爱书藏书救世济人，凭借自身所掌握的却不为村民知晓和理解的知识乃至真理，潜移默化地发散出知识、文明的内在的文化之光；而“头领”则是代表原始暴力的一种政治权威化象征，“一只漂亮的狮子”的人物隐喻充分展示出村民们所服膺的身体政治美学，原始野性的力量化身为威权的表征符码，村里老人的一番带有反讽色彩的评述——“有时他们尽管知道“头领”的演说是一种欺骗，他们也不禁要感动到得流下泪来”——以一种悖论式的陈述揭呈出权力话语的内在分裂，欺骗的认知证伪与感动的情感规训荒谬地融为一体，这正是“文革”政治修辞学的历史秘方，乌攸先生身上的文化之光虽然能够映照出威权政治的权力配方，但在焚书的熊熊烈火里权力的气焰无疑魔高一丈，村民们的“感动”为头领畅通无阻的威权颁发了“民意”通行证，这里借助寓言化的提纯将“文革”的反思深入到群众文化心理层面，显示出具有历史穿透力的批判锋芒。“杏子”在小说里是一个双重的隐喻象征，她既以一种谐音的“性”符码成为乌攸先生和“头领”的利比多角逐对象，当文化/政治、真理/权力、文明/野蛮与“性”狭路相逢的时候，性要么是被压抑的他者，要么就成为权力和野蛮的猎物，另一方面单纯无邪的“杏子”又作为历史真相的一种身体隐喻，人们不禁会想起那句耳熟能详的比喻——历史是一个任人打扮的小姑娘，不过小说给予这句隐喻以更残酷的注脚，杏子的尸体解剖以一幅近景的女体特写画面加以渲染：

> 村里的人请来两个见习法医，他们都是第一次解剖人体。他们把赤裸裸的杏子放在一张三只脚的乒乓球桌上，每个人拿着一把杀猪刀。杏子安静地躺在桌子上，就像人们常看到她夏天浮在溪水里一样，脸色红润富有生气。这两个见习法医手足无措，不知从哪里下手，尸体解剖了一整天，尸体被搅得不成样子，被分割成大小七块，最后由法医得出结论：

杏子被强奸窒息而死。

历史的照相术被格非推向极致，演化成历史的解剖术。“尸体解剖了一整天，尸体被搅得不成样子，被分割成大小七块”，这是历史身体化与身体历史化的解剖，历史之身被拆解成历史的碎片。这一刻，作为崇高客体的历史身像在野蛮的杀猪刀下，被搅得不成样子，法医得出的结论不过是历史身体化的另一种转喻：“历史”被强奸窒息而死。这一刻，宏大庄严的历史之身，经由一个视觉惶恐的女体解剖画面，在“看”的凝视中被看穿了，赤裸裸的历史真相被“看”穿了——权力对历史的强奸。历史、真理与性政治等宏大语汇以女体解剖的视觉象征画面呈现出来，身体的解剖和历史的解构在记忆的塑形中为叙述提供了构件，这一意义上，“身体被改造成一个叙述的能指”。① 这时，追忆乌攸先生不再是虚无的历史凭吊，而是历史寓言图景的深刻揭示，它所爆发的历史震撼力远远超过伤痕、反思小说的表现力度。

小说的结尾进一步强化了历史寓言的批判力度，历史的荒诞被刻写为存在境遇的荒谬。当小脚女人满身是泥地赶到枪毙现场时，乌攸先生已被埋掉了，“她看到了地上的血水和几根像猪鬃一样的头发，雨还在下着，远处有一队迎亲的队伍，吹吹打打，穿着红衣绿袍正消失在河堤的另一边”。死亡与喜庆的两个场景，以近景与远景交互映衬的重叠画面，又一次显现出历史照相术的寓言图景，它恰似一副黑白相间的历史默片，不动声色地凸现生命的渺小脆弱和历史的冷酷残暴。“几根像猪鬃一样的头发”与杏子的尸体解剖一样触目惊心，视觉化的历史图景再次以冰冷的画面展现历史的黑色荒诞，它的画外音似乎回响着“我”的弟弟老 K 所说的那句“杀人比杀鸡容易得多”的惊人之语。历史的杀人本质以蒙太奇的声像画面呈现，历史的目击者再次洞穿历史的虚伪表象。

然而，一个荒诞时代的历史杀人本质，不仅指向“头领”的威权暴力，而且指向村里人——群众既麻木冷漠又盲目“感动”的文化心理。前面提到叙述者“我”的冷峻客观中暗含着一种反讽语调，在小说开头叙述者有时似乎像一位闯进历史庙堂的顽童，他不断转述警察对村里人的调查经历，在转述过程中他有时又像一位隐身于历史神龛背后的智者，不时投下意味深长的一瞥，对历史的荒诞报

① 彼得·布鲁克斯：《身体活：现代叙述中的欲望对象》朱生坚译，新星出版社，2005 年，第 28 页。

以拈花一笑的机智反讽。这尤其体现在几个耐人咀嚼的细节上，比如“我”向警察追述乌攸先生枪毙那天的情景时，讲到有个小媳妇从村东跑到村西一路奔走相告，村里的小伙子并不关心乌攸先生的生死，却只“光顾着看小媳妇粉红的衬衣里面的小肉团在跳动了”；守林老人讲起乌攸先生被头领殴伤后杏子前来照料的情景时，他没去关注乌攸先生的伤情，而是为杏子的迷人感到“十分激动”；“我”的弟弟老K告诉母亲头领要杀死杏子和乌攸先生时，母亲像村里的每个妇女一样“在纳鞋底时总沉醉在一种诗意之中”，她也许根本没听清老K的话，就“嗯咿哈”了两声；又比如小脚女人描述那天晚上目睹头领的强奸暴行时，她说：“当她看见头领剥了杏子的衣服，最后扯下那条白三角裤时，她激动得哭了”。这些细节以一种情境反讽的方式将批判的锋芒指向群众的文化心理，历史的反思由此得以在更深入的层面展开。叙述者“我”的反讽机锋，甚至对前来调查取证的警察也不放过，事隔多年之后警察的介入不过是一次例行公事，他们和村民一样关注乌攸先生生前细节的“趣味性”，却对历史的真相不置可否。当“我”说乌攸先生被枪毙的那天是端午节时，那位穿裙子的女警就说：“非常好！”当三个警察从守林老人嘴里得知乌攸先生曾与头领在广场上决斗时，“他们竟乐得跳起狐步舞来”，那个穿裙子的女警竟“冷不防在老人满脸络腮胡的脸颊上亲了一下”。这两处细节白描刻绘出警察半是调查半是窥隐的心态，他们履行国家公务的同时与村里人寻趣找乐的心态也有几分相似，叙述者的反讽将批判的视角引向历史幸存者的“看客心态”，这使小说在批判层面上与五四时期鲁迅对庸众的横眉冷对进行历史性链接，但格非的情境反讽却多了份历史的荒诞感。

作为一篇充满象征意蕴的历史寓言，《追忆乌攸先生》的细节刻画不仅展呈出历史细部的肌理，而且传达出深远的历史批判旨趣。小说中有一个令人印象深刻的细节，警察在街心遇到一个中年妇女进行询问，“一个警察随便从腰间取下一个铜圈套在她头上，说那叫作P-W高频测谎器，只要你一个字故意说错了，它就会发出一声怪叫”。但这位中年妇女，一戴上警察的测谎器便说不出话来，铜圈一取下，她便滔滔不绝地说开了，“这是他们的仪器第一次失灵”。这是个颇具象征意蕴的细节，村中妇女面对作为国家机器象征符码的测谎器，就陷入一种失语和失忆状态，民间自由质朴的声音使测谎器失灵，它根本无须国家机器的真伪检测，相反，真正的民间之声倒应是国家机器与权力话语的测谎器，这个悖论性的反讽传递出细节的力量，某种意义上，它使小说的历史批判指向意识形态的深层结构：民间记忆在意识形态国家机器的检测下才能被形塑为历史记忆，但历史的追忆、伤痕的反思，何尝不是出了故障的国家机器的自我返修？个人命运在这里微不足道，就像被埋于地下的乌攸先生只留下几根像猪鬃一样的头发。行刑前乌攸先生还曾“努力地张着嘴”，但也不能说出任何东西来，因为他的舌头“一个月前就被割掉了”，威权政治的暴力不仅让真理缄默，而且将自诩为文明的历史烙上野蛮的印记。小说所揭示的历史意蕴得到不断深化，比起融合追忆体与侦探小说的形式创新，《追忆乌攸先生》对历史记忆进行提纯的寓言化图景，显然更具有历史批判的震撼力。

这篇既富有历史意蕴又兼具形式意味的作品，在先锋作家的处女作系列中却是个异数，马原的《拉萨河女神》、余华的《十八岁出门远行》、苏童的《飞越我的枫杨树故乡》、孙甘露的《访问梦境》、北村的《谐振》等都是以一种新奇别致的叙述形式引起文坛注目，格非的《追忆乌攸先生》从题材取向上来看似乎不够“先锋”，在当时“唯新求异”的文化语境里，追忆反思“文革”似乎又回到伤痕、反思文学轨道上来，而且，这篇小说的历史寓言意蕴超过其形式意味，在以形式创新为批评尺度的先锋批评话语中，《追忆乌攸先生》也未获得其应有的评价，人们往往将《迷舟》视作格非先锋创作的“真正”起点。然而，在今天看来，这些看法不无偏颇之处，当先锋小说已被追认为八十年代文学史链条上不可或缺的重要一环时，而先锋小说的叙事革命已不仅仅被视为形式意义上的技巧革新时，格非的《追忆乌攸先生》也获得了价值重估的机会。

如果从八十年代文学发展变迁的文学史视野来看，《追忆乌攸先生》在八十年代中期的文学转向坐标中应占有一席之地，它一方面标志着现实主义叙事的伤痕、反思文学的终结，另一方面又预示着先锋小说正从历史迷魅的雾霭中喷薄而出。当格非以历史寓言的形式对“伤痕小说”进行改写时，他似乎站在一个形式变革的交汇点上：“伤痕文学”与“反思文学”对历史宏大叙事的追忆，仍然在个体命运与家国劫难之间召唤新启蒙的主体性，试图以人道主义的主体之光驱散野蛮“兽”道的历史阴霾，追忆伤痕如泣如诉，但历史反思却未触及深层命脉，现实主义的叙事编码依旧隐蔽而固执地传递着反映现实图解意识形态的美学政治意旨，[1]

---

① 南帆：《文学的维度》，三联书店，1998 年，第 207 页。

斑驳陆离的表层“现实”不过是历史总体性的外化具象。在这一特定的历史语境里，《追忆乌攸先生》的出现显然具有文学史的意义和价值，格非以历史提纯的寓言图景将文革追忆引向历史深层结构的探寻和历史本体的批判，随后余华的《往事与刑罚》《一九八六年》又将文革反思指向历史文化心理深处的暴力冲动，这是八十年代文学史变迁的另一条隐蔽的线索。先锋小说对伤痕、反思小说所描写的“文革”题材进行主题和叙述层面的深度掘进，不仅在文学史的链条上具有承上启下的历史关联性，而且以焕然一新的形式手法标示了叙事革新的新向度。这一意义上，《追忆乌攸先生》可以视为代表八十年代文学史某种转捩点的标志性作品。人们通常将 1984 年马原发表的《拉萨河女神》看作新潮小说发端的标志，[①] 马原这篇以叙述形式取胜的作品的确标志着叙事革命的开端，它在八十年代文学的形式变革史上是一个重要的转捩点，但从文学史变迁的内在脉络及其自身的演绎逻辑来看，从先锋小说不仅是叙事历险也是文化历险的角度来看，《追忆乌攸先生》在八十年代的文学史变迁的坐标图中却获得了另一种定位的价值，它对伤痕、反思小说进行终结性的历史批判，在此基础上进行叙述形式的转向，某种意义上，它象征着先锋作家们历史性登场的姿态——在历史终结处重新出发，以形式发现开启当代文学的新空间。

追忆和冥想是格非小说创作的叙事起源，追忆历史是为了寻找失去的时间，冥想幽魅则是为了探寻存在的隐秘。张旭东曾指出：“站在《乌攸先生》的终点，我们得以把整篇作品视为一种重建记忆从而重建自我的努力。而在对这种努力的明确意识中，空洞的时间又变得生动起来。”[②] 通过叙事重建记忆，这实际上是先锋小说形式创新背后的精神动力，这一意义上，《追忆乌攸先生》不仅是格非小说叙事历险的重要起点，而且也是先锋小说发展历程上的一个重要的精神起点。

---

① 陈晓明：《无边的挑战——中国先锋文学的后现代性》，广西师范大学出版社，2004 年，第 106 页。

② 张旭东：《格非与当代文学话语的几个母题》，见王晓明主编《二十世纪中国文学史论》（第 3 卷），东方出版中心，1997 年，第 335 页。

性、梦幻与感觉的密码：《褐色鸟群》的解读叙事

《褐色鸟群》是代表格非先锋时期实验风格的标志性作品。它在形式实验上的苦心孤诣，对叙述迷宫的精构巧制，以及结构空缺所带来的意义消解，如梦似幻而又暗含一种柔和的理性的仿梦叙述，优雅机智而又迷惘感伤的青春冥想式叙述语调——这些似乎难以调和的小说叙事因子在格非笔下有机地融为一体，恍如一幅织进各种奇幻图案又带有梦想体温的波斯地毯，更准确地说，《褐色鸟群》像是罗兰·巴特《恋人絮语》式的“可写文本”。这部代表形式实验极致的“可写文本”，自发表以来就一直被批评界征引为先锋小说形式实验的代表文本，频频出入于论及先锋小说的种种论文或专著里。《褐色鸟群》的晦涩享有盛名，连批评家也难窥其堂奥，季红真认为它“过于抽象而失去了叙事的本性，成为一种形式的哲学”，① 陈晓明甚至称之为“中国当代小说中最玄奥的作品”。②

相比于格非《追忆乌攸先生》的“历史寓言”，《迷舟》的个人史“宿命传奇”，《褐色鸟群》确实是一个难以归类的实验文本。先锋小说以形式探索崛起于当代文坛，晦涩多义是其美学风格的一部分，新奇的形式，惊鸿一瞥的陌生化体验，往往令读者与评论家在文本阅读障碍中领悟其有别于传统叙事的独到之处，晦涩含蓄几乎是先锋文学唯美追求的一种标尺。但晦涩加玄奥，也许就是一种叙述极端化的尝试，玄奥之思总是指向存在的哲学意蕴，从形式的锤炼到存在的省思，格非的《褐色鸟群》在探寻叙述的极限的同时，也在探寻季红真所谓的“形式的哲学”，但与其说是“过于抽象而失去了叙事的本性”，不如说是“追踪叙述的本性而过于玄奥”。追踪叙述的本性而抵达形式的哲学，这是格非对先锋小说叙事历险一种形而上的思索，奇妙的是，这一形而上的思索却是在另一个存在先于本质的叙事框架中展开的——一个播撒性、梦幻与感觉的踪迹的青春冥想故事。

---

① 季红真：《格非：质询主体》《众神的肖像》，人民文学出版社，1996 年，第 179 页。
② 陈晓明：《表意的焦虑——历史祛魅与当代文学变革》，中央编译出版社，2004 年，第 95 页。

从叙事话语来看，它一点也不抽象，那种带有梦的质感的叙述语句不断在文本层面优雅地滑翔而过，但循着一个个抒情喻像化的语句前行时，不断延异的文本踪迹悄然绘出一幅整体结构上的叙述迷宫：前后自我否定的叙述指涉，悬而未决的叙事空缺，故事套故事的重复叙述中的差异性改写，细节上的真实感觉与整体上的玄思奥想，在场的梦幻叙述与不在场潜隐于叙事结构之外的形而上思索，这种种叙述悖论使《褐色鸟群》的玄奥成为一个待解的文本之谜。在我看来，格非这部玄奥的"可写文本"，不妨将其读作一部关于叙述的叙述，一部关于虚构的寓言，一部有关先锋小说叙事历险的隐喻文本。

《褐色鸟群》的开篇就有一种元叙述的意味：

> 眼下，季节这条大船似乎已经搁浅了。黎明和日暮仍像祖父的步履一样更替。我蛰居在一个被人称作"水边"的地域，写一部类似圣约翰预言的书。我想把它献给我从前的恋人。

叙述者以一位孤独的精神漫游者的语调开始叙述，搁浅的季节大船，朝夕更嬗的迟缓，"我"蛰居在"水边"像一个投入写作历险的时间不感症者，逝者如斯的"水边"与书写一部施洗约翰的预言之书。这段影影绰绰的叙述语句里，叙述者的身份具有不确定性，它不仅是小说主人公"我"的自述，也可视作叙述者等同于作者的一番关于书写的自白，正是这一重叠的叙述者映像使小说文本像一把开翕自如的绣花扇一样呈展开来："主人公""叙述者""作者"时而三位一体，时而"花开三朵，移位换影"，它们之间的交错互动使小说文本看起来颇似一部立体三维的开放性文本。在西方现代叙事理论里，叙述者或叙述人"指的是语言的主体，一种功能，而不是在构成本文的语言中表达其自身的个人"，[①] 第一人称叙述的"我"作为讲述者的叙述主体，一个可见的、虚构的"我"，这个语言主体的"我"尽其所愿地介入叙述之中，甚至作为一个角色——小说中的主人公参与到行动中。这里，作为叙述功能的"我"与作为人物行为者的主人公"我"显然有别，前者是虚构的语言主体，后者则是文本中的人物行为者，它们有时重叠有时又平

---

① 米克·巴尔：《叙述学叙事理论导论》（第2版），谭君强译，中国社会科学出版社，2003年，第19—20页。

行分离。在《褐色鸟群》里，与人物行为者重叠相连的叙述者“我”的叙述修辞可以转述为下列形式：

> [“作者”叙述：(叙述者“我”自传式地陈述：)] 我（作为人物行为者的主人公）蛰居在一个被人称作“水边”的地域，写一部类似圣约翰预言的书。

通过这一三维叙述层面的细化回放，文本中主人公“我”既与叙述的语言主体重叠交互，又与“作者”的写作经历相切交合——写一部类似圣约翰预言的书。这部预言之书的书写历程与小说的叙述进程共时性地交错展开，形成一种互文指涉的文本效果：“我的书写得很慢。因为我总担心那些褐色鸟群有一天会不再出现，我想这些鸟群的消失会把时间一同带走。我的忧虑和潜心谛听常常使我的写作分心，甚至剥夺了我在静心写作时所能得到的快乐。后来，我怀疑自己是否出现了幻觉，我耳畔常常回荡着一种空旷而模糊的声响，我想它不会是候鸟渐近时悠长的哨子般的翅膀拍击空气的声音，它像是来自一个拥挤的车站，或者一座肃穆的墓地。这声音听上去像是落雪，又像是落沙。”这段叙述里，“我的书写得很慢”有或此或彼的两重指涉——文本内部的预言之书与正在叙述的《褐色鸟群》，“我”的叙述者身份不时交叉换位，在叙述者恍恍惚惚的幻觉叠影中，“我”的叙述声音也产生分裂性的自我“复调”。当不速之客“棋”指出：“好哇。格非——李朴你也不认识我你也不认识你连李劼也不认识嘛?”叙述者与作者在文本叙述过程中又叠印在一起。

《褐色鸟群》在一个三维叙述空间里展开了故事套故事的叙述迷宫，小说文本叙述了四个“我”的故事：一、以“眼下”的叙述现在时，叙述“我”在水边的白色公寓里巧遇似曾相识的“棋”，她似乎是在“我”写作预言之书的幻觉里摇曳而至，夜里“我”向棋讲述多年之前在企鹅饭店邂逅并跟踪一个穿栗树色鞋子女人的奇幻经历；二、多年以后，1992 年春天“我”与穿栗树色鞋子的女人在歌谣湖畔的村子里重逢，但她表示并不认识“我”，也不承认曾经到过城里，她说自己已十多年没进城了；三、相逢后的一天深夜，穿栗树色鞋子的女人跑来告诉“我”，她的丈夫去世了，“我”与这个女人结为夫妻，但她在结婚的当日就突发脑溢血死了：四、“棋”听完“我”的讲述就告辞了，“我”仍然继续写那部预言之书，但天天期待着棋的出现——直至数年之后，“我”又在水边公寓遇到“棋”，但“棋”表示并不认识“我”，甚至说她的名字也不叫作“棋”。在这四个不同时间单元的“我”的故事里，叙述者的身份并不确定，显然有多个“我”参与叙述：一个是《褐色鸟群》的叙述者“我”，一个是讲述预言之书的“我”，一个是预言之书里的人物行为者“我”，最后还有一个带有“作者”的符号标识的隐隐约约的“我”，这四个都采用第一人称叙述的“我”，表面上看没有什么区别，但实际上叙述者“我”身兼多职，“我”不仅是两个互文文本的叙述者，而且又是两个交叉文本的人物行为者——“主人公”，再加上隐约浮现的暗示性“作者”印记，正是这多重交叠的叙述者身份，使小说文本像一个多棱旋转的语言魔方，不同叙述身份的“我”变幻出参差错落的悖论性叙事景象，事实上只要辨析出“我”的多种差异性叙述者身份，《褐色鸟群》的玄奥之谜还是可以得到破解的。

穿栗树色鞋子的女人和“棋”先后表示不认识“我”，并否认她们曾经出现在“我”的追忆叙述里，两个女人变成四个似有若无的幻影，表面上看这是以后面的叙述否定前面的叙述，使关键的真相呈现出“叙事空缺”，实际上从更深层的叙述追踪来看，这是叙述人移位换形的“似真错觉”引起的：穿栗树色鞋子的女人作为预言之书里的女主人公，她认识的只是同样是人物行为者的“我”，对讲述故事的叙述者“我”（相当预言之书的作者）不认识，就像福楼拜笔下的包法利夫人不认识福楼拜一样，尽管叙述者“我”以自传式陈述直接参与叙事，但它只是一种语言主体的叙事功能，并不等同于人物行为者。由于作者有意隐去叙事功能上的差异性而代之于貌似同一性的“我”，就容易造成阅读文本时的“误认”，但这种“叙述分身术”并非作家故弄玄虚的炫技，相反，格非似乎将叙述焦点投向有关虚构的形而上思索。

在传统的现实主义叙事编码里，叙述前三个不同的“我”可以清晰地再现还原为：叙述者“我”在写一部预言之书，它讲述一个奇幻悱恻的爱情故事，他和她在一次不期而遇后历经曲折成眷属，但结婚的当天她就去世了；“我”在写作过程中巧遇“棋”，她好像知晓这个爱情故事的隐秘曲折，当我讲述出预言之书的结局时，“棋”就不辞而别了。这一还原简化的叙事编码虽然有一明一暗的两条线索，但它们各自双向推进最终交汇于一个聚合点上——“我”讲述的结局与“棋”

知晓的正好相吻合，它的结构就类似于双线拱门式结构，比如托尔斯泰的《安娜·卡列尼娜》和鲁迅的《药》，双主线的叙事推进最终聚合在情节高潮的拱门之上。但格非似乎有意将形式实验推向极致，马原诡异的“叙事圈套”在叙述者与作者的交叉互动上已经掀起叙事革新的狂澜，“我就是那个叫马原的汉人”不时以叙述者、主人公兼作者的多重叙事身份出现在小说里，[①] 但格非在《褐色鸟群》里设置了更为复杂精致的叙事圈套，他将思考的场域扩展至：作者、叙述者、主人公、读者甚至批评家如何参与虚构，他们之间多元互动的复杂关系如何得以呈现？虚构与时间——那些会把时间带走的褐色鸟群——的竞争关系，性、梦幻与感觉的密码又如何既作为虚构的叙事元素又成为虚构的叙事动力？甚至，虚构是虚幻的现实预构，还是“现实”本身也是虚构的？

“棋”的叙事配置，更显出格非棋高一招的叙述智力。在写作幻觉中翩然而至的“棋”，作为一个符号性的对弈隐喻——叙事与下棋都是一种智力游戏，“棋”具有多重的指涉功能。她在两部互文的叙述文本里交替出现，在作者正在叙述的《褐色鸟群》里，“棋”以一位梦幻佳人的形象突然降临“我”的寓所：“我的寓所从未有过任何来访者。她见到我并未遵循两个陌生人相遇应有的程序，而是表现出妻子般的温馨与亲昵”。“棋”的出场披着神秘的面纱，读者往往会被字面上的性诱惑所吸引，将注意力投向暧昧不明的情色遐想，但如果对“棋”天真而老练的目光有所警觉，再想到叙述者“我”讲述预言之书时“棋”的冷静挑剔的反应，不妨将“棋”视作是在文本间性中浮现出来一个隐喻性的读者形象。这里相应的也有三个层面：一是与文本中主人公“我”对应的“棋”，她是一个实体性的人物角色，深夜来访主客问答类似于苏轼《前赤壁赋》中的那位对话的“客者”，但充满性诱惑意味的“棋”又可看作《聊斋志异》里常见的夜半书生逢狐媚的奇幻他者，她的魅影出没于故事情节层面，使文本表层染上一层梦幻传奇色彩；二是与叙述者“我”对应的“棋”，她作为一个隐喻性的读者（也喻指批评家）提前参与到预言之书的写作过程中，不断追问“后来呢”以及对叙述者“我”的讲述提出质疑，这时的“棋”显然由人物行为者转换为叙述的参与者，这类似博尔赫斯与卡尔维诺常用的在叙述文本中插入有关叙述策略的再叙述；三是与作者元叙述对

---

① 吴亮：《马原的叙事圈套》，见王晓明主编《二十世纪中国文学史论》（第3卷），东方出版中心，1997年，第340—352页。

应的“棋”，她既可视作是写作历险的一种隐喻，叙事本身也是一种文字的对弈，“棋”不过是作者信手拈来投在纸上一个符号性“棋子”——一种功能化的叙事装置，但由于在“我”与棋的对话中，“格非”成为似曾相识的某种辨认标识，在“作者”写作幻觉里浮现的“棋”又可视作一种深层心理召唤的欲望幻象，“她”在作者创作心理层面投下悠长而又绰约的无意识魅影——性、梦幻与感觉的寻踪。这三个相对应的层面，使叙述者“我”与“棋”形成复杂交错的结构性关系，在这个由参与虚构叙事的各方组成的话语场中，叙述者“我”“棋”、穿栗树色鞋子的女人与其说是具体的人物形象，毋宁说是某种抽象的叙事功能的隐喻：作者与读者、叙述者与主人公、叙述主体与隐含读者，甚至批评主体与文本阐释，这些功能性角色成为虚构寓言的象征性结构要素。这一意义上，《褐色鸟群》是一部关于虚构的寓言，它展示了格非小说创作的操作流程与叙述的隐秘。

《褐色鸟群》的叙述话语隐含着一种绮思、冥想的梦幻质地，有论者称之为“仿梦叙述”，这种细腻柔和带有梦想体温的叙述语调，与小说整体结构的叙述迷宫，形成格非的某种叙事风格：局部细致的肌理与整体虚幻的氛围。小说中的叙事细节主要是由性、梦幻和感觉的寻踪组成的一系列视听画面，如果单从故事层面的主题分析来看，小说很容易被当作一则“性意识”的心理浮世绘。“棋”和穿栗树色鞋子的女人，在“我”的细腻敏锐的视听感觉中充满了性魅惑的意味。“棋”就是以一副被凝视的性特写画面出现在叙述者的目光中：

> 她站在寓所的门前和我说话，胸脯上像是坠着两个暖袋，里面像是盛满了水或柠檬汁之类的液体，这两个隔着橙红（棕红）色毛衣的椭圆形的袋子让我感觉到温暖。

这副性魅惑画面，并非是“棋”有意识发出的身体信息，它纯粹是由叙述者的感觉冥想触发的，“我”的视觉遐想穿透了红色毛衣，感觉到“暖袋”“柠檬汁”的温暖，这是一种梦想的体温。作为被看的他者，“棋”天真而老练的目光，在视觉对峙中并不处于下风，“我”与“棋”之间的深夜对话，她“充当了一个倾听诉说的心理分析医生的角色”。当然，这只是故事层面上的“倾听者”，而“我”似乎是为了隐而未发的性遐想，才努力把另一个故事讲得曲折生动。在“我”的讲述过程中，“棋”的角色虽发生转换，她由故事层面的“倾听者”转换成叙述层面的隐含读者，“我”讲述跟踪一位漂亮女人的故事与其说是对情殇往事的追忆，不如说是试图挽留“棋”的话语追踪。“棋”用“审判一样的目光”紧盯着“我”，还不断地对“我”正在讲述的故事做出批评，老练苛刻的“棋”总能预知“我”下一步的讲述，“根据爱情公式”她就能提前知道“我”讲述的“后来”，而“我”为了避免被棋识破叙述的进程，只好强调“它完全依赖于我的叙述法则”，并有意识地改变叙述的路线。

当我讲完“雪夜跟踪”的奇幻经历，“棋”评价说“这是一个庸俗的结尾”，为了躲避和回答“棋”的责难，“我”只得不断延异对漂亮女人的话语追踪，随之而来的“相逢、丧夫、结婚、突亡”等故事情节，毋宁说是为了吸引和得到“棋”的赞赏而进行的叙述转向。叙述者“我”和“棋”似乎在展开一场旗鼓相当的叙事博弈，这时的“棋”俨然一位熟稔叙述路数的批评家，她敏锐地指出：“你的故事始终是一个圆圈，它在展开情节的同时，也意味着重复。只要你高兴，你可以永远讲下去。”从小说中的主人公到读者再到批评家，“棋”的身份转换正好预示着叙述者“我”的叙事转换，“我”不断变换叙述技巧以引起作为“批评家”的棋的赞赏，这不正是先锋小说与先锋批评话语的隐喻性关系的象征？黄子平曾以一句妙喻——“被创新的狗追得气喘吁吁”，来形容八十年代中后期的追新逐奇的小说实验潮流，而用“审判一样的目光”盯着“我”的“棋”不正是批评家的化身？当“棋”听到“我”讲述自己与漂亮女人结婚当天她就患脑溢血死去时，“棋”做出冷静的批评家才有的反应，她觉得“我的故事再也没有任何延伸的余地”就告辞了，而且她还说要去参加一群年轻艺术家主持的未来派雕塑的揭幕形式。作为批评家化身的“棋”显然对“我”讲述的悲情故事并不满意，比起未来派画家来已不够新潮。由此观来，“棋”刚出现时所背的画夹和结尾时出示的镜子，并非仅仅是细节上的某种装饰，而是一种叙述方式的隐喻。如果联想到前面“棋”让“我”看画时，说“我”一点都不懂画，那么“棋”刚来时背的画夹就是一种类似未来派的艺术新潮的象征，它几乎隐喻着批评家“棋”的一种期待视野，希望“我”的叙述能像未来派一样前卫。然而，“我”讲述的爱情追踪故事却有负其期待，所以作为批评家隐喻的“棋”告别后一直没有出现，最后偶尔路过的时候她还表示不认识“我”，实际上可理解成批评家不认同“我”的叙述方式，而“棋”

结尾时出示的“镜子”，这时也获得了隐喻性的象征意义，它不妨视作是“镜子式”现实主义再现论的一种象征。写作预言之书的叙述者“我”与批评家“棋”的叙事博弈，某种程度上几乎浓缩了作家与批评家之间的潜在关系，这一意义上，《褐色鸟群》甚至可以看作是一部关于先锋小说叙事历险的隐喻性文本。

从表面上看，叙述者“我”在对弈中是落败了，但是，对另一位更高位阶的叙述者——《褐色鸟群》的作者来说，即使“棋”的身份由隐喻性读者转换为冷峻苛刻的批评家，她最终也还是作者笔下的虚构人物，像棋子一样被布设在叙事棋盘上。因此，玄奥的《褐色鸟群》其实是格非叙述智力的一种极致演绎。批评家“棋”手里握着的未来派画夹与现实主义式的“镜子”，不妨读作是格非对擅长贴标签戴帽子的批评家的一种揶揄式的反讽。博尔赫斯小说中经常征用的迷宫、棋与镜子等后现代主义叙事代码，在格非缜密细致地多重演绎下进行审智的突围。[①] 格非对自己叙述智力的自信，还体现在叙述话语中运用性、梦幻与感觉的追踪所营造出来的文本愉悦效果：

> 她迎面走来的姿势跟我刚才在她背影中看到的一模一样，她的魅惑力像泉水一样从她浅黄色、深棕色、栗树色的衣饰的折褶中流淌出来。我等待着她走近，我的心情一点也不轻松，她双腿轻盈地朝前迈动，我突然有了一种感觉，好像她是静止的，而我正朝她走近。
>
> 她的栗色靴子交错斜提膝部微曲双腿棕色——咖啡色裤管的皱褶成沟状圆润的力从臀部下移使皱褶复原腰部浅红色——浅黄色的凹陷和胯部成锐角背部石榴红色的墙成板块状向左向右微斜身体处于舞蹈和僵直之间笨拙而又有弹性地起伏颠簸。

这两段文字是“我”追踪穿栗树色鞋子的漂亮女人的视觉画面，它们就像一匹在清风徐来中铺展开来的绸绢彩缎，我们甚至可以感觉到丝绸般细腻柔和的呲呲声响。罗兰·巴特曾以“文本的欢愉”（文之悦）命名这种奇妙的感觉，他指出：“在阅读一部小说时，使我们燃烧的热情不是‘视觉’的热情（事实上，我们

---

① 审智的术语界定，参见孙绍振：《审美形象的创造》：格非、北村等先锋小说家强调智性底蕴，海峡文艺出版社，2001 年，第 271 页。

什么也‘看不见’），而是感觉的热情，也就是说，一种高级关系上的热情，这种高级关系也有自己的感情、希望、威胁和胜利。叙事作品中所发生的事从（真正的）所指事物的角度来说，是地地道道的子虚乌有，‘所发生’的仅仅是语言，是语言的历险，语言的产生一直不断地受到热烈的欢迎”。[①] 事实上，《褐色鸟群》从叙述形式来看是“虚构寓言”或“形式哲学”的隐喻性文本，但另一方面，它的叙述话语又总是将读者带进一个奇妙的感觉领域，那种由性、梦幻和燃烧的感觉交汇而成的文本的愉悦。

陈晓明在解读这部玄奥的叙事作品时，一方面以“空缺”与“重复”来阐释叙述迷宫的玄妙，另一方面又以叙述追踪性意识的“怪圈”去印证存在的困扰。[②] 这种解读无疑使《褐色鸟群》玄而又玄，迷宫、怪圈、存在还是不在，这些带有玄秘气息的批评语汇，虽然在某种程度上揭示出小说文本的神秘氛围，但是以玄秘来解玄奥，反而使批评解读笼罩在一片氤氲迷雾之中。对叙述形式与主题层面的神秘化解读，其实隐含小说文本的内在冲突，如果只强调小说叙述形式上的迷宫结构，那《褐色鸟群》就带有某种故弄玄虚以显示叙述智力的炫技表演，[③] 如果强调其主题层面的性意识梦幻，将它归类为具有精神分析色彩的心理小说，又显然有悖于小说浓厚的形式意味。在前面的分析过程中，我们倾向于将它看作是一部关于虚构的寓言，一部关于先锋小说叙事历险的隐喻性文本。然而，另一个问题迎面而来，如何看待小说这些带有梦幻般性意识的细节描写？

如果从主题层面切入，它也许会被看作是一部充满精神分析色彩的心理小说。“我”和“棋”的深夜彻谈的确像是一场性意识的漫游记，而且小说文本那种细腻而忧郁的叙述话语与二十世纪三十年代的新感觉派小说有几分相似，尤其是施蛰存的《梅雨之夕》。当然两者还是有些差别，《梅雨之夕》的叙述结构较为简单，它只是一段浮想联翩的性意识跟踪经历，较贴近三十年代都市中年人那种落寞而又有所期盼的心境，是一篇典型的精神分析性的心理小说，[④] 而《褐色鸟群》则

① 罗兰·巴特：《叙事作品结构分析导论》，张裕禾译，原载《外国文学报道》1984（4），编入伍蠡甫、胡经之主编：《西方文艺理论史》（下卷），北京大学出版社，1987 年，第 504－505 页。

② 陈晓明：《无边的挑战——中国先锋文学的后现代性》，广西人民出版，2004 年，第 117、165 页。

③ 南帆：《文本生产与意识形态》《纸上的王国——序〈格非小说集〉》，暨南大学出版社，2002 年，第 189 页。

④ 参见李欧梵：《上海摩登——一种新都市文化在中国 1930—1945》，北京大学出版社，2001 年，第 185－189 页。

具有多维叙述层面，结构复杂近似形式迷宫，性意识的心理漫游只是其中的一个维面，它抒写的是八十年代末期都市年轻人曲径幽魅的青春冥想，性遐想与孤独的行吟、梦幻的感觉交织出一种颓废而又浪漫的情调，这实际上是九十年代弥漫开来的都市小资情调的想象性预支，只不过它在八十年代末还只能栖居在心理意识层面，但已经透露出那种潜滋暗长的都市新感性的感觉密码。格非在先锋早期作品中的“都市场景”系列中对这种新感性有过细致的描绘，《陷阱》《没有人看见草生长》和《蚌壳》等作品都涉及这一主题。然而，若单从《褐色鸟群》来看，它的形式意味还是超过主题意蕴上的都市新感性，性意识的心理维面并没有强化到足以掩盖作为虚构的寓言的形式隐喻，性、梦幻与感觉的密码与其说是主题层面的表述意图，毋宁说是虚构寓言的叙事元素，它们更像是格非也包括余华、苏童、孙甘露等人在内的先锋作家进行写作历险时经常使用的叙事元件，他们通过对这些叙事元件的不同组合，以各种令人耳目一新的叙述形式，创造出一个现代性与后现代性兼容的想象时空。这实际上正是先锋小说作为文化前卫的价值所在，而《褐色鸟群》则对这一文化历险进程做了寓言性的概括。“那些褐色鸟群会不会把时间一同带走”，对虚构与时间的竞争关系的某种忧虑，其实正是由后现代性想象性预支所引发的焦虑，当这种后现代性焦虑在九十年代成为现实境遇时，先锋小说所放飞的“褐色鸟群”——一种对历史与现实的可能性进行预支想象的精灵——已掠过历史的天际，想象性的虚构演变成现实之后，先锋小说也似乎完成了自身的历史使命，自九十年代中期以后它只能在历史的凭吊中成为回望的记忆神话。

超现实与梦的玄学

梦是格非经常叩访的对象，《褐色鸟群》的仿梦叙述恍如穿越时间与梦境的飞鸟，《迷舟》里的烽火情迷宛如沾染了杏花春雨的一场战地春梦，而《青黄》中的语林访古恰似一个词的如烟梦史。格非的先锋早期作品，叙事的内核总是镌刻着梦与现实的隐喻关系——梦是现实的倒影，或者现实只是梦的残余。在格非眼里，梦几乎是一种蕴涵丰富可能性的存在，而“现实”不过是人类经验的抽象，它是日常生活的一种实践理性，一种合理的存在而已。梦是无边的存在，无际的现实，作为流俗时间①的现实也许只是梦的一个注脚。

将这番梦的玄思推向极致的是格非于1993年发表的中篇《锦瑟》。格非以李商隐晦涩多义的《锦瑟》为题，似乎想凭借小说叙事加入文学史上绵延不断的阐释队列里。“诗无达诂”，纯粹凝练的诗拥有一个不断扩散的阐释空间，自可引来无数评家笺注释义，你方解罢我再释，不管是正解还是误释，歧见还是洞见，阐释的语义场不断延异。以小说再叙事诗的意境，是格非的一大文体创新，在当代作家中一时独步，先锋作家里孙甘露曾有《忆秦娥》，但只是引词牌入题，所叙之事与诗词本义无涉。格非的《锦瑟》及《凉州词》，在当代小说史上创造了一种新的文体形式——诗词典故的再叙事。小说叙事介入诗词的阐释空间，有其两大优势：一是还原语境，以丰富细腻的叙事还原诗歌的原始情景，想象性地增补语义空间；二是触摸感性，诗词意境“只可意会，不可言传”的蕴藉，“羚羊挂角，无迹可求”的空灵，借由叙事的想象可接近那种不可复制的天机秘境。这两大优势在格非对诗词典故的再叙事中都得以体现，尤其是《锦瑟》，不仅还原出李商隐笔下如梦似幻的意境，而且深入到这首千年谜诗的神秘内核，某种意义上，格非的诗词再叙事甚至将李商隐梦的玄学引向有关存在的哲学省思。

诗词典故的小说再叙事，并非是诗化的小说。八十年代中期何立伟曾写出

---

① 陈嘉映：《海德格尔哲学概论》，三联书店，1995年，第183页。

《白色鸟》《一夕三逝》等一批“绝句小说”，被誉为“绝句诗人，深知陶潜与李商隐”。① 何立伟是在小说叙述语言上悟化绝句的章法，写出空灵超逸之气，但情节淡化人物虚化只剩下写意之境，严格意义上来讲，他的绝句小说已非叙事性作品。格非的再叙事，也并非后现代意义上的文类“戏仿”，如果说《凉州词》还有一点戏仿的痕迹，那么《锦瑟》只能算是诗词的叙事改写，以小说改写唐人七律，再叙事仍然是按小说的文体特征来虚构故事的，不像何立伟那样将小说叙事转换成诗化绝句。小说家对诗词的再叙事，自然不能拘泥于字面上的诗词句义，于是李商隐充满人生况味的自况之作，在格非笔下，就成了虚构人物冯子存人生如梦、梦中犹梦的玄学体悟。有趣而巧妙的是，主人公冯子存在梦中不断变换的身份角色与李商隐原诗的诗句互文性镶嵌在一起，事实上小说文本是打乱诗句顺序后再予以结构重组的，格非甚至采用原诗的词句做小说分节的小标题。小说《锦瑟》的叙事结构与七律《锦瑟》之间的内在关联可显示如下：

一、蝴蝶：隐士冯子存（庄生晓梦迷蝴蝶，望帝春心托杜鹃）

二、迷乱：书生冯子存（此情可待成追忆，只是当时已惘然）

三、茶商的故事：富商冯子存（病榻重读《锦瑟》）

四、锦瑟无端五十弦：富商冯子存（锦瑟无端五十弦，一弦一柱思年华）

五、梦中之梦：皇帝冯子存（蓝田日暖玉生烟，沧海夜明珠有泪）

小说文本的五个小节实际上包含了四个相对独立的故事，从隐士冯子存到皇帝冯子存，四种变换的人物身份是故事的外壳，而故事的内核则源自《锦瑟》一诗的七律诗句。将这四个相对独立的故事串联起来的，从表面上看是接踵而至的连环梦，不同身份的冯子存在临死之前都要由自己或身边的人讲述一个梦，而讲述的梦又预叙了另一种身份的冯子存的命运，但与其说这是一个循环往复的连环梦，毋宁说是梦想的锁链，封闭循环的宿命锁链，它一次次地将冯子存推向死亡的边缘，一次次又醉死梦生般地让在劫难逃的冯子存在下一个梦中复活，梦与现实之间的关系似乎总回到——庄生晓梦迷蝴蝶——这个历史上著名的玄学悖论里：到底是梦变成了现实，还是现实变成了梦？而这宿命的锁链又是由两种神秘莫测的感知经验锻造而成的：一是冯子存几乎无处不感的时间体验，小说文本里明确论述到“时间感知”的语句多达九处，梦似乎成了时间混沌的感性显现，或者说

① 程德培：《33位小说家》，浙江文艺出版社，1991年，第35页。

时间成了梦的种子；二是冯子存在不同阶段以不同的身份对《锦瑟》一诗的解读，与此相对应的四句诗句既是冯子存对梦幻人生的感悟，又是冯子存生生死死的命运注释，最终冯子存又会回到那个回荡千年的追问：是我领悟了《锦瑟》的奥义，还是《锦瑟》注释了我的命运？

《锦瑟》中冯子存分身有术，四种人生的身份变形记是如何进行叙事转换的？叙事时间又是如何参与这一转换过程的？这是解读《锦瑟》叙事形式的关键性问题。如果说梦是冯子存的存在方式，他的梦中变形记集四种身份于一身，拥有远超常人的命运可能性，那么时间则是命运的神祇，时间则是存在的境域。在小说里，主人公一出场就置身于时与光的迷乱场景中，隐士冯子存似乎被时间抛离它日夜运行的轨道，在黑暗的轮回中像一个循环小数的黑点降临在一种陌生而又恍惚的时空里：

> 冯子存被人从那间幽暗的马棚里牵出来的时候，已经是阳光明媚的中午了，空气温暖而潮湿，凉爽的风吹拂着他身体的每一个角落，而那种淡淡的马粪味却在萦绕不去。
>
> 冯子存一度忘记了时间。自从被关进马棚的那天起，他一直在内心猜测着自己不可知的命运，他不知道这些温文尔雅的乡民会用一种什么方式来处置自己。同样，他对于眼下寂静的阳光中所隐藏着的危险也缺乏足够的准备。

冯子存一度忘记了时间，但时间的遗忘正是梦境绵延的开始。当隐士冯子存想起庄周有关蝴蝶的那个寓言时，他似乎感觉到："此刻自己正处于这个寓言的核心"。梦的寓言其实也是时间的寓言，冯子存一直在寻找失去的时间，寻找失去的自我，但这种不可逆的寻找只能是南辕北辙的迷乱。隐士冯子存的归园田居一点也没有"户庭无尘杂，虚室有余闲"的清适之气，相反倒像是"久在尘网中，复又返梦笼"，他隐得了世俗尘网，却隐不了时间的宿命，他不禁叩问自己：会不会是一场梦？错乱的时间常常搅乱了现实与梦境的界限。时间的感知一直伴随着冯子存飘忽不定的行踪，面对着河边的合欢树和年轻人，凝视着田畴远山和虚假的阳光，嗅闻着河道上槐花甜丝丝的芳香，涌上心头的却是一番时间无常的感慨："那些琐碎的往事仿佛忽然藏到了时间的背后，他对过去的时光的追索常常一无所获。”这位落落寡合的孤寂隐士，整日枯坐河边遥望着“逝者如斯，不舍昼夜”的长河流水，他“不仅感受到了时间的浩瀚，广袤，混沌一片，而且感受到了他具体而微妙的神奥”。

时间似乎成了小说文本里的叙事路标，它以那双看不见的命运之手推动着冯子存穿过一个个梦境：“冥冥中的时间仿佛玩弄了一个阴谋，对他自以为是的生活进行了一次小小的破坏与嘲讽”。在一个平常的午后，自以为心如止水的隐士冯子存却被一位河边汲水的窈窕女子乱了方寸，这个女人不期而遇的目光刹那间就粉碎了他安宁的隐逸之梦。随后女子突然死去，冯子存夜读《锦瑟》时听到她的召唤而悄然去了墓地，结果却被村民抓住在清明节那天处死——这实际上是整个故事的结局，但格非借助叙事时间的塑形，使故事在一个循环往复的时间结构里继续运行：隐士冯子存处死之后，由一位到坟头烧黄纸的教书先生回忆起一年前曾向冯子存问解《锦瑟》的情景，叙事时间突然折回过去，教书先生问冯为何不西去长安求取功名，冯子存用惯有的寓言方式讲述了另一个梦境——秀才冯子存赶考的故事。但这一讲述实际上是在教书先生坟前回忆中进行的，文本中的叙述给人一种往复交错的时间错觉，因为第二节“迷乱”的叙事视角和叙述语调仍然是以冯子存为聚焦者和感知者，而非教书先生的追叙，坟前回忆只提供情节上的过渡衔接，情节衔接与叙事时间的回环往复，使隐士冯子存与秀才冯子存的身份变形恍如在一个共时性层面上展开，叙事时间的可逆性让冯子存的前世今生轮回辗转起来。

秀才冯子存进京赶考的故事，基本上是对落泊书生巧遇歌妓陷迷情终至科场失意的古典叙事的仿写，稍有不同的是，格非在这一部分增补了一个古典故事里很少出现的人物角色——陪秀才冯子存一道赶考且女扮男装的姐姐，妖娆的秦淮妓女与贤淑如“妻”的姐姐组成一幅重叠的性迷魅画面，不断浮现在科场执笔神不守舍意迷乱的冯子存内心里，面对出人意料的试题《锦瑟》，他只写下两行诗句：“此情可待成追忆，只是当时已惘然”。科考结果正如进京赶考前一个还俗道士打的不祥之卦，为了劝慰神情黯淡的冯子存，姐姐在午夜时分讲起了从秦淮河边听来的“茶商的故事”，讲到一半的时候姐姐沉入梦乡，而执念一死的秀才冯子存已在门口的樟树上悬吊而亡。这时两个故事的叙述之间就凸现出一个问题——从第三节“茶商的故事”到第四节“锦瑟无端五十弦”，已自尽的秀才冯子存为何又能在接下来关于茶商的故事里“复活”呢？小说文本中并没有直接显示梦境的语句，与第一、二节借助教书先生回忆一年前隐士冯子存讲述的故事进行身份转换的叙事策略不同的是：姐姐讲述茶商故事与秀才冯子存自尽几乎是共时交错进行的，而且讲述者在这里也发生转换，姐姐是讲述者，秀才冯子存是听故事的人，那么，听故事者又是怎样迂回进入到讲述者的故事中去的呢？

我们先来看一下第二节结尾与第三节开头的三段文字：

> 冯子存闭上了眼睛，尽管现在酷暑难当，他依然感到周身一派寒冷。在姐姐讲述故事的同时，他正在盘算着另外一件事，在树梢上攀附着的月光蓝莹莹的，他的目光越过树篱和山下的一道城墙的雉堞，停留在秦淮河暗红色的波光之中。松涛阵阵，桂香浮动，冯子存一度感到自己置身于时间之外。
>
> 姐姐这一天也似乎疲惫不堪，她的故事讲到一半她就沉入梦乡。第二天早上她醒来的时候，发现弟弟已经在近旁的那棵高大的香樟树下悬吊而死。

茶商的故事

> 冯子存在病榻上昏昏沉沉地醒过来，差不多已是午夜的光景了。时间过得很慢，它就像一根被拉直的弹簧，似乎已经失去了弹性。冷冷的月光照亮了窗户的一角，屋外的院落里空空荡荡，一道道灰褐色的墙影在树林边重重叠叠，宛若一群黑色的鸽子栖息在浓重的夜幕之中。

不难察觉，从秀才到茶商的身份转换是在叙述停顿的时间差与某种暗示性的叙事空缺中完成的。姐姐讲述茶商故事的时间，正值秀才冯子存动起自尽之念——“他正在盘算着另外一件事”，但这里作者先让姐姐讲述的茶商故事停顿下来，而叙述起冯子存的迷乱执念，用一句“冯子存一度感到自己置身于时间之外”提示其孑然飘离人世，但这一句又与“茶商的故事”开头第一句“冯子存在病榻上昏昏沉沉地醒过来，差不多已是午夜的光景了”形成叙事时间上相连相续的“情景错觉”，而且下一句“时间过得很慢，它就像一根被拉直的弹簧，似乎已经失去了弹性”，又以时间—身体的隐喻暗示了冯子存的魂灵出壳，这样借助上下文的语境可理解成：秀才冯子存在一种恍惚迷离的听故事幻觉中进入姐姐讲述的茶商故事里。第二天早上姐姐发现秀才冯子存悬吊而亡的场景，按照遵循现实时间法则的故事时间进程来看，应是在茶商故事讲述完之后，作者将之提前预叙，正是这前后倒置的叙事时间差使自尽的秀才“复活”在茶商故事里，但身份转换变形之后的茶商冯子存一出场就只能躺在病榻上追忆往事，他的人生追忆恍如秀才冯子存死后的幽灵叙事。因此，主人公死而复生的身份转换实际上是借助叙事时间差和情境氛围的营造来完成的。

第三部分“茶商的故事”里，茶商冯子存在病榻上追忆逝水荣华：他派一辆辆装满茶叶的马车，走过丝绸之路运往西域，再带回一批批波斯地毯、罕达孔雀石、土耳其项链和印度小金碗，积攒起庞大的家业——二十家织布作坊、十三家布店、两扇药房和一处当铺，富贵之身又引来荣华之尊，皇帝派人邀其到宫中看戏，但登上荣华富贵峰顶的他却在一场床第之欢后突染膏肓重疾，以致错过皇帝接见的良辰。茶商冯子存久卧病榻之际，反复阅读《锦瑟》一诗，不禁感叹“这首诗包含了这个宇宙中所有的秘密”，他感到宿命的时间已经在越过他的人生轨道——“疾速流动的时间径自向前，将自己远远地撇下了”。不久之后，茶商冯子存怀着对生命的无限留恋而病死床榻。临终之际，他给妻子讲了他刚做的梦，在梦中茶商冯子存成了沧海国的国王，正面临西楚国的进犯。由茶商冯子存到皇帝冯子存的身份转换，这回是直接点明“梦中之梦”来完成的，不像前面隐士到秀才再到茶商的身份转换是通过叙事时间的塑形达成的，但这里存在一个关键的空缺：“梦中之梦”是前面姐姐讲述的茶商故事的延续，还是秀才冯子存自尽之后魂飞魄散的幽梦叙事？照理说，故事中的主人公秀才冯子存已死了，应是讲故事的姐姐在讲述，但从茶商对时间与《锦瑟》的深切感悟来看，梦中之梦更像是秀才冯子存科场失意之后的幽梦叙事。这一格非擅用的空缺，只有等到皇帝冯子存的故事讲完，我们才会发现这里的叙事空缺已经成为整部小说封闭循环的环形叙事结构的一个组成部分。第四部分即小说的第五节“梦中之梦”充分展示了格非的叙事想象力，这是一个幻想空间的重构，一个“纸上王国”的沧桑覆灭记。沧丧的沧海国，迁徙的蓝田，易水驻防、首阳炮台，玉绣楼、玄武厅等等，这些散发着历史文化气息的地名绘制出一个虚实相映的典籍化国度。皇帝冯子存在西楚国咄咄逼人的进犯下，为免生灵涂炭，弃城率领臣民迁徙蓝田牧羊，他在行宫弹断两根琴弦，然后题绝句一首，其中有“蓝田日暖玉生烟，沧海夜明珠有泪”一联。

最后，梦中之梦的结尾又是在两条交叉的叙事小径里进行，当皇帝冯子存看见太子衿提剑而来，为弃国之耻而欲杀死他的时候，他正在给园丁讲述昨夜之梦。宿命的时间又赶上冯子存死亡的脚步，但另一个梦中复活的虚空也同时向他敞开，在补记的昨夜之梦里：皇帝冯子存梦见在贫水河畔隐居三年后的隐士冯子存——“他恍惚听见那个女人在窗外呼唤他的名字，便不知不觉地来到了屋外，顺着旷野里那片幽蓝的麦地朝墓地走去……”。

至此，一个封闭循环的叙事结构终于画上一个可逆的环形怪圈，它迅速让人想起德国版画家埃舍尔的名画《瀑布》，在视角差异性的空间错觉中，水流循环往复，但流来流去总是流到开始的地方。《锦瑟》的环形结构是叙事时间形塑出来的，时间在小说文本里，不仅是形式要素，而且是梦的玄学的核心语码。冯子存对时间的神秘始终持有敬畏之心：“时间遵循着一道鲜为人知的轨道悄然流逝，它错杂，凌乱，周而复始”，他甚至觉得李商隐与自己一样，“深陷时间的窠臼而无法自拔”。这一意义上，时间才是真正的隐士。时间这一存在的隐者——归隐于天地之间的大隐悄然拨弄起命运的琴弦，弹奏出冯子存形神纷飞几度生死的梦幻人生四重奏。

《锦瑟》这一封闭循环的叙述迷宫，不禁让人想起博尔赫斯的《圆形废墟》。博尔赫斯对时间与梦幻的玄学之思，一直盘旋在他那些无与伦比的精致短篇里：《圆形废墟》写一个决意要做梦的人，他来到一座毁于火灾的神庙的废墟上，梦出另一个“梦中人”来，做梦者与“梦中人”相处一段时间后竟将幻影视同己出，把梦中的“他”当作自己的孩子，直到这个梦的“孩子”终于能独立存在，才派“他”到另一座神庙去；做梦者知道，作为幻影的“梦中人”是不怕火的，他对这位“梦中人”产生了挂念之情，担心“他”一旦置身火中知道自己的真相会很痛苦，不久之后，一场大火又在做梦者所在的废墟上燃起，他想起巫师的话“只有火能鉴别真伪”，于是跳进火海，但他在火中却毫无感觉，此时做梦者才恍然大骇：自己原来也是一个梦，“我不是我，我可能是一个梦，但我也做梦，梦我的世界，一如你梦你的作品。”① 从叙事结构来看，《锦瑟》的确具有不难察现的博尔赫斯式的形式意味，但从叙述话语与故事氛围来看，两者还是有明显的差异性。《锦瑟》那种极为个性感觉化的抒情风格，如真似幻恍惚迷离的故事氛围，带有一

---

① 博尔赫斯：《博尔赫斯文集·文论自述卷》，海南国际新闻出版中心，1996 年，第 188 页。

种苍凉的美感，与李商隐原诗的意境颇为贴近，又令人想起白居易的诗句："言下忘言一时了，梦中说梦两重虚。"而《圆形废墟》则形式意味更浓些，抒情意味也淡些。

时间和梦境的时空轮回是《锦瑟》的叙事语法，但格非的叙述智慧总是穿越形式迷宫抵达对存在的形而上之思——到底是梦变成了现实，还是现实变成了梦？记忆与梦幻的超现实书写，成为格非小说世界的一个重要向度，它试图证明"幻想的领域与神志清醒的领域具有同等重要的现实性"。① 米兰·昆德拉为了反驳那种预言小说将要消失的观点时曾说，"如果小说真要消失，那不是因为它已用尽自己的力量，而是因为它处在一个不再是它自己的世界中。"② 那么，在"它自己的世界中"的小说又有什么样的标准要求呢？米兰·昆德拉直截了当地指出，"有四个召唤，我对它们尤为敏感"，也就是"游戏的召唤"（以劳伦斯·斯特恩和德尼·狄德罗的小说为例）、"梦的召唤"（以卡夫卡的小说为例）、"思想的召唤"（以穆齐尔和布洛赫的小说为例）、"时间的召唤"（以普鲁斯特的小说为例）。事实上，格非的小说兼具这四种召唤所具有的综合品质，游戏的召唤以"文之悦"的语言自我指涉得以呈现，譬如《褐色鸟群》中的性、梦幻于感觉的寻踪，梦的召唤则以《锦瑟》超现实的梦的玄学为最，"思想的召唤"在格非的一系列知识分子书写中以"智者叙述"得以呈现，而时间的召唤不啻是格非小说的核心语码。虽然不是格非的所有小说都达到了这种水准，但在这些"召唤"中，卡夫卡和博尔赫斯"梦的召唤"对格非的引领却颇为醒目。米兰·昆德拉对"梦的召唤"曾有如下阐释：

> 十九世纪沉睡的想象力突然被弗朗兹·卡夫卡所唤醒，卡夫卡实现了超现实派在他以后谋求却没有真正实现的东西：梦与真实的混合。事实上，这一古老的小说美学的雄心，它早被诺瓦利斯所预感到，但是它所要求的艺术的炼丹术只有卡夫卡在一百年后才发现。这个巨大的发现与其说是一个演变的完成，不如说是意外的开放，这告诉人们小说如在梦中一样，它是使想象爆发的地方，小说可以从看上去不可逆转的对逼真的要求下解放出来。③

---

① 杜布莱西斯：《超现实主义》，三联书店，1998年，第48页。
② 米兰·昆德拉：《小说的艺术》，孟湄译，三联书店，1992年，第16页。
③ 米兰·昆德拉：《小说的艺术》，孟湄译，三联书店，1992年，第14—15页。

记忆与梦幻是格非小说的艺术炼丹术，以梦的形式和结构来表现现实，梦的召唤也是现实的召唤。在格非看来，“梦与现实看上去如同生死远隔，各处一端，但一个却是另一个的投影和隐喻，梦可以是真实的现实，现实亦可以是虚幻的梦寐，恰如庄周梦蝶一般真假难辨。”① 从时间的召唤到梦的召唤，格非小说的梦幻叙事将读者带入一个超现实的想象域，梦成为心灵的直接现实。

① 格非：《废名的意义》《塞壬的歌声》，上海文艺出版社，2001 年，第 314 页。

权力镜像中的边缘正义

我们正面临一个本雅明式的“经验与贫乏”的时代，[①] 时代经验的丰富与文学想象的贫乏同时降临，现实图景的参差多态甚至超越人们想象的边界，而文学似乎失去了介入现实的力量。伴随着转型时代剧烈变迁的社会景观，面对着扑面而来的现实图景，文学如何介入现实？如何直面当下的现代性体验？如何走出文学无力回应当下而失语苦闷的创作怪圈？这些问题一声紧似一声地叩访当代作家的创作门扉，“写什么”的彷徨似乎取代了“怎么写”的焦虑，文学与现实之间的紧张成为一道横亘在作家心头的苦闷象征。

杨少衡无疑也感受到苦闷的侵袭，聆听到直面现实的历史当下性叩问。在现实主义道路上跋涉探索多年后，这位大器晚成的作家终于修成正果：从《钓鱼过程》开始，他的一系列以“介入现实”的“权力镜像”为主题图景的中篇小说，接连在《人民文学》《收获》等重要文学期刊的显著位置上接受时代的检阅。杨少衡积蓄多年的创作能量的喷薄而出，不仅为他的个人创作生涯增添一抹堪以自慰的艺术亮彩，而且也为现实主义文学创作留下一道有意味的弧线——文学怎样介入现实并书写当下体验？

一、介入现实：视域与叙述

小说与现实之间的张力，一直持续不断地挑战着作家的创造力。在这一挑战面前，有的作家主动卷入与现实的激烈冲突中，进行艰难而深邃的存在勘探；有的作家则从近在眼前的现实境遇里隐退，向历史深处寻找或凭借叙事话语建构起另一个迢远缥缈的乌托邦世界；还有的作家则对无边的现实抱有敬畏之心，以工匠般朴实的技艺描绘现实的风云变幻。在我看来，杨少衡显然属于后者，他的小说常被擅长命名分类的批评家搁置到社会、政治小说的文类屉匣里，这种稍显粗率的文以类分虽然隐含着批评家试图为艺术立法的评判标高，但却忽视了一个更

① 本雅明：《经验与贫乏》，王炳均等译，百花文艺出版社，1999 年。

为质朴的法则——文类和题材并无高下之分，小说文本本身才是艺术的试金石。

从1979年携其处女作《医生》闯入文坛至今，杨少衡的小说创作在长时段的文学苦旅中虽未臻名家化境，却较为完整地展示出现实主义文本对当代社会生活的回应方式。杨少衡对现实的书写，往往随着视域的变换而呈现出不同的现实景观。他的早期作品从身边的现实生活写起，大多表现改革开放初期那种即使有强烈的社会阵痛但依然蓬勃向上的时代精神风貌，在《我的爸爸和哥哥》《双声道》《彗星岱尔曼》这三篇产生过一定影响的作品里，作者关注现实的视域总是涂抹着一层先验的理念釉彩——改革时代历史辩证法的宏大叙事——投射出现实生活的光和影，隐含在这一理念化视域背后的则是“典型性”的现实主义玉律，但这种本质先于现象提精炼粹出来的“客观真实”既不客观也不真实，反而是一种遮蔽生活本真的现实“主义”光环再加魅。《彗星岱尔曼》试图用一个简单的天文隐喻比附时代冲突：主人公严明运锐意进取的改革失败了，但改革的精神将薪火相传至新的一代，象征主人公的彗星岱尔曼将在广袤的天空发出耀眼的光芒。这种理念化视域貌似揭示本质，实际上是隔着一层意识形态面纱来观照现实。

八十年代后期杨少衡蛰伏在西北大学作家班，过了两年文学苦行僧的面壁生涯，这段经历显然改变了他看世界的方式，兴许是古道西风的大漠传奇震撼了这位闽南汉子的地域视界，他突然以一种陌生化的浪漫传奇视域进行文化地理想象，系列小说集《西风独步》就是这一视域观照下对人与自然的重新审视。叙述者柯辽漫游西北的故事在十个中短篇中展开，从嘉峪关、敦煌一直到西部边陲的营房哨所，游记的观光视域与“在路上”的精神漂泊营造出一种传奇式的“主观真实”。但这一陌生化视域只带来浮光掠影式的文化猎奇，严格意义上讲，杨少衡的西部传奇并非成功之作，它迷失在魔幻与现实之间的交叉小径里，柯辽的观光视域始终不能深入西部传奇的历史文化脉络，“在路上”的精神漂泊和思想踪迹也就过眼云烟般轻飘无依。不过，从客观真实到主观真实的反拨中，一种潜在的变化还是为杨少衡积蓄了寻求突破的能量：作者不再凭借先验理念图解变化莫测的现实风云，叙述者融有个人生命体验的视域取代了创作主体理念化的视域。在九十年代多年的基层从政历练之后，人世阅历和创作经验日益丰厚的杨少衡似乎来到一个蓄势待发的临界点：如何挣脱“客观真实”和“主观真实”的超验所指羁绊，在视域和叙述的创造性转换中介入现实？

一种世事洞明的阅历往往不只是经验的历险，它还决定着作家关注体察现实的视域景深。我更倾向将“阅历”视作——个人的视觉史和日常的经验史，日积月累的阅历几乎无意识地构建了人们观察现实的视域景框。看到什么样的现实，对哪些图景视而不见，与其说是人思人殊的理念差异，毋宁说是阅历无意识的视域之别。视域的变换不仅关系题材的选择，事实上它更像是观照探测现实的光束。有时，开启一种新视域，就能照亮一个隐蔽缄默的现实角落。因此，如果说媒介是信息的延伸，那么视域则是现实的绵延。

一个明显的变化是，杨少衡一以贯之的现实主义视窗突然具有一种穿越现实表象的景深，他开始以一种世事洞明的现实主义视域重新打量周边的现实。也许是深厚的基层生活体验，沉潜于现实深处的“随物宛转，与心徘徊”，使他观照现实的视域变得质朴明朗起来：直面现实本身，正视日常世像。世事洞明是理念祛魅后的澄明直观，如果说杨少衡的早期创作是一种对现实的加魅，那么其新近的小说文本则是祛魅种种先验之见的现实还原。读杨少衡的近期小说，感觉好像打开当代现实生活的文本显示器，充斥我们阅读视野的是一幅幅流动的现代性浮世绘。转型时代的基层原生态以一种逼真的“现实感”展呈于小说文本的视频上：招商引资、征地建厂、农民上访、官员斗智、富商比奸，资本力比多、经济激素催长的发展幻象，生态罹难与人祸自然等等。但这些斑驳陆离的现实图景背后总是晃动着权力那隐约暧昧的身影，在杨少衡描绘的色彩斑斓的基层世象里，权力一直是其叙事聚焦的中心场域。我不清楚是不是多年的基层从政历练使他洞察到：基层的纷纭世象和迷离景观都不过是权力踪迹的表征，基层官场这个承上启下的权力场域汇聚了众多错综复杂的历史变量和现实可能性。但毋庸置疑的是，杨少衡的介入现实，并不满足于单纯的描绘现代性浮世绘，他似乎想以福柯式的“权力之眼”烛照现实境遇里的隐蔽角落。

借助基层官场这个现实主义叙事平台，杨少衡刻绘出我们这个时代的“权力镜像”——转型时代的权力变形记。我们看到一幕幕基层官场的权力景观：《钓鱼过程》中冒充台商的奸猾乡民引诱政府官员嫖娼，用暗藏的摄像头拍下其过程，然后对上钩的“官鱼”进行敲诈；乡镇长霍建明为引进《纳米布》高科技项目使尽浑身解数，用各种“散一步儿”的阴招和花招一边恫吓一边笼络村民，他炮制高科技会引发毒药和怪胎的流言从另一乡镇夺回投资项目，却让自己山清水秀的故乡遭遇生态灾难；《霸王阵》里颇有历史情结的一县之长魏远东，借民俗文化之名，在县政府大楼前的广场竖起一对夫贵妻荣的石狮，却不时被神出鬼没的瘸脚子民扔掷狗屎甚至去势断狮根；《水挺深的》中，一位优秀的高三学生在高考前不慎失足落水的偶发事件，竟成了教育局副局长成峰为官场晋升捞取政治资本的一趟“浑水”；副市长唐中和因收纳另一位出事被“双规”的副市长送的一瓶特制路易十三洋酒，就陷入失眠焦虑自我压抑的《亚健康》状态，不时求助于心理医生的暗示催眠疗法；“老秘”曹成功在《秘书长》中以“三榷六毛”换来仕途的拾级而上，但精神的脊梁却耿直如初，竟将在省监察部门检察机关工作作风中失职肇事的美女、市长的红颜知己遣回原籍，即使市长要他“拜拜”也在所不惜。这些联翩而至的权力镜像，我们并不陌生，它们也不时在各种传播媒体和日常生活经验中重复上演，如果小说只满足于为我们描绘一幅转型时代“清明上河图”式的社会画卷，那么作者的权力之眼又如何介入现实的深层脉络呢？

杨少衡的权力书写很容易被归为“官场小说”而受到艺术评判的冷落，人们在九十年代的文学谱系中可以找到一长串类似的作品：张平的《抉择》、陆天明的《苍天在上》、王跃文的《国画》、李唯的《腐败分子潘长水》、田东照的《跑官》《买官》和《卖官》等等。但杨少衡刻绘的权力镜像在这些“新官场现形记”小说中却显得有些另类，他笔下的基层官场，不像黑幕谴责小说那样满足人们对“侯门深似海”的官场的窥视欲，也不像反腐倡廉小说那样一波三折后大快人心让读者获得想象性慰藉，他的官场书写只是将这一权力场域作为叙事平台和舞台布景，让人物和事件在叙事平台上遭遇各种可能性，并进一步探寻权力在现实境遇里的运行踪迹。显然，隐藏在他的小说里的某些异质性因素使这一归类变得困难起来。

我细读完杨少衡的小说后发现，是叙述话语的悄然变换使其权力书写迥异于其他官场小说。介入现实不是再现、反映和机械复制现实，无边的现实世象蜂拥而来，在现实主义视窗里流连忘返，让作家的视线目不暇接，这时视域的遴选、视角的切入就成了作家对现实世象的认知测绘，它为文学通往现实标明介入的叙述坐标。但仅有视域和视角是不够的，即便叙述坐标的导航很精确，叙述话语还是以自己的语调、时序、节奏、色彩等不断变换的修辞要素形塑出一种“现实感”，从而创造出介入的效果。

我想先表达一下我的见解：我要说的这个故事有些奇怪，不过正如某一位哲人所说，世上的所有怪事无不有其缘故。（《红布狮子》）

我们颇为不安：这些人一声不响，像河里的一群鱼。这群鱼不动声色地悄悄游了过来，一条跟着一条钻进我们县的宾馆，晚餐时悄没声息地一起游进餐厅，挤在角落里的一个包间里吃饭，依然不声不响。夜色降临，鱼们突然忽拉拉跳出水面，出现在大堂之外，那儿停着三辆面包车。（《黑名单》）

我对前来的贵客没有亲切感，但这并不妨碍我忠实履行公务。

贵客可视为两个半，其中两个为男，另半个为女。用开玩笑的话说，是两公一母或两雄一雌。我使用这种玩笑说词，有助于界定我同贵客们的特殊关联。我认为他们是两个半人，因为两个男子面目比较清楚，随同他们前来的青年女子尽管艳若桃花，身份却是暧昧不明，在本次接待活动中明显是多余的人物。（《钓鱼过程》）

这些小说的开篇，细看起来与人们阅读经验中的官场小说明显不同。它们都采用第一人称的单数或复数叙事视角，叙述者的身份依次为复员军人、一群上了纪检黑名单的县城官员、被卷入桃色绯闻的副乡长。与那些大都采用第三人称全知视角来描摹权力圈的波谲云诡的官场小说不同，杨少衡更喜欢沿着叙述者的视域来探询权力在基层生活里的运行踪迹，摒弃广角镜的全知视角，而从融有叙述者生存体验的视域介入现实，这种叙事视角更能触及权力场域的隐秘真实。与此同时，尽量贴近人物身份的个人化叙述语调，与一般官场小说那种羼杂社论式政治话语和大众化修辞表述的叙事腔调也迥然有别，杨少衡运用带有叙述者个人生存况味的语调，传达出一种颇具现场感的介入效果，让我们触摸到权力生存的深层肌理。

这个意义上，《钓鱼过程》是视域和叙述双向掘进的转型之作。小说的原型素材不仅在闽南一带的媒体上刊登过，而且在乡间和官府广为流传，原版的现实素材主要讲述刁民骗子对官员的色情消费进行黑吃黑的敲诈，但作者在视域和叙述方面都进行创造性的转换。他不再采用客观再现式的现实主义转述，而是以一个为招商引资奔波忙碌而无意中卷入丑闻的乡长作为叙述者，一种浑然不觉入乎其内又旁观者“清”置身其外的视域转换了原素材对奸猾刁民的谴责和批判，而将叙事聚焦于基层官员同流合污清浊难辨的权力生态，在“我乡”“本乡”的叙述语调中，这位“人在官场，身不由己”的基层小吏那种惟吾德馨的无奈和好自为之的淡淡反讽，随着叙述的推进而不断被强化。于是，一个充满道德教化的乡间故事被创造性转换成对基层官员生存境遇的深描，让我们看到一副极具现实感又有现实景深的基层权力图景。这种视域和叙述双重掘进的叙事转型，不仅使权力变形记的书写成为可能，而且深描出基层官员的生存境遇和权力生态，这正是杨少衡刻绘的权力镜像相比其他揭示黑幕反腐倡廉的“官场现形记”小说更胜一筹，更具现实穿透力的价值所在。

对于长期跋涉在现实主义道路上的作家来说，要突破文学书写现实的瓶颈，他所需要的不仅是观照现实的视域和感受现实的经验，更重要的还是语言意识觉醒后获得的叙述能力。杨少衡在《我的小说故事》的创作谈中，真切地描述了自己的探索与转型过程：

> “我开始的心得主要在故事方面，如何做悬念，如何做套子套读者，然后不动声色不露痕迹地解开这个套子。后来我琢磨人物，想各种方法表现之，或者贴近这个人物与之融为一体，或者隔开一点距离冷眼旁观。结果我发现人物问题竟可以从叙述角度去思考，有时一部小说特别是中短篇小说的最主要人物实为作者自己，找到了一个合适的叙述角度，故事就有了一种流畅，人物就呼之而出。在体会叙事角度之后我感到语调的重要……小说的所有要件无论虚实从故事到语调无不依靠语言表现。从这个意义上讲，小说最要紧的是语言。”

这一番创作道白既浓缩了杨少衡的小说探险历程，也是一份袖珍版的现实主义创作变迁的形式备忘录。故事（情节）、人物、环境一直被尊奉为传统现实主义小说的三要素，但众多现实主义作家的创作实践却表明：众里寻他千百度，蓦然回首，小说却在语言叙述处。“小说最要紧的是语言”，杨少衡的彻悟不过沿承前辈作家的真知灼见，汪曾祺汪老的“写小说就是写语言”的得道之谈就不时造访晚辈作家的创作密室。历经语言转向的叙事洗礼之后，“真”这一现实主义超验所指已被视作本质主义的神话加以解构，[①] 曾法力无边的紧箍咒也失去功效，话语建构的语言现实主义逐渐取代客观反映论的传统现实主义。这样的见解越来越得到作家和批评家的认同：与其说文学是社会现实的客观反映，毋宁说是文学话语叙述出一个充满“现实感”的现实世界。因此，文学介入现实不妨从视域和叙述的转换开始，当作家的现实主义视域具有探测现实深层肌理的景深，而叙述作为营造在场的现实感的话语实践时，它本身就在介入并成为现实的有机组成部分。

文学介入现实成为可能后，紧随其后的一个重要问题是：介入的效果如何？当文学以自己的方式与社会现实进行互动时，它能否发出自己批判性的声音呢？

二、隐形批判：守望边缘正义

杨少衡深厚的基层历练使他有足够的理由将自己描绘的现实图景称为“基层新写实”，但我还是更倾向于“基层想象”这一由叙述话语建构出来的时代镜像的命名指称。因为，现实主义的叙事转型标示着语言转向之后，叙事已成为建构现实的重要手段，成为意识形态价值生产的有机组成部分，正如保罗·德曼在《抵制理论》中对想象叙事所给予的非同寻常的评价：

> 这并不意味着想象叙事不属于世界和现实的一部分；它们对世界的巨大影响可能远远超出予人慰藉的范畴。我们所称为意识形态的东西恰恰是语言与自然的现实以及相关的现象的混合体。[②]

在虚构中叙事，在话语中想象，一直没有被现实主义的创作典律所接纳，人们大都墨守客观反映社会现实生活的认识论成规，但从话语实践的新视域来看，书写现实境遇和叙述当下体验的作品其实都是想象的话语共同体，它们所建构的只是一个具有现实感的“世界”。杨少衡的基层叙事虽然取材于原汁原味的现实生活，但一经视域和叙述的创造性转换，一个由话语建构起来的“想象的基层”就耸立于小说文本之上。

对杨少衡而言，基层是国家社稷之基，承上启下之层，它与底层血脉相连并

---

① 南帆：《真、现实主义、所指》，见《问题的挑战》，海峡文艺出版社，2002 年，第 47—75 页。

② 保罗·德曼：《对理论的抵制》，见《解构之图》，李自修译，中国社会科学出版社，1998 年，第 103 页。

支撑起上层建筑的金碧辉煌，他的现实主义视窗始终映现着基层的风云变幻，他的叙述视线总是恋恋不舍地投向基层的沧海桑田。这种根深蒂固的“基层情结”，使他书写现实时往往萦绕着一种随文潜行的叙事伦理，他不做简单粗率激扬义愤的道德批判，而是超越二元对立泾渭分明的善恶冲突，对基层这一权力灰色地带的清浊混杂和善恶交织，他总是报以“同情之理解”和“明通之达观”的宽容。一个明显的事实是：杨少衡笔下的基层干部很少有脸谱化的腐败贪官，他们几乎都是在权力场域中摸爬滚打的实干家，在现实的矛盾冲突中进行权力博弈的实用主义者，他们虽没有高蹈的道德理想主义的“清官意识”，但却都有守护底线伦理的政治良知。《钓鱼过程》中的乡长只是因为招商引资心切，才无意中陷入最终证明他出淤泥而不染的黄色丑闻中。《霸王阵》里的魏远东虽有威震一方的霸气，却也是博学仁爱并“上通权术，下晓民情”的基层良吏。而《亚健康》中的副市长唐中和，仅因被双规的同僚送的一瓶特制洋酒就进行灵魂深处的拷问，在长期的心理煎熬中辗转于亚健康边缘。这样的“基层想象”显然是在叙事伦理导引下刻绘的另一种现实图景，我的阅读体验常常徘徊于叙事介入与批判缺失的两难判断之中：一方面深刻而到位的细节描写充满现实感，无疑显示作者对权力腐败的现实土壤有深入的细察；另一方面作者着力刻画的主要人物却在腐败的权力生态中洁身自好而又精明强干，他们置身于权力漩涡却不随波逐流，彰显出中流砥柱的基层之“基”的社会中坚力量。

也许这种通情达理的叙事伦理是一种阅尽基层风云后的体悟，一种真正的现实主义具象化伦理，有别于那种先验抽象的脸谱化伦理。但当杨少衡的“基层想象”聚焦于刻绘转型时代的权力镜像，尤其是权力和正义的历史交锋成为推进小说叙事的内在动力时，我不禁为其叙事的通情达理感到困惑：他总是设身处地地为笔下的基层干部和企业家预设各种充足理由律，使他们在叙事平台上共享“存在即合理”的生存法则，他们似乎成了享有某种批判豁免权的基层精英。这样的质疑自然难以回避——当“现实就是如此，存在即是这般”被叙述合法化后，现实和存在是否也被文饰成冷酷的生存法则的遮羞布？如果文学介入现实，只是以认同现实的生存法则来彰显其深刻，那么，当它收敛起自己的批判锋芒时是否也黯淡了“介入”的意义和效果？

初读杨少衡的近作《尼古丁》时，这种困惑一直缭绕不散。事实上，这部中篇在视域和叙述上都有突破创新之处，它应算是代表着迄今为止杨少衡小说创作所达到的艺术新标高，但批判理性精神的缺失，使我对其介入现实的效果产生怀疑。《尼古丁》在叙述视域上有一个明显的突破，它一改杨少衡叙事转型后擅长的叙述者单向视域，《钓鱼过程》等中篇都是以单一叙述者的他者眼光来探询权力镜像，但在《尼古丁》中他设置了双重叙述视域——来自京城的女记者钟路琳和闽南某县县长李彬都是第三人称叙述者，小说的复调叙事就在这两人起初势不两立但最终“理解万岁”的视域交叉融合中展开。这不禁让我们想起杨少衡八十年代那篇产生过较大影响的《双声道》，但他的叙事能力已有了质的飞跃，叙述双重视域的不再是平行主线的依次展开，而是以复调双主体的叙事张力推进叙述过程。京城名记钟路琳在一次例行的沿海纪行采访活动中，无意中发现县长李彬的围海建坝工程对海岸生态造成极大的破坏，海湾的一大片红树林将因此罹难。学水利对修大坝情有独钟的李彬一心为民发展经济，却因钟路琳的一篇报道而陷入仕途瓶颈之中，但镇静自若的李彬一边向钟路琳发起温情攻势，一边找专家论证红树林将会自行毁掉，一边积极推进建坝项目，当他在几条战线上即将大功告成时却因海上考察翻船而葬身大海。

作者精心设置的叙述双重视域，既推进小说的复调叙事进程，又隐含着小说主题的意识形态背景——来自京城的“科学发展观”和沿海地方的“经济至上”之间的矛盾冲突。但这种冲突并没有保持足够的张力，在小说叙事中不断出现的“尼古丁”生存原理——吸烟有害健康但又给人带来某种享受——经济发展破坏生态却能改善物质生活的历史换喻——的稀释下，原先蕴含丰富批判能量的主题意涵却被简化成通情达理式的双赢谅解。按照我的阅读预期，作者应对现代性发展幻象和自然/政治生态的有力批判却一一落空，文学介入现实甚至干预社会变迁的可能性被缩减为双重视域的妥协性聚合，“尼古丁”这一转型时代的社会症候隐喻所具有的多义批判意涵也被抽空成生存法则的通俗注脚。我一直想从李彬葬身大海的悲剧性命运发掘出批判的余音，但令人遗憾的是，这一悲剧更多是作者的叙事性设置：李彬和钟路琳从针锋相对到两情相悦的视域融合过程中，一个悲剧性结局确实能使戛然而止的叙事留下此情悠悠、此恨绵绵的阅读效果。这种叙事安排虽能吸引读者的阅读视线，却是以弱化更具批判性的介入效果为代价的。

杨少衡在《〈尼古丁〉及其前科》的创作谈中谈道：

“我在写这篇小说时试图对小说中的两个人物都努力示好，表达我的充分理解：这个人干的事可能不对，但是动机不错精神可嘉……我在写类似小说时有一个想法，就是努力把人物当人来写，不要当符号来写。”①

这种向笔下人物“努力示好”的叙事伦理，事实上是一把叙述的双刃剑，它一方面使人物形象饱满生动跃然纸上，但另一方面却因暧昧不明的动机预设而削弱批判的锋芒。事实上，它们之间应形成足够的张力，将李彬和钟路琳的互主体性充分展示出来，并在两个人物的主体间性中深描测绘出“尼古丁”这一时代症候学隐喻的丰富意涵，从而释放出其内部蕴含的强有力的批判能量。但杨少衡的叙事处理过于强调刻画人物形象，过于注重小说情节的可读性，这一叙述倾斜显然抑制了批判之维的介入效果。《尼古丁》的叙事探索留下一些遗憾，却也提出一个极有价值的问题：当文学介入现实成为可能后，如何发挥出介入的批判性能量？

我对杨少衡介入现实的批判性效果的困惑和怀疑，在读完他的新作《林老板的枪》并对其叙事转型以来的中篇创作进行整体性评价时，却迷烟疑云顿消，而且不得不做一个有力的修正——杨少衡介入现实的批判是以一种侧面迂回的隐形方式进行的，他实际上是以边缘正义的立场对转型时代的权力镜像进行不动声色的批判。

《林老板的枪》依然采用复调叙事的双重视域，小说在县长徐启维与泼皮出身的大企业家林奉成斗智斗勇的互动叙事中展开。杨少衡的叙事技巧在这部中篇里展示得更为娴熟，“枪”的修辞隐喻成为小说叙事的符号性道具和功能性配置，它实际上是叙述的推动力。在小说一波三折的叙事中，“枪”从开篇到结尾贯穿始终：徐启维到任之初就领教过林奉成一梭“子弹”——以表面上的礼炮轰响示好，以实质上的私藏枪支示威，虚虚实实的“枪”成为两个人物之间几番交锋较量的叙事焦点。林奉成自恃有枪派出美女秘书宋惠云一心要把新上任的县长“拿下”，而徐启维则从全县发展建设的大局出发，运用其高超的政治智慧既让林老板经营发展有奔头不断扩展上规模，又严谨自律不让林老板“拿下”成为其掌控的权力内线，以巧妙的周旋稳住林老板后，暗中派人追查林老板违法私藏的枪支，并在林奉成并购县机械厂的关键谈判时刻将林老板的枪“拿下”，迫使他在有利于安置

---

① 杨少衡：《〈尼古丁〉及其前科》，载《中篇小说选刊》，2005 年，第 1 期。

保障职工权益的并购方案上签字。如果小说到此结束，那我们期待的批判性介入又将落空，但杨少衡这回却在叙事的推进中亮出其暗藏的批判之刃：徐启维并没有因“拿下”林老板的枪和维护国企职工的利益而青云直上，他对资本权力化手眼通天的林奉成只能欲擒还纵，林老板甚至能在权力重组中借助被其“拿下”的副省长掌控徐县长的仕途命运，新上任的县委书记又成了林奉成挟资本虎视眈眈意欲“拿下”的对象。尽管徐启维在三擒三纵林老板的较量中，以正义和智慧彻底征服了林奉成，让其心服口服，但在错综复杂的权力谱系中他只是一位守望边缘正义的基层良吏，他的边缘正义虽能抗拒权力的资本化，却无法力挽转型时代资本权力化的历史狂澜。

杨少衡的隐形批判还指向“枪”的政治化修辞意涵，他对“枪”的多义批判意涵的挖掘明显超过“尼古丁”的经济生态学隐喻。林老板的“枪”在小说叙事和主题意蕴两个层面上都得到深度挖掘，叙述的迂回和批判的介入形成小说内在饱满的张力。“枪”不仅是叙事的功能性配置，而且也是批判性的主题意象。人们自然会联想起那条著名的政治语录——“枪杆子里出政权”，“枪”是红色政权的历史隐喻，徐启维对“枪”的敏感和警惕，从某种意义上讲也是一种捍卫执政之基的坚定信念。“枪”在性政治的符号隐喻中又是男性力比多的象征，美人计美女枪手在权力角逐沦为棋子，但性别与身体的微观政治作家并未深度掘进。林老板的“枪”，表面上是私藏枪支，实际上在叙事中不断被强化的是“枪”的另一层意涵——资本欲染指“枪”试图觊觎权力的越界之举，被林老板“拿下”的为资本效劳的官员“枪手”就有不少。随着“枪”的政治经济意涵在叙事迂回中不断释放播撒出来，批判性的介入效果也得到强化。杨少衡刻绘的权力镜像越来越清晰，在权力、资本、正义的现代性角逐中，正义被逐渐边缘化，权力资本化和资本权力化已成为我们这个时代的权力镜像。徐启维之类的边缘正义守望者，他们的守望是否能守得住历史的最后一道防线呢？这一介入现实的批判之音将一直回荡在现代性转型的历史天空中。

对杨少衡隐形批判立场的重新发现，使我们有了对其叙事转型以来的中篇创作进行价值重估的契机。当我们将《林老板的枪》里发掘的隐形批判置放于其精心刻绘的权力镜像中，就会察现：边缘正义不仅仅是一种批判立场，实际上它与作者的叙述结构紧密地链接在一起，他的中篇小说结构一再演绎着这样的叙述模式——一个守望边缘正义的叙述者对权力中心的他者探询。从《钓鱼过程》开始，尽管叙述者的身份一直在变换，从民俗学教授、中学教师到乡长、副市长、秘书长等等，但视域和叙述的结构形式并没变。叙述者提供介入现实的视域，以一种他者的眼光对权力进行探询，而叙述语调则有时尽量贴近叙述者的身份意识，有时又拉开一段隐隐约约的叙事间距。前一类叙述者一般是身处权力圈外的文化人，比如《霸王阵》中的民俗学教授和《水挺深的》里的中学教师，他们以第一人称的叙述者出现，叙述语调几乎与其身份完全契合，从而传递出一种权力他者的冷静“客”观；后一类叙述者则是位居权力场域之内的各级政府官员，他们以第三人称的叙述者出场，但作者经常预设一种旁观者“清”的叙事间距将叙述者边缘化，然后以边缘正义的立场刻绘权力镜像的变形记。而采用叙述双重视域的《尼古丁》和《林老板的枪》，实际上只是这种模式的变体：钟路琳这位新闻记者也是以边缘正义的叙述者身份出场，去探询另一视域里李彬县长围海建坝的经济狂热主义的发展幻象；而徐启维更是一位坚守边缘正义的叙述者，他在探询林老板资本权力化的同时又反观自身的权力资本化，从而刻绘出我们这个时代内在真实的权力镜像。由此看来，杨少衡的叙事结构转型，事实上是与批判性介入同步双向的，他的边缘正义的隐形批判内蕴于叙事结构之中，当文学叙事介入社会现实时，对转型时代权力镜像不动声色的批判也同时启动。

文学如何介入现实已成为一个越来越重要的时代命题，杨少衡的现实主义叙事转型和边缘正义的批判性介入，无疑是对这一时代命题极有意义的创作回应。作为一种未竟的文学探索，它将拥有一个可以期待的未来，因为——边缘正义——是文学以自己的方式介入我们这个时代时值得守望并坚持的批判性立场。

边缘正义也许只是“独上高楼，望尽天涯路”的历史守望，权力法则和资本逻辑已成为现代性转型时代的历史深层句法，它们的强势媾和正催生出新的现代性意识形态霸权。如果文学介入现实要在新意识形态的价值生产中发挥作用，那么，守望边缘正义的批判性立场必将成为文学直面当下的历史抉择，即使这一守望是望穿现实秋水遥遥无期的期盼，但——有期盼的文学才有前景，有批判的介入才有力量。

乡村图景与后现代美学测绘

一

在先锋小说绘制的文学地形图上，现代新潮的城市景观与古老沧桑的乡村图景呈现出不均衡的错位：先锋作家的叙事历险更多地聚焦于历史积淀丰厚的乡村，而不是直面当下的城市现代性体验。这是一个多少让人觉得怪异的创作现象，人们在另一个文学参照系里看到的是相反的景象——西方现代主义的先锋派自十九世纪中叶的波德莱尔始，城市经验就一直是发达资本主义时代抒情诗人们的主要书写对象，波德莱尔、普鲁斯特与巴黎、乔依斯与都柏林、艾略特与伦敦、卡夫卡与布拉格等等，先锋派作家几乎是与现代都市一同崛起的新文化书写者。这固然可以借由乡土中国姗姗来迟的现代性城市发展进行解释，但中国当代先锋小说崛起之时，正是城市化进程启动发展的关键时期，[①] 照理说年轻的先锋作家们应以其敏锐的形式发现书写历史当下的城市现代性体验，这不仅是超越传统的叙事路径，也是创造一种与现实境遇相契合的新形式所赋予的内在要求。中国当代先锋作家为何做出与西方现代派作家迥然相异的叙事选择，前现代的乡村又是以怎样一副面孔浮现在现代主义乃至后现代主义的叙事视野中？

对这一现象的解读，不能简单地置于乡村/城市、现代/后现代、历史/现实、形式/存在等二元对立的概念范畴里进行阐释，如果依照这些内在对立的概念，先锋小说的乡村书写要么被视作与现实无涉的无根的苦难，要么被视作从形式向历史逃遁的无望的救赎。[②] 然而，先锋小说中的“乡村”并非题材意义上的表现对象，也不是生活经验的现实再现，毋宁说是借由形式发现而重构出来的文学空间。这个形式化的乡村空间，交织着各种复杂多义的文化元素——个人精神前史的童年经验和幽远绵长的民间记忆、飘荡着历史幽灵的大地和前现代的袅袅炊烟、欲

---

① 项飚：《传统与新社会空间的生成》，《战略与管理》，1996年，第6期。

② 陈晓明：《无边的挑战——中国先锋文学的后现代性》，广西人民出版社，2004年，第308－330页。

望与死亡共舞的冥想图景、革命与暴力扭结的历史镜像、被压抑的现代性想象与波诡云谲的后现代投影，如此等等，任何抽象的命名一旦进入这个文化空间，势必面临顾此失彼的语义陷阱。作为一个充满形式意味的文化地理想象空间，先锋小说中的乡村世界既是历史的可能性选择，又是现实的潜在性深描，它显然更多地聚焦于这样一个问题：乡村的命运在历史与现实交汇的坐标中具有多少种可能性？如果按图索骥地寻找它的指涉对象，也许将是无的放矢的徒劳之举。值得注意的是，先锋小说中的乡村生活背景并非指向当下现实场景，它往往成为“新历史小说”主要的叙事平台，尤其是重写民国记忆的历史叙事里，一种历史化的乡村投射于叙事空间上，这种乡村书写既是乡村历史的文本化，又是乡村经验的形式化，因此，所谓从形式到历史的逃遁，对先锋小说的乡村叙事实际上并无阐释功效。事实上，对先锋作家来说，“乡村”不仅是一个具有纪念意义的地理坐标，而且是一个颇具形式意味的文化想象空间，一个对选择性的历史记忆进行文本化的叙事空间。

先锋小说构建了一个与文学史传统判然有别的乡村想象空间。格非的“麦村”、余华的“南门”、苏童的“枫杨树”、北村的“樟坂”等组成先锋文学的乡村空间学谱系，它们作为历史、欲望与现实的集合体，不仅浓缩着先锋作家童年隐秘的乡村记忆与民间映像，而且以其多元开放的意义结构成为一种充满象征意蕴的空间符码，某种意义上，乡村、民间记忆与历史想象在现代性回眸中获得了重构乡村经验的可能性，它所呈现出来的乡村图景既沾染了历史的斑驳色调，又蕴涵着可选择的现代性的别一种现实。北村在《归乡者说》里开宗明义的第一句话：现在，站在哪一块石头上，能望见故乡呢？[1] 不妨将其看作是先锋小说乡村叙事的精神起源，这一来自现实语境的发问，也许是先锋一代作为历史凭吊者的存在追问。的确，一度哺育了乡土中国大多数作家的创作资源的“故乡”，到了八十年代中后期，伴随着渐进启动的现代化进程，故乡式的乡村已逐渐消逝在现代性的地平线上——“天色已黄昏，城市的灯火在昏暗的大地上划出了一道边界”——前现代与现代的时间性历史区划就这样以空间的投影方式展现。这是一个历史转型前夜的文化地理想象，“黄昏是明与暗、生与死、动与静的交界处”，[2] 乡土的

---

① 北村：《归乡者说》，《中外文学》，1989 年，第 6 期。

② 张柠：《土地的黄昏》，东方出版社，2005 年，第 1 页。

黄昏与城市的灯火，这两个时间空间化的隐喻其实也是历史界标的一种象征性标识。在历史转型与社会结构转换中，带着前现代印记的“乡村”，开始在现代性重新规伐的空间版图中不断后撤，直至成为一个孤悬时间之外的历史“客体”，成为在历史间距中进行文化凭吊的他者。这一意义上，寻根文学和先锋文学的乡村书写不过是现代性这枚历史硬币的两面，前者试图重返乡村的历史深处寻找现代性的内在起源与文化“根”据，它念兹在兹的文化议题是：“我们只有站在历史故乡的石头上，才能看清当下的现实境遇”；后者则站在现代性的地平线上四顾茫然，回归之桥已断裂，寻找望见“故乡”的立足之地只能无地彷徨，历史的凭吊与文化的挽歌于是转换为形式议题：“现在，要站在哪一种叙述视角上，才能讲述已飘逝如烟的‘故乡’往事?”

考察先锋小说的乡村叙事，显然必须在一种多元交互的文化视域中进行观照。先锋作家笔下的乡村，与民间记忆、历史想象交融为一体，以格非小说为例，《迷舟》《大年》《风琴》《敌人》《边缘》《雨季的感觉》《湮灭》等等，他的一系列乡土文本往往同时被确认为先锋派“新历史小说”的代表性范本。陈晓明曾提出“后历史主义”文学的概念进行批评阐释，他认为：“先锋小说群体却在构造一种‘后现代’的话语。在这个‘历史颓败’的话语情境中，他们显然感到一种‘对历史’的阉割和补充的双重快感；一种沉迷在‘后悲剧’（Post-tragedy）姿态中的救赎与恐惧的欢愉”。以“后现代”的话语风格来命名先锋小说历史化的乡村书写，固然在文本层面的叙述手法上可以找到相关的例证，比如格非小说中的“迷宫”与“空缺”，但由此发出后现代降临乡土中国的宣告更像是一场话语预演，“对于后现代主义来说，历史已经随同永恒的价值观念与绝对的真理权威一同死去，‘历史之终结’为后现代主义进入语义学游戏领域扫除了最后的障碍。”[①] 这一看法，虽然为“新历史小说”之“新”灌注了强劲的理论注脚，“新历史”已然成为后现代主义的历史语义学游戏，但是，“正如来自并返回现实世界的虚构不能砍断它系于该世界的缆绳”[②]，前现代的乡土也不可能在历史转型的一夜之间，就悄然转换成后现代语义游戏的冒险迁徙，它系在现代性此岸上的缆绳并没有被挥刀砍断，即使是后现代的历史想象与语义游戏，它也仍然维系着乡土之锚与民间

---

① 陈晓明：《无边的挑战——中国先锋文学的后现代性》，广西人民出版社，2004 年，第 292－299 页。

② 保尔·利科：《虚构叙事中的时间塑形》，王文融译，三联书店，2003 年，第 130 页。

记忆之帆，毋宁说这是一种后现代性回眸的历史姿态，它所追忆和冥想的乡村图景，也许是历史曾经失落但现实内部正在滋长的时间的种子，一种现代性想象的历史可能，一种乡村、民间记忆与后现代性想象交织的可能性现实。

二

乡村意象是格非小说常见的叙事景观，它们绵延伸展组成一幅流动的南方乡村图景。打开格非的乡村地方志，“麦村”是个重要的文学据点，无论是从《追忆乌攸先生》到《青黄》，还是从《边缘》到《湮灭》，“麦村”神秘绰约的身影联翩而至，它与苏童的“枫杨树故乡”构成先锋小说江南乡村书写系列中的双子星座。在“麦村”周围，还散落着一些各具特色的村庄，比如《迷舟》里的“小河村”、《风琴》中的“赵庄”、《敌人》里的“子午镇”、《雨季的感觉》中的“莘庄”，等等，它们虽然命名各异，但大致还是不离杏花春雨、树影婆娑、河流阡陌、舟楫拱桥的江南乡村风物，可以将它们归入“麦村集像”的乡村图景里。在格非的一系列乡村文本里，我们可以隐约窥探到“麦村”的迷蒙身影：它坐落于南方的原野，树木掩映青山横斜，河流盘绕柳岸残桥，连绵的梅雨为大地铺染一层阴郁而潮湿的氤氲之气，安详中潜伏着灾难和危机的幽影，静谧中涌动着欲望与喧嚣的魅惑。山川地貌，乡村风物，在格非笔下成为澄怀历史、味象现实的象征性叙事构件，玄化而又空灵的意境转化为乡村地理与历史想象的空间性符码。

格非的“乡村集像”藏在文本深处人不识，尚未引起评论者的足够重视。相比苏童的“枫杨树故乡”，格非的麦村系列还属于未经批评语义开发的文学空间。王德威在《南方的堕落与诱惑》中将苏童的“枫杨树故乡”描述为文学地理上的“地缘神景”，他赋予苏童笔下的“南方”以民族志的国族想象的历史寓意：“南方作为一种想象的疆界日益丰饶。南方是他纸上故乡所在，也是种种人事流徙的归宿。走笔向南，苏童罗列了村墟城镇，豪门世家；末代仕子与乱世佳人你来我往，亡命之徒与亡国之君络绎于途。南方纤美耗弱却又如此引人入胜，而南方的南方，是欲望的幽谷，是死亡的深渊。在这样的版图上，苏童架构——或虚构——了一种民族志学。”① 王德威虽然引进了文学地理想象的空间纬度，但其所论仍不出杰姆逊第三世界“民族寓言”的理论架构，杰姆逊将鲁迅启蒙批判视角下的“未庄”

① 王德威：《南方的堕落与诱惑》，《读书》，1998 年，第 2 期。

“鲁镇”等乡土书写提炼为“民族寓言”,[①] 固然切中第三世界知识分子铺叙人文乡土以寄寓家国情怀的心脉思络，但这一提精炼萃的大概念，流播所至只见同一性包举宇内，审美差异性则被悬置蹈空。然而，先锋小说的乡村想象与现代文学传统已有质的不同，民族志或民族的秘史并非先锋小说的叙事指向，讲述乡村的方式，或者说讲述历史的方式，才是先锋一代倾注叙述热情的关注焦点。王德威一方面将美国南方文学的地理想象与审美风格移植附丽到先锋小说身上，“堕落和诱惑”，这一源自波德莱尔的现代性颓废美学，披着福克纳的南方文学外衣，为苏童的“枫杨树故乡”加冕美学衣冠；另一方面又以虚构的“民族志”指认先锋小说乡村叙事的历史意蕴，但所谓“欲望的幽谷，死亡的深渊”——性和死亡，不过是先锋小说谙熟习用的叙事策略，在其想象的疆域内生死爱欲只是个人史的宿命之劫，历史的无常之魅，与“民族志”的宏大编年纪事并无内在关联。考察格非的“乡村村集像”，也许无须预设理论广角镜，我们准备选取其小说文本中的乡村意象，与文学传统中的乡村叙写方式进行历时性比较，以凸现先锋小说乡村叙事的异质性。

格非小说里有大量的乡村意象，它密集而又触目地分布在小说文本的叙事场景里：成熟谷子的清香，楝树果的酸涩气息，蛰伏在月光中的树影，挂满露珠的藤蔓，在树丛里喷着响鼻的水牛，沿河岸低飞一掠而过的水鸟，水意蒙蒙的梅雨时节，雾气氤氲的乡村轮廓，风声呼哨的寂凉郊野，以及寻常可见的河流和各式各样的江南小桥，如此等等。它以自然风景的描绘方式出现，有时在乡村风景画不起眼的边角地带，也会闪现出在摇曳的谷穗中劳作的乡民，脸上沾满泥水和稗草籽的农妇，而人烟稀少处，但见黄狗摇着尾巴在田野上里穿行。这些充满乡村诗意的意象群，往往被视为自然风物的抒情叙事，格非的小说也由此被征引为“诗性叙述”的风格化例证。季红真在《众神的肖像》中将其推举为格非小说的主要艺术特色，“格非的才华首先表现在一种极为个性感觉化的抒情风格，叙事语言中的词语搭配，具有诗的修辞特征，带有苍凉的美感贯穿在他所有小说创作中，奠定了他的写作风格。”[②] 这是从叙述话语层面的语言特色进行评述，但这种“极

① 詹明信（Fredric Jameson）：《处于跨国资本主义时代中的第三世界文学》，张京媛译，收入《晚期资本主义的文化逻辑》张旭东编，三联书店，1997 年。

② 季红真：《格非：质询主体》，《众神的肖像》，人民文学出版社，1996 年，第 182 页。

为个性感觉化的抒情风格”，在“五四”现代文学中已有沈从文、废名等人的乡村田园的诗化抒情，新时期文学里汪曾祺、何立伟又一脉相承，乡村诗意的抒情叙事到了先锋作家手里，又有哪些新的变化？以叙述形式为创作旨趣的先锋小说，在乡村诗性叙事上又有哪些质的差异性？季红真对这一风格形式上的比较问题并没有深入。陈晓明则认为格非乡村书写的抒情风格与叙事方法有关：“正是那个‘空缺’使格非讲述的故事变得更加不幸，它是生活破败的见证。也正是因为这个‘空缺’，因为生活破败所投射出的悲剧意义，与格非的抒情性叙事构成强烈的反差，那些优美的叙事却像是从生活绝望的深处回旋着的无尽的挽歌”。“因此，令人绝望的悲剧与优美的抒情融为一体，产生一种令人惊奇的美学情境——后悲剧风格”。[①] 陈晓明将格非的“叙事空缺”予以存在意义上的本体论阐释，“存在还是不在”这一追问，于是转换为不在的“空缺”与存在的“抒情性叙事”之间的张力，在内在的对立冲突中产生令人惊奇的“后悲剧风格”。这是试图进入格非乡村文本内在叙事理路的一种阐释，它融合了叙述形式与主题意蕴上的审美特性进行批评剖析，但是，将“空缺”引申为生活破败所投射出的悲剧意义，其实又回到五四乡土文学的启蒙批判立场，而“空缺”与“抒情性叙事”之间的张力，在一定意义上就成为现代文学传统上两种曾经对立的乡村书写模式的历史再版：启蒙批判式的乡土叙事与田园诗情式的乡村牧歌。这样一来，带有后现代与后历史色彩的“后悲剧风格”反而失去指涉对象，成为一个漂浮的能指。

对格非的乡村意象进行考察辨析，显然必须在历史参照系的比较坐标中展开。这里，我们先来看一下鲁迅、沈从文和废名笔下的三种乡村风景：

> 时候既然是深冬；渐近故乡时，天气又阴晦了，冷风吹进船舱中，呜呜的响，从蓬隙向外一望，苍黄的天底下，远近横着几个萧索的荒村，没有一些活气。我的心禁不住悲凉起来了。阿！这不是我二十年来时时记得的故乡？
>
> ——鲁迅《故乡》

> 那条河水便是历史上知名的酉水，新名字叫作白河。白河下游到辰州与沅水汇流后，便略显浑浊，有出山泉水的意思。若溯流而上，则三丈五丈的

① 陈晓明：《无边的挑战——中国先锋文学的后现代性》，广西人民出版社，2004 年，第 288－289 页。

深潭皆清澈见底。深潭为白日所映照，河底小小白石子，有花纹的玛瑙石子，全看得明明白白。水中游鱼来去，全如浮在空气里。两岸多高山，山中多可以造纸的细竹，长年作深翠颜色，逼人眼目。近水人家多在桃杏花里，春天时只需注意，凡有桃花处必有人家，凡有人家处必可沽酒。夏天则晒晾在日光下耀目的紫花布衣裤，可以作为人家所在的旗帜。秋冬来时，房屋在悬崖上的，滨水的，无不朗然入目。黄泥的墙，乌黑的瓦，位置则永远那么妥贴，且与四围环境极其调和，使人迎面得到的印象，实在非常愉快。一个对于诗歌图画稍有兴味的旅客，在这小河中，蜷伏于一只小船上，作三十天的旅行，必不至于感到厌烦，正因为处处有奇迹，自然的大胆处与精巧处，无一处不使人神往倾心。

——沈从文《边城》

一条线排着，十来重瓦屋，泥墙，石灰画得砖块分明，太阳底下更有一种光泽，表示陶家村总是兴旺的。屋后竹林，绿叶堆成了台阶的样子，倾斜至河岸，河水沿竹子打一个湾，潺潺流过。这里离城真近，中间就只有河，城墙的一段正对了竹子临水而立。竹林里一条小路，城上也窥得见，不当心河边忽然站了一个人——陶家村人出来挑水。落山的太阳射不过陶家村的时候（这时游城的很多），少不了有人攀了城垛子探首望水，但结果城里人望城下人，仿佛不会说水清竹叶绿——城下人亦望城上。

——废名《桃园·菱荡》

这三段乡村意象的风景叙写，以带有差异性的视觉景象，呈现出文学史上不同的乡土观照方式。鲁迅《故乡》中的那段写景文字常被人引用，叙述者“我”是一个阔别故乡多年的知识分子，他没有“近乡情怯”的传统士人咏叹，但归乡之旅触目所及，一派萧瑟荒凉景象，“阴晦”“苍黄”“萧索”“悲凉”这些带有叙述者个人主观色彩的灰色形容词，很难说是故乡风景的原色描摹，更像是这位返乡知识分子的心绪投射，经由心绪调色板调配出来的一例是冷色调的词语，这种视觉景象其实隐含着启蒙视角批判而又同情的审视眼光，乡土成为被观照的启蒙客体，它的萧瑟荒凉有待启蒙之光的普照和救赎。当然，鲁迅的启蒙视角一直在希望与绝望的摆渡之间寻找存在的确证，更显悲凉激越之气。“五四”文学的启蒙批判式的乡土观照方式，到三十年代演化成左翼文学“破产凋敝”与“革命救赎”相联结的革命乡土叙事，随后在四十年代，经《延安文艺座谈会上的讲话》的圣典化改造工程，又进一步演变成革命现实主义的圣化编码模式，赵树理的大众化加革命化的乡土叙事模式获得了典范性的意义。事实上，这一条文学史线索一直贯穿到新时期文学的开端，成为现实主义乡土文学叙事的主线。沈从文与废名则提供了另一种田园抒情式的乡村诗性叙事。《边城》中的这段乡村景物记，叙述者显然不是以知识分子的启蒙视角进行摹写，他似乎是一位熟稔一方乡土的在地民众，山间草木，河畔生灵，四时良景，“处处有奇迹，自然的大胆处与精巧处，无一处不使人神往倾心”，俨然一片自由而快乐的生命之地。沈从文的乡村牧歌，以自然的灵性和淳朴的民俗建起一座“人性的神庙”，他将乡土田园视作生命的本体进行观照，而这一诗化的田园牧歌，其实是借助自由活泼、健康淳朴的乡土乐园想象来反抗三十年代颓废、病态的都市现代性。废名在乡村诗性叙事上与沈从文虽然相近，但是更具传统文化浸染的儒释道之气。《桃园·菱荡》中的这幅乡村风景，叙述者似乎带着城乡泯然无别浑然一体的儒家“天下大同”视角，来观照“太阳底下更有一种光泽”的乡土田园，城里人与乡下人“盈盈一水间”默默对望的诗化场景，更像是现代版的《桃花源记》；其语言典雅精致像唐人写绝句一样写小说，废名的乡村意象也因此更具古典诗歌的审美意境与审美情趣，乡土田园在他眼中更像是一个审美客体，具有一种纯诗般的晶莹剔透。黄子平曾指出：“熟悉新文学史的人却注意到了一条中断已久的‘史的线索’的接续。这便是从鲁迅的《故乡》《社戏》，废名的《竹林的故事》，沈从文的《边城》，萧红的《呼兰河传》，师陀的《果园城记》等等作品延续下来的‘现代抒情小说’的线索。‘现代抒情小说’以童年回忆为视角，着意挖掘乡土平民生活中的“人情美”，却又将‘国民性批判’和‘重铸民族品德’一类大题目蕴藏在民风民俗的艺术表现之中，借民生百态的精细刻画寄托深沉的人生况味。”① 沈从文和废名的乡村诗性抒情，作为现代文学史上另一条若明若暗的隐线，迂回曲折地汇入八十年代的文学潮流之中，汪曾祺的乡村抒情与何立伟的绝句小说成为这一文学史余脉的当代回响。

---

① 黄子平：《汪曾祺的意义》，《“灰阑”中的叙述》，上海文艺出版社，2001 年，第 234 页。凌宇：《中国现代抒情小说的发展轨迹及其人生内容的审美选择》，《中国现代文学研究丛刊》，1983 年，第 2 期。

三

八十年代中期的“小说革命”，寻根小说与先锋小说分别从两个维度对现实主义乡土叙事模式进行突破。寻根小说其实是对鲁迅式启蒙批判乡土的创造性转换，它以文化认同视域扬弃了启蒙视角，赋予乡土以原始野性和神秘灵性，将乡土视作文化本体的本土性力量；而先锋小说则在改造沈从文、废名的乡村诗性叙事的基础上进行创造性的颠覆，它以叙事革新的方式将乡土形式化与历史化，乡土由此成为现代性回眸的“历史客体”。考察先锋小说的乡村叙事，离不开这一文学史的参照系。面对文学史上乡村叙事传统，格非曾发表过独到的见解：“在文学上，就传统而言，‘乡村主题’既是一个载体，又是一个象征。”① 作为一个载体，乡土承载过太多太沉的历史重量和文化负荷，从启蒙乡土、田园牧歌乡土到革命乡土，从改革开放初期的经济乡土到寻根小说的文化乡土，事实上，先锋小说的形式化乡土和历史化乡土，在一定意义上是对这个超负荷载体进行一场历史性清理，它所展示的乡村景观其实正是某种象征性的历史图景。先锋小说中的乡村风景、田园意境，与传统现实主义小说的自然景物描写有质的不同，它不是地方风情画的展示，也不是情景交融的人物心理反应，而是作为历史诗意栖居的载体，乡村风景往往成为历史背景的象征，充满诗意的乡村意象往往是历史视景框架中的一种象征性图景。王中忱曾敏锐地指出格非乡村抒情叙事背后的历史视景框架：“烟村茅舍，野渡残桥，不仅是格非作品中常见的意象，也成就了格非小说诗一般的意境；无论《青黄》《褐色鸟群》，还是《迷舟》和《大年》。后一类作品，虚构的人、事本来镶嵌着现代历史的框架，那框架却因朦胧的诗意描写而变得轮廓模糊，加上叙述者处处流露出对既定的历史解释的不信，就更容易让人只注意叙事的‘迷宫’，而忽略‘迷宫’式的叙述背后，实际潜藏着作家对现代历史特别是现代革命历史近乎迷恋的关心。”② 乡村意象，诗的意境背后镶嵌着现代历史的框架，这实际上是一种叙事视域的历史景深，王中忱虽然洞察到这一历史视景框架，但他认为历史视窗因朦胧的诗意而变得轮廓模糊，其实倒不如说乡村风景与诗的意境已被置换成历史背景与历史氛围的形式化载体，这一意义上，乡村意象已转换

① 格非：《废名的研究》，见《塞壬的歌声》，上海文艺出版社，2001 年，第 259 页。

② 王中忱：《爱憎“花家舍”》，《南方都市报》，2004 年 6 月 28 日。

成为历史的诗性栖居地。

格非笔下的乡村意象，往往在出人意料的场景中出现，有时乡村诗意是与战火硝烟联袂而至的，比如描写北伐战事的《迷舟》。一场即将在雨季开始的战役，沾染上了杏花春雨的江南气息，棋山守军所属 32 旅萧旅长骑马登上棋山要塞的山头，极目眺望对岸的家乡小河村："连日梅雨的间隙出现了灿烂的阳光。浓重的暮色将涟水对岸模糊的村社染得橙红。谷底狭长的甬道中开满了野花。四野空旷而宁静。他回忆起往事与炮火下的废墟，涌起了一股强烈的写诗的欲望。"小河村的家园往事，使这位带有文人气质的军人浮想联翩，回乡之旅倒像是回忆的诱惑之旅，乡村诗意触引了写诗的欲望，也点燃了一场烽火情史。小说中有两次写到萧旅长渡河时的情景，第一次是萧奉命从棋山要塞潜入涟水对岸的小河村，第二次是萧去榆关探望当年初恋情人杏后从兰江返回村里：

> 萧和警卫员是拂晓渡河的。他们的船到达对岸时听到了村中传出的第一声鸡叫。萧将小船滑向岸边垂落下来的枝叶繁盛的晚茶花丛，那是藏船的好地方。汩汩的流水轻轻地摇动着小船，一只黑色的水鸟倏地飞出，沿河岸低飞而去。萧在挂满露珠的藤蔓中察觉到了一丝凉意，浓郁的花香和水的气息使他心中充满了宁静的美妙遐想。他对这个美丽的村落不久以后给他带来的灾难一无察觉。
>
> 萧从榆关赶回小河已是次日凌晨。在天边泛出的紫红色熹微的光亮中，他依旧在那片晚茶花丛拴好了小船。迷蒙的水雾遮住了村子的轮廓，水牛在河边的树林里喷着响鼻。这是一个凉爽的黄梅天。……萧不禁回忆起第一天来到这个村子时几乎是完全相同的清晨。昨晚的河边幸免遇难使他在黎明的和风中感觉良好。
>
> ——《迷舟》

叙述者对战事风云置之度外，将细腻的感觉化笔触聚焦于乡村诗性图景，紧要又紧张的战事进程被设置成"空缺"，而如诗如画的乡村意象倒成了叙事的重心。这容易给人以"喧宾夺主"的印象，但这里的乡村意象不是传统小说叙事中的"闲笔"，它隐含多个层面的文本信息：一是主人公萧沉浸在家园往事与个人情史的回忆与幻觉之中，小河村的诗情画面恍如萧的初恋般纯净美好；二是梦幻般优美的乡村意象隐藏着叙述者有意设置的暗示性预述，比如“黑色的水鸟”“挂满露珠的藤蔓”所漏出的一丝凉意，最后一句明显地暗示了萧的生死命运：“他对这个美丽的村落不久以后给他带来的灾难一无察觉”，叙事表层上的所谓“乡村诗意”其实潜伏着死亡的迷魅，将乡村意象设置成暗示性预述，这是格非对风景描写叙事功能的一种拓展，实际上它也是“叙事空缺”之所以能成立的一种重要的叙事辅助手段，正是小说中不时浮现暗示性预述的文本踪迹，萧最后被警卫员所杀才不会显得突兀，叙事的“空缺”和“迷宫”才不会令人如堕迷雾之中，这一叙事策略后来成为格非小说经常使用的叙述招法；三是乡村意象的整体性叙事功能，叙述者在一篇以战争为背景的小说中大量地铺叙乡村风景，与上述段落相似的乡村景物描写，占了《迷舟》三分之一以上的篇幅，一个由此而来的问题是，如此密集的乡村意象在小说中起什么作用呢?《迷舟》的主题当然不在揭示乡土生存状况，也不在摹绘理想化的桃源胜境，甚至连战争场面也只是虚构叙事设置的背景性场域，它主要探讨的是个人在历史之中的命运可能性，一叶孤舟似的个人在历史洪流中不过是一叶迷舟，那么，这些安详中潜伏着危机，诗意里隐含着灾难的乡村意象，某种意义上就成了历史氛围的象征性传达，历史诡谲的隐喻性图景，乡村意象也由此被置换成历史诗性栖居的载体。而从叙述层面来看，格非等先锋一代作家作为历史的晚生代，他们介入历史叙事时所能依凭的资源大都来自两个方面，一是童年的乡村经验，二是阅读各种历史文本的间接经验，由于后者通常来自红色经典的现代革命史系列，这正是他们所要反叛和颠覆的对象，所以童年的乡村经验就成为他们进行历史想象的主要叙事资源。它在文本叙事中虽是以抒情性的乡村意象出现，但其主旨并非是传统乡村叙事所着力表现的想象的乡愁，而是被置换成历史背景的某种象征性装饰，就像叙事舞台上的布景一样，空间性的乡村意象悄然转换成时间性的历史标识。

格非小说中的乡村世界，树林是最为常见的乡村意象。绿树村边的“树林”，它往往生长在村庄和郊野的结合地带，仿佛是对村庄的一种簇拥和庇护，又好像是对外界的一种隔绝和遮拦。它幽暗诡秘，在树影婆娑中似乎掩藏着欲望的萌动和阴谋的气息。在《追忆乌攸先生》中，当蓄谋已久的头领决意对乌攸先生和杏子采取屠杀计划时，他奸杀杏子的地点就选择在她回家途中的一处丛林里，据偶然去那里焚纸驱邪的小脚女人回忆："那天晚上静极了，微风把溪水里散乱的苇叶的清香送过来，使人沉醉，林子里弥漫着乳白色的蜃气。月亮的周围有一层美丽的晕圈"。小脚女人的回忆显然经过叙述者的修辞转喻，这段充满诗意咏叹的乡村意象与头领奸杀杏子的暴行并置拼贴在一起，形成具有强烈反讽意味的"历史蒙太奇"画面，乡村意象的纯净优美反衬出历史之恶的肆虐残暴。而在《风琴》中，当日寇逼近村庄时，冯金山这位乡村保长正带着"混沌而清晰的醉意"，从一间伞形尖顶的酒店里出来，"走到了刺树林边灿烂的阳光下"，而他的老婆"正在村东的桑树林边给入冬的小麦下种"，小说通过冯保长的眼睛，视觉化地再现了日军在乡村田野里"围猎"他老婆的惊悚情形：

> 在腐沤的酒的香气中，冯保长看见日本人推着他的女人朝村里走来，她的目光向那些刺树遮掩的屋顶上空搜索着，不断在马前摔倒。一个日本兵抽出雪亮的刺刀在她腰部轻轻挑了一下，老婆肥大的裤子一下子褪落在地上，像风刮断了桅杆上的绳索使船帆轰然滑下。女人的大腿完全暴露在炫目的阳光下——那片耀眼的白色……渐渐模糊了他的视线。

叙述者似乎刻意表现"视觉惊悚"的战争画面，冯保长的视角因阳光和酒气的蛊惑而带有欲望的幻觉，"在强烈的阳光照射的视觉偏差之中，他的老婆在顷刻之间仿佛成了另外一个女人，她身体裸露的部分使他感到一种压抑不住的兴奋"。老婆的受害在他眼中不但褪掉了灾难的色调，而且在醉意微熏的意识迷乱中产生感觉触角被拍击的快感甚至美感，但人物视角却产生视觉身份转移，由灾难的承受者摇身变换为欲望的窥视者甚至同谋者。这幅田野中的历史女体画面，更像是电影镜头的文本切换，叙述者在乡村意象中编织进抗战影片的记忆画面，乡村、田野与战争暴力下的女体组成一幅被看的历史镜像，刺树林与桑树林既是一种遮蔽，也是一种敞开，冯保长在树木掩映中完成了视觉身份的转换，但历史的"看客"也由此暴露了自己隐蔽的身份：欲望的窥视者与历史罪恶的同谋者，而寂静无言的乡村田野则成为历史的见证者。

江南梅雨是格非小说中另一个常见的乡村意象。作为江南地区特有的一种天气现象，梅雨总是与那些潮湿、糜烂的记忆连在一起，成为先锋作家这一南方写作群体的创作灵感与源泉。无论是格非的《雨季的感觉》，还是余华的长篇《在细雨中呼喊》，以及苏童的"枫杨树系列"，它们都显示出与江南梅雨的某种内在的精神联系。陈晓明对此有精辟的发现："我再次感觉到格非把握南方无序生活的一种特殊方式，南方的生活就是在这种难挨的梅雨季节渐渐消逝，南方的生活如此不完整，总是被梅雨一再打断割裂，它又总是以一种奇怪的节奏向前推移。"① 他进一步指出，梅雨意象在格非的小说中，不仅是"南方的自然标志的代码"，而且还是一种"特殊的语境"，总是改变、塑造着南方的生活秩序和生活形态，并影响着南方的生活进程。那么，梅雨又如何为南方生活塑形的呢？《雨季的感觉》无疑提供了一个形象化的个案。

小说的时空背景设置在抗日战争时期的南方村镇莘庄，格非运用其擅长的多重叙述铺设三条交错互动的线索：第一条是作为主线的抗战战场状况，"日本人的飞机轰炸了另一个村庄梅李，它是进攻上海的咽喉之地"，镇长从一个电话里获悉这个消息后，小镇上的人们开始进入异常警觉的战争氛围之中；第二条是作为明线的小镇日常生活，镇上出现了一个神秘的侦探，接着小学校长卜侃讲课时失态，镇上白居寺主持辨机和尚雨夜惊梦，而镇上阔少褚大公子又突然被抓，一系列莫名其妙的事件纷至沓来，叙述者似乎在造势，仿佛有一个更重大的事件"山雨欲来风满楼"；第三条是作为暗线的江南梅雨的雨季感觉，持续了半个多月的梅雨，不仅使人们的感觉产生错乱，而且诱发了人们潜意识深处的欲望和骚动，从而使原本失序的生活更加混乱不堪。前面两条叙事线索在一个现代史的叙述框架内展开，它仿佛在叙述抗战期间的一段历史旧事，但实际上这不过是格非设置"空缺"的叙事"烟幕弹"，它以一种"仿历史叙述"的叙事语态刻意营造一种不同寻常的战争氛围。小说叙述到最后，读者才发现真正的主线是作为暗线的雨季的感觉，原先宏大的政治军事事件，被还原为梅雨时节的一连串偶然性的日常琐事：青年教师段小佛与卜校长在办公室看报闲聊，他拿到那张载有日军轰炸临汾的消息的报纸后，心里突然想起个恶作剧式的念头："如果我将这则报道改头换面通知镇公所的王秘书，这个小白脸也许会六魂出窍"；而褚少良则因写错了寄给城里同学的请柬的日期，才把那位在城里当侦探的同学招到莘庄来，这个神秘的陌生人在卜

① 陈晓明：《诡秘的南方》，《移动的边界——多元文化与欲望表达》，湖北教育出版社，2002年，第142—143页。

校长家里避雨与校长老婆聊天，校长老婆又煞有介事地报告给前来察访的镇长，镇长在接到王秘书的电话后如临大敌，就决定让莘庄保安队逮捕与陌生人有牵连的褚少爷。那个“空缺”到小说的最后以戏剧性的一连串偶然事件呈现出本来面目，甚至连日本人轰炸临汾都是因为“一群候鸟的迁徙”引发的试探性轰炸。

然而，这一切阴差阳错都源于雨季的感觉，小说中不断出现梅雨意象，以及各个人物对雨季的感受。段小佛认为“人要是遇上梅雨或者满月的夜晚，照样会想入非非”，他的恶作剧就是为了打发雨季的寂寥；卜校长则认为“既然雨季使树木和花朵都改变了颜色，人的感觉也会发生某种偏差”，而且“在这个寂寞而漫长的雨季，人的记性好像也发了霉”。而镇长，这个一直担心“在这个倒霉的雨季，镇子上别发生什么乱子才好”的偏头痛患者，在接到电话以及镇上居民的举报以后，他想到的是“持续半个多月的阴雨使镇上居民的感觉发生了不同程度的偏差”。当他到卜校长家去调查的时候，卜夫人对他的蛊惑和戏弄又让他觉得“这场暮春的绵绵阴雨仿佛使镇上每个人的行为都出现了反常”。有趣的是镇上白居寺的主持辨机和尚，梅雨时节甚至唤醒了他潜心修行才被“压抑”下去的情欲：“春天的夜晚总是在日复一日地酝酿邪念的欲望，使经年的苦苦修行为之毁于一旦。春天的气候变幻无常，一会儿阳光明媚，一会儿雨水涟涟，它使树木变得神秘，使人的感觉触须变得像蚕丝一样纤弱。”于是修行三十多年的辨机和尚，在窥视裸女的梦境中遗湿了自己的裤子。绵绵梅雨不仅使时间出现了偏差，感觉出现了畸变。然而，感觉畸变的背后却是欲望的畸变，正是在南方绵绵不断的梅雨中，欲望找到了它最适宜生长的土壤和表达方式，它借着雨水的浸染，从小镇居民的潜意识深处浮现出来。所谓雨季的感觉，写的就是历史雨季中的欲望，那种像雨季一样绵长的、湿漉漉的欲望。历史的表象在时间中浮现，日军的“轰炸”只是叙事的烟幕弹，而欲望的沉沦则成为历史的真正的暗涌。在《雨季的感觉》中，格非以迷离之笔写出了莘庄人不可名状的欲望，以及由此构成的那段雨季的历史，梅雨意象也由此成为时间、历史与欲望交织萦绕的象征意象

乡村意象的风景描写，在格非等先锋作家笔下成为乡土历史化的载体与象征。这是对传统小说风景描写的一种叙述创新，俄国文艺理论家蒂尼雅诺夫认为：“总的看来，旧小说中对自然景物的描写，人们根据某种文学体系的观点、意图将它缩小到仅起衔接或放慢情节进展作用的辅助角色（这就几乎等于是摒弃它），但从

另一种文学体系来看，这种描写应当视为一种主要的因素，寓言故事可能仅是作为一种推动力，一个托词以堆砌静态描写。”① 景物描写在传统小说中一般起着辅助性的叙事功能，但在先锋小说的乡土文本里，密集的乡村意象书写已跃升为一种重要的叙事策略，故事情节则仅作为一种推动力，一个托词来堆砌和映衬乡村图景，这种叙事功能上的转换，主要源自两个方面的因素：一是风景的自然属性逐渐被历史人文属性覆盖，前现代的乡村意象在现代性空间秩序中逐渐成为历史性的象征，乡村风景和田园意境成为历史的诗性栖居地，书写乡村风景有时就成为书写历史的转码；二是风景与场景的叙事功能在现代小说中被重新发现，它逐渐成为小说文化地理想象的重要手段——“作为一种文学形式，小说具有内在的地理学属性。小说世界由位置和背景、场所和边界、视野和地平线组成。”② 以空间画面呈现的风景与场景，在小说叙事中充当越来越重要的功能。

在传统小说中，风景和场景的描绘通常是为故事的展开、人物的活动提供背景或舞台，人物作为近景特写成为聚焦的中心，风景和场景则被推置到远景，但在现代小说中，人物开始从叙事聚焦的中心逐渐弥散开来，人物成为风景和场景中众多视点中一个点，他不再居于中心原点，甚至逐渐符号化成为与物一样的叙事元素，与之相应的，风景与场景却成为现代小说叙事的新焦点。比如卡夫卡的《城堡》，小说人物 K 不过是一个隐喻性符号，“城堡”这一空间场景才是小说真正的表现对象。法国新小说现在进行时的热带植物园与窥探者的物化空间，博尔赫斯的迷宫、棋与镜子，北美后现代小说约翰·巴斯的《迷失在开心馆》，巴塞尔姆的身体与时区的城市漫游，空间的表述与意义生产成为二十世纪现代主义向后现代主义叙事历险的象征代码。马尔克斯的《百年孤独》，文本表层上似乎是在讲述布恩迪亚家族的百年史，但小说的真正主角，实际上是作为一种历史地理想象空间的马孔多小镇，它几乎是拉丁美洲大陆的隐喻性象征。在先锋小说文本中，我们同样可以看到这一趋向，有不少评论者曾指出早期的先锋小说“人烟稀少，人迹罕至”的特点，但往往视之为远离现实和脱离生活的例证，这当然是一种误判，因为先锋小说的叙事重心和表现对象都已移位到象征性的空间场景，人物则缩化成空间场景中的某种代码，余华的《世事如烟》干脆以 1、2、3、4 等数字代码来

---

① 转引自克洛德·西蒙：《受奖演说》，见《佛兰德公路》（附录），漓江出版社，1987 年，第 254 页。
② 迈克·克朗：《文化地理学》，杨淑华，宋慧敏译，南京大学出版社，2005 年，第 39 页。

表征人物，[1] 格非的底层乡土文本《背景》，则以泥和瓦这一具有象征意味的物化符码来称呼人物，小说所要刻画的其实是作为“背景”的乡土隐喻空间。格非小说文本里的大量乡村意象，事实上都隐含着与《背景》类似的隐喻功能，乡土作为一种历史背景式的空间场景，已成为格非等先锋一代作家进行历史想象与文化凭吊的对象。后现代的个体美学测绘将景观化的乡土再叙事为空间化的隐喻代码，重构历史形式化的个体感觉编码，先锋一代作家的叙事历险挺进历史语义游戏语言棋盘，书写语言地图与乡村地理的诡异踪迹。乡村的工业化与后工业化进程伴随符号景观的移植，个体的美学感知测绘在游移的坐标中寻求多元的文化身份认同，从泥与瓦的乡土到高速公路穿境而过、观光农业与电讯通达的全球化本土，多年以后乡村叙事将讲述异彩纷呈的中国经验与中国故事。

二十世纪中国文学的乡土演义，从五四文学的启蒙批判式乡土到先锋小说的历史化乡土，乡土田园梦断魂又牵，无论是被视作启蒙客体的愚昧而又淳朴的乡土，还是被当作审美客体的田园诗化乡土，不管是被视作文化认同起源的原始野性乡土，还是现代性回眸的历史化乡土，甚至后现代视野中景观化乡土，随着现代性社会转型时代的到来，乡土的黄昏已成为一幅历史定格的画面，暮色中的大地也许只是历史幽灵栖居的家园。赵园在《地之子》里曾对作家童年与乡土的关系作过如下的论述：“中国知识分子关于土地、乡土的情感经验，最近于童年经验。童年记忆的乡土，最是一片毫无异己感、威胁感的令人心神宁适的土地，也是人类不懈地寻找的那片土地”。[2] 但这片童年的乡土，在先锋一代作家的后现代性回眸中，已是“夕阳无限好，只是近黄昏”的历史乡土，“在一个被城市经验和城市价值支配的世界和时代，真正的‘黄昏经验’，或者说与之相关的土地经验、乡村经验、农民经验正在迅速消失。”[3] 先锋作家的历史化乡土，也许只是乡土终结的历史凭吊与文化挽歌。

在现代性的地平线上，乡土日渐远逝的背影留下历史的一声叹息：现在，站在哪一块石头上，才能望见故乡？带有泥土气息的乡愁已不再，记忆的乡愁也逐渐飘逝，但历史的乡愁是否还栖居在后现代性城市的万家灯火里？先锋作家的历

---

① 南帆：《文学的维度》，三联出版社，1998年，第218页。

② 赵园：《地之子——乡村小说与农民文化》，十月出版社，1993年，第21页。

③ 张柠：《土地的黄昏》，东方出版社，2005年，第1—2页。

史景观化叙述话语，在一个全球化后现代性播撒的多元文化时代，地球村的景观生产，符号文本的差异性游戏不断催化新的象征秩序与微观权力机制，先锋小说的景观话语又如何参与符号的角逐，后现代性的美学话语竞争在解构现实主义乡土经验的同时，又怎样建构本土全球化意义上的美学空间?① 对宏大历史的阉割加速了现代性时间经验的解体，后现代个体的美学认知测绘，在大都市化时代的城市书写中如何凸显异质性而不被移植的均质化标准化话语生产遮蔽? 九十年代的后先锋新生代书写，以敏锐的美学触角推进了认知测绘，毕飞宇的《地球上的王家庄》以一个乡村孩子放鸭子仰望不确定的他者世界和不确定的未来，书写后现代个体失落与希望交织错位的地平线景观，地球的另一边知向谁边，边界想象的他者景观堆积另一种难以消解的重量，后现代欣快的生命之轻滑过乡村男孩憧憬的眼神，漂移的船铉拉动差异性的景观，审美的风帆又将飘扬在番石榴飘香的蓝天碧海之中。

① 杰姆逊:《后现代、全球化及未来的可能》,《文艺报》, 2012 年 12 月 31 日。

第四辑：话语历险

先锋小说：叙事历险与文化突围

一

审美在语境上是移动的，历史的回眸往往折射出辩证法的灵光。八十年代中后期，先锋小说的崛起一度在中国当代文坛掀起形式探索的“叙事革命”。马原、余华、格非、苏童、孙甘露、北村等一批作家，在通往文学本身的叙事历险中，以前卫的姿态探索小说的边界与艺术的可能性。这场行进在语言之途的叙事历险，是新时期文学的一次重大的转向，形式自律、语言本体和以叙述为中心的文体实验，先锋小说的形式实验不仅改写了当代小说以及文学本身的定义，而且呼应着“回到文学本身”的自主性诉求。但长期以来，先锋小说一直佩戴批评家授予的形式主义徽章，“叙事革命”所产生的广泛深远的影响并没有得到应有的阐释，人们大都从纯文学审美自律的视域出发，对先锋小说的形式探索做单向度的解读，形式实验与社会、历史和意识形态之间复杂互动的关联常常被遮蔽悬置。事实上，“纯文学”的形式自律并非远离尘嚣的审美桃源，毋宁说它以一种否定的辩证法，迂回曲折地行使着批判与反抗的功能。

先锋小说短暂而丰饶的探索历程，正处于当代文学史格局中的一个关键的转捩点上，1985—1989 年是当代中国社会面临现代性全面转型的历史前夜，时代的精神状况与文化氛围使先锋小说的形式实验具有反叛与抵抗意识形态的潜在功能。回到文学本身，审美自律的语言本体，叙述方法的形式革新，这些从纯文学领域出发的叙事历险，在那个暗潮涌动的历史前夜焕发出意味深长的文化政治光芒，正是在这样一个充满喧哗与躁动而又不可复制的文化场域里，喷薄而出的先锋小说成为一种革命性的美学力量，它冲决了“五四”传统现实主义以来的一系列文学规约，也冲决了历史转型前负隅安守的意识形态藩篱。先锋小说从纯文学领域出发，但它的审美后现代性的惊奇体验，不期然竟抵达文化政治的意识形态边界，它急速地掀起一股惊涛拍岸的叙事实验浪潮又逐渐消隐于九十年代后现代性转型的历史屏风之后。很难判断是时势造先锋，还是先锋造时势，但毫无疑问的是，先锋小说在社会历史转型前夜所进行叙事实验，在很长一段的时期内都是当代文学与批评前沿领域一支重要的力量。它那并未远逝的审美灵韵总是随风潜入夜，不断叩访批评家缅怀诸神的文学史想象。这一意义上，先锋小说家不仅是叙事历险的先锋，而且也是文化历险的先锋。

二

先锋小说的命名是一个曲折波动的语义流变过程。八十年代中后期，当先锋小说以一幅陌生化的现代面孔历史性登场时，文学界对这副崭露头角的新面孔尚不能给予清晰的界定。批评家从各种不同的视角进行争议性解读，一系列貌似差异实则具有家族相似性的命名纷至沓来：“现代派小说”“现代主义小说”到“探索小说”“实验小说”“新潮小说”，再到“先锋文学”“先锋派小说”“后现代主义小说”“先锋小说”，如此之多的命名指称几乎是在一个共时性的层面上错综展开的，一个个漂浮的能指赶在严谨明晰的所指之前抢先注册，概念内涵的界定往往赶不上频频移动的外延变迁。这一命名纷呈概念迭起的文学场域，虽然带有追新逐奇的话语躁动，但从另一侧面又印证了先锋小说强劲的文化冲击力。从广义的“现代派”“先锋文学”到狭义的“先锋小说”，一个相对明确的文学史概念逐渐成形的过程，也是文化场域内部多种话语力量角逐碰撞的语境化过程。概念的命名是语境的产物，梳理“先锋小说”的概念流变过程，有助于我们厘清语义变迁背后的文化意识形态图景。

在考察“先锋小说”的命名与语境之前，有必要对“先锋”一词的语义谱系做简要的梳理。“先锋”（Avant-garde）一词最早并不是一个文艺语汇，这个词的法文原意是军事上的“先头部队”。[①] 在十八世纪后半叶之前，在西方它一直作为军事术语使用，与汉语里最早出现于《三国志·蜀·马良传》里的“先锋”一词[②]意义相近，指战时率领先头部队迎敌的将领。在西方语境里，直到十九世纪上半叶它才进一步衍生成一个政治概念，流行于空想社会主义者中间，被用来指未来社会的“想象者”。雷纳多·波乔利在《先锋派的概念》中曾指出：“先锋派的起源无疑与社会改造的目的有关，它的开始事实上与空想社会主义和乌托邦理想有感情上的暧昧关系，它表明先锋派表象起初如何从属于政治而非文化方面的激进主义理想，尽管这种理想只在艺术范畴内。”[③] 未来社会的“想象者”，这一具有社会政治性的乌托邦又如何演变成文化艺术的审美乌托邦呢？王蒙等人对“先锋”一词的文学流变过程作了钩深致远的考察：“至于 Avant-garde 和文学艺术发生关系则是在十九世纪后半叶的事了，被普遍用来描述在现代主义文化潮流中成功是作家与艺术家的运动的美学隐喻，他们试图建立自己的形式规则并以此反对权威的学术及普遍的趣味，比如早期的印象主义画家莫奈就被称之为先锋。”[④] “先锋”是一个复杂变动的概念，在西方二十世纪文学里，二十至三十年代的现代主义运动中的表现主义、未来主义、达达主义、超现实主义等曾佩戴先锋的徽章，六十年代的后现代主义思潮里，像波普艺术、巴塞尔姆、品钦、博尔赫斯这样不同的艺术流派和作家都曾经戴过先锋派的帽子。“先锋”这一概念本身是在文学史的流动变化中生成的，“与其说先锋是一种狭隘的文化传统的简单表述，不如说反映了文化的广泛分裂。它不是一个凝固不变的点，而更像一条流动的河。”[⑤] 先锋一词不仅意味着艺术形式的变革，创造一种前卫的风格，它还是对社会文化变迁超前反应的敏锐触角，“反映了文化的广泛分裂”，预示着先锋对于整个社会文化结构的冲击作用。

从一个军事术语到文艺术语，先锋一词被注入时间性的内涵——超前、先进、

---

① 欧仁·尤奈斯库：《论先锋派》，《法国作家论文学》，王忠琪等译，《法国作家论文学》，三联书店，1984 年，第 586 页。

② 《辞源》修订本，商务印书馆，1988 年，第 151 页。

③ 尹国均：《先锋实验——八九十年代的先锋文化》，东方出版社，1998 年，第 7 页。

④ 王蒙、潘凯雄：《先锋考——作为一种文化精神的先锋》，《今日先锋》，第 1 期，三联书店，1994 年。

⑤ 王蒙、潘凯雄：《先锋考——作为一种文化精神的先锋》，《今日先锋》，第 1 期，三联书店，1994 年。

前卫，作为时间意义上的概念，先锋与现代性“使之新”的求新意志密切相关，因此，在西方现代文艺发展历程中，“先锋”几乎成了“现代主义”的代名词。然而，作为一个文学史上动态发展的概念，不断指向未来具有超前性的“先锋”与已被西方文学史典律化的现代主义还是有区别的，弗莱德里克·R·卡尔认为：“先锋与现代主义的区别仅在于它的变移之快……先锋是能动的、浪漫的，而现代主义，如同任何为时长久的发展倾向一样，则是相对静止的、更具古典意味的运动，事实上，它摄取了先锋派，予其以声望。文化上的先锋已经行动起来了，溃败敌人，否定自身在历史上的位置，尔后，当它也成为其他事物的组成部分时，便明显销声匿迹了。”① 换言之，十九世纪中叶波德莱尔等的象征主义诗歌、二十世纪二十至三十年代的表现主义、未来主义、超现实主义等文艺流派都曾以现代主义的先锋派面孔登场，但当它们被文学史典律化之后，流动的先锋又将启程前往下一个历史驿站。随着二十世纪六十年代以来西方后现代文艺思潮的流播，法国的新小说、荒诞派戏剧、美国的“垮掉的一代”“黑色幽默”等后现代主义流派都被确认为先锋艺术，“先锋”又成为后现代主义的指称。罗塞尔在《今日先锋派》中就认为：“1968 年，关于后现代主义的讨论在北美文化与文学界愈演愈烈，后结构主义理论思潮的风行更是为这场争论向纵深发展推波助澜，这时，这一术语（指先锋派）又不再专门用来指已经死亡的现代主义艺术了，而是部分地被用来描绘战后的后现代主义文艺运动中的激进一支。”② 从西方十九世纪以来的文艺思潮发展历程来看，先锋以及先锋艺术一直处于变动不居之中，先锋并非某种固定的文学艺术流派的称号，而是一个在动态发展中寻求未来验证的流动概念。法国先锋派作家欧仁·尤奈斯库所阐述的先锋派特征就传达了这种流动性：“先锋派就应当是艺术和文化的一种先驱现象，从这个词的字面上是说得通的。它应当是一种前风格，是先知，是一种变化的方向……这种变化终将被接受，并且真正地改变一切。这就是说，从总的方面来说，只有在先锋派获得成功之后，只有在先锋派的作家和艺术家创造出一种占支配地位的学派、一种能够被接受的文化风格，并且能征服一个时代的时候，先锋派才有可能事后被承认。”③

---

① 弗莱德里克·R·卡尔：《现代与现代主义——西方文化思潮的历史转型》，吉林教育出版社，1995 年，第 11 页前言。

② 王宁：《传统与先锋：现代与后现代》，《文艺争鸣》，1995 年，第 1 期。

③ 欧仁·尤奈斯库：《论先锋派》，《法国作家论文学》，王忠琪等译，三联书店，1984 年，第 568 页。

正因为先锋是一个复杂变动的概念，兼具现代主义和后现代主义双副面孔，八十年代文学界对先锋小说的命名也就呈现出复杂多义的纷乱局面。先锋派在中国八九十年代的文学语境里，是一个可以涵盖现代派与后现代主义的术语，它是在同传统现实主义相对立和反叛其叙事成规的基础上发展起来的。赵毅衡在《先锋派在中国的必要性》中曾指出："在中国的情况下，我愿意说先锋派即现代主义，因为现代主义在中国尚未被体制化，而且它亦即后现代主义，因为它具有后现代主义的许多特征。由于中国现代派没有成为一个陈旧的、压迫性的既成规范，中国的后现代主义也缺乏'反现代主义'的动因，相反，继承多于反拨。鉴于这样的局面，用先锋派统一之，不无好处。"① 这种试图用先锋派来统一现代主义与后现代主义的观点，事实上成为当时批评界认同的阐释策略，它在抗衡传统现实主义的过程中形成某种合力，但也留下有待辨析和厘定的语义空间。

追溯中国当代先锋小说的起源语境，1985 年的"小说革命"是一个重要的起点。这一年的文学时空，"现代派"、寻根小说与先锋小说交织缠绕，呈现出异彩纷呈的突破性局面，它与理论界的"方法论年"互为策应，新时期文学与批评开始出现重大转折的趋向。这种转折的一个显著标志是文学启动了向内转的进程，摆脱政治干预和意识形态规约，回到文学本身的纯文学诉求应运而生，"纯文学"这一命题的提出，标示着这样一种文学理念：审美自律为文学自身立法，它是一个与政治意识形态无涉的独立自洽的审美国度。文学向内转和纯文学的文学自主性诉求，实际上成为引发 1985 年"小说革命"的内在动力，回到文学本身的诉求孕育了本体论意义上的"纯文学"理念：文学被视为一个纯粹的"自足体"，一种可以与"内容"分离的纯"形式"因素的产物。与此相应的，"怎么写"的叙述方法问题取代了"写什么"的题材反映现实问题，在八十年代中期的历史语境里，这预示着当代文学前沿领域一种变革的力量正在寻求文学突围的可能性。作为"小说革命"的亲历者和主要发起人之一，评论家李陀回顾时指出："当时我们有一个武器，就是'形式即内容'，反复强调形式变了内容就变了，以这种方式避开政治对文艺的直接干预，使文学观念的更新变成了一种在文学"内部"讨论的"专业问题"。在八十年代，对'怎么写'比'写什么'更重要的强调之所以那么得人心，还因为那时候，'延安文艺座谈会上的讲话'也好、'样板戏'也好，其

---

① 赵毅衡：《先锋派在中国的必要性》，《花城》，1993 年，第 5 期。

他的教条也好，强调的都是‘写什么’，至于‘怎么写’是规定好了的，那不单纯是文学观念和文学技巧问题，那里有意识形态，有文化专制主义。因此大家就用强调‘怎么写’来冲决‘写什么’，来打破对文学的专制，而且在某种意义上是成功了。大概就是在这种情况下，‘纯文学’概念慢慢被大家认可了。”① 强调“形式即内容”，用“怎么写”来冲决“写什么”，呼应着回到文学本身的纯文学诉求，这一强调文学性的形式主义策略正是先锋小说得以崛起的突破口。正如陈晓明所分析的：“先锋派曾经采取的形式主义策略，乃是与文学史变动的语境对话的一种方式，在那个历史情势中，它适应了（契合了）文学史变革的需要。”②

当时的文学界对小说领域艺术风格多样化的探索格局，曾以“新潮小说”和“探索小说”来命名，“新潮”与“探索”是相对于现实主义传统而言，尤其是对于反映论、典型论、摹仿再现的“镜子”说、题材决定论的价值评判等一系列具有政治意识形态色彩的文学观念而言，“新潮小说”的命名正是在西方现代文艺潮流与传统现实主义的历史对照中才凸现出“新”来，而“探索小说”则更多指向形式探索的文学突围，它内在隐含着“文学探索无禁区”的自由思想，钱谷融曾明确指出：“这种形式探索的自觉意识无疑就是新时期文学真正成熟的开始”。③ 这两种命名指称实际上是广义的“先锋小说”的前身，“新潮”和“探索”也暗合了先锋小说的两个潜在的文学向度：一是对二十世纪西方现代小说的借鉴和创造性转换，二是“先锋就是自由”的探索意识。在 1989 年发表的《旋转的文坛——“现实主义与先锋派文学”研讨会纪要》中，“新潮小说”和“探索小说”这两种命名被整合到广义的“先锋派文学”里，而“先锋小说”这一概念则泛指当时一切“与西方现代哲学思潮、美学思潮以及现代主义文学创作密切相关，并且在其直接影响下的”，“其作品从哲学思潮到艺术形式都有明显的超前性”的小说，王蒙的“意识流”小说，韩少功、阿城等的寻根小说，刘索拉、徐星等的“现代派文学”，以及马原之后的形式主义小说都包括在内。④ 这一广义的“先锋小说”命名，其背后隐含着是否“先锋”的评判标准，即是否直接接受西方现代主义思潮

---

① 李陀：《漫说“纯文学”》，《上海文学》，2001 年，第 3 期。

② 陈晓明：《表意的焦虑——历史祛魅与当代文学变革》，中央编译出版社，2002 年，第 81 页。

③ 钱谷融：《论探索小说——中国新时期文学的一个侧面》，《社会科学辑刊》，1989 年，第 2 期。

④ 李兆忠：《旋转的文坛——“现实主义与先锋派文学”研讨会纪要》，《文学评论》，1989 年，第 1 期。

的影响。这种外延宽广的命名显然有效地整合了“新潮小说”与“探索小说”，这两个概念后来相继退出文学批评场域，“探索小说”在九十年代初就很少被评论者使用，“新潮小说”生命力相对强些，它还引申出“后新潮小说”来指称马原之后的形式实验小说，但新潮和后新潮的命名到九十年代中后期也基本不被使用。[①]然而，广义的“先锋派小说”命名，一方面整合了西方现代文艺思潮影响下的各种文学创作现象，另一方面却也留下纷乱的歧义空间，各种风格不同乃至大相径庭的文学作品都被归入同一性的命名指称下，比如表现城市青年现代意识的现代派小说，与重返历史深处探寻民族文化之根的寻根小说相比，无疑具有明显的差异性，而它们与重视文体自觉意识、强调小说的“虚构性”和叙述方法的实验小说相比，显然也有异质性的分殊。这样一来，如何对广义的“先锋小说”进行内部的区分和范畴的厘定，使各种不同的命名称谓具有相对的确定性，就成为概念自身逻辑进一步演进的需要。

如果说1985年前后马原的叙事实验是一种个人化的风格演绎，他先后发表的《拉萨河的女神》《冈底斯的诱惑》和《虚构》是当代小说中第一次将叙述置于重要地位的文体实验，那么，1987年以格非、余华、苏童等为代表的写作群体的出现，则将马原开创的个人化叙事实验演变成一场叙事革新运动。一些评论家敏锐地洞察到，同样是受西方文学影响和借鉴西方现代文学经验，马原及其后继者与刘索拉等的“现代派小说”和韩少功等的“寻根小说”有着质的差异性，人们越来越趋向于认同这样的看法：真正的“先锋派”应是指马原及其后继者以叙述为重心的形式实验，狭义的先锋小说逐渐获得文学批评界的追认。张颐武所谓的“实验小说”是与狭义的“先锋小说”一致的，他认为“实验”与一般的“创新”“探索”和“变革”不同，强调的是对小说这一文学体裁本身的变革，而非小说的思想和艺术的一般性的发展，所以，他认为韩少功、王安忆、甚至刘索拉、徐星的小说都不能算作“实验小说”，只有从马原开始才能称得上“实验小说”[②]。南帆认为，先锋小说的首要特征是叙事实验，并且只有当以叙事为轴心集结为一个

---

① “后新潮小说”这一命名概念是陈晓明在八十年代末期提出来的，但九十年代以后他也采用“先锋派小说”这一概念。（陈晓明：《表意的焦虑——历史祛魅与当代文学变革》，第79页）吴义勤在1997年出版的《中国当代新潮小说》（江苏文艺出版社）中仍沿用“新潮小说”这一术语，但他在有关先锋作家作品的评论文章里也使用“先锋小说”这一命名。

② 张颐武：《小说实验：意义的消解》，《北京文学》，1988年，第2期。

纲领明确的文学集团时，“先锋小说”的命名才成为必要。王蒙、汪曾祺、莫言、韩少功、残雪、刘索拉等分别开始了叙事实验，但他们都有是单兵作战，并且他们的叙事更多地与某一个显眼的主题重叠在一起。而马原及其后继者，流露出共同的叙事兴趣，标志着一个以叙事为轴心的文学派别已经成型。① 自马原开始，中国才有了真正的先锋小说，这样的看法逐渐成为评论界的共识。到了九十年代，人们在讨论这些小说潮流时，“现代派小说”“先锋小说”与“寻根小说”各自的含义及其所覆盖的范围，不仅得到了分离，而且有了相对明确的界定。② 狭义的“先锋小说”逐渐取代广义的“先锋派小说”，它一般指：兴起于 1985 年，成型于 1987 年，以形式主义为策略，以叙事变革为轴心，彻底颠覆既有的文学观念和文学传统，使文学回归本体的这样一批小说。先锋小说作家主要包括马原、格非、余华、苏童、孙甘露、叶兆言、北村等。

从广义的“先锋派小说”到狭义的“先锋小说”，纯文学和文学性越来越聚焦于文学内部的形式和语言。然而，八十年代以形式自律确立的“纯文学”观念在九十年代的历史语境里却遭到了动摇，如果说形式主义策略一度为先锋小说反叛与颠覆现实主义叙事成规提供突围路线，那么，突围之后的先锋小说却又不自觉地遁入语言的牢笼和形式的陷阱。这自然牵引出一个重要的问题：形式和语言是封闭自足的，还是它们本身是与社会、历史和意识形态互动关联的？

三

先锋小说自问世以来，一直是当代批评话语关注的焦点。马原在 1985 年前后的叙事实验，从 1984 年发表的《拉萨河女神》到 1986 年的《虚构》，小说被一种叙述方法所取代，写作就是虚构故事，虚构成为叙述的起点。1987 年评论家吴亮以《马原的叙事圈套》对马原小说的叙事策略进行形式主义命名，在吴亮看来：马原小说是对片断性的、拼合的与互不相关的经验进行叙事“组装”，在故事背后寻找意义和象征是徒劳的，它们只是类似智力魔方的叙事圈套。③ 这篇在当时引起广泛影响的评论，为问世不久的先锋小说戴上形式主义徽章，尽管它在当时的

---

① 南帆：《边缘：先锋小说的位置》，《花城》，1998 年，第 1 期。

② 洪子诚：《中国当代文学史》，北京：北京大学出版社，1999 年，第 336 页。

③ 吴亮：《马原的叙事圈套》，见王晓明主编《二十世纪中国文学史论》（第 3 卷），东方出版中心，1997 年，第 340—352 页。

文学语境里曾经为先锋小说的形式探索提供理论援助，但也留下另一个束缚文学本身的“圈套”——文学与社会现实之间互动关联的纽带被剪断。事实上，八九十年代之交的先锋小说批评，基本上延续这一单向度的形式自律视角，如果说“形式就是内容”是对现实主义叙事成规的突破，那么，先锋小说的批评话语则步入“形式就是结构”的阐释视野里，在封闭自足的结构主义视域里，纯文学被转换为“纯形式”，作为技巧的形式方法成为“文学本身”，而形式、语言与意识形态之间的隐蔽关联却被忽略不见。

1997 年，格非在《十年一日》这篇回顾先锋小说创作历程的文章里，对形式实验与意识形态之间的关系作了新的阐述：“实验小说与当时的社会意识形态关系也多少反映了特定时代的现实性，对于大部分作家而言，意识形态相对于作家的个人心灵即便不是对立面，至少也是一种遮蔽物，一种空洞的、未加辨认和反省的虚假观念。我们似只有两种选择，要么成为它的俘虏，要么挣脱它的网罗”。① 先锋小说借由语言和形式创新发起的“叙事革命”，长期以来被视作与社会意识形态无涉的“纯文学”实验，然而，为了反叛被意识形态化的现实主义传统而确立的纯文学“形式自足体”并非自在自为的，毋宁说在挣脱意识形态罗网的叙事历险中，它以一种否定的辩证法迂回曲折地行使着批判与反抗的功能。格非在评述先锋小说的形式探索时指出：“形式”在马原的小说中从来都不是一个“圈套”，它就是“内容”本身，只不过西藏的生活让马原看到的东西对于我们过于遥远；余华和苏童的小说中也从不缺乏所谓的现实感，假如他们笔下的现实图景过于虚幻或怪异，那是因为这一图景的存在唤醒了他们的智慧或本能：正如烈日下的向日葵在凡·高的眼中本来就是一团火焰，而不是凡·高没有能力将它画得‘更像’。② 不难察现，十年前授予先锋小说的形式主义徽章还有被遮蔽的另一方面，李陀在《漫谈纯文学》中敏锐地指出：“八十年代的文学虽然强调形式变革，但那时对形式的追求本身就蕴含着对现实的评价和批判，是有思想的激情在支撑的，那是一种文化政治。”③ 事实上，先锋小说的叙事历险从纯文学领域出发，却不期然抵达文化意识形态边界，正如美国先锋主义评论家格林伯格所指出的：“先锋主义的真正的、最重要的功能，并不在于（形式上）的实验，而是寻找一条近路，

① 格非：《十年一日》，《塞壬的歌声》，上海文艺出版社，2001 年，第 77 页。
② 格非：《十年一日》，《塞壬的歌声》，上海文艺出版社，2001 年，第 77 页。
③ 李陀：《漫说“纯文学”》，《上海文学》，2001 年，第 3 期。

让文化能够在意识形态混乱和暴力之中前行。”① 这是先锋小说批评阐释中常被遮蔽的一面，形式实验作为一种语言革命、叙事革命，它本身携带着隐蔽然而又极为活跃的意识形态因子。

南帆在《文学的维度》中对先锋小说的叙事革命进行深入的分析，他从“再叙事”的视域出发重新评述了先锋小说的意识形态效果：“‘先锋’之称的来历与再叙事写作是分不开的。再叙事意味着抛开种种旧有叙事成规，提出一套异于前人的叙事话题。再叙事的含义显然可能从话语范畴扩大到意识形态——隐蔽地附着于旧有叙事成规之上的意识形态遭到了瓦解。历史、社会、自然、人、死亡、宗教、价值尺度——诸如此类的重大问题通过再叙事发生了移位。再叙事过程当然包含了反抗权威话语，它是冲出元叙事辖制之后的自由表演；另一方面，再叙事的语言运作同时还饱含着创世的欢悦。”② 先锋小说所反叛的现实主义叙事成规本身携带着意识形态因素，先锋小说对叙事成规与语言秩序的反叛，虽然以回到文学本身的语言和形式为发轫点，但它在瓦解附着于旧成规之上的意识形态的同时，实际上也建构起自身的另一种意识形态。张旭东曾对先锋文学做了一个带有颇为明晰的“代”际认同意识的判断——“当代中国的‘先锋文学’正是以其语言上的突破而把自己变成了某种潜在的社会经济、政治、文化转变的美学的结晶，而其‘高度自主’的叙事或逻辑，则将一代人经验的历史生成有效地记录在案”。张旭东认为先锋小说提供了六十年代出生、八十年代受到洗礼的一代人的语言档案，一如“朦胧诗”为红卫兵一代的本真体验镌刻了诗意的墓志铭。这一具有“代”际认同的文学评判，的确梳理出历时性视角中的先锋小说的文学经验，他进而指出：“（先锋小说）作为一个语言主体的精神自传，其自我营造的专注，安分守己、乐得其所之中的进攻性和扩张性，带有个体企业向市场渗透的经济本能的一切特征。”③ 但是，张旭东所指认的这些特征并非是从先锋小说文本析取出来的，而是从作为叙述主体的先锋一代作家身上提炼出来的，他实际上是指先锋作家进行形式实验时的那种接近于“专业”品质的技术化风格，然而，先锋文学作为“美学的结晶”所呈现的“某种潜在的社会经济、政治、文化转变”的内涵却

---

① 赵毅衡：《克莱门特·格林伯格〈先锋与媚俗〉》，《今日先锋》第6期，三联书店，1999年。

② 南帆：《文学的维度》，三联书店，1998年，第207页。

③ 张旭东：《论中国当代批评话语的主题内容和真理内容——从“朦胧诗”到“新小说”：代的精神史叙述》，见王晓明主编《批评空间的开创》，东方出版中心，1997年，第276—277页。

是较为含糊的。贺桂梅则在这一基础上，进行更为具体的剖析，她认为先锋作家对形式与意识形态之间的关系虽然没有自觉的体认，但先锋小说实际上具有明显的意识形态生产效果，这一效果是随着九十年代社会意识形态转型的到来而日益凸现出来的：先锋小说在将“个体”从整体语言秩序当中“解放”出来时，他（他们）并没有意识到这个“个体”能做什么或将做什么；而事实上，这个“暗含在语言之中，并由语言结构出来”的“个体”也是“主体”，一方面符合了八十年代另一种新主流观念即“纯文学”观念当中的文学想象，同时也正呼应着八九十年代之交被市场主义和消费主义所构建的个人主义的主体想象。① 先锋小说的叙事主体凭借“写作就是语言的历险”与“先锋就是自由”的叛逆精神进行想象的编码，突破现实主义的叙事成规，颠覆反映论再现论的现实主义典型化主体，解构语言规约的语法与逻辑专制，重绘文化光谱中的书写图景。叙事话语指定个体精神的语言探险路径，先锋小说对固定化装配的叙事辖域进行无边的挑战。语言游戏与语言反抗不仅是写作的冒险，② 在一个时代精神地形图进行强劲的文化突围，叙事历险就同权力、文化记忆与历史书写等一系列重大问题联系起来，叙事话语从语言形式的迷津突围再度指向社会、历史和文化网络，未来的演进见证它所开辟的小说艺术新路，将创造语言栖居的精神家园与想象编码的新文化空间。

这一意义上，先锋小说的叙事历险，不仅仅是“语言革命”或“形式革命”，事实上也是一种“文化意识形态革命”。纯文学的审美自律与先锋性的自由探索、实验创新，实际上以一种否定的辩证法行使着隐蔽而曲折的文化意识形态批判和建构功能。

---

① 贺桂梅：《先锋小说的知识谱系与意识形态》，《文艺研究》，2005 年，第 10 期。

② 南帆：《先锋作家的命运》，参见《自由与享用》，百花文艺出版社，1999 年，第 218 页。

虚构叙事与时间塑形

一

先锋小说的形式发现，不仅仅是一场文体自觉意识的叙事革命，而且也是一场文学叙事领域的时空观念革命。对于前者，批评与理论的后续阐释往往从形式技巧层面肯定其创新意义，而忽视叙事话语本身就是一种建构性的想象，不同的叙述形式创造出不同的内容和差异性的“现实”；对于后者，人们的认识则还滞留在现实经验的时空认知定势里，对这一问题探讨的不多。考察先锋小说叙事时间的变革，戴维·哈维的看法不无启发意义：“如果空间和时间的体验是对各种社会关系进行编码和再生产的话，那么对前者进行表达的方式的变化几乎肯定会引起后者的某种变化。”① 先锋小说的叙事变革引入崭新的时间维度和空间维度，这种叙事方式的变化并非仅仅是文学形式意义上的创新，事实上它也是对社会关系进行编码和再生产的时空革命，这一重大的意义迄今尚未引起人们的重视。

在先锋作家试图挣脱传统现实主义叙事成规的写作历险中，时间不仅成为形式探寻的重要路标，而且也是作家重新思考小说与现实的关系的一个重要支点。马原在《虚构之刀》里坦言：“我大概是一个一直愿意思考时间并利用时间来做我的文章的作家。”② 余华在《虚伪的作品》中给予时间以本体论的地位：“时间其实就是有关世界的结构”，“时间的意义就在于它随时都可以重新结构世界，也就是说时间的每一次重新结构之后，都出现新的姿态”。③ 马原的《拉萨生活的三种时间》《冈底斯的诱惑》《虚构》《错误》等作品，叙事时间呈现出变幻交错、扑朔迷离的形态，时间被赋予了某种立体感，他那个名噪一时的“叙事圈套”实际上是由叙事时间塑形而成的。余华的《现实一种》《四月三日事件》《河边的错误》等小说里，叙事时间重新结构出来的“现实世界”，是一幅时间与暴力、宿命与偶

---

① 戴维·哈维：《后现代状况》，商务印书馆，2003 年，第 309 页。
② 马原：《虚构之刀》，春风文艺出版社，2001 年，第 79 页。
③ 余华：《虚伪的作品》，《上海文论》，1989 年，第 1 期。

然、死亡与迷幻交织的末世图景，时间成了荒诞现实的造物主。

先锋小说家们在作品中创造时间，赋予现实经验以新的形式，从而冲破了一直禁锢想象力与写作自由的现实主义藩篱，这一意义上，"叙事时间隐藏了小说方法论的全部内容，它是叙述技术的开端和终点"。①

二

格非的小说里，时间不仅是叙述塑形的主要方式，而且也是主题层面的关于世界的"时间性"母题——存在与时间、记忆与遗忘、生存与死亡的叙事演绎。时间以及时间性的主体经验，是格非先锋时期创作的核心主题。从《追忆乌攸先生》中寻找失去的时间（失踪的历史）开始，《陷阱》里"古往今来谓之宙，四方上下谓之宇"的无时性城市，《迷舟》中个人化心理时间与战争时间、父亲时间（历史感）之间的宿命传奇，《大年》里革命、欲望与时间的斩首之间互动交织的历史诡计，《褐色鸟群》中时间与虚构的幻想性竞争关系，《青黄》里词的考古不妨视作时间的谱系学，《唿哨》中一切都静止的瞬间却定格成时间的神话，如此等等，一直到《边缘》中被穿越的时间，时间经验已然成为格非小说的基本内容。格非早期的作品中，人物往往是未定性的代码，如"乌攸先生""棋""牌""官子""黑桃""泥""瓦"等等，它们只是为了凸现时间这一真正主角而设置的符号化代码，时间成了书写与凝视的客体对象，成为作品中的主人公。当然，作为"主人公"的时间只是隐性的潜文本，它以关于人的存在境遇中的时间性经验呈现在文本中，并配置各种奇幻悱恻的故事外壳：战争与爱情、革命与欲望、谋杀与侦破、旅行与探寻等等，但这些故事不过是一种显性文本的叙事表象，它的内核却是时间与存在的隐喻关系。如果借用黑格尔"美是理念的感性显现"的经典美学定义，某种意义上，格非的小说可提炼为一个形而上的命题——"存在是时间的感性显现"。

格非小说中出现大量的时间感知经验，不管是"时间出了毛病"的认知错位，还是"深陷时间窠臼无法自拔"的莫测命运，或者"时间轮盘赌中的历史狡计"，时间的探寻往往成为存在的探测仪，它几乎成了海德格尔意义上的"时间性是此

① 陈晓明：《无边的挑战——中国先锋文学的后现代性》，广西人民出版社，2004 年，第 87—88 页。

在的绽出”[1] 的叙事演绎。对于格非小说的时间性主题，评论家张旭东曾将其提炼为格非创作的核心母题，他析取出《追忆乌攸先生》中的一句格言：时间叫人忘记一切，进而指出：格非至今的全部中短篇小说，可以说是同这句格言的幻想式斗争。张旭东将格非小说中析取出来的时间经验，看作是幻想的主体对自我意识的重建，“自我的困扰总是暴露出虚构下面的历史；不如说，历史作为一种时间性因素总是参与了当代意识的自我构造”。[2] 这里所言的幻想主体，其实是虚构叙事的语言主体，借助这一语言主体，时间、记忆在格非小说中往往成为历史的表征。张闳则将格非小说对时间性母题的持续书写和深入思索，视作是“格非对现代汉语小说最主要的贡献之一”：“以往的小说尽管也有关于时间问题的思考，也有对时间的深刻体验，但是，将时间这样一个形而上学化的存在因素当作母题来表现，则是格非小说的基本任务。”[3] 张闳的强调不无道理，但是从放宽的比较文学视野来看，被誉为“作家们的作家”的博尔赫斯，不仅是书写时间经验的大师，而且创建了属于自己的时间哲学，他拒绝承认时间的一致性和统一性，将固有的时间观念视作是时间对人类生活的宰制，他重新塑形了差异性和多样性的时间经验：“时间有无数系列，背离的、汇合的和平行的时间织成一张不断增长、错综复杂的网”，人可以同时生活在不同的时间系列中：“在大部分时间里，我们并不存在；在某些时间，有你而没有我；在另一些时间，有我而没有你；再有一些时间，你我都存在”。[4] 格非的时间书写显然有源自博尔赫斯的影响，尤其在小说叙事的时间塑形上，借鉴的形式印迹依稀可辨，然而，从虚构人物的时间经验来看，格非却有自己独特的处理方式。

这里涉及一个概念，即“时间虚构经验”。利科曾针对现代叙事学理论有关时间的二元对立的“两分法”提出质疑，他认为在叙事时间与故事时间、讲述时间与被讲述时间、情节时间与阅读时间、讲述时间与生活时间、小说时间与编年史时间等种种两分法之外，还存在着另一个相对应于文本世界层面的“时间虚构经验”。利科以三分法取代粗简化的两分法：“我们需要一个三层面的图式：陈述行

---

① 海德格尔：《存在与时间》，陈嘉映、王庆节合译，三联书店，1987年，第346页。

② 张旭东：《格非与当代文学话语的几个母题》，见王晓明主编《二十世纪中国文学史论》（第3卷），东方出版中心，1997年，第354页。

③ 张闳：《时间的炼金术》，《当代作家评论》，1997年，第5期。

④ 博尔赫斯：《博尔赫斯文集·小说卷》，海南国际新闻出版中心，1996年，第29页。

为、陈述与文本世界。与之相对应的是讲述时间、被讲述的时间以及讲述所花时间与被讲述时间的合取/析取所投射的时间虚构经验”。① 这其实是赋予虚构叙事以本体地位后的一种发现，叙事时间的塑形毕竟是属于叙述形式层面，它是作家进行虚构塑形的重要方法，但是，虚构的文本世界也是一个相对独立的时空，“居住在这个投影世界的人物有时间经验，这种经验同他们一样是虚构的，但它的活动境域毕竟是一个世界”。利科进一步指出，一部作品既可以在结构上自我封闭，又可以对外界开放，如一扇“窗户”在逐渐消失的远景中勾勒出一幅风景，“开放意味着把一个可居住的世界呈现出来，许多现代作品投射出一个不好客的世界，但它只在可居住世界或然判断之内才不好客。这里所说的时间虚构经验，不过是文本提出的在世界生存的一种潜在经验的时间外貌，文学作品以这种方式逃避自身的封闭。”② 利科的这一阐释是对结构主义的形式自足体的一种敞开，所谓的许多现代作品投射出一个不好客的世界，实际上是指它们所提供的陌生化的异形时空经验，但这种时间经验本身也是一种潜在的存在可能性，它依然敞开出一个“可居住”的文本世界。这一三分法的重新规划，有助于廓清两分法中的种种交叉重叠现象，以往人们常将归属于创作主体的叙事时间与虚构人物的时间经验混淆起来，这其实分属于两个不同范畴，前者属于叙述形式层面的时间塑形方式，后者则属于主题和故事层面的人物时间经验。当然，这一划分主要是确立了虚构世界的自主性，从而为探讨小说文本中与现实时间序列不同的虚构时间经验提供理论验证。

三

《迷舟》和《大年》是格非先锋早期创作的代表性作品，在这两篇小说里，时间经验都成为影响人物命运可能性的重要因素。《迷舟》以北伐战争期间的一场战事为背景，萧旅长在时间的交叉小径里陷入命运的迷舟，他迷失在个人化心理时间与战争时间、父亲时间（历史感）之间多重书写的交叉小径里。小说以七天纪事作为叙事框架，从“第一天”至“第七天”按线性时序进行历时性排列，由于在“引子”里已交代北伐战事相关背景资料，小说文本还出示了一张作战地图，

---

① 保尔·利科：《虚构叙事中的时间塑形》，王文融译，三联书店，2003 年，第 130—131 页。

② 保尔·利科：《虚构叙事中的时间塑形》，王文融译，三联书店，2003 年，第 179 页。

格非搭起了一个战争时间的叙事框架。小说的主要叙事脉络即在这一框架内展开：萧在前线接到父亲去世的消息，返乡奔丧时，巧遇已婚的旧日情人“杏”，并与之重温鸳梦，然而“杏”被其丈夫三顺发现后惨遭其剜阉，并被遣送娘家榆关；萧似乎被战争时间抛置到另一条时间轨道上，他怀着对杏的歉疚和思恋，深陷于对过去旖旎情史的绵长回忆里，他不顾警卫员的提醒，不断从战事进程滑移到个人私情的心理时间流程里，他冒着被三顺追杀的危险，偷偷前往榆关探望杏，然而榆关之行并不在孙传芳部棋山守军的七日战事规伐进程里，而且萧的哥哥又是北伐军先头部队驻守在榆关的将领，当萧返回涟水北村时，盯梢已久的警卫员为了执行军机密令，以六发子弹将萧击毙。从故事层面来看，战争时间是情节塑形的主导力量，但小说的实际叙事进程却是以个人化的心理时间为主，萧重返家乡之旅仿佛踏上一条回忆的诱惑之路，他似乎生活在时间交错的幻觉里：

> 他踏上薄雾中的小船，遥望对岸熟睡的村子，曾涌起一种莫名其妙的激动。他不知急于回家是因为父亲的死，还是对母亲的思念，或者是对记载在他童年的村子凭吊的渴望。他觉得像是有有一种更深远而浩瀚的力量在驱使他。

这种深远而浩瀚的力量与其说是冥冥中的命运神祇，不如说是时间的诡计。如火如荼的战争时间以自身的行动逻辑向前推进，这是一种宏大叙事的历史时间，而萧这位具有诗人气质的军人却滑入私人时间的心理窠臼里，对“杏”的回忆诱惑使萧迷失在意识的灌木丛里。从表面上看，这似乎是一场“战地春梦”，对“杏”的恋情引发了萧的“迷”舟之旅，当萧决定立刻返回棋山驻地的时候，“他意念深处滑过的一个极其微弱的念头使他又一次改变了自己的初衷”。然而，在这场命运与性格、时间与记忆的个人决战中，“杏”似乎不是某个具体化的人物形象，她更像一个功能性的符号，正如张旭东所分析的：“杏”在叙事里不是作为欲望的对象，而是作为欲望的“能指”存在着，正如“杏”与“性”的语音学含混似乎正好暗示了女主人公并非什么具体的欲望的所指；相反，它作为一种表征指示出欲望的存在方式。[①] 如果说萧对“杏”的回忆只是欲望的一种表征，那么，父亲的阴影却在萧的追忆之旅中紧随其后。在小说开头，一部有关战争的史前史被叙述者悄然安置在萧的身旁：他的父亲是小刀会中为数不多的幸存者，也是绝无仅有的会摆弄洋枪的头领之一。父亲的战争经历和收藏大量散失在民间的军事典籍使萧从小便感受到了战火的气氛。萧常常在梦中出现马的嘶鸣和隆隆的炮声。终于有一天，他走到了父亲身边询问为什么投身于一支失败的队伍，父亲像是被碰到了痛处，回答却是漫不经心的：“从来就没有失败或胜利的队伍，只有狼和猎人”。父亲的时间既是家族宿命的一种表征，又是有关战争与历史的一种隐喻，军人的胜利和失败不过是时间与历史轮盘中的一种象征筹码，“只有狼和猎人”的历史生态学隐喻才是战争的真实逻辑。

在萧的记忆里，当父亲随着自己所在队伍因战败而隐匿于涟水之北的村舍时，父亲的形象已经在他心中死去，以致当父亲因爬上屋顶铺盖稻草，不慎踩碎屋瓦和烂椽摔死在灶屋水缸里，萧听到这一消息竟然毫无所感。然而，作为个人史前史的父亲阴影，却不断潜入萧的意识丛林里，“被遗忘的时间”即“父亲的时间”，以另一种心灵无意识的指针开始拨进，萧几乎所有的重大行动都同“父亲”浩瀚而深远的存在有关。萧从马三大婶那里得知父亲过世，拂晓渡河返回宁静的村落奔丧时，他一度为自己的返乡的行径感到莫名的激动，他不知自己急于回家是因为父亲的死，还是对母亲或村子的思念。“他觉得像是有一种更深远而浩瀚的力量在驱使他”，萧的思考邈远而缥缈，犹如他点燃一支烟当，目光迷蒙地眺望着涟水河面上弥漫着的空蒙蜃气一样，隐约而模糊，恍然而迷幻：就像他回忆起往事和炮火下的废墟，涌起了一股强烈的写诗欲望。萧的写诗欲望无疑是对父亲时间的一种抗拒，父亲的战争经历和家藏的大量军事典籍使他的童年染上了战火氛围，那种烽火绵延的家国情结，在父亲去世后似乎留下了时间锁链的罅隙，萧试图以写诗的欲望逃离父亲/战争的巨大阴霾。在《迷舟》中，父亲/战火的意象往往以并置而且互为替代的编码方式，在萧的回想与幻觉中行进，与此相映照的是，优美宁静的乡村风物，萧对于“杏”的追忆暗香与欲望潮涌，和战火硝烟中的朦胧诗意，某种意义上，它们成了萧抗拒父亲/战争时间锁链的一种意识映像。

---

① 张旭东：《格非与当代文学话语的几个母题》，见王晓明主编《二十世纪中国文学史论》（第 3 卷），东方出版中心，1997 年，第 355 页。

父亲的棺木轻轻地安放在洒满铜钱和黄纸的墓穴中。一个拄杖的老司仪递给萧一把铁锨。萧铲了一块泥土撒在父亲的棺盖上。萧突然觉得背后有一种灼人的目光在打量他。他稍稍偏转了视角，转过身，看见杏穿着孝服站在母亲身边。杏的背后是空荡荡的田野。一棵孤零零的合欢树上憩息着一双喜鹊和一双绿头翁鸟。

即使在父亲的葬礼上，格非亦未描写萧的哀恸，萧“知道自己划燃香烟之火时颤抖的双手并非源于悲痛而是睡眠不足”。耐人寻味的是，在葬礼上杏的身影开始祛散父亲/战争的阴影，萧“偏转了视角”，从父亲/战争的时间阴霾中遁入除了杏（性）别无所寻的记忆幽径里，他以“性”（杏）来挑战象征秩序里的父亲/战争时间。然而，格非却以一幅隐喻性的象征画面预述了某种悲剧意味的图景：杏的背后是空荡荡的田野；一棵孤零零的合欢树上憩息着一双喜鹊和一双绿头翁鸟。“空荡荡”的田野，“孤零零”的合欢树，实际上预示了萧试图以性（杏）抗拒父亲/战争时间的命运结局。“结局”的前夜萧“偶然”进入父亲的房间时，他像是按时赴约前来领取父亲留给他的沉默的全部含义。在那间具有神秘气氛的屋子里，无论是遗像上那“深邃而坦然的眼神”或“被磨成浅黄色的座椅和依然明净可鉴的书架”，还是父亲那封未及发出的信上面，“苍劲、粗粝”的字迹，都像是某种史前遗迹含混地吐露了那一直支配着萧的无意识内容。在这间“尘封的房间”里，父亲象征着一部宿命的历史，这部历史像一个幽灵闯进了萧的意识，萧那种“不祥的预感”，意味着这是一种在劫难逃的宿命，是历史对个人命运可能性的残酷处置。《迷舟》中的萧在这三重时间书写的交叉小径里，陷入命运的迷舟，格非事实上揭示出了个人在历史之中的存在境遇。

《大年》的叙事时间框架，是将故事分成十九个时间片断进行叙事，每一段的开头都会稍微做一下时间叙述，比如“腊月初二，清晨”，“腊月二十二，傍晚”“大年三十”等等。从表面上看这是一个历史线性时间框架，但格非对时间和记忆碎片进行重组，讲述了一个革命、欲望与阴谋交织萦绕的故事：丁家大院遭遇投奔新四军的惯偷豹子打着革命旗号的抢劫，翌日老爷丁伯高被枪毙于河滩，但随后豹子却被乡村医生唐继尧设计谋害，唐继尧旋即带着丁家二姨太玫秘密私奔。

《大年》显示了“历史”被“叙述”的性质：唐济尧先介绍豹子参加新四军，把“大年三十”误读为“正月十七”，促成豹子抢劫丁家大院，后又将豹子溺死在小桥边，随即一张布告以违抗军令、惯偷和率暴民洗劫开明绅士的罪名宣告将豹子处决。小说以故事的形式展示、解析了最后的胜利者如何“创造”“书写”历史的过程。《大年》一点也不展开两个关键人物唐济尧与玫的心理活动，对于“时间”，叙述者却精心布置：小说中豹子母亲见做贼的儿子回家，想到两日后雇人来杀他，“她觉得时间仿佛突然出了问题，后天，腊月二十四正悄悄向今夜延伸”。黄子平曾经就这些时间叙述进行颇为精彩的分析，他认为在《大年》里头这些仿佛无动于衷的时间框架虽然保证了情节的“客观性”，但读者终会发现，这一切被“布告”（权力＋语言）重新组织为一个冠冕堂皇的历史时间进程。这个控制者恰恰是能给人畜治病的乡村医生唐济尧，由于“革命者”豹子不识字，唐继尧控制了信息的流通和解释，控制了时间，也控制了他人生命的生杀予夺。黄子平进而指出：一旦“未来”也被精心纳入权力的策划之中，由语言文字呈现出来的“历史时间”也就彻底丧失了原本虚幻的深度，而格非小说以“后现代”式的平面化叙述，仿佛也发布了一道将“时间”斩首的布告。①

究竟是时间出了差错，还是历史，或者记忆？这三者在格非的小说创作中是难以分离的三位一体关系，正如格非在阐述自己的历史观所谈到的：“我对历史的兴趣仅仅在于它的连续性或权威性突然呈现的断裂，这种断裂彻底粉碎了历史的神话，当我进一步思考这个问题时，我仿佛发现，所谓历史并不是作为知识和理性的一成不变的背景而存在，它说到底，只不过是一堆任人宰割的记忆的残片而已。”② 格非小说中的时间经验，往往是历史连续性断裂之后呈现出来的时间碎片，他对这些时间碎片和记忆残片进行重组，从中发现时间与历史的狡计——所谓“宏大叙事的历史”，不过是一堆任人宰割的记忆的残片而已。在《往事与刑罚》中余华将暴力书写直接指向历史本身：

他将 1958 年 1 月 9 日撕得像冬天的雪片一样纷纷扬扬。对 1967 年 12 月 1 日，他施予宫刑，他割下了 1967 年 12 月 1 日的两只沉甸甸的睾丸，因此

① 黄子平：《“灰阑”中的叙述》，上海文艺出版社，2001 年，第 35—36 页。
② 格非：《小说与记忆》，《塞壬的歌声》，上海文艺出版社，2001 年，第 15 页。

1967年12月1日没有点滴阳光，但是那天夜晚的月光却像杂草丛生一般。而1960年8月7日同样在劫难逃，他用一把锈迹斑斑的钢锯锯断了1960年8月7日的腰……

时间酷刑的身体叙事隐喻，既瓦解了时间逻辑，又以碎片化零散主体的话语踪迹解构宏大叙事的历史主体。对于格非、余华等先锋作家的时间塑形经验，有评论者曾精辟地指出这场叙事时间变革所引发的深远影响："如果我们的目光一直专注于单向度时间结构的历史，许多的生存体验就可能被遗忘。小说家则以真诚的感受瓦解了线形时间的链条，在格非、余华等人的近期创作中……任何一种乌托邦的意识，在时间的体验中都会瓦解。这种瓦解未必都是消极的，一旦人们从乌托邦的梦中苏醒过来，对存在本身的注意力往往能更充分地焕发。而这种注意力本身就预示着某种新的问题，它可能会激发出某种希望与创造的激情，新的渴望与新的发现。"① 格非小说对历史线性时间链条的瓦解，不仅仅是叙事时间的形式变革，它还预示着对历史与记忆的存在勘测，还意味着新的渴望和新的发现。杨小滨曾指出："中国先锋文学的反历史主义存在于对现时的绝对关注，无意识的感受只能在本雅明（Walter Benjamin）意义上的现时中涌现，其中过去的事件不是呈现出历史的总体性，而是弥漫成废墟、断裂或拼贴（Collage）从而促使革命的、虚无主义的力量一闪而出。对于本雅明来说，这个瞬间没有事件性的绵延，没有历史的理性发展，一切都唤起于现时。"② 本雅明的历史概念建立在对时间的分析之上，那种历史连续体的线性时间，在他看来，不过是一种被同化了的"同质的、空无的时间"，历史经验的"总体"，不是一种时间系列，而是一种时间的瞬间闪现，是"在真实的历史意象短暂地闪耀之际"将其捕获的一种思想的"塑形"活动。③ 这种现代性的历史意象捕捉，对格非等一代先锋作家而言，宏大的历史已然瓦解成欲望、幻觉、记忆拼贴剪辑的时间碎片（历史碎片）——"历史不过是一堆任人宰割的记忆的碎片"，格非认为："历史残片只有通过个人的意识活动——在写作上，它通常是一种直觉，才会显出它的全部意义……小说家介入

① 王晓明：《人文精神启示录》，文汇出版社，1996年，第13页。

② 杨小滨：《中国先锋文学与历史创伤》，原载《中国研究》，1998年9月号。

③ Walter Berjamin,"Theses on the Philosophy of History",Illuminations,New York:Schocken Books,1968,p.254.中译本见《本雅明文选》，中国社会科学出版社，1998年。

历史，更重视个体生命以及记忆的复杂内容，他没有任何理由仅仅出于某种政治、时尚或道德的约束对这种内容进行简约”。[①] 在时间与记忆绘制的历史蜃影中，线性时间锁链的断裂，历史的连续统一体的内爆，释放出偶然、短暂、瞬间的后现代性碎片。

正如利奥塔所说的：“徘徊在未定性的荒野，写作而不目击时间深渊的到来是不可能的”。[②] 时间的深渊这一存在的隐喻，预示着历史连续体的内爆呈现出的断裂场景，在历史裂谷的这一侧眺望，时间的目击者也就成为历史的目击者。时间的空间化加速瞬间的感觉负荷运转，身体化的个人主体穿越时空迷津，未来又将播撒命运与神祇哪一种偶然、延异的语言踪迹？

---

① 格非：《小说与记忆》《塞壬的歌声》，上海文艺出版社，2001 年，第 17 页。
② 利奥塔：《非人》，罗国祥译，商务印书馆，2000 年版，第 68 页。

荒诞、反讽与存在的考证：格非小说的知识分子书写

一

九十年代之后，先锋小说的叙事历险逐渐褪敛了形式探索的锋芒，从虚构的修辞性现实到对存在境遇的深度探测，先锋作家在叙事转型中重新出发。格非九十年代创作的小说里，陆续出现了一批知识分子形象。社会转型时代的知识分子境遇，市场化时代的人文精神走向，成为格非持续关注的问题。作为学院派作家，格非对知识分子的命运沉浮有着独特而深入的感受。时代的变迁在学院里投射下斑驳的光和悠长的影，对于长期生活在幽静而喧闹的校园里的格非而言，这些细碎凌乱的光和影，往往成为他烛照现实的一种触媒，他总是能透过社会和时代裂缝处的一抹微光，或一缕碎影，洞察出转型时代的精神肌理和文化踪迹。这位几乎被批评家塑形为文体实验先锋的作家，面对九十年代社会转型的剧烈变迁，却流露出某种融化在文化血液里的古典情怀，格非在一些书序跋言之类的短章片简里，常有沉潜内心独抒机杼的况味之感。他在 1996 年出版的《格非文集·树与石》序言中，引用诗人宋琳自巴黎发来的信件中的一段话："倘若世上果真有天堂，我想它就是校园河边的一树一石"，然后发出这样的喟叹："与五六年前相比，现在的校园已神飞杳杳，徒具形骸。零落中的生活景致已经没有多少成色。"① 学院内物是人非，文化灵韵已随风飘逝，精神氛围也杳如云烟，"徒具形骸"四字令人回想起五四知识分子的沉郁苍凉，这种文化况味，在先锋作家群里大约难得一见，它显然寄寓着格非对时代与文化变迁的深沉关切。而在 2001 年再版的《欲望的旗帜》序言里，格非对九十年代中期以来知识分子的随时宛转亦感慨良深："五年来，中国社会的变化既含蓄又剧烈，所谓的知识分子群落亦已今非昔比，冷静

---

① 格非：《树与石·自序》《格非文集》，江苏文艺出版社，1996 年，第 1 页。

地思考这种变化的实质，几乎让人恍如隔代，不知今日何日了。”① 这些短章片简里的感时伤怀之言，文字底下似乎蕴藉着浑厚的精神力量，以及某种绵延不绝的文化脉气，让人们看到格非先锋面孔背后的另一副人文情怀。事实上，这种精神力量与文化脉气，既是格非进行知识分子书写的叙事动力，也是其知识分子题材小说另有一番境界的内在根源。

在先锋作家群中，格非的知识分子书写别具一格。马原、余华、苏童和孙甘露、北村等人都较少涉及知识分子题材，当然也偶有个别作品，如余华的《一九八六》写一位中学历史教师的文革遭遇，但其主题聚焦于历史与暴力的血色寓言，人物只是一个叙事符码；苏童的《离婚指南》里的杨泊虽然具有城市知识分子的身份，但只是叙写一种都市生活经验的载体；北村的《玛卓的爱情》和《周渔的喊叫》对现代城市人的精神分裂和灵魂痛楚进行审视和救赎，然而其笔下人物多为寻找灵魂安顿的市民，也不具知识分子特性。与上述先锋作家相比，格非的知识分子书写系列持续而深入，从早期的《追忆乌攸先生》到晚近的《戒指花》，他不仅是书写知识分子题材最多的先锋作家，而且也是对知识分子精神境遇探询最深的当代作家之一。如果说格非的第一篇小说《追忆乌攸先生》，是对乡村知识分子启蒙神话的一次颠覆，那么九十年代之后的一系列知识分子题材作品，则是对城市知识分子的现代性精神测绘。它们主要包括《初恋》《紫竹院的约会》《凉州词》《月亮花》《谜语》《沉默》《苏醒》《打秋千》《戒指花》等一系列精致的短篇，以及具有精神分析色彩的中篇《傻瓜的诗篇》和长篇小说《欲望的旗帜》，转型时代的社会文化氛围成为这批小说的总体性语境，但偶然、瞬间与碎片化的都市现代性体验则以荒诞和反讽的知识分子式叙述呈现出来，某种意义上，它们成为知识分子在一个剧烈变迁的转型时代的精神档案。这些以知识分子为主要刻画对象的作品，故事的场景一般都设置在都市空间视野中的学院内外，叙事的焦点往往投向知识、精神、命运与存在的境遇、形而上的冥想，具有浓郁的智性色彩与审智风格，“智者叙述”也由此成为格非小说的某种风格化标识。②

格非的知识分子书写系列，在叙述形式上似乎收敛了实验的锋芒，人物形象的刻画又重返叙事的平台，心理深度也悄然抵达，精神、思想成为叙事的重要维

---

① 格非：《序跋六种》，《格非散文》，时代文艺出版社，2001 年，第 225 页。

② 洪子诚：《中国当代文学史》，北京大学出版社，1999 年，第 343 页。

度。这些叙事上的变化往往被批评家视作写作主体的转型或回归，格非无疑启用了一些写实手法，但这种叙事调整毋宁说是为了寻找形式与精神的最佳契合点，它在变化中还是有不变的一面：叙事空缺和多重叙述依然是格非驾轻就熟的叙事策略，语言上精益求精的锤炼，睿智的玄思和机智的反讽。这些带有格非叙事风格标记的形式手法，在知识分子书写系列中并没有受到削弱，尤其是一些精致的短篇里，经过叙事调整后它们反而体现出恰到好处的形式感——“从容与节制、复杂与单纯、人物与故事、心理与表象、疏朗与精密、跳跃与衔接等一系列相对的范畴得到了平衡和统一”。[①] 这些精致的短篇，大致可梳理出格非探测知识分子精神世界的三种向度。一是对转型时代知识分子“病”候学的精神诊断，《沉默》和《苏醒》是其代表，前者揭示知识分子失语症背后的精神痛楚，后者在“苏醒”与死亡的悖论反讽中刻绘出存在的荒诞和苍凉；二是知识分子对都市现代性体验的感性传达，比如偶然与瞬间的时空错位（《解决》《让它去》），易碎的感情和迷惘的爱欲（《初恋》《紫竹院的约会》）；三是对社会文化氛围与知识分子思想变迁的隐喻性象征，《月亮花》《打秋千》和《戒指花》以一组流动的意象，刻画出九十年代知识分子的精神流变过程，《月亮花》将八十年代理想主义“寻找的神话”转喻成九十年代的“语言花束”，《打秋千》则微妙地传达出知识分子在文化嬉戏与人文承担之间的某种暧昧的姿态，《戒指花》则在腐烂与焦虑的社会生态图景中进行美学和伦理测试。

二

格非的知识分子书写以短篇为主，我们这里选取《凉州词》进行分析解读。《凉州词》是九十年代格非继《锦瑟》之后另一篇诗词典故的再叙事短篇。与虚空轮回梦里乾坤的《锦瑟》不同，《凉州词》在再叙事上引入了现实的维度，虽然也是以小说叙事进行古诗新读，典故新解，但古典诗文的历史语境并非作者的叙事指向，它被推向历史青山之外作为遥望的远景，而九十年代的人文知识分子的生存境遇则以当下的近景特写凸现出来。叙述者“我”与小说主人公临安博士，都是九十年代“学院之内寻常见，象牙塔下几度闻”的学术人，与题目相关引发思

---

① 南帆：《纸上的王国——序〈格非小说集〉》，《文本生产与意识形态》，暨南大学出版社，2002年，第188页。

古之幽情的只是一则有关中唐诗人王之涣的逸闻。从题材角度来看，《凉州词》可归为格非的知识分子书写系列，但它在叙事形式上更接近《锦瑟》所开创的诗词再叙事文体，只不过《锦瑟》着力于叙事还原李商隐原诗的意境而带上虚幻色彩，而《凉州词》不再营造叙述迷宫却以有关诗词的逸闻叙事进行写实的存在考证。同样一种文体，格非写来总有形式上的变化求新，《锦瑟》与《凉州词》一虚一实，在结构和手法上有鲜明的变化。

王之涣的《凉州词》自然脍炙人口，但格非的小说再叙事并非聚焦于诗句的苍茫雄浑，而是取材于诗人的一则风雅逸事。作为中唐边塞诗人，王之涣的生平极不可考，死后仅留下《凉州词》《登鹳雀楼》等寥寥无几却传诵千年的诗作。《唐才子传》和《唐诗别裁》等典籍记载过他与王昌龄、高适等人在边塞戍边时赛诗分妓的谐趣逸闻，其典籍原意，无非是品评赏鉴文人狂狷、名士风流的诗林趣话。格非的小说叙事即取材这一典籍佚事，但不是胶柱鼓瑟地叙其文人风雅，相反，对历史逸闻的多重改写却是以令人耳目一新的形式出现的。小说《凉州词》的多重改写体现在以下三个方面：一是仿论文体的叙事结构与学术随笔式的叙述话语，二是借虚构人物临安博士奇特的"考证"和充满想象力的阐释进行典故再叙事，三是浸透着当代人文知识分子存在感悟的内在精神意蕴。经过多重改写后，这则"藏在典籍人不识"的逸闻佚事焕发出别一种光泽，一种烛照现实的幽远而又深微的精神光芒。逸闻叙事是新历史主义的一种后现代手法，海登·怀特指出，新历史主义者尤其表现出对历史记载中零散插曲、轶闻轶事、偶然事件、异乎寻常的外来事物、卑微甚或是不可思议的情形等许多方面的特别的兴趣。从诗学语言与语法规则之间的二项对立关系看，逸事逸闻犹如诗学语言，不仅自身包含意义，而且还总是隐而不露地对占统治地位的语言表达的典范规则提出挑战。他认为"历史的这些内容在创造性的意义上可以被视为'诗学的'，因为它们对在自己出现时占统治地位的社会组织形式、政治支配和服从结构以及文化符码等的规则、规律和原则表现出逃避、抵触、破坏和对立"。[①] 在这种认识基础上，新历史主义者通常遵循一个批评操作程式：先从尘封的典籍中找出某一被人忽略的逸闻逸事（表面上与所评析的文学作品相隔遥远又罕为人知的事、诗、画、雕塑或建筑的设计等），然后挖掘其深层文化意义并出人意料地在它们与所分析作品之间找到联结

① 张京媛主编：《新历史主义与批评文学》，北京大学出版社，1993 年，第 106 页。

点，最终显示出文学作品在成文之时与当时的世风、文化氛围和意识形态之间的复杂纠葛。他们将这种方法概括为“逸闻主义”（Anecdotalism），并在其多种诗学价值中特别强调其“触摸真实”（The touch of the real）和“反历史”（Counterhistories）的效用。[①]《凉州词》显然借鉴了这一原属于文学史与批评领域的手法，将之运用到小说叙事中来。

小说结构采用仿论文体的形式：闲谈——（引言）——旧闻（推论）——诗作及其散佚（考辨）——结论，四个部分俨然一篇规范的学术论文，但行文叙事则是在“我”和临安博士之间半是学术交流半是朋友清谈的对话中进行，有点像书斋晤谈式的世说新语。“我”既是叙述者又是倾听者，主人公临安博士则是逸闻叙事的言说者，他向“我”转述那篇题目冗长得令人难受、删去枝蔓后似乎可以称作《王之涣：中唐时期的存在主义者》的论文。不难察觉，这一仿论文体的叙述形式具有明显的反讽意味，作为先锋派学院作家，格非对向来枯燥乏味而又正经严肃的学术论文进行戏仿，自然带有学院中人的切身体悟——越来越规范的学术论文不仅把想象力送进了坟墓，而且把理性的思想规训成程式化的工具。当然，戏仿（Parody）这一常被尊奉为后现代主义叙述策略的手法，在先锋小说中并不少见。所谓戏仿，是基于小说的可能性几乎被穷尽以后，后现代作家们选择的一种表述策略，它不是对现代主义某些次要因素和风格的强调，而是对传统小说形式的戏谑性摹仿，即通过有意识地摹仿一种其可能性已被穷尽的形式而成为新的可能性，它往往是从某些经典范本或类型范本中攫取或借用叙事动机，使作品在人物、故事或情境方面与范本或母本貌似相同，实则反其意而用之，范本或母本实际上成为反讽和消解的对象。先锋小说对传统文学形式的戏仿是其叙事革新的一种策略，这种针对某些经典范本或类型范本的戏仿，往往在颠覆传统叙事模式的同时重构出小说形式新的可能性。格非的《追忆乌攸先生》《迷舟》对伤痕小说与战争小说的戏仿，余华的《古典爱情》《鲜血梅花》对古典才子佳人小说与武侠小说的戏仿，以及苏童的《我的帝王生涯》对帝王将相历史演义的戏仿，都在消解现实主义类型范本的基础上重构新的叙事方式。但《凉州词》则属于跨文类戏仿，小说和论文毕竟是两种不同的文体，格非在他的学术研究著作《小说叙事研究・序》里，曾对小说与论文进行文体比较：“写小说难，还是搞研究难？面对这

① 张进：《新历史主义与历史诗学》，中国社会科学出版社，2004年，第52页。

样的提问，我总是毫不犹豫地回答道：就我个人感受来说，写小说要难得多。”他在序言里列举了五条理由，其中的第二条是：“（写论文）前人和同辈的研究成果往往构成学者做学问的契机，或拾遗补阙，或考据，或猛烈批判、创建新说。写小说呢？前人的作品通常只是障碍，你得小心翼翼地绕开它，作家以前的作品更是障碍之一。”① 格非对小说与论文的写作体会表明，在他心目中小说无疑更具有创造的挑战性，前人作品即使是戏仿的旧瓶也得装出新酒来，而写论文则有前人资料可以依凭，仿论文体的《凉州词》依凭典籍记载进行再叙事，他的跨文类戏仿显然不是为了消解学术论文表述模式，而是试图在一种互文反讽的文本效果中揭示出某种文化境遇。

考察《凉州词》所试图揭示的文化境遇，临安博士这个人物形象显然是一个重要的切入点。在格非先锋时期的小说创作中，人物形象往往是一种寓言性的象征符号，刻画性格塑造人物的现实主义手法实际上已被叙述形式所扬弃，但在一些书写知识分子的文本里，不时有跃然纸上带着文化精神印记的人物出现，比如《沉默》《苏醒》《月亮花》《打秋千》等短篇。这些刻绘知识分子形象的短篇小说，其叙事源头可追溯到格非的处女作《追忆乌攸先生》，如果说乌攸先生是一个荒诞而疯狂的年代里的悲剧性人物，一个被剥夺了表述权力在无知之幕里与黑暗相伴的文化苦囚，那么临安博士则是另一个文化转型时代里的零余者，一个不愿被制度化理性规训却又陷入无物之阵的文化精神分裂者。《凉州词》的小说形式实际上是由一个双重戏仿的叙事结构组成的，小说的整体结构采用仿论文体，主人公临安博士的学术论文却是仿小说体的，这一二项对立的双重戏仿隐含着文体分裂的表意焦虑，它可视作是九十年代文化冲突图景——思想与学术、激情与理性、启蒙批判与意义消解等等内在对立关系——的结构性投影。这一意义上，临安博士奇特而又带有荒诞色彩的学术生涯，不过是文化冲突图景的隐喻化表征。

三

格非知识分子书写系列中的三种向度，最终聚合在《欲望的旗帜》这部长篇里。《欲望的旗帜》虽然在格非熟悉的学院场景中叙写知识界的浮世绘，但是它实际上刻绘了一幅世纪末的精神图景：“社会是欲望的加油站”，学院不过是徒有其

---

① 格非：《小说叙事研究》，清华大学出版社，2002 年，第 1 页序。

表的文化废墟，在废墟上升起了欲望的旗帜。“九十年代初期的上海，一个重要的学术会议将在这里举行，由于某种无法说明的原因，知识界对这次会议普遍寄予了过高的期望，仿佛长期以来所困扰他们的一切问题都能由此得到解决。”这是小说的开篇，伴随这次“意义重大”的学术会议的筹备、召开和落幕，人物一个个登台亮相，有哲学泰斗、中青年学者和小说家，有佛学大师、神学家，有企业家兼诈骗犯。他们雄踞在人类文化的象牙塔内，从事着被马克思称为“时代精神之菁华”的哲学研究，但这并不意味着他们能躲过或超越种种形而下问题的侵扰。知识、欲望与冲动在小说文本中以荒诞与反讽的情境展开，知识从求真意志沦为欲望的对象。正如科耶夫对欲望辩证法的分析：“所有人类的人性的欲望，即产生自我意识和人性现实的欲望，最终都是为了获得‘承认’的欲望的一个功能。”①从笛卡尔的“我思故我在”，到弗洛伊德意义上的“我欲故我在”，当知识、真理失却终极目标沦为只是为了获得‘承认’的欲望的一个功能，哲学作为智慧之学也就像一座能指移动的欲望悬崖。小说借助学术会议的召开，展现出一具具充满矛盾的撕裂的灵魂，他们各自在欲望的深渊中挣扎、纠缠、折腾，知识者自诩为理性之光的真理镜像，突然被转换成一面由语言介体构成的欲望镜像，镜子作为一种象征之看，一种自我凝视，物与人、自我与他者都在这面欲望巨镜中相互映照，呈现出一副混乱不堪、面目全非的破碎镜像。

小说中的那场“意义重大”的学术会议就像提供了一面欲望魔镜，在这面魔镜的映射下，中年学者曾山、学院作家宋子矜、女研究生张末，以及哲学泰斗贾兰坡、佛学家慧能、基督教神学家唐彼得，还有会议赞助商邹元标等各色人物都成了欲望的“症候人”。小说叙事的时间框架以会议的进程展开，全文分为六章，附尾声，除第四章标目为“欲望的旗帜升起”与尾声外，其余五章都与会议有关，如“预备会……”“会议再次中断……”“会议闭幕……”，可以说，小说叙事由学术会议始，由学术会议终，以学术会议为叙事脉络，进而牵扯出人事之变。但格非让线性时间处于某种断裂状态进而揭示出存在的荒诞：会议被迫三次中断，而总不能达到预期的目的（解决某种终极价值问题），就是因为欲望的实现自始至终都在不断延异的无意识踪迹中成为遥不可及的幻象。弗洛伊德曾对欲望的精神症候进行深刻的剖析：“已经成为无意识的被压抑的冲动，通过迂回曲折的方式，找

① 科耶夫：《黑格尔哲学导论》，汪民安译，载《生产》，广西师范大学出版社，2004年，第428页。

到了释放的途径和替代性的满足，使得压抑的目的全部落空……被压抑的冲动在躯体的某些地方爆发出来，产生症候。于是，欲望的症候就成了折中的产物，因为尽管它们是一些替代性的满足，但由于自我的抵抗，它们还是改变了模样，偏离了原先的目标。"① 会议的三次中止使欲望的故事得以不断延宕。会议第一次中止是因贾兰坡的自杀，尽管小说将这次自杀设置成神秘的"空缺"，但从全篇看，贾兰坡还是因为"轴心时代"结束之后，他所面临的欲望与希望、灵与肉的冲突而陷入绝望的，哲学泰斗的自杀使学术会议开始偏离了原先的目标，知识和真理的探讨逐渐让位于欲望、名利的角逐。第二次被迫中止是因商人、会议赞助人邹元标的被捕造成的，来自象牙塔之外的商人似乎向参加学术会议的哲学学者指出了欲望的虚无，"因为，作为欲望的欲望——就是说在它满足之前——仅仅是一个显露出来的空无（Nothingness），一个非真实的空洞性。"② 社会这个欲望的加油站，朝象牙塔内投射出欲望的幻象，然而，赞助商的被捕反而使学术会议偏离转换为一场欲望与名利共舞的"人才贸易"洽谈会。第三次中止则是宋子衿的精神失常造成的，这位身陷功名和性幻想的欲望囚笼的浪漫派学院作家，在近乎赤裸裸的欲望追逐中反而沦为欲望的奴隶，义无反顾地扑向了异化的欲望镜像。

小说中所谓的学术会议成为世纪末荒诞的精神境遇的某种隐喻。"荒诞"（Absurd），其原本意义是（音乐的）"不和谐"，进而引申为"缺乏理性或恰当性的和谐"。有趣的是，荒诞一词本身就有哲学意义上的谱系："丹麦哲学家克尔凯郭尔的著作首次赋予'荒诞'一词以现代含义。他写道，基督精神是荒诞的，因为没有人能够按照理性去理解、证明其合理性并将其付诸行动。此后，荒诞的概念在法国和德国的存在主义哲学家著作中一再出现，海德格尔以此来形容基督教信仰；萨特以此来描绘人生显著的无意义和对虚无的恐惧；加缪以此来表述介于'人的意图和他所遭遇的现实'之间的差距；雅斯贝尔斯以此来表明现实如何不断将个人挫败；马塞尔则以此来象征人生'本质上的神秘性'。"③ 在这一荒诞的境遇里，小说中的各色人物也不可避免地沾染上荒诞色彩。如贾教授猝死之谜，在小说中它是无解的"空缺"，每个人物都往空缺里填补欲望的注脚。慧能法师又到底是一个怎样的人——曾山觉得他是智慧可亲，而宋子矜和老秦以为他有如鹰隼的眼，

① 弗洛伊德：《弗洛伊德自传》，上海人民出版社，1987 年，第 39 页。
② 科耶夫：《黑格尔哲学导论》，汪民安译，载《生产》，广西师范大学出版社，2004 年，第 413 页。
③ 黄晋凯：《荒诞派戏剧》，中国人民大学出版社，1996 年，第 674－675 页。

其身世之谜也是无解的。这些可以说有些神秘主义，是冥冥中不可名状的荒诞。但曾山、宋子矜、张末命运的荒诞则不在于神秘，而在于追求不得的失败和无奈，是命运对于现实的捉弄或者现实对于命运的捉弄。某种意义上，我们在曾山身上看到现代理性的命运。他试图启用理性、我思支撑起人格和行动，抓住荒谬生活背后的本质和意义，却总是令人沮丧地陷入无所适从和自我怀疑中。自我理性就像一堵玻璃墙，囚他于孤独与迷惘之中。拉康曾用过这样一个比喻：对于现代人来讲，象征性的语言“像一堵墙”；理性、我思这些哲学话语不是简单的镜像，而是作为大写的他者挡住了主体真实存在的发生和生长。① 而欲望、堕落、虚无乃至一切时代病症却毫无障碍地渗透进来，侵蚀他的灵魂。居于语言之墙内的曾山不止一次听到那个细微而顽强的声音：“是时候了，我们已无须等待，让我们放弃挣扎，追赶上狂欢的队伍，赶赴一场盛宴……”哲学和爱情曾经是曾山自我救赎的希望，灵魂栖居的家园，但最终却春梦般破灭。在从事多年的研究后，曾山发现哲学在自己心中的位置正在坍塌。从贾兰坡的死，到子衿的疯；从哲学系的面临解散，到被人们曾遍寄予厚望的哲学年会（且不说它本来就是骗子邹元标一手导演的游戏）衍变成人人都想分一杯羹的人才交易市场，最后在子衿恶作剧的疯狂表演中匆匆落幕，曾山一点点清晰窥见到哲学/人文的真相。他沮丧地意识到“哲学对通常意义上的生活并无任何助益。相反，它只是一种障碍，我们借助于它的光芒，只能更确切地感受到绝望和废墟的性质。它是一个陷阱。……哲学所照亮的东西正是人们试图遗忘的东西。”在曾山的哲学思辨之旅中，我思的主体时常在话语的客观化中失落自己的意义，从“我思故我在”异化成“我思故我不在”，拉康曾经以科学家或学者在那种象征性的研究事业和日常生活中的“死亡”为例，来说明我思的主体不过是一个被语言象征秩序询唤的“伪主体”：

> 在科学构成的这个宏大的客观化过程中交流能够成为有效的。科学也使他忘记他的主观性，在他的日常工作中他有效地参与在这个共同工作中，并以一个兴盛的文化娱乐来填充他的空闲时间，从侦探小说到历史回忆录，从教育讲座到集体关系修正术，这个文化足以使他忘记自己的存在与自己的死

---

① 张一兵：《不可能的存在之真——拉康的哲学映像》，商务印书馆，2006年，第213页。

亡，同时，在一种虚假的交流中误识他的生活的个别意义。①

拉康的分析显示，当一个学者在他所从事的研究中忘却自己的主观性，自以为掌握了客观真理并进入了本真世界，但事实上这不过是“遗忘存在”的一种变形。他用大量的文化符号和伪主体际的交流填充了自己的空余时间，以忘却自己的真实生活，而在所谓文化、精神与思想交流中，他被询唤为理性的主体，却不知道这一语言询唤出来的赝主体，不过是概念的“存在之尸”。拉康对科学家的剖析同样适用于曾山，在曾山身上，理性演示了自己从兴盛到衰败；从笛卡尔、康德到拉康、福柯的发展历程。但哲学对于曾山并不仅仅是一种职业，一个外在的对象，而是曾山心灵的寄居之所，哲学的幻灭进而引发曾山自我的迷失。在那个大雨滂沱之夜，当曾山绝望地撕碎自己苦心孤诣写就的论文时，他无异于将自己的心灵也撕碎了。拉康认为，人类的知识是另一种形式的妄想狂：“人类特有的那种想在现实中打上自己形象印记的狂热是意志的理性干预的隐秘基础，”对作为知识论的目的的真理而言，“真理不是别的，只是通过运动它的无知才知道的东西。”② 当曾山的求真意志化为缥缈的空无时，欲望的云烟在理性的裂谷深处化为一片空瞢。

如果说曾山面对的是理性与非理性（欲望）的心灵搏斗，那么，宋子矜则在对欲望的追逐中陷入真实的分裂与精神的分裂。曾山还在存在的真实中积极地追寻内心的真实，而宋子矜则无法生活在存在的真实中。“与其说子矜成天在说谎，不如说他根本就无法再分辨真实与幻觉的区别。诚如他自己所说：‘在写作中，你的意识会不知不觉地被上帝或撒旦控制住。你分不清哪些事是真，哪些事是虚构出来的”。这个困境更甚于曾山的困境，从曾山的“我思故我在”到宋子矜的“我欲故我在”，我们依稀看到八十年代那个意气风发的理性启蒙主体已沦为九十年代喧嚣躁动的非理性欲望之躯。向往空灵洒脱的宋子矜，内心充满了感性和浪漫的色彩，他的欲望排除了理性与信念，一切都自然、纯净，他甚至“感到自己已经远离了尘嚣”。内心真实便被宋子矜抽象成了一种感觉，而不是曾山的平实，因此愈发脱离了现实。子矜的内心宛如一只脱线的氢气球，一任“本我”率形而为，

① 拉康：《拉康选集》，上海三联书店，2001年，第293页。
② 拉康：《拉康选集》，上海三联书店，2001年，第606页。

却永远再无法回到地面，这一意义上，“欲望成了存在的空缺，它在其存在最深处被它所欲望的存在所纠缠。”① 在理性哲学与日常生活的对峙中，子矜就像一位撕下理性门帘直奔“本我”之境的孩子，他放浪形骸地游戏在成人的园地里，但注定了要遭罹毁灭的磨难。我们看到，子矜在所有的活动中都自行其是：他和导师的“情妇”做爱，他在学术会议期间带着女研究生去杭州“打胎”，他变幻的关于屁股上的烙斑的叙述，尽管人们总以一种对待孩子的宽容宠溺了他，但子矜仍然得不到那种感觉，他希望存在的真实里能“生出”他的梦幻来给予他。对于子矜而言，欲望的对象恰好是不可能的对象，存在的空缺延宕了欲望的踪迹，但正如拉康对欲望的精神分析诊断：“欲望的对象本质上不同于任何需要对象。当某种事物代替了那个在本性上始终对主体隐蔽着的东西，代替了那种自我牺牲，代替了典压在主体和能指关系中的那磅肉——这就成了欲望中的一个对象。”② 因此，拉康做出这样的宣告：“无是出入于驱动人的意义的圆舞曲中的，欲望比无更空虚，它是征程的余痕，就像是能指的剑加在讲话的主体肩上的标记。比起所指的纯粹激情来，它更是能指的纯粹行动，在活体成了符号时，这个行动停了下来，使它成为无意义的。”③ 宋子矜终于彻底地崩溃了，他回到了家乡，正常的时候，“他也会独自一人悄悄地来到江边，在高高的坝上坐上一整天，看着江边过往的船只发愣。”子矜在疯狂的状态中获得了真实。在一个破碎的世界里，荒诞以疯癫获得了另一种真实。子矜的欲望与癫狂，表面上是想借助弗洛伊德的“快乐原则”活出“真实的精彩”来，但欲望这一魔鬼大他者却将其拖拽进一条理性与疯癫交叉小径里，而在欲望的旗帜的猎猎风响中，那些曾在若干世纪里庇护过人的灵魂、思想和良心的哲学、宗教、美学和道德的圆形屋顶已轰然倒塌，就像超现实主义画家达利所言：“今天，灵魂待在外面，在街头，就像狗一般！”④

张末无疑是《欲望的旗帜》中写得最感人的形象之一。格非谈到《欲望的旗帜》的创作宗旨时曾指出：“它是一把刻尺，我想用它来测量一下废墟的规模，看看它溃败到了什么程度，或者说，我们为了与之对抗而建筑的种种壁垒，比如说

---

① 萨特：《存在与虚无》，三联书店，1987年，第132页。

② 拉康：《欲望及对〈哈姆雷特〉中欲望的阐释》，参见《世界电影》，1987年，第216页。

③ 拉康：《拉康选集》，上海三联书店，2001年，第569页。

④ 达利：《达利自传》，上海人民美术出版社，1997年，第303页。

爱情，是否能进行有效的防御。”① 张末不仅成为欲望的象征符码，某种意义上她还是一把爱情和欲望的刻尺。小说中的张末，似乎是格非有意设置的以爱情来抵御欲望，甚至救赎精神废墟中的死魂灵的一种寄托和象征。在读小学的时候，张末就开始了对于爱情的憧憬与向往：“一个面目模糊的男人向她走来说‘我们回家’——一幅充满纯真与美好的画面，这个画面缠绕了张末的一生并指引着她寻找归宿。然而，现实总背离她的心灵，第一个偶像音乐老师对她不屑一顾”；药剂师引发了她心中欲望的朦胧渴望，却与母亲私下相好；曾山是个有着哑铃脸型的憨厚男子，他给她以安全感，更因为他是第一个主动热烈追求她的男子，张末终于筑下了爱情的巢，最终却离婚了；邹元标是张末生命中最奇异的人，偶然的邂逅，双方却都产生了不可压抑的激情，这完全是情欲的魔鬼，是一种生命本能的吸引，但张末强大的理智每一次都保护了她。张末只能隔着很远的距离来想念曾山，她甚至企图抛弃知识的体面……然而张末需要的简单的打动永远只能在梦幻中发生。“怎么会这样?”她一遍遍的反问着自己，她流着“忧伤的泪水”要“回到她一度遗弃的生活中”，命运是如此荒诞，总是打断一个个美梦的敲门。拉康说过：“欲望的溪流是作为能指链的变迁而流动的。”② 张末的爱情实际上得自于语言能指链上的“象征”——“爱的成分是由语言引起的”。③ 对于张末而言，爱情的萌发是由观念中的想象与象征关系导致的，与此相应的，想象的破产也是爱情消逝的主要原因。张末试图以爱情的想象来延宕欲望的冲击，但在她身上，那与肉体密切相关的欲望总是轻易地战胜了与音乐和诗一样的希望。爱情不过是自恋的镜花水月，而欲望则成了缺失的转喻，她甚至发现：“放纵与疯狂，是躯体的一个小小秘密”。当欲望向存在的身体注入激情时，身体的反叛以一种自我分裂的方式进行：她一边抵制曾山，一边与他约会；一边对曾山说：“我是你的。我的梦也是你的”，一边又与邹元标幽会。意识规训不了感性之躯，欲望总是掀下理性的门帘，而爱情镜像则留下一地的记忆碎片，她怎么也拼凑不出真实的自我来。张末只能在精神之夜焦虑挣扎，她清楚地了解，“女人的肉体既是宝藏，又是沉重的负担”。但身体的否定性力量，既是对那脱离感官的抽象的反叛，也是使人堕入本能

---

① 格非：《欲望的旗帜·后记》，春风文艺出版社，2001年，第246页。

② 拉康：《拉康选集》，上海三联书店，2001年，第562页。

③ 拉康：《拉康选集》，上海三联书店，2001年，第274页。

深渊的根源。在张末的主体与身体分裂的镜像中，爱与欲望都属于想象域，它只能在无意识之中找到自己的安身之地，但留下的却是茫茫的空无之夜。

作为时代精神状况表征的欲望症候人，从曾山的理性的“我思”沉沦到宋子矜的欲望与疯癫的自我异化，再到张末的主体与身体的分裂镜像，《欲望的旗帜》不仅刻绘出九十年代后现代性转型的欲望地形图，而且在荒诞、反讽的世纪末文化颓败镜像中进行存在的考证。在文化废墟上升起了欲望的旗帜，这幅世纪末的精神图景，成为九十年代文化症候学的一种后现代性诊断。当然，《欲望的旗帜》并非仅仅飘扬在学院的象牙塔上空，它实际上成为社会历史转型时代的巨型隐喻。然而，这样的困惑依然延续着思考的踪迹：在一个文化溃败的时代里，废墟上的欲望旗帜还能飘扬多久？荒诞的“现实”，消解意义的反讽，在总体性分崩离析的文化旷野里，格非对存在的考证不仅为知识分子的文化危机提供了精神备忘录，而且点燃了文化灰烬里未熄犹生的薪火余温。

疯癫的边际
——精神分裂的话语分析

一

书写的历险延异语言与语言的搏斗，断裂的决然姿态启动先锋小说不懈的挑战。未来的降临既是存在主义时间颜面的刷新，又是后现代新空间形式的递嬗和变异。九十年代以后，格非的城市书写似乎在虚实之间寻找叙事变焦的焦距。这一叙事焦距的调整，实际上沿两个方向展开：一是对都市个体精神世界的探测与分析，它体现在《蚌壳》《傻瓜的诗篇》《镶嵌》等一批具有精神分析话语色彩的中篇里；二是对知识分子人文精神的存在勘探与话语测绘，它由《沉默》《苏醒》等一系列短篇与长篇小说《欲望的旗帜》组成。这两个系列构成格非城市书写地图的纵横经纬。

《蚌壳》是格非小说进入精神分析话语的肇始之作，但它仍然延续那种如真似幻的迷宫叙事风格。话语侦探延续了罗布·格里耶式的审智叙述，戏仿的侦探叙事暗含结构性反讽的意味。法国新小说主将罗布·格里耶的理论化视域显然来自罗兰·巴特零度写作的物化叙事，但另一被遮蔽的维度——福柯的审智话语却未引起足够的关注。窥视与凝视，视觉的监视与惩罚，从博尔赫斯繁殖的镜子到罗布·格里耶《一座幽灵城的拓扑学》中繁殖的牢房，福柯的理论景观投射在罗布众多新小说文本上，生成并建构形式化的意义机制。当代先锋小说延续了法国新小说虚构理论化的语言历险，余华的《河边的错误》，以局外人冷峻的语调戏讽疯子杀人，警察陷入逻辑“军规”的圈套而变疯的他者话语侦探，差异与重复的多向度叙述以螺旋式悖论延展非逻辑的偶然无常。《往事与惩罚》的时间酷刑叙事隐喻，既瓦解了时间逻辑，又以碎片化零散主体的话语踪迹解构宏大叙事的历史主体。

格非的审智叙述推进了福柯性话语的叙事追踪，《蚌壳》以性符码与死亡追缉的表征意指演绎了不在场的诡异踪迹。叙述者“我”在幻觉和臆想中进行似是而非的多重叙述，由于格非故意隐去臆想幻境与现实场景之间的差别，叙事中没有相应的提示和交代，第一人称叙述者“我”到后面又转换成第三人称叙述者马那，小说呈现出多元交错恍惚迷离的镜像碎片，它更像一位精神臆想症患者的临床诊断记录，凌乱的言语碎片拼凑出一幅精神病理图。当然，如果从小说结尾处进行叙述慢镜头回放，再重新予以叙事时序的还原，还是可以大致梳理出叙事的脉络：“我”在蝙蝠大街私人诊所接受一名著名的神经科大夫问诊，走出诊所时与以前熟识的一个姑娘小羊邂逅；“我”和小羊偷情后，先是引发对犯了相同错误的父亲的童年回忆，接着又产生对妻子不贞的臆想：妻子在同样那家私人诊所与医生在病床上疯狂做爱；死亡恐惧又接踵而至，“我”梦见妻子在浴缸里放毒蛇杀害“我”，这时叙述者转换成第三人称马那，因为死亡情景和警察验尸的叙述显然不能由第一人称叙述者承担，但警察验尸报告却说马那在死前感染了梅毒，梅毒是从 G 省的一个妓女那里感染的；最后“我”又回到那家私人诊所，医生告诉“我”患了眼下颇为流行的臆想症，病人常常会出现死亡和性的幻觉。这里，格非依然设置了叙事上的“空缺”——“我”的臆想是进入私人诊所后开始的，还是与小羊偷情后开始的？第一人称叙述者“我”是否就是第三人称人物角色马那的符号分身术的共谋？“我”和马那分别叙述了同一场景里发生的事，同样是在蝙蝠大街，但“我”邂逅的是以前熟识的小羊，而马那相遇的却是来自 G 省的一个妓女。显然，格非在多重叙述中设置了“空缺”，使重复叙述在差异性游戏中推进。

拆解深度观念之后，现代性的表意焦虑被祛魅，文字表面捉摸不定的关系诱惑批评的能指进驻躯体。在差异与游戏的边缘，绎解欲望之流的多重代码，解读不确定性的边缘文本，探测文本间性差异能指的踪迹，德里达如是表述书写的躯体历险：“书面文本是个躯体，唯有当我们实际说出了使之有生气的文字表达时，它才表达意思，只要其空间是放在时间关系中加以确定。文字是个躯体，唯有当实际意图使之有生气，使之从一种呆板的响亮状态转移到一种有生气的状态才是有含义的。这种文字特有的躯体，唯有当它被那种将它改造成精神肉体的含义行为变得有生气时才会表达意思。”① 性话语捕获并刺穿微观权力与理性知识的裂缝，身体的微观政治衍生文本边际的表征意指实践，再解读《蚌壳》与《傻瓜的

---

① 雅克·德里达：《差异》，引自 D·C·霍埃《批评的循环》，兰今仁译，辽宁出版社，1987 年，第 100 页。

诗篇》，小说与理论重叠的后现代叙述话语赢得了书写式阅读的契机。

二

空缺和重复的叙述策略并非《蚌壳》的重心，它们只是进入精神臆想症患者意识图景的一种叙述手法，小说实际上是围绕另一个核心意象——蚌壳——的性话语指符展开叙述的。“我”和小羊偷情后，追忆起童年父亲潜到水里摸河蚌的情景：父亲边摸河蚌边和岸上一位高大健壮的女人调情，他们当“我”不懂那号事，在暴雨中躲进芦苇丛里“像墨鸭一样翻腾”，那个女人的叫声被雨水淹没了。随后不久，父亲因为摸到的一木盆河蚌都是盛满污泥的死蚌，就吊死在羊圈里。这个源自童年的原始场景成为“我”精神史记忆中的一个黑点，它不时地闪现出来，由一个黑点逐渐扩散成精神上的黑洞。“小羊”“墨鸭”“死蚌”“羊圈”撒出性符码的词语印迹，蚌壳在语言习俗里与性的隐秘联系，已外显解除精神分析的深度模式，延异压抑祛魅之后的性话语表征意指实践，父亲又因死蚌而自杀，对叙述者“我”来讲，蚌壳就成为性和死亡的隐喻指符。《蚌壳》里有不少场景是医生与患者之间的对话，格非似乎有意颠倒医生/患者的位置，来营造反讽的差异性语境。作为癔症患者的“我”叙述起病症来旁征博引弗洛伊德的学说，恰似精通专业的医生，而著名的神经科兼内科医生则与常人无异，他只关注一些表象，譬如说陌生人的一次奇怪的眼神，病人与妻子的争吵，甚至梦境中出现下雪的场景。医生反而对“我”的学理化陈述不耐烦：

> “我知道你读过很多弗洛伊德的书”，医生说，“我不否认你刚才讲述的那个蚌壳故事对治疗你的疾病具有一定的价值。据我所知，童年的记忆对一位步入成年的人的精神疾病的诱发并不像弗氏所吹嘘的那样神乎其神。事实上，弗氏如果懂一点中医的话就不会那样狂妄。我想一切事物的真谛只存在于它的表面，正如一切生命都活跃于肌肤是一样的道理。”

在这番具有反讽意味的医生诊断话语里，格非运用了自我否定式的悖论性陈述：弗洛伊德如果懂中医，以及“一切事物的真谛只存在于它的表面”。中医的望闻问切如何延异后弗洛伊德的表象症候学？这显然更像是知识癔症患者的病体语言，但却出自著名的医学专家之口，正如布鲁克斯对反讽下的定义：反讽是一个陈述语对语境的歪曲。[①] 在医生/患者的疗治语境里，反讽不仅形成某种“白色幽默”效果，而且是对这一主体/他者、理性/疯癫的疗治结构的一种颠覆，精神疾病在这一颠倒的结构中异化成存在的症候学隐喻，医生与病人一起生产出有关“精神病”的知识来，他们的位置甚至可以互换。作为他者的精神病人正是作为主体的精神病医生的自我映射，反之亦然，这不禁让人想起帕斯卡尔的箴言：“人类必然疯癫到这种地步，即不疯癫也只是另一种形式的疯癫”。《蚌壳》一方面在医生与病人的临床对话中设置反讽的情境，另一方面又通过叙述者“我”的视角对医院的空间场景进行透视，小说中有一个很有力量的细节，作为臆想症患者的“我”在深夜里凝视诊所，发现了医院的内在隐秘：

> 诊所里异常宁静。靠墙放着一张装有四个橡皮轮子的单人床，在我和医生之间的桌上，有一盆塑料花，在塑料花的阴影之下，诊所里的一切仿佛都感染了塑料的性质：桌子、墙壁、吊灯，人……

静立在“我”和医生之间桌上的那盆塑料花，成为这个视觉场景的中心意象。“在塑料花的阴影之下，诊所里的一切仿佛都感染了塑料的性质”，表面上看这是癔症患者的病态目光，但在“我”和医生对视的视觉空间里，“塑料花”这一意象成为医生——“疾病”——患者之间的中介物，这一插入医生/患者二元结构内的中介意象，成为关于“精神疾病”的隐喻和生产的一种象征。在医生诊治的“科学”视线里，精神病患者就像那盆塑料花——人被感染了塑料的性质，在塑料花的阴影之下，连人也具有塑料性；与之相应的，是有关精神病的知识“生产”出精神病患者来，就像塑料花的阴影照射出“塑料人”。格非在这里又对医生/患者的位置进行颠倒错置，癔症患者的病态目光反而能洞察出病的隐喻和生产，与其说它是病态的幻觉，不如说它是类似X光透视的医诊视线，它穿透了医院的空间表象，揭示出临床医学被遮蔽的存在隐秘。这一意义上，病的隐喻和生产就转换成更为严峻的审智叩问：是本身有病的知识生产出精神病患者来，还是患了病的

---

① 克利安斯·布鲁克斯：《反讽——一种结构原则》，袁可嘉译，见赵毅衡编选《新批评文集》，百花文艺出版社，2001年，第376—379页。

人类精神世界生产出有病的知识来？身体微观权力政治的智性叩问，艰难而又尖锐地指向“病”的症候学诊断机制。

《傻瓜的诗篇》是对这一审智叩问的叙事回应，它是格非精神分析系列中的重要作品。“人类的精神究竟在什么地方出现了问题?”小说中的主人公，精神病医生杜预时常这样问自己。这句话在九十年代现实境遇中，常常成为人文知识分子仰望文字星空时发出的天问，事实上，它也是格非的书写动力。格非试图展示人类精神生活中精神病人和正常人的差异和共通之处，揭示现实境遇中的种种困境如何一步步把人逼近精神危机和崩溃的边缘，《傻瓜的诗篇》对都市精神世界的探寻，不仅刻绘出一幅九十年代的个体微观精神图景，而且是对存在的后哲学福柯德里达式文学话语的延异勘探。美国后现代作家巴塞尔姆为批评现代派而写的小说化论文《亡父》，探索理论性叙事的表征与能指游戏之间滑动穿越的书写实验，小说与理论重叠的后现代镜像话语为审智叙述提供强劲的冲击力。

小说的空间背景设置在南方的一所精神病医院里，它位于城乡结合地带，有葱郁的树林与连绵的麦田。与《蚌壳》中那所坐落于蝙蝠大街带有分虚幻色彩的诊所相比，《傻瓜的诗篇》的故事场景更具写实意味，人物形象也清晰起来，两位主人公——精神病医生杜预和精神病患者莉莉——还不乏性格和心理深度。这是格非九十年代创作的一种叙事调整，在虚实之间寻找叙述的支点，但还不足于视作叙事转型或回归现实的例证。场景与人物往写实方向移动，因为精神病患者的世界本身是一片云遮雾罩的神秘之地，以实来写虚的叙事调焦才能烛照这一隐秘的精神角落。从叙事结构来看，《傻瓜的诗篇》依然延续《蚌壳》的形式内核，小说对医生与病人的二元结构进行错位倒置，在被颠覆的结构裂缝中探窥精神的隐秘与存在的真相，小说的叙事过程可以浓缩成一句话：一位精神病医生对一位精神病人实施治疗，结果病人康复出院而医生却成了病人。杜预和莉莉这两位主要人物分别处于医生/患者这一二元结构的两极，一极是所谓正常人的理性的“现实”世界，一极是精神病人的非理性的疯癫世界，这是一种被结构出来的象征秩序，也是一个被结构出来的有序世界，但这两极并非是恒定的，它在某个危机时刻的逆转不仅摧毁了那个貌似稳定的结构，而且还原出存在的本真。格非的叙事显然聚焦于这样的危急时刻——“所谓正常人的世界与疯子的住所仅有一步之遥，也许一个是另一个的原因或结果，甚至两者之间本来没有太大的分别。”在理性与疯癫的这一步之遥内，小说在测量出个体精神所能承受的极限的同时，又验证了人的脆弱，即便人是一棵会思想的芦苇，但思想本身也有可能将人压扁，理性本身也会导致疯癫。

为了使这样的危急时刻，这种结构内部两极之间的逆转显得真实可信，而非突兀巧合，格非启用了不少写实手法。除了精心营造与现实相符的场景、氛围外，在人物的心理背景上也做了充足的交代。小说对杜预与莉莉的个人身体史进行谱系学式的追踪描绘，在步步推进的叙事进程中完成医生和病人的换位逆转。医科大学生杜预在临毕业之际，忽然有一个重大的发现——“精神病是可以互相‘传染’的，其传染速度要比任何一种时疫的流行都要快得多”，他在恐惧之余对精神病发生了浓厚的兴趣。这是小说叙事的缘起，它意味着在杜预在心理上已经有了一个先在的强烈的自我暗示。大学生莉莉被送进精神病院，杜预在她身上发现了自己的童年，甚至觉得与她似曾相识。乍看起来，莉莉是一位与常人没有多大区别的漂亮姑娘，精神病人应有的征兆几乎难以找到，连护士强行给她换衣服的时候，她还知道用双手掩住裸露的双乳，但这位懂得羞耻还酷爱写诗的精神病人，内心深处却缠绕着令人窒息的梦魇，童年记忆中的黑狗之死、父亲之死、中年民警的性骚扰等阴影一直盘绕不散。杜预在治疗过程中，并没有将莉莉当作是病人，他们在持续不断的对话中似乎还达成了默契的沟通，但精神病医生与精神病人的界限开始模糊的时候，错位和转换的力量也在积蓄。莉莉的梦魇追忆不断唤醒杜预的童年记忆：他的母亲就是患精神病跳楼自杀的，而他的父亲又曾经是一个诗人——“诗歌”和“诗人”在这篇小说中具有特殊的语义，它们所设定的话语轨道与语境氛围，同精神病院和精神分裂症有某种隐喻和相通的关系——而且父亲的死与少年杜预还有直接的关系，是由于杜预年少无知的“出卖”致使父亲被抓住了罪证并惨死，这等于少年杜预充当了“间接弑父”的凶手，这一惨痛的记忆在他的心灵深处留下了随时都会发作的创伤。

这时，医生/病人的二元结构开始松动，作为功能性角色的“医生”和“病人”，其外在表征的符码逐渐被剥落，还原到“人”这个原型书写场景里，尽管小说叙事提供了两位人物相近的童年体验来为转换作铺垫，但实际上这只是叙述的表层，其更深一层的意涵显然指向：“医生”与“病人”这两个符码背后的“人”。从人的存在境遇来看，精神病医生与精神病患者并非截然对立的两极，而是相邻的个体。陀思妥耶夫斯基在《作家日记》中写道："人们不能用紧闭自己的邻人来确认自己神志健全。"医生杜预在病人莉莉身上发现另一个自我，与疯癫相邻的自我，这个被压抑的"本我"一方面潜伏在童年梦魇里，另一方面又转换为蠢动的欲望。在治疗的过程中，杜预的内心出现两个分裂的自我，作为精神病医生的理性自我逐渐被另一个疯癫的自我取代，他的耳边一次次传来了那古老的声音："不再犹豫，瞅准机会干他一家伙"。这种悠远而战栗的声音不断在耳边响起，欲望的怪兽即将冲破理性的囚笼。性和欲望摧毁了医生/病人、理性/疯癫的二元结构，对立的两极完成了大逆转，杜预与病人莉莉发生性关系后，莉莉逐渐康复，而杜预则在个体焦虑和精神病医院的压抑氛围中走向崩溃。当他被当作精神病人送上电疗床时说："现在，我终于正常了"。那个一度被摧毁的二元结构以颠倒的形式重新启动，换位后的精神病人杜预只能以异化的身份验证疯癫的普遍性。

如果说欲望是引发理性和疯癫换位逆转的导火线，那么语言则是理性/疯癫结构的生成机制。《傻瓜的诗篇》将关于疯癫的思考深入到语言内部结构，具体说是理性语言与疯癫语言的对立冲突，正如福柯揭示的："语言是疯癫的首要的和最终的结构，是疯癫的结构形式。疯癫借以明确表达自身性质的所有演变都基于语言"。① 小说的叙述话语颇像一篇精神分析的研究报告，还不乏理论探索的意味，它是一种精神分析医生诊断话语，而以病体语言出现的精神病话语则是莉莉的诗歌语言——傻瓜的诗篇，这两种语言之间的张力既产生强烈的反讽效果，又深刻地揭示出疯癫的生成结构。小说中有大量的文字是对精神分析理论的叙事征引，它以一种学理性的论文体语言出现，甚至带上了浓厚的"研究"色彩，冷峻客观而又理性谨严：

> 在杜预看来，精神病人是唯一的一种没有任何痛苦的病人（这使他即羡慕又恐惧），治疗的过程往往使效果适得其反。那些行将被治愈的病人一旦意识到自己刚刚被人从精神错乱中拯救出来，大凡会产生出自卑、羞耻乃至厌世的情绪，很多人为此走上了轻生的道路。如果治疗的目的仅仅在于使病人重返正常人的世界，那么将精神病人送上电疗床，通过强大的电流对他们的神经中枢进行彻底的摧毁的确是一种一劳永逸的办法。

① 米歇尔·福科：《疯癫与文明》，刘北成、杨远婴译，三联书店，1999 年，第 2 页。

只有当物理学或天文学上的某个发现——如哥白尼的发现——被再次转化并通过其言外之意，而不是通过原先的已经确立的事实，即在神学和伦理学上引起论争的某件事而转化时，这一发现才能影响人类行为的进程。……精神分析学不可能一直限于抽象的推理，而它也不希望这样。医生与病人之间的关系的奇特性不久就被揭示出来，并且受到了谴责。据说，精神分析学家以拯救生命，但实际上却毁灭了一些生命。病人往往会爱上精神分析学家。

上面这两段文字，从叙事语句来看是书面体的自由间接引语，“在杜预看来”这一提示语表明这是精神病医生的一种思维话语，它清晰理性，推理论证谨严有序。这是理性的语言，医学诊断的语言，精神分析学的语言，作为审核验证疯癫的“科学”话语，它在精神病院这一特定语境里成为权力意志的表征，与之相反的是精神病人莉莉的诗歌语言：

哦，傻瓜
我高贵的国王
让你巨大的泪水盖在我的身上
我愿在你的泪水中痛苦地死去

我奇怪这溶溶的春季
为何突现隆冬的景象
你死在四月的窗口
死于积雪一般绵延的阳光之中
如果我死了，我一无所失
哦，傻瓜
你的死，却带走了整整一个未来

这是莉莉在精神分裂之后写的“傻瓜的诗篇”，在科学理性的精神分析诊断话语系统里，它被判定为逻辑混乱、想象古怪的精神分裂式呓语。但具有反讽意味的是，被理性判定为“疯癫”的诗歌语言却具有颠覆性。它先是征服了离过三次婚的老女人董主任，这位严谨刻板的精神病大夫对莉莉的诗篇“爱不释手”，时常读得“老泪纵横”，继而又让医生杜预陷入欲念的囚笼。杜预试图对这一“病体语言”进行分析求证，他甚至对诗歌中一再出现的“傻瓜”一词念念不忘——傻瓜是谁？这个问题成为杜预临床治疗最关心的问题，他一直想从莉莉的回忆碎片里寻找傻瓜的蛛丝马迹：它可能是一条狗，也可能是中年民警、莉莉的父亲，或者她的情人。医生杜预的求真意志显然遭到重挫，他对“傻瓜”的解读更像是一场内心的围困，他从莉莉的只言片语里拼贴出来的傻瓜形象，其实隐含着自我深处的种种欲念，“傻瓜”常被他解读成某位藏在阴暗角落里的情敌，这场在阴影中寻找阴影的理性分析最终击溃了杜预并不脆弱的神经。小说中两种语言的搏斗，事实上也是疯癫与理性的搏斗，但被理性语言结构出来的他者——疯癫呓语，也是被排斥游移于结构中心之外的非理性话语，却反过来促成了结构的瓦解。跨过同音异义的主体符号“莉莉”和“Lyric”的衍射光栅之后，诗意的抒情话语不过是与疯狂共谋的符码化主体，在虚构语言或语言虚构内进行的疯癫边际角逐，“杜预”的文字语义裂变的双重书写代码，暗示与疯狂决裂的语言其实更黏附于疯狂之本质也更受制于疯狂的召唤。对现代主义荒原的戏仿符码以文体反讽的后现代书写移置解构知识空间的权力法则，这一意义上，《傻瓜的诗篇》既获得了福柯式的知识考古学意义，它几乎成了福柯经典著作《疯癫与文明》的文学演绎，另一方面词语的性话语辐射又延异并耗散了向死而生的不在场增补潜能。

福柯认为，疯癫不是一种自然现象，而是文明的产物；疯癫不是一种疾病，而是一种随时间而变的异己感，它是理性对非理性进行排斥、区隔的历史产物。“在现代安谧的精神病世界中，现代人不再与疯人交流，一方面，有理性的人让医生去对付疯癫，从而认可了只能透过疾病的抽象普遍性所建立的关系；另一方面，疯癫的人也只能透过同样的抽象的理性与社会交流。这种理性就是秩序、对肉体和道德的约束，群体的无形压力以及整齐划一的要求。共同的语言根本不存在，或者说不再有共同的语言。十八世纪末，疯癫被确认为一种精神疾病。这表明了一种对话的破裂，确定了早已存在的分离，并最终抛弃了疯癫与理性用以交流的一切没有固定的句法，期期艾艾、支离破碎的语词。精神病学的语言是关于疯癫的理性独白。它仅仅是基于这种沉默才建立起来的”。[①] 理性与非理性对话的破

① 米歇尔·福科：《疯癫与文明》，刘北成、杨远婴译，三联书店，1999年，第3页。

裂，使疯癫成为沉默的历史他者，这成为现代分裂自我的精神史起源。格非在小说中借杜预的一番医学史思考表达了相似的看法：

> 人类的精神究竟在什么地方出现了问题呢？杜预时常这样问自己。他通过大量的阅读和研究得知，在不很遥远的过去，人类精神上的疾病通常是歇斯底里症。福楼拜笔下的包法利夫人为这类病症提供了一个极好的范例。对于这类病人，只要通过短期的疗养即可康复（福楼拜所开的药方是：给病人放点血）。它是由于某种悲剧性的事件而引起的。而在二十世纪，人类的精神病更多的是精神分裂，它显然是源于无法说明又排解不开的焦虑。
>
> 杜预心想，如果自己有一天得了精神病，那么，上述两种病症都会兼而有之。

癔症、疯癫、歇斯底里症都是精神疾病的别称，事实上它们是现代文明自我异化的产物，是罢黜非理性他者独尊工具理性的产物。在并不遥远的过去，“从中世纪到文艺复兴时期，人与疯癫的争执是一种戏剧性辩论，其中人所面对的是这个世界中的各种神秘力量；疯癫体验被各种意象笼罩着：人类的原始堕落和上帝的意志，兽性及其各种变形，以及知识中的一切神秘。”疯癫一度作为尼采式的“酒神精神”与诗歌、神灵、幻觉和原始野性分享非理性的神秘体验，但在理性法庭的强制性判决下它逐渐沦为人类异己性“非人”体验，福柯的知识考古学揭示出现代“文明”史上疯癫被异化的过程。而格非笔下的精神病医生杜预，在研究疗治“疯癫”的过程中也被异化成疯癫，杜预曾经清醒而理性地察觉到人类自身的命运：“在二十世纪，人类的精神病更多的是精神分裂，它显然是源于无法说明又排解不开的焦虑。”但这一发现却无法改变他的悲剧性命运，“杜预”这一宿命的符咒是否意味着人类难以治愈自身酿造的精神悲剧？这实际上是现代人存在境遇上的悲剧性命运，一个破碎分裂的时代注定要产生精神分裂的个体，它几乎成了后现代都市时代的创伤性体验。福柯在《疯癫与文明》中曾发出后主体时代个体命运的悲剧性吁告：“在我们这个时代，疯癫体验在一种冷静的知识中保持了沉默。这种知识已对疯癫已了如指掌，因而熟视无睹。但是，从一种体验到另一种体验的转变，却由一个没有意象、没有正面人物的世界在一种宁静的透明状态中完成的。这种宁静的透明状态作为一种无声的机制，一种不加评注的行动，一种当下的知识，揭示了一个庞大静止的结构，这个结构既非一种戏剧，也不是一种知识，而是一个使历史陷入既得以成立又受谴责的悲剧范畴的地方”。①《傻瓜的诗篇》也许是这一吁告的一个具有启示意义的注脚，格非在小说里引用德国精神病权威人士皮尔斯博士的一句话：在精神病的治疗上，病人要比任何一位学识渊博的医生都来得高明，有时，他们会自己找到精神复原的道路。这意味着，在一个精神分裂的时代里，现代人的救赎之路，只能靠个体自身擎起智慧的火把走出精神的裂谷。

三

与福柯截然不同，德里达认为危机中的理性比疯癫更疯狂——因为理性是非意义，是忘却——在这个危机中疯狂比理性更合理，因为它更接近理性的源泉，无论其如何沉默或喃喃自语。德里达试图让疯癫在被精神病学压碎之前，在其仍有活力的状态下为它自己言说。从德里达视角来看，福柯在理性辖域之内发动的理性革命仍然是逻格斯中心的，脱域化的疯癫话语正是理性危机与世间所说的疯狂危机的奇异共谋。“危机或忘却也许并非事故而是会说话之哲学的命运，因为她只能在禁闭的疯狂中求生存，而且假如新的言语不在解放旧疯狂的每一刻将疯狂禁闭于自身，禁闭于其当场，使之成为即日疯子的话，作为思想它会在一种更糟的暴力下死亡。”② 有限理性的思维统治只能够建立在多少伪装过的对我们自身的疯狂的禁闭之上，在对一个永远只能相对于作为父亲、主人和国王的逻格斯而言的疯子的禁闭、羞辱、囚锁与嘲弄之上，疯癫行使着疯癫的书写权力。德里达将语言看作是无序和不稳定的，不同的语境赋予词语差异的意义，疯癫的逃逸路线延异作为“游戏”而敞开的书写，那个囚禁非理性的话语牢笼执行逻格斯的庇护和监禁，如果对疯狂持一种更自由的尺度以求更接近它的话，与它的断裂反而更彻底：彻底到它的间隔如乔伊斯所言犹如“一张透明的纸”，即成了它自身，因为这个透明度不是别的，正是语言，意义，可能性和一种使一切中立化的“无物”

---

① 米歇尔·福科：《疯癫与文明》，刘北成、杨远婴译，三联书店，1999年，第91页。

② 雅克·德里达：《我思与疯狂史》，选自《书写与差异》下册，张宁译，三联书店，2001年，第89页。

的基本辨识力。[①] 从言词解放出来，从文本的专制能指逃逸出来，疯疯癫癫的“疯狂”揭穿逻格斯父法的知识权威，去中心化的解构性反讽游戏使后现代精神分裂更像是一场话语裂变的边际突围。

格非在《蚌壳》里借警察的描述，对都市精神疾病的蔓延作了这样的描述：“对一个人是否患有神经病不像以前那样容易界定了。我们这个城市的神经病发病率比1956年整整提高了六倍。”疯癫与异化、精神分裂与无法排解的焦虑，事实上已成为后现代性的都市症候学。德勒兹和瓜塔里在《反俄狄浦斯》中指出，话语裂变的精神分裂患者，是挣脱俄狄浦斯牢笼胜过父法、自由游牧的“欲望革命”者：“一个外出散步的精神分裂者强于躺在分析学者躺椅上的精神病患者——他混杂了所有代码，是译解欲望之流的传达人。”解构压制性符码——俄狄浦斯，那个“专制的能指”的父法已踉踉跄跄退出后现代的书写表演舞台，“精神分裂之流是反对语法暴力，对能指的合谋一致的破坏，川流不息的非理性之流，返回来困扰一切关系的呼喊。”[②] 后现代主义是指符和意符的分离和意符的消失，句法和时间性的组织完全消失了，只剩下纯粹的指符。

《蚌壳》与《傻瓜的诗篇》以双重指符重写并铭刻了精神分裂式的零散化主体，符号链断裂之后反讽与断片播撒瞬间的感觉涌流，延异了个体面对这个世界碎片化的图景：“我们如今生活在一个不完全的客体的时代，砖块已经粉碎成碎片和残余的砖块。”在一个碎片化的世界，理性化的宏大叙事，辖域化的语言囚笼，不过是塌毁的精神殿宇播撒出灰烬低语的崩溃投影，德勒兹与瓜塔里以裂变分析加速了解构疯癫的进程：“破坏，破坏。裂变分析是通过破坏来实现的——对无意识的全面清洗，一次彻底的刮除手术。破坏俄狄浦斯，这是自我的幻象、超我的傀儡、罪恶、法律、阉割”。[③] 另一位法国理论家鲍德里亚，后现代祭司举起“忘记福柯”的告示牌，疯癫的边际播撒词语亡灵的后现代之后的文化迁徙。在一个仿真与拟像不断复制失去本源的原型书写，差异与游戏加速象征符码交换与死亡的后现代时空里，下半身写作早已策反消费快感遁逸于话语狂欢的身体迷宫之中，重读《蚌壳》与《傻瓜的诗篇》先锋文本，记忆与幽灵又一次书写了语言的历险。

---

① 雅克·德里达：《我思与疯狂史》，选自《书写与差异》下册，张宁译，三联书店，2001年，第100—101页。

② Gilles Deleuze and Felix Guattari，L'Anti - Oedipe，Paris ,1972,P133.

③ Gilles Deleuze and Felix Guattari，L'Anti - Oedipe，Paris ,1972，P311.

双重书写：解构主义与新历史叙事

九十年代前后，先锋小说的书写历险掀起一场意味深长的叙事迁徙：格非、余华、苏童等纷纷调整叙事的焦距，他们不约而同地投入对“历史”的再叙事之中，近、现代史的历史变迁成为他们关注的焦点。历史的文本性与文本的历史性，不确定的边缘与缝隙敞开无边的挑战。格非创作了先锋派的第一部长篇小说《敌人》，随后推出的《边缘》与《敌人》一样都是历史叙事小说，余华则奉献了《一个地主的死》《在细雨中呼喊》《活着》等追叙个人化历史之作，苏童也提供了《米》《妻妾成群》和《红粉》等在欲望中回望历史的作品，“历史”作为主题词似乎取代了形式，成为九十年代先锋小说转型的风向标。当代小说的叙事疆域，从后视镜的当下此在观照秦关汉宫、隋帝唐皇、两宋遗事和明清硝烟，苏童的《我的帝王生涯》和五作家重写《武则天传》，一路驰骋至离当下很近的近、现代时空的先锋历史书写时，新写实小说也从现实原生态的摹写转向历史本相的刻绘，刘震云的《故乡天下黄花》《温故一九四二》，刘恒《白日苍河梦》和方方的《祖父在父亲心中》等历史再叙事小说也联翩而至。先锋小说与新写实小说对历史叙事和历史题材的关注，引发了评论家重新审视“历史小说”的概念和含义。

“新历史小说”——这一命名尽管界定分殊，但它还是在九十年代文学批评中播撒开来了。有评论者将这一现象回溯至八十年代中期，认为从莫言的《红高粱》、乔良的《灵旗》开始，“1986 年后，中国文坛出现了一批写往昔年代的，以家族颓败故事为主要内容的小说，表现了强烈的追寻历史的意识。但这些小说与传统的历史小说不同，它往往不以还原历史的本来面目为目的，历史背景与事件完全虚化了，也很难找出某位历史人物的真实踪迹。但是，这些小说在往事叙说中又始终贯注了历史意识与历史精神，它是以一种新的切入历史的角度走向另一层面上的历史真实的，它用现代的历史叙事话语方式艺术的把握着历史。所以，从这个角度看，我们称这些小说为‘新历史小说’”。[①] 陈思和则认为，九十年代

① 王彪：《与历史对话——新历史小说论》，《文艺评论》，1992 年，第 4 期。

前后由新写实小说派生而来的表现民国时期非党史题材创作的现象，是“新历史小说”产生的主要标志。新历史小说将时空推移到现代史领域，“新历史”不同于一般意义上的历史，一是时间范围限定在清末民初至四十年代即“民国时期”，二是“有别于表现这一历史时期中重大革命事件的题材”。① 陈思和的界定更强调历史时空的推移，以及与“十七年”文学中革命现实主义历史叙事的比较，他所强调的“新”是更多是从题材层面来界定的。但他认为“新历史小说”是从新写实派衍化而来的，却不具说服力，先锋小说的民国叙事并不迟于新写实小说，格非1987年发表的《迷舟》以及随后的《大年》《风琴》，苏童在同一时期创作的《一九三四年的逃亡》《飞越我的枫杨树故乡》以及随后的《我的帝王生涯》，都属于陈思和所界定的“新历史小说”范畴，然而，第一人称叙事自由的创造出一个虚构的历史乌托邦，却非题材层面上的所指厘定的疆域。事实上，评论界普遍认为的——先锋小说在九十年代初开始从形式实验转向历史书写，这种判断与先锋小说的早期创作是有错位的，格非、余华、苏童在1987年前后的创作中，对民国往事与“文革”记忆的历史再叙事已经是先锋作家早期创作的一个重要面向。

另一位评论者吴戈提出“新历史主义文学”的概念，他倾向于涵括力更强也更贴近实践的“新历史主义”这个概念。吴戈认为：“真正意义上的新历史主义文学则萌芽肇始于1985、1986年之后，它与寻根、先锋文学相伴随，然后又经过新写实的过滤，终于在九十年代冲出了历史的地表，成为蔚为壮观的洪流。”他看到“在这些作家作品中所触摸到的历史史，再不是正统的历史教科书的图解，而是赋予了一种新的历史观。这种历史观是个人性质的，每个人都有自己的独特的理解，因而呈现作品中的历史也是五花八门的，没有统一的概念与规律可循，具有极其丰富的内涵。”② 吴戈主要从历史观的差异性进行界定，但这一概念与西方文艺理论界在二十世纪八十年代开始风行的新历史主义批评容易产生混淆，他所推定的新历史主义文学萌芽于1985年前后，实际上是将寻根小说和先锋小说中的历史题材作品组合进新的概念范畴内，寻根小说从题材上来看当然也属于历史范畴，但其最重要的文学特性还在于对民族文化的重新审视和认同上，以“新历史主义”将其囊括在内，反而遮蔽了其文学特性。与“新历史主义文学”相伴而生的另一

---

① 陈思和：《略谈新历史小说》，《文汇报》，1992年9月2日。
② 吴戈：《新历史主义的崛起和承诺》，《当代作家评论》，1994年，第6期。

个概念是“新历史主义小说”，它主要根据后现代历史观与新历史主义批评的理论观点进行命名，强调对历史宏大叙事的解构，消解崇高、削平深度和对历史的反讽、质疑乃至嬉戏。如果说西方兴起的新历史主义批评，是对形式主义与结构主义批评的突围和反驳，那么所谓的“新历史主义小说”，其反拨的对象显然不是形式主义的创作，而是现实主义的革命历史题材创作。新历史主义小说的两个特征：一个是当转向历史的平凡与平庸、小人物时，便进入不可考的野史的境地，这种不可考一方面带来某种创作的自由，另一方面便可能由于太过自由而失去历史的味道（编造味道足）；第二个是由于现实与历史缠绕紧密，叙述人称的灵活与现代主义技巧在时空上的运用有了用武之地。新历史小说的勃兴与危机便蕴含于这两者中。这种概括实际上与“新历史小说”的界定相近，为了避免与“新历史主义批评”产生混淆，“新历史小说”这一命名显然更具合理性，事实上，它也逐渐被文学批评界所认可。历史真实观瓦解之后，海登·海特的元历史观对“历史事件”（Historical events）与“历史叙述”（Historical narrative）的区别，格林布莱特对历史轶事“逸闻叙事”的边缘解构，后现代主义的历史书写挑战历史与虚构及文学话语与历史话语的边界。先锋新历史小说显然已从寻根的文化考古视野里冒险迁徙，如何讲述历史话语，如何叙述“历史”崇高客体祛魅之后的个体感觉体验的个人史迷踪，偶然、反讽的个体微观表述又如何遭遇甚至消解革命、历史、战争等宏大进程的命定劫运，这一意义上，单向度的题材和意义已失去叙事历险的形式砝码。新历史小说的双重书写以语言的历险置换宏大历史的所指，以偶然、差异的痕迹书写能指的游戏，历史、真理、本质等超验所指已被解构的双刃剑施以致命的一击。新历史主义者把过去所谓的单数大写的历（History），分解成众多复数的小写的历史（Histories），把那个非叙述、非再现的历史，拆解成一个个由叙述人讲述的“故事”（His-stories）。① 历史话语分解为横向轴并列式的陈述单元，讲述历史的话语如何穿越时间的罅隙，再叙事或者重构过去、现在、将来的共时性景象？

受法国新小说洗礼的先锋小说家，在一个文化溃败的时代向同一性、总体论的宏大正典叙事开战，叙事的历险挑战革命历史元叙事的虚构危机。新小说健将克洛德·西蒙的《历史》迂回曲折地播撒后历史的话语踪迹，在这部以“历史”

① 盛宁：《人文困惑与反思——西方后现代主义思潮批判》，三联书店，1997年，第158页。

为主题词的新小说中，人物和情节无足轻重，叙述者的面貌暗淡模糊，陈述的意指代码裂变为多义的表征，文字的书写探险延异了多面的历史棱镜：小说主人公从中午十一时到午夜的活动的瞬间片断叙述，以非线性的多重线索组合场景化的历史景象。《历史》的主题延续了巴特的历史话语诊断，叙事话语裁剪历史的碎片，在时间的催化下，人物、事件、事物留下的记忆和印象逐渐变形、歪扭、模糊、消逝，小说不再是人生冒险经历的叙述，而是文字和形式的探索冒险。先锋小说的新历史叙事，延展了克洛德·西蒙的后历史书写，考察格非的民国叙事的新历史小说，多面的历史敞开感觉、记忆与印迹相互辐射交应的话语通道，书写的探险拓展了纸上王国的边界。

二

格非的一系列“民国叙事”小说，从《迷舟》《大年》到《风琴》《雨季的感觉》等中篇，以及《敌人》《边缘》两部长篇，通常被视作是当代“新历史小说”的代表性作品。这些作品都隐含着一个中国现代历史的叙事框架，其时间坐标一般设置在北伐时期到抗日战争的民国纪年里，其空间背景通常摆放在江南一带的乡土家园里，战争、革命、家族变迁与民间个人史的世纪追忆无疑贯注了强烈的历史意识，而源自童年乡村经验的乡土抒情叙事则成为历史诗意栖居的载体。对格非而言，“历史”既是时间的容器，又是记忆的载体，他在《小说与记忆》中阐释了自己的历史观：“我承认，在很长一段时间中，我确实一度对历史怀有很大的兴趣，这种兴趣并非来自于社会学或考古学意义上的追根寻源，重要的是，我对历史的兴趣仅仅在于它的连续性或权威性突然呈现的断裂，这种断裂彻底粉碎了历史的神话，当我进一步思考这个问题时，我仿佛发现，所谓历史并不是作为知识和理性的一成不变的背景而存在，它说到底，只不过是一堆任人宰割的记忆的残片而已。”① 显然，格非的新历史小说，其叙事基点并非历史线性的连续性和逻辑因果，而在于对历史断裂处的揭示和呈现——“历史”不过是一堆任人宰割的记忆的碎片，这是格非对宏大叙事的历史神话的颠覆，他的民国叙事就是以此为出发点。事实上，格非的第一篇小说《追忆乌攸先生》已开始对历史神话进行质疑，历史记忆如何被权力与意识形态塑形乃至变形，个人被卷入历史潮流之中的

① 格非：《小说与记忆》，《塞壬的歌声》，上海文艺出版社，2001 年，第 15 页。

命运可能性，革命与性又如何错综互动地参与乃至推动历史的进程？这些问题成为格非历史叙事所要探寻的主要领域。

由于对历史宏大叙事的质疑，格非将叙事的目光转向民间记忆，他认为："小说家和历史学家同样在描述历史，其区别在于，历史学家所依靠的是资料，而小说家则依靠个人的记忆以及直觉式的洞察力。小说的作者更关注民间记忆，更关注个人在历史残片中的全部情感活动，更关注这种活动的可能性。"处江湖之远的民间记忆，往往是庙堂魏阙鞭长莫及之地，它是未经驯服的"野"史，也是尚未整编的"稗"史，某种意义上，它是历史存在的丰富可能性，是一种历史能动性的变量。民间记忆往往是个人记忆的汇集地，格非更关注"个人在历史残片中的全部情感活动及其可能性"，这实际上成为考察格非新历史叙事的一个切入点。

如果说《迷舟》描绘了个人孤舟在历史之河中的命运漂流，那么，《大年》则书写了个人在革命与欲望漩涡中的挣扎与沉沦。《大年》设置了一个革命与阴谋的连环计：丁家大院遭遇投奔新四军的惯偷豹子打着革命旗号的抢劫，翌日老爷丁伯高被枪毙于河滩，但随后豹子却被乡村医生唐继尧设计谋害，唐继尧旋即带着丁家二姨太玫秘密私奔。从表面上来看，这是一个革命、欲望与阴谋交织缠绕的故事，然而，格非的历史叙事却对"十七年文学"的红色革命经典进行解构。小说在闹饥荒的大年三十展开叙事，豹子因饥荒而偷丁伯高家的粮食，被发现遭到一顿毒打，为了报复遂央求唐济尧帮助其投奔新四军，唐济尧居中担任传递信息的中介，于是不识字的豹子成为另一个更大的阴谋的受害者。豹子的"革命"念头由性和暴力点燃，他在丁家遭受毒打时二姨太玫无意间的惊鸿一瞥，却引燃了"革命"的火种，再加上母亲烦恼灾年难度，逆子成为村里患害，便雇用麻脸大汉准备杀死豹子，而逃过一劫之后，豹子反而从中悟到杀人也是"混口饭吃"，遂决定投奔新四军以革命的名义杀掉丁伯高，但革命的杀人念头是与性的诱惑羼杂在一起：他并不怎么憎恶丁伯高，他只是想杀人。尤其是他回忆起腊月初二那个夜晚，丁伯高的二姨太瞥他时的眼神，他模模糊糊地觉得，杀人也许是一件有趣的事。为了完成"革命"大业，豹子卑躬屈膝地向唐继尧哀求："你是我的——父亲"，而不识字的豹子则在唐继尧的启蒙下涌起阶级意识。唐继尧一句"世间贫富不均是一切灾祸之源"，便引导出豹子朴素而又炽热的革命欲望："我要杀丁伯高这个狗日的，他的二姨太是个狐狸精"。这句逻辑断裂的"革命"话语可进行修辞的精神分析，前半句是高举的“革命”旗帜，后半句是汹涌的欲望潜意识。豹子心中对于欲望的渴求明显胜过报仇雪耻的革命怒火，实际上他遭受赤身毒打时，玫的回眸一瞥唤醒了他身上的革命利比多：她走开的时候，这个妖艳的狐狸精的模样在豹子眼前并未消失。他不觉得身上怎样疼了，肌肉里又注满了力量，他意识到一种他从未体味过的紧张和新奇感觉正在悄悄弥漫他整个深不可测的内心。

身体遭受一种暴力之后，性为豹子注入另一种能量，暴力与革命在豹子的身体上完成了转换。这种转换促成了豹子的革命意识。正如南帆对性和革命的所做的分析：“性的暴动充当了革命的原动力。革命的能量聚集在身体内部，等待一个暴烈的释放。”① 豹子带领“革命队伍”完成对丁家的抢劫和报复之后，一见唐继尧的面便原“性”毕露地说道：“玫在哪里？我要跟她睡觉”。可是豹子并未达成夙愿，反倒在赶往欲望化身——玫所藏匿的尼姑庵途中，被唐继尧溺毙于沟涧里。豹子的革命反而成就了能给人畜治病的医生唐继尧的爱情与阴谋。《大年》对革命的“神圣”进行彻底的颠覆，地主丁伯高在灾荒之年乐善好施，不仅连丁家的谷种都用来赈灾救民，还给新四军捐了不少粮款，而革命者豹子不过是乡人共愤的惯偷，甚至连他母亲都想除掉逆子，革命的主体与革命的“对象”都已丧失了必要的内涵，“革命”行为本身也便值得怀疑。豹子的性暴动被老谋深算的唐继尧纳入一个更大的阴谋里，但这场“貌似阶级革命，实则夺地主之妻”的伪革命计划，“革命”的所指暧昧不明，某种意义上它成了两个男人利比多的竞技场。革命与欲望成了历史狡计的囊中物，格非对历史断裂处的深度测绘抵达了存在的本真。

《敌人》是格非的第一部长篇，它以仿家族体小说的叙事结构言说了一个“历史颓败”的寓言。从故事表层来看，《敌人》似乎是写了一个家族的覆灭史，从寒冷的腊月到第二年腊月二十八日，一年之内，赵家大院上演了一场死亡环舞。赵少忠这位一家之长亲眼见证了子孙的接连死亡，孙子猴子、两个女儿梅梅和柳柳，儿子赵龙和赵虎，相继在恐怖的氛围中神秘死去，但“敌人”是谁，这个巨大的空缺成为悬在赵家头上的达摩克利思之剑。“引子”中的一场大火，以及赵伯衡临死前留下的“敌人”名单，与其说是小说创作中情节发展的悬念，还不如说是格非有意设置的叙事策略，大火将赵家焚为一片废墟，在废墟的迷烟里，“敌人”影影绰绰，赵家的子孙从此生活在“敌人”的历史和心理的阴影之中。家族史长篇

① 南帆：《问题的挑战》，海峡文艺出版社，2002 年，第 144 页。

小说在文学史上有一个漫长的谱系，从巴金的《家》到路翎的《财主家的儿女们》，从张炜的《古船》到陈忠实的《白鹿原》，但格非的《敌人》却具有鲜明的“异质性，”它并没有去描绘家族与社会、历史变迁之间的历时性盛衰过程，而是将叙事聚焦于家族内部的文化心理结构，意识和潜意识的精神谱系，在一定意义上，它既是一部家族心理诊断史，更是一部关于家族的文化寓言。

与格非其他的作品一样，《敌人》的故事中弥漫了浓厚的“宿命”色彩。这是一个“在劫难逃”的故事，但赵家的家族颓败史并非缘于外在的社会因素，格非几乎切断了赵家大院与社会关系之间的意义通道，他拒绝庸俗社会学对家族和历史颓败的反映论因果诠释。几十年前的一场大火引发了赵家人的对于“敌人”的意念迷思，这场神秘的大火也许是赵家与外界阻隔绝缘的开始，在废墟上重建起来的赵家大院由此进入另一种空间心理谱系：外部空间被视作“敌人”和敌意的空间，而内部空间——赵家大院则成为自我囚禁的“安全”领域。在长期的自我囚禁之中，赵家的后代，尤其童年时亲历那场大火的赵少忠和梅梅、柳柳，都是些感觉异常敏锐甚至畸变的人物，一丝风声，几点雨霖，老鼠的脚步，山羊的叫声，瓦上的落物，南山寺的钟鸣，各种稀奇古怪的气味，都能使他们彻夜不眠，在奇幻悱恻的恐怖联想中恍恍惚惚。感觉的极端敏锐与欲望的压抑紧密相连，赵少忠年轻时与翠婶第一次相见的夜晚竟相安无事，性压抑使他的嗅觉变得异常灵敏，官塘镇那个雨夜的气味，长期在他的眼前飘荡。梅梅、柳柳一到深夜，就感觉到阴森的大院里危机四伏，一点点声响，一缕缕影动，便引发她们不祥的预感，当她们走出大院去赶集或者踏青时，那根绷得很紧的感觉之弦并没有松弛下来，梅梅被一个神秘的难以摆脱的“麻子”盯梢，柳柳被村里一位皮匠骚扰。柳柳象赵家大院里那株枣树上飘落的一片受惊的树叶，她似乎预感到死亡的钟声已经为赵家敲响最后的葬仪——猴子“意外”跌入水缸而死、赵虎深夜在树丛里被人砍死，赵家在一连串的死亡通缉中走向崩溃。耽于酒色的赵龙和贩烟斗殴的赵虎，他们的感官体验相对正常些，但赵龙在接踵而至的死亡事件面前也开始产生迷离而怪诞的感觉：

他看着父亲那张枯槁的脸，一次次地想象着他的父亲在将来的一天被装进松木棺材，在花圈的簇拥下走向墓地的情景，一股巨大的恐惧与快乐的暗流在他内心交汇在一起。

这个荒芜的大宅好像从来都不适合他居住，它就像一艘即将沉没的船只，他总是渴望远离它，或者希望有一天它在地上消失。这种近乎怪诞的感觉连他自己也无法说清。

当两个算命的瞎子来到赵家，说院子里的白果树已经死掉，并给赵少忠算命说：你不该把树锯倒，这样令郎“大限”就到了。赵龙开始陷入命运的陷阱里，全村人都相信瞎子的预测的死亡时间：认为赵龙在腊月二十八日必死无疑，并已经为他预定好了花圈。赵龙在惊慌不定的死亡恐惧中一直熬到了这天的深夜，他回到自己的卧室里，用一根树杈抵住门，躺在凉飕飕的床上久久难以入睡。一连几天的失眠使他身体的所有感觉变得敏锐起来，“他呆呆地凝望着屋顶上那扇灰暗的天窗，辨别着屋外的各种声响：南山寺庙的破碎的钟声，深巷里更夫越走越远的脚步，以及在房顶回旋的呜咽的风声。”就在他庆幸要躲过这一劫难时，房门开了——父亲赵少忠进来了。

格非在《敌人》启用了大量的死亡预述，不祥的征兆、死亡的预感，为赵家人敏锐的“敌意”感觉布下了重重杀机：花圈店，三个神秘的送花姑娘，皮匠、麻脸和哑巴神秘的身影，瞎子算命先生，神秘的戏班子，等等，但是，这些神秘诡谲的事物与赵家连环死亡的结局，在小说中并没有相对清晰的语言或逻辑上的关联。比如，猴子死的时候，赵少忠正在拉胡琴，琴弦突然绷断时，赵家水缸上铁箍也同时断了，水缸破裂猴子的尸体被水冲出来：赵虎死之前，赵少忠对赵家纷乱的不祥征兆和儿女的变化不闻不问，却忙于在院子里为树木“剪枝”（谐音词似乎具有隐喻式的关联——“剪‘子’”）。当赵虎的尸体深夜被人送至家中时，赵少忠不知出于何种心理，竟一个人秘密将他埋葬，而且潜意识里还出现了恐惧的幻觉：“慌乱之中他竟感到好像是自己亲手杀死了赵虎……”而赵少忠埋葬赵虎尸体的这一幕又被柳柳发现，导致了她开始堕落，夜不归宿，不多久柳柳赤裸的尸体在野地里被人发现。具体的“敌人”在小说中始终是若隐若现的巨大“空缺”，它仿佛命运的符咒，被一场神秘的大风刮到赵家大门上，格非有意将“敌人”悬置成一个充满感觉张力的谜，赵少忠虽有越来越浓的作为内部敌人的嫌疑，但他本人一直都生活在“敌意”恐惧的幻觉之中，这种嫌疑显然不能引申为实证。

赵家的死亡事件加速了赵少忠的衰老，当一个个子孙相继人去楼空魂归西天之时，这位一族之长颓朽的身体与赵家荒芜的大院一样摇摇欲坠：

> 他的身体更加瘦削了，像被蛆虫镂空的花生壳，整天枯坐在庭院中的一只竹椅上，从渐近的黎明到暮色四合的黄昏，甚至很少改变他坐着的姿势。他的头发好久没有剃过了，衰草般的胡茬中时常坠着一些酒星和米粒，他原先素净的外表渐入颓境，他浑浊的目光躲躲闪闪的，仿佛担心他内心掩盖着的心事被别人看破。他的话比先前更少。

赵少忠这位家族颓败和死亡环舞的见证者成为最后的“敌人”，但格非将空缺一空到底，父亲赵少忠的“弑祖”冲动（童年经历的那场大火有可能是他“玩火”而起）和“弑子”嫌疑一方面在恐惧紧张的氛围中得到强化，另一方面又因赵家人极度敏感的病态幻觉有可能是错觉而不断被淡化，这种叙述的张力使“空缺”达到了极限，也将“敌人”引向存在的深处：内心的恐惧才是人自身最大的敌人。敌意的恐惧，一个意念的逻辑被转换成为自我意识的囚笼，形成一种文化与心理的结构，最终导致了一个家族的灭亡，而家族其实又是民族和国家的一个缩微标本，这个“意念”不只是个人的潜意识，而是文化心理结构中的“集体无意识”。赵家的自我意识囚笼，成为一种文化心理结构的隐喻，《敌人》也由此从一个家族颓败故事被提纯为文化心理的历史寓言。不难发现，格非对历史的思考还充满着文化反思的意味。对于《敌人》中的“敌意恐惧”，格非虽然在民国叙事的时空框架中展开，但它所揭示的文化心理象征结构，却穿透历史的雾霭而具有强大的隐喻功能。格非在《寂静的声音·自序》中曾道出这一恐惧阴影的来源：它是一种“贯穿了我的整个童年并延续至今”的“年代久远的阴影的笼罩”，这种“无法被忘记的恐惧”，“从某种意义上来说，它既是历史，又是现实”。既是历史的，又是现实的《敌人》，在这一意义上获得了其意味深长的文化象征意义。《敌人》往往被视作九十年代先锋小说由形式实验转向历史言说的标志，但那种认为先锋小说转向历史叙事是对现实的回避和逃遁的说法，却只看到历史题材的表层因素，对先锋小说所揭示的历史与现实之间的隐喻关系视而不见，《敌人》在这方面提供了反拨的例证。在一个封闭的囚禁空间里，测绘家族权力的溃败，性与微观身体政治如何压抑反升华地建构“敌意”与“恐惧”的生成机制，寓言式解读显然播撒出宿命与偶然互文反讽的踪迹，零散化的感觉碎片已拼不出完整的总体图绘，赵家宅院的宿命空间已然解体，分崩离析的个人命运轨迹投射出后现代历史微观叙事的无常与变幻莫测的书写痕迹。

三

与《敌人》相比，《边缘》似乎更具长篇小说的要素，从叙事时间上看，它写了主人公整整一生的经历：从上世纪初到八十年代。在这一时间弧度内，历史和现实犬牙交错，过去与现在交织萦绕。叙事空间则呈现出回环往复式结构：由家乡迄逦到异乡，再由异乡回归家园，这种终点回到起点的圆形空间蕴含了一种生命的强大的向心力：落叶归根，混乱趋向平和，喧哗趋向沉寂。小说以一位黄昏落日般的老人对一生的自叙性回忆作为叙述角度，并由此建立一种时空由自我意识调配的叙事框架。叙述者“我”像一位身处历史与现实边缘地带的民间智者，在追忆逝水流年中打捞记忆的碎片，从民国时代的童年往事到抗战期间的战场经历，再到“文革”动乱以及改革开放初期的乡村变化，时间跨度几乎为一个世纪的历史叙事却是在“现在时”的回忆瞬间中展开。全书共四十二个章节，有一半是对主人公亲身经历过的事件的回忆：“麦村”“我结婚了”“我来到信阳”“南下”“越河”等等。另外二十个章节则是与战争、死亡、性爱、冒险密切相关的人（小扣、杜鹃、仲月楼）的故事。小说中的四十二个章节都设有小标题，它往往是叙述者回忆片断的提示，比如“道路”“麦村”“阴影”“花儿”“叫喊”等，有一类是直接以所回忆的人物为题，比如反复出现的“仲月楼”“徐复观”“杜鹃”“小扣”“胡蝶”等人物，这些在小说文本中一再复奏的旋律形成一种乐曲式的叙事风格，使《边缘》像一首悠长宛转而又回荡起伏的民歌。《边缘》的这一叙事结构与福克纳的《我弥留之际》很相似，《我弥留之际》也是一位老者的口吻回忆叙述过往的一生，也是将线性叙事拆借成回忆的片断进行重组，它的人物小标题分别为“达儿”“寇拉”“达儿”“朱儿”“寇拉”“朱黛”等。格非的《边缘》的确带有福克纳的影子，但《边缘》那种低缓、忧郁，有种无法说明的忧伤和悲悯的叙述语调却具有鲜明的个性化风格。

现在，我依旧清晰地记得那条通往麦村的道路。多少年来，它像一束幽暗而战栗的光亮在我的记忆里闪烁不定。我记起那是一个遥远的四月，阳光收敛，雨水滂沱。西风驱赶着一块块疾驰的流云，暴雨像鼓点一样追逐着装满麦秸的马车，将道路砸得坑坑洼洼……

当时，我并不知道，这条光秃秃的道路实际上已经包含了我漫长而短促的一生中所有的秘密。

在道路的另一头，我的记忆混沌未开。我只是记得一个粉红色的画面，它像一瓶被打翻的颜料在水面上慢慢荡开，它是一道夕阳的余晖，从中我看到了父亲的身影。

叙述者“我”的回忆开始于“那条通往麦村的道路”，而这条光秃秃的实际上“包含了我漫长而短促的一生中所有的秘密”的道路也正是“我”人生和故事的开端。《边缘》的叙述语调像一首纯净而又悠长的民歌，它兼容了两种互相转换的视角——童年回忆视角和民间老者视角，在《边缘》中，回忆则成了对苦难、对暴力和欲望的承担。“童年回忆”和“（历史）暴力事件”的相互诘难，在叙事的缝隙里，析离出许多“无法说明的忧伤和悲悯”。《边缘》以个人史的民间记忆重写了世纪历史，它书写了宏大历史边缘的小人物卑微而又丰饶的生命史，主人公“我”的世纪追忆，某种意义上成为民间记忆对宏大正史的解构和颠覆。

在“我”的回忆视角中，几十个人物的命运浓缩在“麦村”的这个形式化与历史化的乡土空间里。小说叙事的连续性常常被迫中断的根本原因就是死亡、战争等暴力事件的切入。接连而至的死亡图景成为一个世纪的民间历史剪影：父亲大吐血而死，母亲经过磨人的病期和冗长的弥留而死，渴望消失在泥土中的小扣最终被送去火化，杜鹃在渐渐扩散的癌症中悄然死去，仲月楼自杀在养猪场的粪池里，徐复观在百岁寿诞前夕寿终正寝，做风筝的老人因贫困而死。伴随战争的暴力死亡更是层出不穷，被奸杀的女人，被枪毙的士兵，被处理掉的伤兵，糊里糊涂相火并的队伍，他们都成了喂养战争磨盘的血肉之物。死亡不断出现，死亡主要是作为一种叙述策略维系着故事的轴动，这些使回忆中断的震惊事件穿插在主人公的回忆之中，成了对所谓“回忆”的阻止力。但创伤性记忆最终并没有将回忆中止，“无法说明的忧伤、悲悯和深深的怀念”，总是成了推动“回忆”或叙事向前发展的动力。小说里，主要人物总是一个个相继消逝在难逃的劫数里。宋癞子这位早年的乡村浪子后来的麦村村长不断发出命运的咒语："我早知道，没有一个人有好结局。"当宋癞子被时间的轮盘甩开的那一瞬间，他还用精明而锋利的神智在记忆中搜寻一个陪伴者，他最后选中了"我"，这位卸任已久的村长在生命即将结束之前，居然特地招"我"来聆听他和杜鹃的私情；而新中国成立前走村串寨的货郎后来却成为麦村的支书，但他的"辉煌"到了"文革"期间却成为"罪过"，最后被一辆装满猪肉的卡车撞死了，他死时，手里紧紧捏着一本列宁的《国家与革命》。而仲月楼这位战争时代的军医，麦村里知识和文化的某种象征，当他在"文革"期间痴迷于沼气实验，开玩笑似地将自己自封为一位科学的马克思主义者的同时，村里的人则把他这一乖戾的举动看成是精神分裂的前兆，"对于仲月楼（或者我）来说，自杀早就不是一种令人恐怖的意念，它只不过是一把神秘的钥匙，通过它，可以打开通往另一座掩蔽体的大门，仲月楼随身携带着这把钥匙，在流逝的岁月中，用想象和梦境磨砺它，使它永不生锈。而现在，他已经悄悄地将它从身上掏出来了……"，最后仲月楼喝得大醉自杀于养猪场的粪池里。

历史细节的反讽瓦解了宏大历史的逻辑链条，我们似乎感觉到隐藏在文本之后的那双看不见的历史巨手，某种意义上历史成为一场时间的轮盘赌，在以生命为赌注的历史进程里，众多的人物在死亡的边缘挣扎，叙述者"我"是凭借夹缝中求生存的本能才从死神的手中一次次溜走的，尽管这是一场注定要输的游戏，但只要他们一息尚存，就支撑着自己的感觉和皮囊，由于死神的魔影在他们周围缤纷地忙碌，致使其他人物一个个相继消失于荒冢中，最后留叙述者"我"拨动时间与记忆的最敏感的琴弦，为这些历史幽灵弹唱民间招魂曲：

> 在我的一生快要走完的时候，我忽然感到自己只是经历了一些事情的片断，这些片断之间毫无关联，错杂纷乱。就连岁月给我留下的记忆也是乱糟糟的，我在回忆起从前的时候，不得不从中剔除掉一些令人不快的部分，而留下一些无可遗憾的画面。即便这样，这些美妙而纯净的画面也无法使我对自己的一生作一个简单的归结。比如归入某种意义，或者是某种人的类别。
>
> 现实是令人厌倦的，它只不过是过去单调而拙劣的重复，到了某一个时刻，回忆注定要对它进行必要的修改。

我的记忆像月亮一样高挂在这个夜晚的天空，停留在某一处时间的边缘。它越过一只陶瓷的水杯，照在我的床前，带给我无法说明的忧伤、悲悯和深深的怀念。

叙述者以一种恍然若失的语调追寻视觉化的历史场景，《边缘》把众多人物的生命遭际乃至整个历史都纳入“我”的叙事追忆之中，因而整部小说的时空和结构乃至小说本身都心理化了，内面的风景不断外溢，叙事营建个人化的历史感知片断拼贴不出总体化的图景。小说通过“我”要力图表现在时间狂流中，个体意识所面临的巨大困惑，所以，“我常常有这样的感觉：我躺在母亲的身边，在一个遥远的夜晚沉沉入睡，当我在晨曦中醒来的时候，就已经变成了一个老人”，这是纷乱错杂的时间将人带到了清醒和沉睡之间的某个地方。格非在《边缘》中是将时间与人的关系作为一个最深沉的意象来表达的，而时间与人的关系唯有在深层的心理体验中才能真正沟通起来。小说叙述者“我”一个意识套着另一个意识的交叉流动展现故事，因而时空的切碎、打乱、重组一直处于一种永不停息的变动过程中，时间、记忆与感觉彼此相通，这也就使得小说结构具有一种内在的流动性，时间的片断与记忆的碎片重组出一幅后现代性回眸的历史图景。历史往往被理解为是由伟人、巨人、罪人这些粗大黑点和战争、革命、朝代更替这些粗壮黑线构成的大网，而无数小人物及他们的生命史被疏漏在大网的空隙处。一般追求史诗性效果的作家都着力营构一种理念化的历史框架，他们也写小人物，但小人物往往变成了表现大历史运作的注脚和道具；而格非等先锋作家往往表现出一种对理念化历史的反叛和反讽，叛逆性解构指向宏大历史的理性逻各斯中心主义。

格非认为：“在个人与现实交错的空间结构中，我们通常生活在某种边缘地带（而不是局外）。从时间的意义上来看，情况更是如此，我感到现实是抽象的，先验的，因而也是空洞的，而存在则包含了丰富的可能性，甚至包含了历史。”① 在格非看来，所谓历史的有序性和规律性纯粹是历史学家理念的衍生物，是对鲜活生命的一种人为的限定和抽空，文本创作必须颠覆这种冠冕堂皇的历史观，而到小历史的空档处去寻找一种卑微而踏实的存在物，并赋予这些个体生命对抗历史幻影的能量，让他们生活在历史的边缘，把他们的个体生命史推到表现的前台。

---

① 格非：《边缘》，浙江文艺出版社，1993年，第6—7页自序。

这种生命史是时间之流的纷沓的涌动，是心路历程在回忆时的自动曝光。《边缘》将一个整体性破解之后言语碎片的瓦砾和残存物播撒到文本的边沿地带，叙事的不确定内在性延宕了追忆的循环结构，不在场的幽灵书写了历史碎片化的个人史踪迹。美国解构主义理论家米勒精辟地指出：一部小说‘解构’了虚构的‘现实’的设定，就此而言，它最终同样要‘解构’有关历史的朴实的观念。……提醒人们重视小说中这种破坏自身基石的、自我拆解（self — defeating）的复归。[①]《边缘》解构了历史话语的空间权力表述，向宏大叙事的同一性挑战，让我们成为那不可表现之物的见证人，后现代书写的差异性引擎驱动个体言说历史的多重踪迹延异不确定的内在性，错位同裂断、撕裂、裂变一样击穿时间裂缝，铭写了在历史边缘颠覆历史的后现代个体生命体验。

这一意义上，《边缘》是一曲时间、记忆与历史的挽歌，格非以后现代性回眸的多重视角重写了二十世纪的中国历史，书写了“麦村”这个历史化和形式化的文学乡村。然而，当“边缘”的乡村成为后现代性回眸的历史怀旧面孔时，城市的后现代性体验是否还能感受到那种“无法说明的忧伤、悲悯和深深的怀念”的民间情怀？

---

① J. 希利斯·米勒：《重申解构主义》，郭英剑等译，中国社会科学出版社，1998年，第43页。

身体叙事与空间的表述
——先锋小说的城市书写

一

多年以后批评家重返八九十年代之交的文学裂谷，将会凝视一副奇异险峻的文学地形图，艺术探险的先锋正发起冲锋的号角，从现代性到后现代性的曲折迁移，延异审美空间的角逐，挺进文学场域的沟壑战壕，强劲的突围书写自由与光明的新旅程。

倘若说乡土是现代性回眸的历史诗性栖居地，那么城市则是现代性与后现代当下体验的感觉中枢。先锋小说的世界似乎是这两种经验的汇合地，它们组成一种互文的现代性景观：历史化的乡村图景其实是城市视角投射出来的疏影横斜，而城市的精神地图则在宁静安详的乡村大地的映衬下显现出迷乱、分裂的脉络走向。先锋小说的城市书写尽管不如乡村叙事那么根深叶茂，疏影横斜浮动着历史的暗香，但现代化进程中的城市景观和城市体验，已逐渐潜入先锋作家的叙事视野。

对先锋小说来讲，乡村图景与城市地图几乎是互文性的历史对照景观，在这种对照中，乡土的终结以文化凭吊的方式书写历史的挽歌，城市化时代的到来则以感觉转移的方式启动新奇的现代性体验与后现代想象。在先锋作家早期创作中，格非的《褐色鸟群》《陷阱》《没有人看见草生长》等，余华的《四月三日事件》《此文献给少女杨柳》，苏童的“香樟树街传奇”与《城北地带》，孙甘露的《访问梦境》和《信使之函》，这些试图捕捉城市体验的现代性感觉的作品，叙述者几乎都是孤独感伤的都市现代性幻想主体，这是一群在青春、梦幻与语言历险中寻找陌生化新奇体验的都市游荡者，他们在梦幻和感觉的临界地带书写城市的隐秘，书写身体、空间的异质性体验，为九十年代即将到来的城市化时代提供现代性乃至后现代性体验的预支想象。先锋小说的城市书写的确具有先行者的预见性，这也是其文化历险上的先锋性体现，但八十年代中后期的城市想象依然属于可选择的现代性规划，它只能以幻想主体的叙事身份提供后现代都市想象的预支。

在打开先锋小说的城市地图之前，有必要简要回顾一下城市叙事的现代性谱系。相比源远流长的乡土，城市的历史过于短暂，但历史感的淡化却带来了另一种时空感知方式：短暂、飞速的瞬间、即刻的反应、分裂的碎片、变幻的距离、移动的方位、各式各样的场所、混乱无常的偶然事件，如此等等。波德莱尔在十九世纪中叶的巴黎，将这种刚刚萌芽的城市体验进行美学意义上的命名：现代性就是过渡、短暂、偶然，就是艺术的一半，另一半是永恒和不变。[①] 半个世纪之后，社会学家西美尔在《大都市与精神生活》中指出："都会性格的心理基础包含在强烈刺激的紧张之中，这种紧张产生于内部和外部的刺激快速而持续的变化……瞬间印象和持续印象之间的差异性会刺激他的心理"。[②] 波德莱尔和西美尔不约而同地将瞬间性作为现代生活——都市生活的——特点，过渡、短暂、偶然，瞬息万变的碎片般的现代生活和现代性。作为现代派先锋诗人的波德莱尔从瞬间性中发现了美，用他的话来说，艺术家的"独创性来自时间打在我们感觉上的印记"。[③] 但西美尔却从瞬间性的刺激紧张中洞察到现代都市对身体和感觉的形塑，正是这种瞬间印象对人的持续作用，使现代都市人同乡村人迥然有异，后者置身于一种稳定、惯常和缓慢的自然生活节奏中，而都市人为了应对这种瞬间性和不确定性，却培育出一种独特的器官来承受现代生活对个体持续不断的刺激，这种器官必须冷静、理性、精于算计，它与中性而冷漠的货币金钱媒介联成一体——"在奔流不息的金钱溪流中，所有的事物都以相同的重力飘荡"，[④] 货币文化、物化现实与都市生活链接成一体化的都市现代性机制，个人不过是都市机器的齿轮。但这种将个体齿轮化的都市生活，从相反方面又激发了都市人追新逐奇寻求个人独特性与个体自由的欲望。这一意义上，波德莱尔与西美尔不同视域的现代性剖析，成为都市现代生活的辩证法。

波德莱尔的审美现代性定义正好是城市体验与乡村图景的隐喻性写照，过渡、短暂、偶然的城市现代性体验，与稳定、宁静、不变的历史化乡村图景，它们以

---

① 波德莱尔：《波德莱尔美学文选》，郭宏安译，人民文学出版社，1987 年，第 485 页。
② 齐奥尔格·西美尔：《时尚的哲学》，费勇、吴雁译，文化艺术出版社，2001 年，第 186—187 页。
③ 波德莱尔：《波德莱尔美学文选》，郭宏安译，人民文学出版社，1987 年，第 486 页。
④ 齐奥尔格·西美尔：《金钱、性别、现代生活风格》，顾仁明译，学林出版社，2000 年，第 6 页。

一种互文性的历史对照方式映射出城市化时代的到来。英国文化批评家威廉姆斯在其论著《乡村与城市》（*The Country and the City*）中指出："乡村与城市的对照明显的是我们意识到我们经验的重要部分和我们社会危机的主要形式之一"，正是通过对乡村和城市的对照，"经验找到了赋形于思想的材料"。[①] 伊格尔顿进一步指出：现实主义到现代主义的转移是从现实到经验的转移，是从外部现实之物向流布于身体的种种的零散感觉的转移。[②] 作为现代性感知方式的城市体验，显然负载了感觉转移的种种传导方式，它甚至成为现代性感觉领域的网络中枢。当这种感觉的转移迂回曲折地抵达中国当代文学时，已是二十世纪八九十年代之交的历史转折时期。1985 年前后的小说革命，刘索拉的《你别无选择》、徐星的《无主题变奏》等一批带有鲜明的现代主义风格的作品，开始触摸到现代性的城市肌理，虽然前者是在音乐学院的一群年轻人身上捕捉某种荒诞、错乱的新感觉，而后者则塑造了一位波德莱尔意义上的都市游荡者，但它们却展示出某种潜滋暗长的感觉转移方式，耐人寻味的是，勋柏格的无调式音乐与无主题变奏的现代派音乐成为感觉编码的隐喻性传达，在西方现代派音乐的节律和脉动中，二十世纪三十年代新感觉派小说潜隐的都市感性被历史重新激活，现代性的都市新感觉隐蔽地转移到八十年代中后期的新潮小说中。在 1985 年前后的小说时空里，寻根小说、现代派小说与先锋小说这三驾马车几乎并驾齐驱，但先锋小说一方面在历史化的乡土叙事上与寻根小说分庭抗礼，另一方面又在城市书写上与现代派小说秘响旁通，这种历史性的姿态其实正隐含着威廉姆斯所谓的"乡村与城市"对照的现代性图景。后现代的摆渡划出文本间性的弧与径，先锋小说的身体叙事突破结构主义语言牢笼的辖域，挺进城市文本各种曲面的裂缝，话语嬉戏的快感拆解城市禁忌的暴力父法，语言起义的哗变颠覆身体/城市的空间句法。杰姆逊将后现代的转移归因于我们对空间与时间的体验中的危机，时间的空间化，从平淡感到某种新的永久的现在，[③] 时空的压缩与变异催化身体与城市的新感觉，叙事棋盘上的符码游戏重绘后现代的城市地图。从现代派小说的个体情绪化的都市感觉叙写，

---

① Williams · R..The Countryand City,.London:Chatto & Windus,1973。

② 特里·伊戈尔顿：《现代主义、神话与垄断资本主义》，《历史中的政治、哲学与爱欲》，马海良译，中国社会科学出版社，1999 年，第 222 页。

③ 杰姆逊：《现实主义、现代主义与后现代主义》，参见《比较文学讲演录》，陕西师范大学出版社，1987 年，第 43—44 页。

到先锋小说的后现代时空体验的都市幻景，都市想象边界的自由迁徙延异内在性与不确定性的叙事游戏。

二

罗兰·巴特机警的描述道：城市是一幅染色体图，文本连绵不绝。格非的早期创作里，都市场景经常以梦境的形式出现。《陷阱》《没有人看见草生长》《褐色鸟群》是一组都市场景的仿梦小说，性、梦幻与感觉的寻踪在如真似幻的叙事语境中展开，叙述者作为梦的主体或者梦境的第一人称，被卷入另一个奇异的时空，“它仿佛拥有另外一套时间与空间，那里的房屋、桥梁和人物似乎没有重量。”① 都市场景在朦胧的梦境中给人一种轻盈如烟的感觉，街道恍如迷宫，居室恰似蜃楼，“棋”“牌”“黑桃”“官子”等人物名称更像是叙述游戏的一种筹码，而都市场景则像是叙事的棋盘。这批小说往往被视作形式实验的一种极端化风格，它的如真似幻与晦涩玄奥成为格非实验风格的某种标记。评论者显然更关注这批小说的形式意味，的确，它们更像是叙事革命所解放的想象力的产物，在小说叙述层面的文本皱褶和细节处理上，不难发现源自博尔赫斯和罗伯·格里耶的形式化痕迹。迄今为止，批评家依然将《褐色鸟群》的形式迷宫与玄奥之思看作是叙述之谜，而《陷阱》和《没有人看见草生长》则很少受到关注，从叙述形式来看它们也许只是格非创作《褐色鸟群》的叙事前奏。但如果换一种视域进行考察，从这批小说集中描绘的空间场景来看，《陷阱》的城市想象却具有重要的个案价值，它是进入格非都市场景的必经之路。

《陷阱》没有明确的时间标识，叙述者只是依靠回忆和幻想来连缀“我”和“棋”“牌”之间的故事，人物一方面通过太阳阴影的移动来实现场景的转移和切换，另一方面又梦幻般穿梭于不同时空的都市场景里，那座无时性的都市似乎浓缩了城市的过去、现在和未来。叙述者仿拟一位历经尘世几度轮回的老者口吻，他似乎站在未来的视角回溯城市的颓败史：

> 我的故事犹如倾圮已久的废墟。建筑在一夜之间倒塌是我始料不及的。

---

① 南帆：《纸上的王国——序〈格非小说集〉》，《文本生产与意识形态》，暨南大学出版社，2004年，第187—188页。

我已风烛残年。我不得不在宅子外面早已凋谢的花园里度日，象绕着残墙椽木守望的蝙蝠。但我并不醉心于往日写满象征文字的房梁，也不留意天气预报即将下雪的消息。现在我确乎竭尽心力追溯往事。我知道，这很无聊，因为往事如烟。故事发生的那会儿我已经不小了，是一个长胡子的青年，胡子不硬，但很帅。

我的记忆就来自那些和故事本身并无多少关联的旁枝末节，来自那些早已衰败的流逝物、咖啡色的河道以及多少令人心旷神怡的四季景物，但遗忘了事件的梗概。从那时到现在时间相隔不久。回望从前，我似乎觉得只是经历了一些事的头和尾以及中间琐碎的片段。甚至，这些湮没了故事的附属部分也许根本就没有发生。但无论如何，我想，故事应该是存在的。我急于叙述这些片段，是因为我除此之外无所事事。就是这样。

——《陷阱》

格非似乎在词语茂密幽暗的丛林中进行叙事历险，词与词的碰撞，句与句的缠绕，语言与意象互相生长，犹如梦的绽放。语言擦亮了现实，意象的丛林突然开敞出一条超现实的梦中幽径。叙述者“我”一开始就以奇特的隐喻意象讲述沧桑的故事，故事与废墟，倒塌的建筑与文本的叙事结构，早已凋谢的花园与陈年的典故，写满象征文字的房梁与纸上蜃楼式的意象，一系列文本故事元素以空间隐喻意象呈现出来。意味深长的是，故事还没开始，叙述者就以元叙述的语句提示读者：“我的故事犹如倾圮已久的废墟”，“我”要讲述的城市故事也许一夜之间就倒塌。这个充满幻想的语言主体，尽管竭力仿拟历史老人“风烛残年”的语态，但不经意间又要袒露青春的骄傲：故事发生的那会儿我已经不小了，是一个长胡子的青年，胡子不硬，但很帅。叙述者以一位经历城市轮回阅尽人间春色的老者自居，这种故作姿态的叙事语态，某种意义上正是八十年代城市青年对都市现代性诱惑的一种叛逆性反应，就像不识愁滋味的少年总是强说愁，这种仿父扮老的姿态虽然带有夸饰的成分，但实际上却从另一侧面泄露出内心的焦虑和憧憬。这是刚刚被都市现代生活击中感觉触角的年轻人，试图掩饰本能冲动却又激情乍泄的反应，正如波德莱尔笔下游手好闲的都市“浪荡子”，穿梭于巴黎街道的人流中却以冷傲的姿态睥睨一切，“他如此之深地卷入他们之中，却只为了在轻蔑的一瞥里把他们湮没在忘却之中”。对格非等先锋一代作家来讲，叙述主体的这种悖论式姿态，还隐含着更深一层的内在冲突，童年乡村经验与都市喧嚣浮华的现代气息狭路相逢，在超现实的梦境中召唤出另一种象征秩序：源远流长充满历史感的乡土转换成仿父的叙事语态，而“胡子不硬，但很帅”的都市浪荡子则潜伏在梦境的拐角处，仿父/浪子的象征结构复制了乡村与都市的内在冲突。

乡村的影子并没有被叙述者擦抹，它一直萦绕在幻想主体的都市想象中。作为符号性的人物代码，“牌”和“棋”既是叙述游戏的某种筹码，又是叙述主体自我意识的一种投射，《陷阱》中的“牌”成为乡村经验的一种象征代码，而“棋”绰约的身影则成为隐喻性的城市意象符码。“我”和牌、棋之间的故事，在一定意义上成为分裂的自我与乡村经验、城市意象的某种转喻。当牌向棋追述起童年离家出走的经历，乡村诗意图景又浮现出来：清晨或黄昏，一群鹞鸟在橙红染向天边的林子上空盘旋，在落满楝树果的地上布下飘忽不定的影子。但这种诗意很快被都市憧憬冲释掉，“要想认识村子，必须试图找到一条从中出走的路并充满仇恨。”牌在村子熟睡的时候出走了，没有惊动任何人。但当她回望那片模糊混沌的地域时，却觉得“村子也许不是村子，它至多是一件普通的寒碜荒谬的物体。”牌的回望将乡村客体化，她试图把村子里熟悉的一切遗忘，然后与“我”踏上寻找城市的梦幻之旅。“我”和“牌”在梦中搭上盼望已久的船，驶向对岸城市的时候，乡村的黄昏依然在徘徊在身后：

> 船开动了，河面漆黑一片，船头的标竿上的航灯在夜幕中战栗。河对岸是一座城市。我两只脚踏入彼土的灯光世界之中，起先并不知道这一点，若干年以后，当我偶尔翻阅一本残缺的《地理概况》时，我得以重新整理我的记忆经纬。我和牌走上一条狭长的跳板，河另一边的黄昏早已被悄然而至的夜色涂盖了，我们经历另一个时空。

从乡村到城市的时空摆渡以一幅象征性的画面呈现，这幅梦中画面浓缩了存在的隐秘：河流分隔出乡村与城市的楚河汉界，“漆黑一片的河流”喻示着城乡差别的区隔和鸿沟，乡村人对陌生化城市时空的向往交织着对未知世界的不安，——“航灯在夜幕中战栗”。乡村的黄昏虽然被夜色涂盖，但却在心底留下悠长的影子。格非的仿梦叙述往往被看作是形式技巧上的实验探索，但他笔下的梦境可以指出存在的各种形式，正如福柯所揭示的："梦的意义的开展方式是连续的由显像的符码到存在的样态"。梦的世界不仅仅是幻想的内在花园，"如果做梦者在梦中遭遇其自己的世界的话，那是因为，他能在里面辨认出他的命运的面貌：他重新找到他的存在的原始运动，以及他的自由，不管是这自由有完成还是被异化。"在梦中找到存在的原始，福柯极具穿透力的洞见为我们解读格非等先锋作家的都市梦境提供了理论探灯。这幅梦中摆渡进城的画面，不仅是格非对自我经历的一种存在确证，它几乎成了八十年代从乡村考上大学进入都市时空的一代青年的精神史寓言。即使他们踏上城市的灯光世界，但乡村的影子依然悠长而又悠长，在另一位先锋作家苏童的作品里，乡村的影子是与父亲的影子叠印在一起的：

> 去年冬天我站在城市的某盏路灯下研究自己的影子。我意识到这将成为一种习惯在我身上滋生蔓延。城市的灯光往往是雪白宁静的。我发现我的影子很蛮横很古怪地在水泥人行道上洇开来，像一片风中芦苇，我当时被影子追踪着，双臂前扑，扶住了那盏高压氖灯的金属灯柱。回头又研究地上的影子，我看见自己在深夜的城市里画下了一个逃亡者的像。一种与生俱来的惶乱使我抱头逃窜。我像父亲。我一路奔跑经过夜色迷离的城市，父亲的影子在后面呼啸着追踪我，那是一种超于物态的静力的追踪。我懂得，我的那次拼命奔跑是一种逃亡。
>
> ——苏童《1934 年的逃亡》

作为新历史小说的代表性作品，苏童的《1934 年的逃亡》不单是在讲述颓败的家族史，叙述者"我"穿梭于两个时空，它实际上是以现在的城市视角回溯遥远的过去。1934 年逃往的影子依然附着在八十年代的"我"身上，即便在城市的某盏路灯下，乡村的影子转换成父亲的影子在历史身后呼啸着追踪"我"，这同样是一幅梦境的寓言。乡村与城市、历史与现实的内在冲突，在梦中转喻为父亲的影子与"我"的影子之间的追踪，梦的转喻成了历史的换喻，梦的图景成为八十年代中后期历史转型前夜的乡村意识与城市经验的隐喻传达。

与苏童站在八十年代城市路灯下，回溯乡村历史进行今昔比照的叙述视角不同，格非的《陷阱》是站在未来时的视角，实际上是后现代的时空视角，回望城市的前世今生。乡村的黄昏被夜色涂盖了，城市的前身似乎邈远不可见，它潜入意识深处成为集体无意识的历史幽影。相比《1934 年的逃亡》的历史回溯视角，《陷阱》更像是一部未来时的幻想作品，它追述的是城市的历史，如同斯宾格勒的著名论断：世界的历史就是城市的历史。“所有的城市，牌说，依照野蛮到文明的自然进程可分为燧人城、伏羲城、畸人城诸种。你所看到的是一座伏羲城。随着太阳的升起，城市将会逐渐消失。……在这个城市里，我们既无法看到早年在湖边临水而居的游牧部落，也不能和若干年后被丙乙烯和 X 光玻璃分隔的人们交谈。和畸人城不同一时，它缺乏时间观念”。格非通过叙述者这一幻想主体，在无边的梦境中进行城市史想象，但叙述者似乎对城市的命运并不乐观，小说开头先是展示一幅城市废墟画面，在牌的梦幻叙述中，“随着太阳的升起，城市将会逐渐消失”。具有反讽意味的是，“牌”还带“我”去拜访一位遗忘心理学权威“黑桃”，他住在城市边缘的一座古宅的小屋里，“黑桃”遗忘了城里的一切，并告诫“我”和“牌”的离乡远走的冒险之旅是误入时空的陷阱。“你中了人家的圈套。每个人都有自己的归宿，你有什么理由轻率地离开自己的栖身之所？……你如今已成了丧家之——人，你将终身命定没有葬身之途。唯有遗忘可以拯救你。”在穿行于不同时空的城市之后，城市的诱惑最终不过是一个“陷阱”，唯有遗忘城市的一切才能找到回家的路，当城市已沦为历史的废墟之后，乡村又成为召唤的家园。这是历史转型前夜的城市想象，它站在可预见的未来返身观照正在崛起的城市化浪潮，现代性的城市“陷阱”作为一种梦的意象预示出被遮蔽的存在，格非的《陷阱》由此成为一部关于城市历史的巨型寓言。在八十年代末期城市现代化进程刚刚启动的历史语境里，《陷阱》以梦幻寓言的形式演绎了城市的命运，在幻想主体的都市后现代想象中寄寓了批判的旨趣。

这篇充满叙述想象力的仿梦小说，回忆和想象成为叙述的推动力，它以一位风烛残年的历史老人仿拟视角进行追忆，但那种抑制不住的青春遐想往往不经意地冒出来：“我之所以想到结识这个叫作牌的女人，还因她有一双令人迷惘的双眸，我眼睛的余波游遍了她的身上每一个成熟的部分，并让时间和视线在她的遮蔽物的边缘静止。我说过，那时我已经不很小了，能够隐隐约约地分辨美和欲念的一念之差。我的胡子很帅。”引发“我”都市梦幻之旅与其说是回忆的力量，毋宁说是一种城市/身体的性诱惑，城市的隐秘被转喻成身体的隐秘，美和欲念招引着“我”步入城市的时空陷阱。小说的结尾道出了这场都市春梦的意念缘起：

> 我凝视天空的开阔就如正视自己的衰老。我已风烛残年。我在怀念牌的时刻，发现棋的背影常常和牌重合在一起。棋是一位纯洁的少女。对于这一点我无话可说。最后，当我思索棋是否存在时，我又遁入冥想，孤枕难眠。
>
> 有若《圣经》所言：你如何记忆着少女。

这是一个耐人寻味的结尾，前面的分析显示：“牌”和“棋”其实是叙事游戏的筹码，但都市的叙事博弈隐含着乡村图景与城市体验的象征意蕴，牌和棋重合的身影，也就成了乡土/城市互文性图景的一个缩影。“牌”将我带往陌生的城市时空，而“棋”则一直是闪烁着神秘光泽的魅影，她在小说里往往充当聆听者，很少正面出场。这里将“棋”比作纯洁的少女，似乎令人费解，作为城市隐喻意象的“棋”如果是“纯洁”的，那么对城市“废墟”与“陷阱”的批判旨趣又如何达成呢？其实，这与叙述者作为幻想主体的身份是吻合的，“我”的都市想象并没有进入城市这个实体，不过是春梦里的都市绮思丽想，在城市/身体的隐喻结构里，“牌”的成熟与“棋”的纯洁，某种意义上成了乡土/城市的身体化转喻。尽管在追忆的梦境中城市沦为“废墟”和“陷阱”，但在认知经验领域，真正的现代性城市体验对幻想主体来讲依然是有待深入了解的神秘他者。诚如文化学者蔡翔的精辟分析：“城市成了一种寻找意义的产物，这一意义包括完成身份的置换。城市中心也更多地成为一种‘风景’，一种有待进入的现代性的‘风景’。”① 正是城市体验/少女身体的这一对位性的隐喻象征，才引发叙述者穿越时空的追踪，但作为实体的城市就像卡夫卡那座近在眼前又遥不可及的城堡一样，城市的存在隐秘从不轻易示人，这一点上，也仅仅在这一点上，城市依然是“纯洁的少女”。显然，这里的“纯洁”并非道德品质上的认证，它已转换成城市/身体认知谱系中的未知的“处女地”——一个诱惑性的神秘他者，“纯洁”毋宁是“神秘未知”的等义词。小说的最后一句“你如何记忆着少女”，于是转换为：你如何记忆着城市？

---

① 蔡翔：《城市书写以及书写的“禁言之物”》，《何谓文学本身》，春风文艺出版社，2006 年，第172—183页。

或者：你如何认识城市的隐秘？《陷阱》由此揭示出都市的二重性，颓废缤纷的都市在幻想主体梦境预言中沦为“废墟”，但在自我意识的认知经验领域，都市却又是神秘如少女的未知他者，对这一悖论式的情境，实际上正契合八十年代末期刚刚遭遇现代性都市震惊体验的现代个体的心理认知，一方面是很长时期内现代都市生活被意识形态化为西方资产阶级腐朽堕落的生活方式，乡村/都市的潜在对立被政治伦理化，乡土的淳朴风尚与都市的颓废面孔俨然阶级对立的形象化表征，颓废的都市自然诱发“废墟”想象；另一方面现代性都市的新奇体验又在招引着年青一代，它像罩着神秘光环的少女一样，一种新潮而又带着反叛色彩的现代生活体验成为八十年代城市青年的心灵图腾，而都市/身体的隐喻也就成为汇聚力比多能量的欲望地形图。陈晓明在《城市文学：无法现身的他者》对被遮蔽的城市他者化魅影做了精彩的还原解读，[①] 从王朔到邱华栋的北京都市个人化情绪表达充满叛逆与超越的解构能量，而上海魔都的城市体验迷离悱恻，身体/城市的叙事句法凸现后现代预支想象的审美律动。在邂逅后现代的未来时回溯视角里，追忆的城市废墟又复活为如“棋”的处女，生活在别处的浪子投射力比多的符号能量，插入词与物的缝隙，递增后现代性的书写快感。

《陷阱》的确设置了格非所擅用的叙述迷宫或叙事“陷阱”，历史老人的追忆视角不过是叙事的幌子，它虽然提供了凝视城市前世今生的一种悠远视域，但真正的叙述动力来自性与梦幻的招引，以及青春孤独的冥想。这个幻想主体带有八十年代都市青年的心理印记，他们遭遇现代都市生活的刺激性体验，虽然是以都市春梦的形式呈现出来的，但由此展开的经验自我的幻想旅程，却成为一种自我意识的现代个体经验的表征。福柯对梦的分析，从另一侧面揭示出梦的意象往往是意识经验的结晶：“梦境并非是任意拼装之‘形象的狂文’，在梦中出现的形象化景象只是一种‘结晶化的形象’，是当梦的过程被打断时所凝结成的，是在警醒时撷取出来的。”这一意义上，《陷阱》既是一部关于城市历史的寓言，也是都市现代性体验与后现代想象的某种结晶，而那个以仿父面孔出现却带有青春气息的幻想主体——在叙述话语中被结构出来的语言主体，也由此转换为后现代性意义上的都市新个体——九十年代风靡一时的小资情调背后那个中产阶级主体——的历史前身。

---

① 陈晓明：《城市文学：无法现身的他者》，《文艺研究》，2006年，第1期。

《陷阱》中那位孤独的幻想主体，到了余华的《此文献给少女杨柳》那里就不加掩饰地亮出自己的叙事身份：

很久以来，我一直过着资产阶级的生活。我居住的地方名叫烟，我的寓所是一间临河的平房，平房的结构是缺乏想象力的长方形，长方形暗示了我的生活是如何简洁和明确。

我非常欣赏在小城到处游荡的脚步声，这些声音只有在陌生人的鞋后跟才会产生。虽然我居住在此地已经很久，可我成功地捍卫了自己的脚步声的纯洁。在街上世俗的声响里，我的脚步声不会变质。

我拒绝一切危险的往来。我曾经遇到过多次令我害怕的微笑……

——余华《此文献给少女杨柳》

余华这篇小说的叙述者依然是一位孤独的青春幻想主体，“我”虽然居住某个偏远小城的临河平房里，却颇为自豪地声称自己一直过着“资产阶级的生活”。这个借由叙述想象建构出来的“资产阶级幻想主体”，更像是波德莱尔笔下孤独地走在街道人群里的“浪荡子”，① 孤独是他的通行证，个人主义则是他的都市护照，“让大多数人忙于他们的日常事务吧；闲暇者如果无处可去的话，就加入陶醉于游手好闲的晃荡中。他在这种完完全全的闲暇中与那种狂热的城市喧嚣中一样被抛了出去无处可去”。② 波德莱尔赋予孤独而又颓废的“浪荡子”以现代性的辉光，西方现代意义上的第一批先锋派艺术家，就产生于这个在闲暇中捕捉短暂、偶然和瞬间的布尔乔亚群体里。但审智叙述的冷峻风格实现了话语突围，“长方形的平房”与法国新小说的视觉数字化叙事相通，后现代的文本地理空间符码铭写异质性的身体体验。余华笔下的“资产阶级幻想主体”，试图在街上世俗的声响里“捍卫脚步声的纯洁，拒绝一切危险的往来”，甚至人群的微笑都令他害怕，这位远离街道人群的幻想主体无疑带有精神贵族的狷傲与叛逆，他身上艺术家的波西米亚自由叛逆气质远胜于九十年代市场化时代里的小资情调。这一“资产阶级幻想主体”成为八十年代末主体性的精神象征，自由不羁的叛逆喻示着资本力比多的美

① 瓦尔特·本雅明：《发达资本主义时代的抒情诗人》，张旭东，魏文生译，三联书店，1989 年，第 143 页。

② 波德莱尔：《波德莱尔美学文选》，郭宏安译，人民文学出版社，1987 年，第 482 页。

学能量，也是资本与市场意识形态的美学表征。多年以后，后现代之后的布波族风靡一时，嬉皮与雅痞的融合成为都市青年亚文化的新面容，①“越过边界，踏平鸿沟”的大众文化沉溺于个人化的身体狂欢之中，追忆缅怀先锋小说的语言探险，将重估“先锋就是自由”的精神量级。先锋早期小说中的频频出现的都市幻想主体，他的孤独冥想气质与先锋作家的自身经历颇为贴近，但由性、梦幻与感觉的绽放组成的都市想象却传递出一代人的集体无意识，某种意义上，它成为对即将到来的市场化时代的一种后现代性预支想象。

《没有人看见草生长》和《褐色鸟群》，是格非都市想象系列的另外两个文本。它们基本上延续了《陷阱》的都市梦幻格调，《没有人看见草生长》讲述四位都市青年之间复杂而又暧昧的爱欲纠葛，“我”和妻子棋，官子和梅，两对恋人如真似幻的暧昧换位，原本简单甚至有些俗套的故事情节经格非叙述塑形重新编排之后，人物情节被淡化了，都市场景的空间切换反而成为小说叙述的重心，居室、车厢、地铁车站、海边沙滩等依次出现。人物在不同的场景里讲述同样一件事，但时空一转换记忆也捉摸不定地变幻起来，感情上的纠葛不过是记忆模棱两可的捉弄，偶然的碎片与瞬间的印象拼贴出不同的情感图案，而都市空间的流动变换使“爱情像流水”一样转瞬即逝。在短暂、偶然与瞬间的现代性都市时空里，记忆成了碎片，爱情也成了碎片。《褐色鸟群》的叙述者也是一个孤独的青春冥想者，“我”蛰居在水边的寓所里，却沉浸在春梦里的都市想象之中，十年前的一次街头奇遇引发了城市记忆之殇：在企鹅饭店——格非城市地图里常见的奇幻地名（另一篇都市精神分析小说《蚌壳》里还出现“蝙蝠大街”“起义广场”）门前邂逅并跟踪一位漂亮女子，欲望的追踪在幻想中总是得到替代性的满足，漂亮女子的丈夫去世了，“我”和漂亮女子似乎可以缔结良缘，但她却在结婚当天突发脑溢血。欲望的延宕，正是孤独的青春冥想得以不断绵延的内在机制，“棋”的到来使都市想象循环往，. 博尔赫斯式棋与镜子的多重焦距的迷离镜像为都市地图递补后现代的欲望书写能量。叙事像一个可以自转的圆圈，这一意义上，叙述迷宫其实也是欲望的迷宫、都市的迷宫的结构性投射。

至此，从《陷阱》开始引发的都市想象系列，在玄奥晦涩的《褐色鸟群》里

---

① 大卫·布鲁克斯：《布波族：一个社会新阶层的崛起》，中国对外翻译出版公司，2002年，第7—9页。

划上一道休止符，格非九十年代的创作中，很少再出现都市梦境的幻想画面。这批描绘春梦里的都市倒影的小说往往被评论者忽略，事实上，不管是在主题层面的城市后现代性想象上，还是在叙述层面的艺术风格上，它们都具有不俗的表现。格非的都市梦幻想象，不禁令人想起超现实主义画家德尔沃的画作，那种梦境的氛围，那种奇异的意象，那种神秘的气息的确很相似，德尔沃的梦幻意象大都是：月光下的宁静街道，裸女在无叶的树木下，穿制服的男人突兀地穿行其间；还有正在交谈的骷髅，等等。格非的都市想象也具有与此相似的超现实风格，在八十年代末期，这种超现实的都市想象也许超过人们的经验预期，但当后现代性都市体验成为九十年代城市化时代的现实境遇之后，重新审视这批作品将会带来新的启示。

三

在八十年代的文学批评语境里，评论者无疑更欣赏格非的另一类作品——《迷舟》《青黄》《大年》，它们在一种“逼真”的历史文本化的乡村背景中展开故事，因为有童年的乡土经验作依托，时空背景不至于由虚入幻，叙述形式与主题意蕴融合得恰到好处，它们由此被确认为格非先锋早期的代表性文本，得到广泛深入的批评阐释。与之相反，都市场景的仿梦小说因其极端化的实验风格，过于虚幻甚至玄奥的叙述风格，通常被看作是叙事实验阶段过犹不及的形式探索之作，这种评判其实隐含当时批评家的一种经验定势。毕竟，历史化的乡村图景更能纳入文学史传统中进行比较，以凸现形式创新的先锋性，而后现代性的都市想象直至八十年代末期还没有相应的叙事经验可供参照，它往往被嫁接到西化想象的异国情调里，作为一种脱离中国当代现实语境的远景想象孤悬于时间进程之外，虚无、荒诞甚至颓废成为都市想象的同义语，它被判定为非本土的西方想象。这其实也是“真/伪现代派”之争的内在分歧，它所隐含的判定标准其实还是乡土/都市、本土/西方、现实/虚幻的二元结构的产物。

事实上，对当时大多数作家和批评家来讲，乡村叙事才是“有源之水”，真正意义上的城市书写与都市想象却是“无本之木”。即使现代文学史上的新感觉派小说一度提供了都市叙事的经验，但它重返当代文学的路途却漫长而曲折，在当代文学史的很长一段时期里，在市场精神成为政治禁忌的特定历史时期内，现代性意义上的城市书写一直处于历史性的中断状态中。在这一漫长的文学史中断期里，虽然也不乏以城市为背景或按计划经济模式规划的“工业题材”作品，比如1958年出版的周而复《上海的早晨》，以及《百炼成钢》《机电局长的一天》《乔厂长上任记》，甚至张洁的《沉重的翅膀》等有影响的作品，但是城市提供了背景或者直接以工厂、车间为场景，并不意味着透过这些人物活动的城市空间场域，我们就能够触摸到城市体验与现代性感觉的肌理，能够感知到城市本身对人物精神和命运的操纵和影响，理解城市是什么？又给我们带来了什么？概言之，这类讲述发生在城市的故事只是具有城市背景的外壳，但缺乏现代意义上的城市性体验，严格意义上并不是真正的城市文学。因此，刘索拉、徐星的现代派小说与先锋小说的都市想象，尽管在八十年代的历史语境中带有某种虚幻色彩，但从九十年代的市场经济和城市化进程来看，它们实际上以先锋性的前卫姿态提供了后现代性都市经验的想象预支。

中国当代文学的城市叙事，直至九十年代市场化时代与消费主义浪潮的到来，才真正形成对乡土书写传统具有文化冲击力的叙事力量，韩东、朱文、邱华栋、卫慧、棉棉等新生代作家直截凌厉地切入都市经验的感性地带，在他们的小说文本里，物化现实、欲望场景与都市空间不再是梦幻与冥想，而成了活生生的城市经验写照。然而，当八十年代的都市后现代性想象，在历史转型中成为九十年代的现实境遇时，以形式创新为己任的先锋作家似乎失却了书写城市当下体验的热情。先锋小说的叙事轨迹呈现出历史的吊诡，从八十年代中后期的都市想象与乡村叙事并行，一举后撤至九十年代的乡土历史想象，这种叙事转移往往被视作从形式到历史的逃遁，或者对当下现实的有意回避，但实际上却有其内在的原因：一是当都市后现代性体验演变成大众化的现实经验后，它显然不再具有陌生化的形式效应，对注重形式创新的先锋作家来讲，这种缺乏叙事间距的现实经验摹写，自然难以激发其叙事想象力，在城市后现代性万花筒面前，小说的叙事想象力有时还不如缤纷异彩的“现实”剧目，与其贴着现实滑行叙述光怪陆离的现代性城市表象，不如在现代性回眸的历史间距中书写陌生而新奇的别一种“乡土”；二是历史化的乡土叙事，其实隐含着城市现代性这一对照性背景，换言之，它是带着城市现代性体验重新观照即将远逝的乡村图景，叙述视角上依然具有先锋小说内蕴的形式意味，因此，所谓从形式到历史的逃遁，或者告别“虚伪的形式”回归现实主义，这种流播已久几成定论的论断其实是批评家的误诊，九十年代先锋小说形式化、历史化的乡土再叙事，事实上也是现代性城市当下体验的一种历史投影，它仍然是从定型化形式到陌生化形式的叙事转换，对先锋作家而言，“历史”不过是一种叙述想象的形式，“现实”则是历史存在的可能性呈现，这一意义上，乡村与城市的对照性呈现正是现代性症候的历史表征。而后现代时空体验的叙事游戏，与罗布格里耶、博尔赫斯、卡尔维诺的互文链接，① 又使先锋小说的城市书写延异了罗兰巴特不及物的可写性历险，在拆解深度、去中心的语言嬉戏中，重构一幅后现代幻象的语言异托邦。

这一意义上来看，现代派和先锋小说的都市想象就具有重要的文学史意义。它一方面延续了被中断了三十多年的现代意义上的城市叙事，成为现代文学史上一度被边缘化的新感觉派小说的历史回响，另一方面又开启了后现代性都市体验的城市书写的新空间，为九十年代崛起的城市文学浪潮打开历史的闸门。在这一文学史视域里，格非等先锋作家早期创作的都市想象系列，必将赢得新的评价。这也意味着：先锋小说的叙事历险不仅仅是形式变革上技巧创新，它在主题意蕴上具有丰富而深远的文化价值，更为重要的是，它还预示着历史转型前夜的意识形态变革征兆——一个现代性都市的中产阶级主体正在历史性地生成。

---

① 戴维·哈维：《后现代状况》，北京：商务印书馆 2003 年版，第 289 页。